哈福

哈福

哈福

突破900分

全新TOEIC

必考單字

從入門到進階，快速突破900分

附
MP3

張瑪麗◎編著

哈福

新制多益
突破900分
進入準備
考試階段

樹狀圖
單字、
串聯記憶，
一次背更多

心智圖
激發快速記憶法
迅速記住常考單字

互動式跟唸
搭配MP3學習，
聽力、
閱讀一路提升

善用
麥肯錫思考法

金三角學習法
背單字、看例句、
順便熟悉句型、
強化聽、讀能力

過目不忘
有看到就會考到，
成功拿到最高分

狂吸法
來到考前6天的
最後衝刺

只看關鍵重點
考前30分鐘，
最後衝刺高分

本書編排架構

1. 電腦嚴選最常出題頻率單字，平時準備、複習，學習效
   果好，利用考前最後衝刺階段進行快速記憶，等於在應
   考時大量取分。
2. 每個單字均搭配記憶方法，先理解後記憶，記住文法、
   單字超輕鬆。
3. 單字例句編寫最貼近考試出題方向，幫助掌握應考重
   點。
4. MP3，躺著聽、睡前聽、隨時聽，提升聽、讀力，並加
   速單字記憶，應考信心瞬間升級。
5. 清爽的版面編排，一目了然，長時間學習也毫無負擔。

單字詞性標示清楚易懂，一看就記住

例句編寫貼近考題方向，應考能力立即強化

單字記憶秘訣，先拆解再整合，立可印入腦海，永不忘記。

★表示出題頻率，越多星號，表示越常考。

名師+電腦嚴選，每個單字出題頻率都達80%以上

搭配MP3學習，聽力更好

符號說明

動 動詞	副 副詞
形 形容詞	名 名詞
同 同義詞	反 反義詞
記 記憶心法	例 例句

【前言】

熟記必考單字，輕鬆突破900分

　　新制多益考的是：全球近10年來，職場、社交和日常生活，使用頻率比較高的英語，讓考生在踏出社會前，就能預先體驗國際溝通&真實的情境，走進職場，才能馬上進入狀況。

　　全球科技、生活快速進化，互聯網天涯若比鄰，這些都讓英語的使用狀況，日新月異。為了配合時代的腳步，反應目前英語的使用情況，新制多益考試也有新的因應之道。

　　新制多益檢定考試，以職場的需要為主。分作兩大部分，①「聽力」、②「閱讀」。題型為：

　　第一大類「聽力」：第一大題：照片描述，6題、第二大題：應答問題，25題、第三大題：簡短對話，39題、第四大題：簡短獨白，30題。

　　第二大類「閱讀」：第五大題：句子填空，30題、第六大題：段落填空，16題、第七大題：單篇閱讀，29題、多篇閱讀，25題。

・關鍵單字，是提高分數的關鍵

　　想要突破900分，必須針對出題方向，找出應對策略。首先要知道自己具備多少單字力？

　　策略1：將出題頻率高的重要單字，集中起來學習；

　　策略2：了解自己的單字能力；

　　策略3：了解哪個領域的單字，是自己比較弱的地方，要特別加強。

　　本書不僅教您如何在短期內準備好考試；對於想要用英語和外國人溝通和聊天能的讀者，更會為您帶來令老外「驚嘆」的效果！即使不考多益，相信您的英語溝通能力，也會因為本書突飛猛進，輕鬆應付職場英文業務，成為人人稱羨的「國際職場人」。

　　如果您已決定要參加考試，本書是考試必備工具書，只要確實讀完本書，您可以在極短的時間內，輕取金色證書，證明您有國際業務處理的能力。

・聽力和閱讀能力，快速大躍進

　　新制多益測驗主要的出題方向，都是來自這13個英語情境：一般商務、企業發展、辦公室、製造業、旅遊、外食、娛樂、保健、金融/預算、人事、採購、技術層面、房屋/公司地產。

　　如果你第一個目標，是訓練英文聽力。我們建議您：先不要看文章，只要先跟唸所聽內容，之後再做內容比對；聽不懂的單字，就用猜的，絕對不能為一個聽不懂的單字，而停下來。因為分心，會跟不上速度，很容易錯過後面的內容，最後就不知所云了。

・如何強化聽力？作者歸納出3個方法：

　　1.跟聽、跟讀；

　　2.跟聽、跟說；

　　3.跟聽、跟寫。

　　有關聽力，最好是：聽什麼就懂什麼。如果不行的話，那麼就多做練習，練習聽力時，先別看內容，而是先依照所聽到的速度，跟著大聲唸出來，再來對照內容文字，在此同時，要全力注意聽外籍老師的發音、速度和語調。如果能夠這樣長期練習，你的聽力就會快速大躍進。

・如何強化閱讀？也有3招。

　　1.掌握關鍵單字；

　　2.掌握閱讀；

　　3.掌握閱讀測驗出題文章的主題和領域。

閱讀測驗的關鍵，首先是在「單字量」，其次是「文法」，如果您在閱讀文章時，連句子的意思都無法讀懂，你怎麼能夠看懂整篇文章的意思？

聽力和閱讀水平的高低，代表一個人英語能力的好壞，字彙則是學好英語的第一步，也是最重要的地基；地基好，聽力和閱讀程度，就跟著水漲般高，所以單字和文法，一定要好好加強！至於要如何掌握關鍵字彙，可以參考許多好的單字書，大量累積不同領域的常見實用字彙。

考試的勝負，往往決定於困難部份的分數，像聽力測驗中的簡短對話、簡短獨白部份，閱讀測驗的句子填空、和段落填空部份，是大家比較容易掌握的部份。若想脫穎而出，就要在別人不會的方面下功夫，加強長篇文章的練習，讓你在上考場前，不只有萬全的準備，還擁有比別人有更好的實力和得分技巧。

‧教您把英語當母語的學習法

本書精心設計的排版方式，讓讀者先不要看中文解釋，試著以英文同、反義字猜出單字意義。若用同、反義字無法理解字義，再於例句中前後推敲單字意思，如此就可在短時間內，大幅增進字彙能力。

本書把英語當母語的學習方法，中英對照的學習方式，可以彌補國內英語教學的不足，本書電腦嚴選新制多益測驗中，出現頻率最高的單字，教您如何在短期內準備好考試。為了有效提高應試者的英語單字理解力、運用力以及英語的綜合能力編輯而成，是國內最早提供快速記憶秘訣的單字書。全部命中！字彙附有例句一起學習，有很高的乘分效果。隨身帶、隨時看、躺著看、躺著聽，就可輕鬆得高分！

bank (銀行)

- automated bank machine (自動櫃員機), branch (分行) , balance (餘額), PIN (個人密碼)

- deposit slip (存款單) , interest rate (利率), debit card (簽帳卡), mortgage(房屋貸款), exchange (兌換外幣), currency (貨幣)

- receipt (交易明細表), amount (總額), statement (帳單), banking information (帳戶資料), hacker (駭客), identity theft (身份盜用), line of credit (信用貸款), debt (負債)

- charge (手續費), application form (申請表格), debit (簽帳), signature (簽名)

- major credit card (信用卡正卡), Picture ID (有貼照片的証明), overdraft protection (透支保障), reward points (紅利點數), account holder (帳戶持有者), access code (語音密碼)

- savings account (存款帳戶), joint account (聯名帳戶), chequing account (支票帳戶), direct deposit (薪資轉帳)

- traveler's cheques (旅行支票), postdated cheque (遠期支票), voided cheque (作廢支票) , cashier's cheque (本票)

【麥肯錫思考法----金字塔衍生記憶】

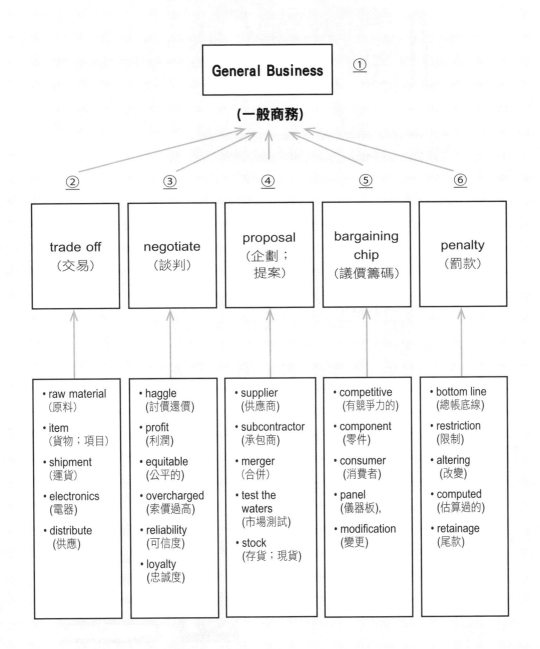

General Business ①

(一般商務)

② trade off（交易）

③ negotiate（談判）

④ proposal（企劃；提案）

⑤ bargaining chip（議價籌碼）

⑥ penalty（罰款）

- raw material（原料）
- item（貨物；項目）
- shipment（運貨）
- electronics（電器）
- distribute（供應）

- haggle（討價還價）
- profit（利潤）
- equitable（公平的）
- overcharged（索價過高）
- reliability（可信度）
- loyalty（忠誠度）

- supplier（供應商）
- subcontractor（承包商）
- merger（合併）
- test the waters（市場測試）
- stock（存貨；現貨）

- competitive（有競爭力的）
- component（零件）
- consumer（消費者）
- panel（儀器板）,
- modification（變更）

- bottom line（總帳底線）
- restriction（限制）
- altering（改變）
- computed（估算過的）
- retainage（尾款）

【準備多益考試流程SOP】

A: 準備 ----
  1. 參加考試開始準備的階段

B: 流程 ------
  2. 根據聽力、閱讀，出題頻率，決定複習攻略
  3. 根據快速記憶法，記住大量常考單字
  4. 看短文，順便熟悉單字加強聽、讀力 &
  應考能力
  5. 搭配 MP3 學習，閱讀、聽力一路提升
  6. 考前 7 天，最後衝刺
  7. 臨場應考前的最後 30 分鐘
  8. 衝刺再衝刺，有看就有分

C: 結果 ----
  9. 金色證書

Part 1

突破900分
必考單字

(入門篇)

A

(Week 1 — Day 1) MP3-2

abbreviate ⓥ [ə'brivɪˌet] ★★★★☆

動 縮寫，使省略，縮短

同 abridge, shorten
反 amplify, lengthen

記 ab表「向」，brevi表「短」，ate表「使呈…形式」，合起來引申為「縮寫、使省略」的意思。

例 P.O. is abbreviated from Post Office.
"P.O."是"Post Office"（郵局）的縮寫。

abortion ⓝ [ə'bɔrʃən] ★★★★★

名 流產，墮胎

同 miscarriage

記 ab表「錯」，ort表「出生、產生」，ion表「行為、結果」，原意是「非正常出生」，引申為「流產、墮胎」的意思。

例 She has just gone through with an abortion and her husband knew nothing about it.
她剛做了墮胎手術，而她丈夫對此一無所知。

abstract ⓥ [æb'strækt] ★★★☆☆

動 使抽象化，抽取，提取

同 remove, take away
反 remain

記 abs表「脫出」，tract表「拉、拖」，原意是「抽取出來某事物」，引申為「摘要、使抽象化」的意思。

例 The professor abstracted his most significant views from his speech in the end.
最後，教授從他的演講中提取出他最重要的觀點。

ⓝ ['æbstrækt] ★★★★☆

名 摘要

同 extract, summary

例 He made an abstract for his wife's book.
他為他妻子的書寫了內容摘要。

ⓐ ['æbstrækt] ★★★★☆

形 抽象的，難懂的，深奧的

同 conceptual
反 concrete, material

例 I am afraid pupils cannot understand so abstract a concept.
我擔心學生們不能理解這麼抽象的概念。

academic ⓐ [ˌækə'dɛmɪk] ★★★★☆

形 學術的，學院的，學究的　　　　　　　　　　　　　　　同 theoretical, scientific

記 名詞 <u>academy</u>（學院）去 <u>y</u> 改 <u>ic</u>，就成為形容詞 <u>academic</u>（學院的、學術的）。

例 The question is not purely academic and we had better put it at the first place.
那個問題不是純學術性的，我們最好把它放在第一位。

---

acceptable ⓐ [əkˈsɛptəbḷ]　　　　　　　　　　★★★★★

形 可以接受的，令人滿意的　　　　　　　　　同 worthy, deserving
　　　　　　　　　　　　　　　　　　　　　反 disagreeable

記 <u>ac</u> 表「向、來」，<u>cept</u> 表「接受」，<u>able</u> 表「可…的」，合起來引申為「可以接受的、值得接受的」的意思。

例 The minority don't think this proposal is acceptable.
少部分人認為這個提議不可接受。

---

accidental ⓐ [ˌæksəˈdɛntḷ]　　　　　　　　　　★★★★★

形 偶然的，意外的，非主要的，附屬的　　　　同 unintentional
　　　　　　　　　　　　　　　　　　　　　反 planned, intentional

記 <u>ac</u> 表「朝、向」，<u>cid</u> 表「落」，<u>ent</u> 表「具有…性質的事物」，<u>al</u> 表「屬於…的」，原意是「突然落下的」，引申為「偶然的、意外的」的意思。

例 Losing the document was purely accidental.
遺失檔案純屬意外。

---

accomplish ⓥ [əˈkɑmplɪʃ]　　　　　　　　　　★★★★☆

動 達到（目的），完成，實現　　　　　　　　同 achieve, fulfill
　　　　　　　　　　　　　　　　　　　　　反 begin, depart

記 <u>ac</u> 表「對」，<u>com</u> 表「完全」，<u>pli</u> 表「充滿」，<u>ish</u> 表「行為」，原意是「走向完善」，引申為「完成、實現」的意思。

例 His dream was finally accomplished after thirty years' hard work.
經過三十年的努力工作後，他的夢想終於實現了。

---

accountable ⓐ [əˈkaʊntəbḷ]　　　　　　　　　　★★★★★

形 有解釋義務的，應負責任的　　　　　　　　同 responsible, liable
　　　　　　　　　　　　　　　　　　　　　反 unaccountable

記 <u>ac</u> 表「向」，<u>count</u> 表「計算」，<u>able</u> 表「可…的」，原意是「可把計算結果指向某人或某事物的」，引申為「應負責任的、可說明的」的意思。

例 She is too young to be held accountable for her actions.
她太小，還不能對自己的行為負責。

---

accounting ⓝ [əˈkaʊntɪŋ]　　　　　　　　　　★★★★☆

名 會計，會計學，結帳，帳單　　　　　　　　同 audit

記 <u>ac</u> 表「向」，<u>count</u> 表「計算」，<u>ing</u> 表「行為」，引申為「會計、結帳」的意思。

例 He decided to go in for accounting, for he was good at maths.
因為他數學很好，所以他決定從事會計職業。

accumulation ⓝ [əˈkjumjəˈleʃən] ★★★★★

名 積聚，累積，積聚物　　　　　　　　　　　　　同 treasure, tissue

記 ac表「添加」，comul表「堆積」，ation表「行為」，引申為「積聚、累積」的意思。

例 Stop watching TV, for an accumulation of homework is waiting to be done.
別看電視了，有一堆家庭作業要做。

acid rain ⓟ [ˈæsɪd][ren] ★★★★☆

片 酸雨

記 acid意為「酸的」，rain意為「雨」，合起來便是「酸雨」之意。

例 Acid rain is harmful to many plants and animals.
酸雨對許多動植物都有害。

adaptation ⓝ [ˌædæpˈteʃən] ★★★★☆

名 適應，適合，改編，改寫　　　　　　　　　　同 adjustment

記 ad表「朝向」，apt表「合適」，ation表「成為」，引申為「適應、改編」的意思。

例 The freshman made a quick adaptation to the college.
這名新生很快就適應了大學生活。

additional ⓐ [əˈdɪʃən!] ★★★★☆

形 添加的，附加的，額外的

同 extra, spare
反 decreased

記 名詞addition（加、附加），其後加上形容詞字尾al，就成為形容詞additional（添加的、附加的）。

例 There is no need to pay additional charges.
沒必要付額外的費用。

adjust ⓥ [əˈdʒʌst] ★★★★★

動 調整，調節，校正，適應

同 adapt, alter, arrange
反 derange, disturb

記 adjust的動詞三態是adjust，adjusted，adjusted。

例 She can't adjust herself to the busy life in the city.
她不能適應城市裡的繁忙生活。

admission ⓝ [ədˈmɪʃən] ★★★★★

名 允許進入，入場費，坦白

同 entrance, access
反 prohibition

記 ad表「向內」，miss表「發、送」，ion表「行為、結果」，原意是「發送出去」，引申為「允許進入、入場費」的意思。

例 She gained admission to the most famous university.
她獲准進入這所最著名的大學。

(Week 1 — Day 2)　　　　　　　　　　　　　　　　MP3-3

adopt ⓥ [ə'dɑpt]　　　　　　　　　　　　　　★★★☆☆
動 收養，採用，採取　　　　　　　　　　同 accept, embrace
　　　　　　　　　　　　　　　　　　　反 reject

記 ad表「向」，opt表「選擇」，原意「對事物進行選擇」，引申為「採用、採取」的意思。

例 After second consideration, she decided to adopt her friend's suggestion.
再三考慮，她決定採用她朋友的建議。

advantage ⓝ [əd'vætɪdʒ]　　　　　　　　　　　　★★★★★
名 優勢，有利條件，利益　　　　　　　　同 gain, benefit
　　　　　　　　　　　　　　　　　　　反 disadvantage

記 advantage的名詞複數形是advantages。

例 Her good education gave her advantage over other applicants for the job.
良好的教育使她比其他求職者更具有優勢。

advertise ⓥ ['ædvɚ,taɪz]　　　　　　　　　　　　★★★★☆
動 做廣告，做宣傳，公布　　　　　　　　同 announce, notify
記 ad表「向」，vert表「轉、翻」，ise表「使成為」，原意是「使注意力轉向某事物」，引申為「做廣告、為…宣傳」的意思。

例 You should advertise your new product.
你們應該為新產品做宣傳。

advocate ⓥ ['ædvə,ket]　　　　　　　　　　　　★★★★★
動 主張，提倡，支援　　　　　　　　　　同 favor, uphold
　　　　　　　　　　　　　　　　　　　反 impugn

記 ad表「向」，voc表「呼喚」，ate表「以…處理的人」，原意是「對某人呼喚」，引申為「提倡者、擁護者」的意思。

例 He advocated the new policy.
他倡導新政策。

ⓝ ['ædvəkɪt]　　　　　　　　　　　　　　　　★★★★★
名 提倡者，擁護者　　　　　　　　　　　同 proponent, exponent

例 She is a strong advocate of government reform.
她是政府改革的堅決擁護者。

affect ⓥ [əˋfɛkt] ★★★☆☆

動 影響，使感動，使震動　　　　　　　　　　　　同 influence, move

記 af 表「向」，fect 表「做」，原意是「對…產生作用」，引申為「影響、使感動」的意思。

例 The audiences were deeply affected by the deeds of the hero.
聽眾被那位英雄的事蹟深深感動了。

affiliate ⓥ [əˋfɪlɪ,et] ★★★★★

動 使緊密聯繫，使隸屬於，接納…為會員　　　　　同 connect, join

記 1) affiliate 的動詞三態是 affiliate，affiliated，affiliated。

　　2) affiliate 的名詞複數形是 affiliates。

例 She affiliated herself with a local basketball club.
她加入當地的一家籃球俱樂部。

ⓝ [əˋfɪlɪɪt] ★★★★☆

名 成員，附屬機構，分公司

例 Only affiliates are permitted to attend the party.
只允許會員參加該聚會。

afford ⓥ [əˋford] ★★★★★

動 擔負得起，提供　　　　　　　　　　　　　　同 furnish, supply

記 afford 的動詞三態是 afford，afforded，afforded。

例 He cannot afford a car right now.
他現在買不起汽車。

aftermath ⓝ [ˋæftɚ,mæθ] ★★★★★

名 後果，餘波　　　　　　　　　　　　　　　　同 consequence, upshot

記 aftermath 通常作單數，尤指不幸的事件後果、餘波。

例 Many people lost their sons in the aftermath of the war.
戰爭過後，許多人失去了兒子。

agenda ⓝ [əˋdʒɛndə] ★★★★☆

名 議程　　　　　　　　　　　　　　　　　　　同 docket, schedule

記 agenda 是指在會議上要討論的事項，「擬定議事日程」為 make up an agenda。

例 He asked me what the next item on the agenda was.
他問我下一項議程是什麼。

aggravate ⓥ [ˈæɡrəˌvet] ★★★★★

動 惡化，加重，激怒　　　　　　　　　　　　同 worsen, exacerbate

記 aggravate的動詞三態是aggravate，aggravated，aggravated。

例 He aggravated his condition by over working.
他因工作過度而病情惡化。

aging society ⓟₕ [ˈedʒɪŋ][səˈsaɪətɪ] ★★★★☆

片 老齡化社會

記 aging意為「變老、老化」，society意為「社會」，合起來即是「老齡化社會」的意思。

例 He predicted that the country would be an aging society in 150 years.
他預測，一百五十年後，這個國家將會成為一個老齡化社會。

agriculture ⓝ [ˈæɡrɪˌkʌltʃɚ] ★★★★★

名 農業，農學，農藝　　　　　　　　　　　　同 cultivation, farming

記 agri表「田地」，cult表「耕種」，ure表「行業」，原意是「耕種田地的行業」，引申為「農業、農藝」的意思。

例 Agriculture is essential to the national economy.
農業對國內經濟很重要。

alert ⓥ [əˈlɝt] ★★★★☆

動 使警覺，使注意，通知　　　　　　　　　　同 alarm

記 1) alert的動詞三態是alert，alerted，alerted。
　 2) alert的名詞複數形是alerts。
　 3) alert的形容詞比較級是more alert，最高級是most alert。

例 The doctor alerted me to the harm of smoking.
醫生提醒我注意吸煙的危害。

ⓝ [əˈlɝt] ★★★★★

名 警戒，警報，警戒狀態　　　　　　　　　　同 alarm, warning
例 She was scared by a smog alert.
她被煙霧警報嚇到了。

ⓐ [əˈlɝt] ★★★★☆

形 警覺的，留心的，靈敏的　　　　　　　　　同 watchful, prompt
　　　　　　　　　　　　　　　　　　　　　反 heedless, asleep

例 The little girl is alert to every stranger passing by.
這個小女孩對每個路過的陌生人都保持高度的警覺。

allegedly ⓐd [əˈlɛdʒɪdlɪ] ★★★★★

副 據傳，據宣稱

記 形容詞 alleged（聲稱的、被說成的），其後加上字尾 ly 就形成副詞 allegedly（據傳、據宣稱）。

例 Her father is allegedly a criminal.
據傳她父親是個罪犯。

alleviate ⓥ [əˈlivɪˌet]　　★★★★★

動 減輕，緩和　　　　　　　　　　　　同 relieve, palliate

記 alleviate 的動詞三態是 alleviate，alleviated，alleviated。

例 She alleviated the stress by seeing films.
她藉由看電影以減輕壓力。

(Week 1 — Day 3)　　　　　　　　　MP3-4

allude ⓥ [əˈlud]　　★★★★☆

動 暗指，影射，間接提到　　　　　　同 hint, infer, intimate

記 al 表「向」，lud 表「戲弄」，e 是動詞字尾，原意是「向…戲弄」，引申為「暗指、間接提到」的意思。

例 You mustn't allude to his bankruptcy when talking with him.
和他談話時，你千萬不要提到他破產的事。

altitude ⓝ [ˈæltəˌtjud]　　★★★★★

名 高，高度，海拔，高處　　　　　　同 height, summit

記 alt 表「生長」，tude 表「狀態」，原意是「長大、變高」，引申為「高度、海拔」的意思。

例 What is the altitude of this mountain?
這座山的海拔是多少？

ambiguous ⓐ [æmˈbɪgjʊəs]　　★★★☆☆

形 模糊不清的，引起歧義的　　　　　同 equivocal, vague
　　　　　　　　　　　　　　　　　反 clear, definite

記 amb 表「二」，igu 表「驅趕」，ous 表「有…特性的」，合起來是「模糊不清的、引起歧義的」之意。

例 She's offended by his ambiguous statement.
他模糊不清的陳述冒犯了她。

amenity ⓝ [əˈminətɪ]　　★★★★☆

名 適意，舒適，溫和，禮儀　　　　　同 civility, convenience
記 amenity 的名詞複數形是 amenities。

例 She immediately noticed the amenity of her working surroundings.
她很快發現她工作環境的怡人之處。

analyst ⓝ [ˈænl̩ɪst] ★★★★★

图 分析者，分解者　　　　　　　　同 accountant, critic

記 analyst的名詞複數形是analysts。

例 He followed the advice of his financial analyst.
他聽從了金融分析師的建議。

anguish ⓥ [ˈæŋgwɪʃ] ★★★★☆

動 使極度痛苦，感到痛苦　　　　同 pain, hurt

記 ang表「痛苦」，ish表「趨向於」，合起來引申為「使極度痛苦」的意思。

例 The loss of his brother anguished him deeply.
失去弟弟使他深陷於痛苦之中。

ⓝ [ˈæŋgwɪʃ] ★★★★★

图 極度的痛苦，苦惱　　　　　　同 equivocal, vague
反 clear, definite

例 He was in anguish until he knew his wife had passed a critical stage.
在得知妻子度過危險期之前，他一直處於極度的痛苦中。

anniversary ⓝ [ˌænəˈvɝsərɪ] ★★★★★

图 週年紀念，週年紀念日　　　　同 day of remembrance

記 anni表「年」，vers表「轉、翻」，ary表「屬於…的事物」，原意是「以年為單位轉動」，引申為「週年紀念、週年紀念日」的意思。

例 He bought me a ring as an anniversary gift.
他買給我一個戒指作為週年紀念日禮物。

anonymously ⓐⓓ [əˈnɑnəməslɪ] ★★★★☆

副 匿名地，化名地

記 an表「無」，onym表「名字」，ous表「有…特性的」，ly是副詞字尾，合起來即是「匿名地、化名地」的意思。

例 The novel, coming out anonymously, is fathered upon John.
有人認為那本匿名發表的小說是約翰所寫。

anticipate ⓥ [ænˈtɪsəˌpet] ★★★★☆

動 預期，期望，預料　　　　　　同 expect, foreknow
反 follow

記 anti表「前、事先」，cip表「拿、抓」，ate表「使」，原意是「想預先獲得某種結果」，引申為「預期、期望」的意思。

例 The economist anticipated a financial crisis was coming.
那位經濟學家預料一場經濟危機即將爆發。

anxiety ⓝ [æŋ'zaɪətɪ] ★★★★☆

图 憂慮，擔心，渴望

同 apprehension
反 easiness

記 anxiet表「苦惱、渴望」，y表「狀態」，合起來引申為「憂慮、渴望」的意思。

例 The father was filled with anxiety about his son's study.
那位父親為兒子的學習感到憂心。

apologize ⓥ [ə'pɑlə‚dʒaɪz] ★★★★★

動 道歉

同 ask forgiveness
反 blame, condemn

記 apologize的動詞三態是apologize，apologized，apologized。

例 I must apologize for not following my promise.
我為沒遵守諾言而道歉。

appall ⓥ [ə'pɔl] ★★★★★

動 使驚恐，使膽寒

同 shock, offend

記 appall的動詞三態是appall，appalled，appalled。

例 We were appalled when we heard a hurricane was on its way.
聽說一場颶風正席捲而來，我們嚇壞了。

appease ⓥ [ə'piz] ★★★★☆

動 平息，緩和，滿足

同 allay, alleviate

記 appease的動詞三態是appease，appeased，appeased。

例 It was wrong to appease the aggressor.
姑息侵略者是錯誤的。

appoint ⓥ [ə'pɔɪnt] ★★★★★

動 任命，指派，指定，安排

同 allot, assign
反 retain

記 ap表「向、加強」，point表「點、刺」，合起來引申為「任命、指派」的意思。

例 The company has appointed a new secretary.
該公司已經任命了一位新的秘書。

appreciate ⓥ [ə'priʃɪ‚et] ★★★☆☆

動 欣賞，感謝，體會

同 value, admire
反 despise, dislike

記 appreciate的動詞三態是appreciate，appreciated，appreciated。

例 I appreciate what you have done for me.
感謝你為我所做的一切。

argue ⓥ ['ɑrgju] ★★★★★

動 爭論，主張，論證，說服

同 contend, debate
反 agree, co-operate

記 argue是指反對對方論點而作激烈的觀點陳述，其動詞三態是argue，argued，argued。

例 They argued me into giving up the impractical plan.
他們說服我放棄這個不切實際的計畫。

(Week 1 — Day 4)

arrest ⓥ [ə'rɛst] ★★★★★

動 逮捕，拘留，阻止，吸引

同 capture, catch, seize
反 escape

記 1) arrest的動詞三態是arrest，arrested，arrested。

2) arrest的名詞複數形是arrests。

例 The beautiful dress has arrested her attention.
那件漂亮的衣服吸引了她的注意。

ⓝ [ə'rɛst] ★★★☆☆

名 逮捕，拘留，抑制，阻止

同 apprehension, catch
反 escape

例 The policemen made an arrest last week.
員警上星期逮捕了一個人。

artifact ⓝ ['ɑrtɪ,fækt] ★★★★☆

名 人工製品，手工藝品

記 arti表「技藝、人工」，fact表「做」，原意是「靠人工製作的東西」，引申為「人工製品、手工藝品」的意思。

例 There are many artifacts in his study.
在他的書房裡，有很多手工藝品。

ascent ⓝ [ə'sɛnt] ★★★★★

名 攀登，提高，提升，追溯

同 rise, rising
反 descent

記 ascent的名詞複數形是ascents。

例 We made a successful ascent of the highest mountain in the world.
我們成功地登上了世界上最高的山。

assassin ⓝ [ə'sæsɪn] ★★★★☆

名 暗殺者，刺客

同 assassinator

記 assassin的名詞複數形是assassins。

例 The cruel assassin finally suffered the consequence of his own doing.
那個殘忍的刺客終於自食其果。

---

assault ⓥ [əˈsɔlt] ★★★★★

動 攻擊，襲擊，譴責，抨擊

同 assail, attack
反 defend

記 1) assault的動詞三態是assault，assaulted，assaulted。

2) assault的名詞複數形是assaults。

例 He got 5 years' imprisonment due to assaulting an official.
他因襲擊一位官員被判五年監禁。

ⓝ [əˈsɔlt] ★★★★★

同 rape, violation
反 defense, protection

名 攻擊，襲擊，譴責，抨擊

例 The troop made a strong assault on the city.
軍隊猛襲該城。

---

assembly line ⓟⓗ [əˈsɛmblɪ][laɪn] ★★★★☆

片 裝配線

同 production line, line

記 assembly意為「裝備」，line意為「線」，合起來便有「裝配線」之意。

例 The factory is more efficient due to the fact that a new assembly line was installed.
因為安裝了新的裝配線，所以工廠的效率提高了。

---

assessment ⓝ [əˈsɛsmənt] ★★★★★

名 估價，評價，評估

同 appraisal, judgment

記 as表「在」，sess表「坐」，ment表「行為、結果」，原意是「坐在裁決席上評判的行為或結果」，引申為「估價、評價」的意思。

例 He refused to tell us his assessment of the situation.
他拒絕告訴我們他對該形勢的評估。

---

assign ⓥ [əˈsaɪn] ★★★★☆

動 分配，分派，指定

同 allocate, allot

記 as表「朝向」，sign表「標記、指明」，原意是「向…指明方向」，引申為「分配、分派」的意思。

例 All the employees have been assigned to suitable jobs.
所有的員工都已被分配到合適的工作。

assuage ⓥ [ə'swedʒ]   ★★★★★

動 緩和，減輕，鎮定

同 lessen, allay, ease
反 aggravate

記 assuage的動詞三態是assuage，assuaged，assuaged。

例 Nothing can assuage her pain of losing a child.
什麼也不能減輕她喪子的痛苦。

astronaut ⓝ ['æstrə,nɔt]   ★★★★☆

名 太空人

同 spaceman

記 astro表「星、宇宙」，naut表「sailor」，合起來即是「太空人」的意思。

例 The little boy's dream is to be an astronaut.
那個小男孩的夢想是成為太空人。

atmosphere ⓝ ['ætməs,fɪr]   ★★★★★

名 大氣，大氣層，氣氛，情趣，魅力

同 aerosphere, air

記 atmo表「氣」，sphere表「圈或層」，合起來就是「大氣，大氣層」的意思。

例 An atmosphere of anxiety filled the family.
家裡籠罩著憂慮的氣氛。

atrocity ⓝ [ə'trɑsətɪ]   ★★★☆☆

名 殘暴，殘酷，殘暴的行為

同 atrociousness
反 friendliness

記 atrocity的名詞複數形是atrocities。

例 His atrocity has aroused great public rage.
他的暴行激起了群眾極大的憤怒。

attend ⓥ [ə'tɛnd]   ★★★★★

動 注意，出席，參加，照顧

同 join, be present at
反 avoid, ignore

記 at表「向」，tend表「伸」，原意是「伸向某人或某個場合」，引申為「出席、參加」的意思。

例 They attend the church every Sunday.
每個星期天他們都去教堂。

attitude ⓝ ['ætətjud]   ★★★★☆

名 態度，意見，看法，姿勢

同 view, position

記 att表「合適」，tude表「狀態」，合起來引申為「態度、姿勢」的意思。

例 What's your attitude towards this issue?
你對這個問題的看法是怎樣的？

auction ⓥ [ˈɔkʃən]　　　　　★★★★★

働 拍賣，把…拍賣掉　　　　　同 auctioneer

記 1) auction的動詞三態是auction，auctioned，auctioned。

　　2) auction的名詞複數形是auctions。

例 The company is going to auction their car next week.
公司將於下月拍賣他們的車。

ⓝ [ˈɔkʃən]　　　　　★★★★☆

名 拍賣

例 The building is sold by auction.
這座樓房是被拍賣掉的。

augment ⓥ [ɔgˈmɛnt]　　　　　★★★★★

働 擴大，增強，提高　　　　　同 enlarge, increase
　　　　　　　　　　　　　反 abate

記 augment的動詞三態是augment，augmented，augmented。

例 He augmented his income by being a part time teacher in a college.
因為他在一所大學當兼職老師，所以收入增加。

(Week 1 — Day 5)　　　　　MP3-6

authenticate ⓥ [ɔˈθɛntɪˌket]　　　　　★★★★★

働 證明…為真

記 authenticate的動詞三態是authenticate，authenticated，authenticated。

例 The interested parties have authenticated the rumor.
當事人已經證實了傳言為真。

automatic ⓐ [ˌɔtəˈmætɪk]　　　　　★★★★☆

形 自動的，無意識的　　　　　同 spontaneous
　　　　　　　　　　　　　反 manual, intentional

記 auto表「自己」，mat表「思想」，ate表「…式的」，合起來引申為「自動的」的意思。

例 They want to buy a fully automatic washing machine.
他們想買一台全自動洗衣機。

average ⓐ [ˈævərɪdʒ]　　　　　★★★★★

形 平均的，一般的，普通的　　　　　同 usual, common
　　　　　　　　　　　　　　　　反 special

記 1) average的動詞三態是average，averaged，averaged。

2) average的名詞複數形是averages。

例 The average age of the employees in the company is 25.
這家公司員工的平均年齡是二十五歲。

ⓝ [ˈævərɪdʒ]　　　　　　　　　　　　　　　★★★★★

名 平均，平均數，一般，普通　　　　　　　同 norm
　　　　　　　　　　　　　　　　　　　　反 maximum

例 His pay is above the average in the company.
他的薪水高於公司的平均薪資。

B

backlash ⓝ [ˈbækˌlæʃ]　　　　　　　　　★★★☆☆

名 反衝，反撞，強烈反應，強烈反對　　　同 recoil, repercussion

記 back意為「回」，lash意為「打擊、衝擊」，合起來就有「反撞、強烈反應、強烈反對」的意思。

例 We were surprised by his backlash of sympathy for his enemy.
他對仇敵表示同情的強烈反應，讓我們感到很驚訝。

bacteria ⓝ [bækˈtɪrɪə]　　　　　　　　★★★★★

名 細菌

記 bacterium的名詞複數形是bacteria。

例 The naked eye can not see bacteria.
肉眼看不到細菌。

balk ⓥ [bɔk]　　　　　　　　　　　　　★★★★☆

動 阻礙，阻止，畏怯，猶豫　　　　　　　同 block, hinder, stall
　　　　　　　　　　　　　　　　　　　　反 help

記 1) balk的動詞三態是balk，balked，balked。

2) balk的名詞複數形是balks。

例 Nothing can balk me to pursue my dream.
沒有什麼能阻止我去追求我的夢想。

ⓝ [bɔk]　　　　　　　　　　　　　　　　★★★★★

名 阻礙，妨礙，挫折　　　　　　　　　　同 hindrance
　　　　　　　　　　　　　　　　　　　　反 help

例 He thinks political movement is a balk to the development of economy.
他認為政治運動是經濟發展的障礙。

bandit ⓝ [ˈbændɪt] ★★★★★

名 強盜，土匪，惡棍，歹徒　　　　　　　　同 robber, thief

記 bandit是由band＋it構成，band有「一夥、一幫」的意思，合起來是「組成一夥或一幫」，引申為「強盜、土匪」之意。

例 The bandits in the mountain were finally arrested.
山裡的強盜終於被逮捕了。

banish ⓥ [ˈbænɪʃ] ★★★★☆

動 流放，放逐，消除，排除　　　　　　　　同 deport, exile
　　　　　　　　　　　　　　　　　　　　反 admit, receive

記 banish的動詞三態是banish，anished，anished。

例 The king was banished from his country for life.
國王被終生放逐。

banking ⓝ [ˈbæŋkɪŋ] ★★★★★

名 銀行業

記 bank意為「銀行」，ing是名詞字尾，因此合起來便是「銀行業」之意。

例 Banking faces cruel competition in China nowadays.
當今，中國的銀行業面臨著殘酷的競爭。

bankrupt ⓥ [ˈbæŋkrʌpt] ★★★★☆

動 使破產，使赤貧，使枯竭　　　　　　　　同 impoverish, beggar

記 bank表「銀行、倉庫」，rupt表「斷裂」，原意是「金庫耗盡」，引申為「使破產、使赤貧、使枯竭」的意思。

例 His addiction to gambling that it will surely bankrupt him.
他沉迷於賭博，那一定會使他破產的。

ⓝ [ˈbæŋkrʌpt] ★★★★★

名 破產者，完全喪失者　　　　　　　　　　同 debtor
例 I cannot believe he is morally bankrupt.
我不敢相信，他已經完全喪失了道德。

ⓐ [ˈbæŋkrʌpt] ★★★★★

形 破產的，已完全失敗的　　　　　　　　　同 insolvent, broke
例 The man is bankrupt and unable to pay debts.
這人破產了，沒有能力還錢。

bar ⓥ [bɑr] ★★★★☆

動 阻擋，閂上，中止，禁止　　　　　　　　同 block, obstruct
　　　　　　　　　　　　　　　　　　　　反 persuade

記 發音記憶：bar的發音與「吧」接近，即可聯想到是「酒吧」的意思。

例 She has been barred from driving.
她被禁止開車。

ⓝ [bɑr]　　　　　　　　　　　　　　　　　★★★★★
名 棒，障礙，限制，酒吧　　　　　　同 pole, rod, stick
　　　　　　　　　　　　　　　　反 authorization

例 There are many bars on this street.
這條街有許多酒吧。

---

barter ⓥ [ˈbɑrtɚ] 　　　　　　　　　　　★★★☆☆

動 以（等價物或勞務）作為交換　　　同 trade, deal, swap

記 barter諧音為「巴特」，巴特是位將軍，他不僅仗打得好，而且很會做生意，很懂得和別人進行貨物交換，依此聯想記憶，即可得barter是「以（等價物或勞務）作為交換」的意思。

例 The man will never barter for money with dignity.
這個人絕不會拿尊嚴來交換錢財。

---

bedrock ⓝ [ˈbɛdˌrɑk] 　　　　　　　　　★★★★☆

名 床岩，根底，底部，基礎　　　　　同 fundamentals, basics

記 bed意為「床」，rock意為「岩石」，合起來即是「床岩」之意。

例 Kindness is the bedrock of her personal relationships.
友好是她與人交往的基礎。

---

beg ⓥ [bɛg] 　　　　　　　　　　　　　★★★★★

動 乞討，請求，懇求　　　　　　　　同 appeal, beseech
　　　　　　　　　　　　　　　　反 command

記 beg作「請求」解時，後可接介系詞for，也可直接跟受詞。

例 The little girl begged me to give her 5 dollars.
這個小女孩乞求我給她五美元。

---

behavior ⓝ [bɪˈhevjɚ] 　　　　　　　　★★★☆☆

名 行為，舉止　　　　　　　　　　同 conduct, doings
　　　　　　　　　　　　　　　　反 inaction

記 動詞behave（舉止、表現），加上表「狀態」的名詞字尾or，就具有「行為、舉止、態度」之意。

例 Her behavior showed she was a nice girl.
她的行為表明她是一個好女孩。

---

bemuse ⓥ [bɪˈmjuz] 　　　　　　　　　★★★★★

動 使困惑，使茫然，使發呆　　　　　　　　　同 bewilder

記 bemuse的動詞三態是bemuse，bemused，bemused。

例 The beer left her bemused.
啤酒使她神志不清了。

(Week 2 — Day 1)　　　　　　　　　　　MP3-7

benefit ⓥ ['bɛnəfɪt]　　　　　　　　　　★★★★☆

動 有利於，有益於，有助於　　　　　　　　同 aid, avail
　　　　　　　　　　　　　　　　　　　　反 hinder

記 bene表「好」，fit表「做」，原意是「做好事」，引申為「有利於、有益於」的意思。

例 She has benefited a lot from reading novels.
閱讀小說使她受益匪淺。

ⓝ ['bɛnəfɪt]　　　　　　　　　　　　　　★★★★★

名 利益，好處，恩惠，津貼　　　　　　　同 interest
　　　　　　　　　　　　　　　　　　　反 badness, hindrance

例 The new college will be a great benefit to the city.
新大學將帶給該城很大的好處。

---

bid ⓥ [bɪd]　　　　　　　　　　　　　★★★★☆

動 報價，投標，祝願，命令　　　　　　　同 offer, wish,
　　　　　　　　　　　　　　　　　　　反 annul, answer

記 1) bid的動詞三態是bid，bid，bid。

　　2) bid的名詞複數形是bids。

例 The rich man bid 60,000 dollars for the painting.
這個有錢人喊價六萬美元買這幅畫。

ⓝ [bɪd]　　　　　　　　　　　　　　　★★★★★

名 出價，投標，企圖，努力　　　　　　同 bidding, attempt
例 They felt very depressed, for their company didn't win the bid.
他們感到很不開心，因為公司沒有贏得投標。

---

bill ⓥ [bɪl]　　　　　　　　　　　　★★★★★

動 給⋯開帳單，要⋯付款　　　　　　　同 charge for, invoice
記 1) bill的動詞三態是bill，billed，billed。

　　2) bill的名詞複數形是bills。

例 She said she couldn't pay now and asked the waiter to bill her later.
她說她現在沒錢，並要求服務生稍後再開帳單給她。

ⓝ [bɪl] ★★★★☆

名 帳單，票據，議案　　　　　　　　　　同 check, currency

例 The bill was finally passed.
這項議案終於通過。

biochemical ⓐ [ˌbaɪoˈkɛmɪkl̩] ★★★★☆

形 生物化學的

記 bio表「生命、生物」，chemical意為「化學的」，合起來即是「生物化學的」之意。

例 It is a biochemical material.
這是一種生物化學物質。

bionics ⓝ [baɪˈɑnɪks] ★★★★★

名 仿生學

記 bio表「生命、生物」，ics表「…學」，合起來便有「仿生學」之意。

例 He majored in bionics in college.
他大學主修仿生學。

biotechnology ⓝ [ˌbaɪotɛkˈnɑlədʒɪ] ★★★☆☆

名 生物科技

記 bio表「生命、生物」，technology表「科技」，因此合起來便是「生物科技」的意思。

例 Biotechnology means any technological application that uses biological systems.
生物科技是指使用生物系統的任何科技運用。

bitter ⓐ [ˈbɪtɚ] ★★★★☆

形 苦的，苦味的，痛苦的　　　　　　　同 acidulous, acrid
　　　　　　　　　　　　　　　　　反 benevolent, cheerful

記 bitt表「劈割」，er表「動作」，原意是「劈割、割疼」，引申為「苦味的、仇恨的」的意思。

例 She doesn't like coffee that is too bitter.
她不喜歡太苦的咖啡。

blame ⓥ [blem] ★★★★☆

動 責備，把…歸咎於　　　　　　　　　同 accuse, censure
　　　　　　　　　　　　　　　　　反 approve, praise

例 A wise man doesn't blame his environment.
聰明的人不埋怨他的生活環境。

ⓝ [blem] ★★★★☆

名 責備，指責，責任 　同 incrimination
　反 approval

記 blame的動詞三態是 blame， blamed， blamed。

例 Right now there is nobody being ready to take the blame for the fault.
目前沒有人準備承擔這一錯誤的責任。

blemish ⓥ [ˈblɛmɪʃ] ★★★★☆

動 玷污，使有缺點，損害 　同 besmear, stain

記 1) blemish的動詞三態是 blemish， blemished， blemished。

　2) blemish的名詞複數形是 blemishes。

例 His reputation was blemished by taking bribes.
他受賄，聲譽因此受到損害。

ⓝ [ˈblɛmɪʃ] ★★★★★

名 傷疤，瑕疵，污點，缺點 　同 defect, mar
例 The jade has several blemishes in it.
這塊玉上有幾處瑕疵。

board ⓥ [bord] ★★★★☆

動 上（船），登上，供膳 　同 embark, get on
　反 withdraw

記 1) board的動詞三態是 board， boarded， boarded。

　2) board的名詞複數形是 boards。

例 The passengers boarded the ship at 10 a.m.
旅客們上午十時登船。

ⓝ [bord] ★★★★☆

名 佈告牌，膳食，董事會 　同 cabinet, committee
例 The company will provide room and board for him.
公司會為他提供食宿。

bomb ⓥ [bɑm] ★★★☆☆

動 轟炸，慘敗 　同 bombard, fail, flunk
記 bomb的發音與「爆」諧音，依此可記 bomb有「轟炸、炸彈」的意思。

例 The enemy bombed several train stations last month.
敵人上個月炸毀了好幾個火車站。

ⓝ [bɑm] ★★★★★

名 炸彈 　同 explosive, fireball
例 The time bomb will explode in 5 minutes.
這枚定時炸彈再過五分鐘就會爆炸。

bone ⓥ [bon]　★★★★★

動 除去骨頭，用功　　　　　　　同 cram, grind away

記 1) bone的動詞三態是bone，boned，boned。

　　2) bone的名詞複數形是bones。

例 It is useless to bone up for the exam.
考試前臨時抱佛腳是沒有用的。

ⓝ [bon]　★★★★★

名 骨頭　　　　　　　　　　　同 cartilage, marrow

例 He suffered a broken bone in his leg during the train trip.
他的一隻腳在火車旅行中骨折了。

boost ⓥ [bust]　★★★★★

動 推動，促進，提高，增加　　　同 increase, promote

記 1) boost的動詞三態是boost，boosted，boosted。

　　2) boost的名詞複數形是boosts。

例 The publication of this book boosted our confidence.
這本書的出版增強了我們的信心。

ⓝ [bust]　★★★★☆

名 推動，促進，提高，增加　　　同 encouragement, rise

例 There will be a big boost in salary next year.
明年的薪資將會提高。

bore ⓥ [bor]　★★★★★

動 使厭煩，煩擾，鑽　　　　　　同 irk, make weary
　　　　　　　　　　　　　　反 amuse, delight

記 1) boring指事物之煩人，bored指人感到厭煩。

　　2) bore的動詞三態是bore，bored，bored。

例 The sound of TV bores me.
電視的聲音使我感到厭煩。

ⓝ [bor]　★★★★☆

名 令人討厭的人或事，（槍炮的）口徑　同 caliber, drill hole

例 Boys at the age of 5 are real bores.
五歲的小男孩真的很令人討厭。

bother ⓥ ['baðɚ]　★★★★☆

動 打擾，麻煩，擔心　　　　　　同 trouble, annoy
　　　　　　　　　　　　　　反 alleviate, please

31

記 bother（打擾）可與brother（弟弟）同步記憶：你在認真做事的時候，弟弟一直在旁邊不停地打擾你，使你感到很煩惱。

例 You are wasting your time to bother about trifling matters.
為小事煩惱是在浪費你的時間。

---

n [ˈbɑðɚ]　　　　　　　　　　　　　　　　　　　★★★★★
名 煩惱，麻煩　　　　　　　　　　　　　　　　同 fuss, trouble, hassle
　　　　　　　　　　　　　　　　　　　　　　反 relief

例 It's too much of a bother going there on foot.
步行去那兒太麻煩了。

(Week 2 — Day 2)　　　　　　　　　　　　　　MP3-8

bottom line　ph [ˈbɑtəm][laɪn]　　　　　　★★★★☆
片 最後結果，要點，首要之事
記 bottom意為「底部」，line意為「線」，合起來是「底部的線」，引申為「帳本底線、最後結果、要點」之意。

例 The bottom line is that she will never agree.
最重要的是她永遠都不會同意。

bounced check　ph [baʊnst][tʃɛk]　　　　　★★★★★
片 退票
記 bounce有「支票被拒付而退還給開票人」的意思，加d變為形容詞，即是「退還的」之意，check意為「支票」，因此合起來便有「退票」之意。

例 A bounced check means a check which is returned by a bank because it is not payable due to insufficient funds.
退票指由於金額不足、不夠支付而被銀行退還的支票。

bountiful　a [ˈbaʊntəfəl]　　　　　　　　　　★★★★★
形 慷慨的，寬大的，充足的　　　　　　　　同 abundant, bounteous
　　　　　　　　　　　　　　　　　　　　反 insufficient
記 名詞bounty（慷慨、大方），去y加i，再加上表「…的」的形容詞字尾ful，就具有「慷慨的、寬大的」之意。

例 This country has a bountiful supply of oil.
該國有充足的石油供應。

---

brain　n [bren]　　　　　　　　　　　　　　★★★★☆
名 大腦，心智，聰明人　　　　　　　　　　同 mind, head
記 brain的名詞複數形是brains。

例 He's the brains of the company.
他是公司裡的智囊人物。

breakthrough (n) ['brek͵θru] ★★★☆☆
名 突圍，突破，突破性進展　　　　　　　　同 discovery, find
記 break表「打破」，through表「完全」，原意是「完全打破」，引申為「突圍、突破」的意思。
例 They are striving for a breakthrough in computer technology.
他們為了在電腦技術上有所突破而努力著。

breathe (v) [briŏ] ★★★★★
動 呼吸，說出，洩露　　　　　　　　同 inhale, infuse
　　　　　　　　　　　　　　　　　反 choke, smother
記 breathe的動詞三態是breathe，breathed，breathed。
例 He asked me not to breathe a word of what he had told me.
他叫我不要洩露他剛剛告訴我的話。

brief (a) [brif] ★★★★★
形 簡短的，短暫的　　　　　　　　同 concise, short
　　　　　　　　　　　　　　　　反 durable, long
記 1) brief的名詞複數形是briefs。
　　2) brief的形容詞比較級是briefer，最高級是briefest。
例 Please be brief for there are many people waiting.
因為有許多人在等，所以請說得簡短一點。

(n) [brif] ★★★★★
名 概要，摘要，簡報
例 He asked his secretary to draw up a brief for his speech.
他請秘書為他的演講擬了一份概要。

bronchitis (n) [brɑnˈkaɪtɪs] ★★★★★
名 支氣管炎
記 bronchi表「支氣管」，itis表「炎症」，因此合起來就是「支氣管炎」的意思。
例 He gave up smoking for if he did so, his bronchitis would improve.
他戒了煙，因為這樣做，他的支氣管炎會好得多。

brutal (a) ['brutl̩] ★★★★☆
形 殘忍的，嚴峻的，嚴酷的　　　　　　同 barbarous, cruel
　　　　　　　　　　　　　　　　　反 kind, friendly

記 brute意為「人面獸心的人、殘暴的人」，加al變為形容詞，即有「殘忍的」之意。

例 It is brutal of them to kill everyone including old people and babies.
他們連老人和嬰兒都殺，真是殘忍。

bullish ⓐ ['bulɪʃ]   ★★★★★

形 似公牛的，看漲的，樂觀的

記 bull意為「公牛」，ish是形容詞字尾，合起來便是「似公牛的」之意。

例 He is bullish about the future of the national economy.
他對國內經濟的前景很樂觀。

buoyant ⓐ ['bɔɪənt]   ★★★★☆

形 有浮力的，上漲的，心情愉快的

同 chirpy
反 dismal, gloomy

記 buoy意為「浮標、使浮起」，加ant變為形容詞，即有「有浮力的、能浮起的、上漲的」之意。

例 Every day she is in a buoyant mood.
她每天都心情很愉快。

C

calamity ⓝ [kə'læmətɪ]   ★★★★★

名 災難，大禍，不幸

同 disaster, tragedy

記 calamity的名詞複數形是calamities。

例 About 50 people lost their lives in the calamity.
大約有五十人在這場災難中喪生。

cancer ⓝ ['kænsɚ]   ★★★☆☆

名 癌，弊端

同 carcinoma
反 benefit

記 cancer的名詞複數形是cancers。

例 There is a breakthrough in cancer research.
在癌症研究方面已經有了突破。

candidate ⓝ ['kændədet]   ★★★★☆

名 候選人，求職應徵者

同 nominee, applicant

記 cand表「白」，id表「與…有關的人」，ate表「職務」，原意是「穿白袍的人」，引申為「候選人、候補者」的意思。

例 Of course she is the strongest candidate for the job.
在求職應徵者中，她當然具備最好的條件。

capacity ⓝ [kəˈpæsətɪ] ★★★★★

名 容量，能力，能量　　　　　　　　同 size, volume

記 cap表「拿取」，acity表「多」，原意是「能容納很多東西」，引申為「容量、能力」的意思。

例 She has a great capacity for dancing.
她跳舞的能力很強。

capitalism ⓝ [ˈkæpətḷˌɪzəm] ★★★★☆

名 資本主義（制度）　　　　　　　同 free enterprise
　　　　　　　　　　　　　　　　　反 socialism

記 capital表「資本」，ism表「…主義」，合併起來便有「資本主義」之意。

例 Is capitalism based on private ownership?
資本主義是建立在私有制基礎上的嗎？

(Week 2 ― Day 3)　　　　　　　MP3-9

captivate ⓥ [ˈkæptəˌvet] ★★★★☆

動 使著迷，蠱惑　　　　　　　　　同 capture, catch

記 capt表「拿取、抓住」，iv(e)表「有關」，ate表「使」，原意是「抓住某人的心靈」，引申為「使著迷、蠱惑」的意思。

例 She was completely captivated by the film.
她完全被那部電影迷住了。

career ⓥ [kəˈrɪr] ★★★★★

動 急馳，飛奔

記 car表「車」，eer表「與…有關的事物」，原意是「如行車的」，引申為「急馳、飛奔」的意思。

例 The train was careering along the river.
火車沿著河流急馳。

ⓝ [kəˈrɪr] ★★★☆☆

名 生涯，經歷，職業　　　　　　　同 calling, vocation

例 She wants to be a career woman, not a housewife.
她想成為一個職業婦女，而非家庭主婦。

case history ⓟʰ [kes][ˈhɪstərɪ] ★★★★☆

片 病歷，血統紀錄

記 case有「個案、病例」的意思，history意為「歷史」，合起來就是「病歷、血統紀錄」的意思。

例 The doctor didn't find the patient's case history.
醫生沒找到患者的病歷。

casualty ⓝ [ˈkæʒjʊəltɪ]　　　　★★★★★

名 死者，受害人，意外事故　　　　同 accident, misfortune

記 cas 表「降臨」，al 表「有…特性的」，ty 表「結果」，原意是「突然降臨的事所造成的後果」，引申為「死者、傷者」的意思。

例 There were 130 casualties in the plane crash.
在這場墜機事件中，有一百三十人傷亡。

catastrophe ⓝ [kəˈtæstrəfɪ]　　　　★★★★☆

名 大災難，大敗，慘敗　　　　同 calamity, affliction

記 catastrophe 的名詞複數形是 catastrophes。

例 The war was a catastrophe to human beings.
那場戰爭對人類來說是一場大災難。

categorize ⓥ [ˈkætəgəˌraɪz]　　　　★★★★★

動 把…分類，將…歸類　　　　同 classify, generalize

記 categorize 的動詞三態是 categorize，categorized，categorized。

例 It's wrong to categorize this song a folk song.
把這首歌歸類為民歌是錯誤的。

caution ⓥ [ˈkɔʃən]　　　　★★★★☆

動 警告，告誡，使小心　　　　同 admonish, monish

記 1) caution 的動詞三態是 caution，cautioned，cautioned。

　　2) caution 的名詞複數形是 cautions。

例 We were cautioned to turn down the music.
我們被告誡把音樂聲音放小些。

ⓝ [ˈkɔʃən]　　　　★★★★★

名 小心，謹慎，警告，告誡　　　　同 precaution, care
　　　　　　　　　　　　　　　　反 carelessness

例 The teacher gave him a caution and told him not to bully the little boy.
老師給了他一次警告，告誡他不要欺負那個小男孩。

celebrity ⓝ [sɪˈlɛbrətɪ]　　　　★★★★☆

名 名人，名流，名聲，著名　　　　同 famous person, fame

記 1) celebrity 的名詞複數形是 celebrities。

　　2) 電視界名人是 film celebrity。

例 The actor became a celebrity overnight.
這個演員一夜成名了。

censor ⓥ [ˈsɛnsɚ] ★★★☆☆
動 檢查，審查　　　　　　　　　　　同 examine, inspect
記 1) censor的動詞三態是censor，censored，censored。
　 2) censor的名詞複數形是censors。
例 He felt angry, for his letter had been censored.
他因信件遭到檢查而感到很生氣。

ⓝ [ˈsɛnsɚ] ★★★★★
名 檢查員　　　　　　　　　　　　同 examiner, inspector
例 The censor didn't understand the film and excised an important passage.
檢查員不懂這部電影，剪去了很重要的一段。

centralization ⓝ [ˌsɛntrəlɪˈzeʃən] ★★★★★
名 中央集權，集中化　　　　　　　反 decentralization
記 centr表「中心」，al表「…的」，iz(e)表「使成為」，ation表「行為」，原意是「成為中心」，引申為「中央集權、集中化」的意思。
例 Can you tell me the advantages and disadvantages of centralization?
你能告訴我中央集權的優缺點嗎？

chaotic ⓐ [keˈɑtɪk] ★★★★☆
形 混亂的　　　　　　　　　　　　同 confused, disordered
　　　　　　　　　　　　　　　　反 cosmic, systematic
記 名詞chaos（混亂），去s加上形容詞字尾tic（…的），合併起來便有「混亂的」之意。
例 The situation in the church was chaotic after a sound of gun had been heard.
在聽到一聲槍聲後，教堂裡一片混亂。

charge ⓥ [tʃɑrdʒ] ★★★★☆
動 收費，控告，指責，譴責　　　　同 accuse, blame
　　　　　　　　　　　　　　　　反 discharge
例 He was charged with tax evasion.
他因逃稅而受到控告。

ⓝ [tʃɑrdʒ] ★★★★★
名 費用，控告，指責，主管　　　　同 accusation, billing
記 1) charge的動詞三態是charge，charged，charged。
　 2) charge的名詞複數形是charges。
例 He was in charge of the company when the president was absent.
當董事長不在時，他主管該公司。

charter ⓥ ['tʃɑrtɚ]　　　　　　　　　　★★★★☆

動 發執照給，給予…特權，包租　　　　　同 rent, hire, lease

記 1) charter的動詞三態是charter，chartered，chartered。

2) charter的名詞複數形是charters。

例 The businessman chartered a yacht for holiday.
那位商人租了一部遊艇去度假。

ⓝ ['tʃɑrtɚ]　　　　　　　　　　　　　★★★★☆

名 許可證，憲章，租賃，包機　　　　　同 alliance, rent, treaty

例 These cars are available for charter.
這些汽車可供包租。

check ⓥ [tʃɛk]　　　　　　　　　　　★★★★★

動 檢查，校對，阻止，控制　　　　　　同 see, insure
　　　　　　　　　　　　　　　　　　反 aid, persuade

記 1) check的動詞三態是check，checked，checked。

2) check的名詞複數形是checks。

3) check作「支票」解，是美語用法，英式英語用cheque。

例 He checked the plane carefully before taking off.
在起飛前，他仔細檢查了飛機。

ⓝ [tʃɛk]　　　　　　　　　　　　　　★★★★★

名 檢查，阻止，控制，支票　　　　　　同 hindrance, deterrent
　　　　　　　　　　　　　　　　　　反 aid

例 The fog caused a check in traffic.
大霧使交通停滯。

cholesterol ⓝ [kə'lɛstəˌrol]　　　　　★★★★☆

名 膽固醇

記 cholesterol是動物血液和組織中的脂肪物質，血液中含量過多會造成動脈的硬化、阻塞。

例 Cholesterol is an important part of a healthy body.
膽固醇是健康身體的重要一部分。

chuck ⓥ [tʃʌk]　　　　　　　　　　　★★★★★

動 輕擊，扔，放棄，咯咯地叫　　　　　同 pat, flick, tap

記 chuck的發音像母雞咯咯的叫聲，依此可記chuck有「（母雞）咯咯地叫」的意思。

例 Why do you still keep this broken computer? Chuck it away.
你為什麼還保存著這台壞掉的電腦？把它扔掉。

ⓝ [tʃʌk] ★★★★☆

图 輕擊，撫弄，扔，打發走　　　　　　　　　同 pat, tap

例 His boss gave him a chuck last month.
他的老闆上個月把他解雇了。

circumference ⓝ [səˈkʌmfərəns] ★★★☆☆

图 圓周，周長　　　　　　　　　　　　　　同 perimeter

記 circum表「環繞」，fer表「攜帶」，ence表「狀態」，原意是「環繞一周」，引申為「圓周、周長」的意思。

例 This ball has a circumference of seven feet.
這個球的周長是七英尺。

civil servant ⓟʰ [ˈsɪvl̩][ˈsɝvənt] ★★★★☆

片 文職人員，公務員

記 civil意為「國民的、公民的」，servant意為「僕人」，合起來是「公民的僕人」，因此便有「（政府）文職人員、公務員」之意。

例 If she passes the exam, she will be a civil servant.
如果她通過考試，她就能成為一名公務員。

clamor ⓥ [ˈklæmɚ] ★★★★★

動 發出喧囂聲，大聲疾呼，吵鬧著要求　　　同 cry out, demand

記 clam表「叫、喊」，or表「行為、狀態」，引申為「吵鬧、大聲疾呼」的意思。

例 They clamored against the government's new policy.
他們大聲反對政府的新政策。

ⓝ [ˈklæmɚ] ★★★☆☆

图 吵鬧聲，吵吵鬧鬧的要求　　　　　　　　同 hubbub, uproar

例 The workers made a clamor for higher pay.
工人們吵鬧著要求提高工資。

clarify ⓥ [ˈklærəˌfaɪ] ★★★★☆

動 澄清，闡明　　　　　　　　　　　　　　同 explain, expound
　　　　　　　　　　　　　　　　　　　　反 object

記 clar表「清楚」，ify表「使成為」，原意是「使清楚」，引申為「澄清、闡明」的意思。

例 It is difficult to clarify the present situation of the company.
公司的現狀很難說清。

cleanup ⓝ [ˈklin͵ʌp]　　　　★★★★☆

图 大掃除，清除，獲利

記 clean 表「清潔」，up 表「完全地」，原意是「使清楚」，合起來引申為「大掃除、清除」的意思。

例 You'd better give your house a good cleanup.
你最好清掃一下你的房間。

clientele ⓝ [͵klaɪənˈtɛl]　　　★★★★☆

图 訴訟委託人，顧客

記 clientele 是「顧客、委託人」的總稱。

例 The lawyer's clientele are very rich.
這名律師的訴訟委託人都很有錢。

cling ⓥ [klɪŋ]　　　　　　　★★★★★

働 黏著，依附，依靠，堅持

同 clutch, cohere, hold
反 separate

記 cling 的動詞三態是 cling，clung，clung。

例 She clings to her boyfriend which bothers him very much.
她黏著男朋友不放，這讓她男朋友感到很厭煩。

coalition ⓝ [͵koəˈlɪʃən]　　　★★★★★

图 結合，聯合，聯盟

同 amalgamation

記 coalition 的名詞複數形是 coalitions。

例 They formed a coalition to rebel against the enemy.
他們組成聯盟共同對抗敵人。

cobble ⓥ [ˈkɑbḷ]　　　　　　★★★★☆

働 修補，把…草率地拼湊起來

例 She could cobble together an essay in one day.
她可以一天拼湊一篇論文。

ⓝ [ˈkɑbḷ]　　　　　　　　　★★★★☆

图 鵝卵石，圓石，圓石子路

記 1) cobble 的動詞三態是 cobble，cobbled，cobbled。

2) cobble 的名詞複數形是 cobbles。

例 The road is paved with cobbles.
這條路是由鵝卵石鋪成的。

code ⓥ [kod]　　　　　　　★★★★★

動 為⋯編碼，把⋯譯成密碼等　　　　　　　　　　同 encode, encipher

記 1) code的動詞三態是code，coded，coded。

　 2) code的名詞複數形是codes。

例 He was told to code the new books in two days.
　 他被要求在兩天內為新書編碼。

ⓝ [kod]　　　　　　　　　　　　　　　　　★★★★★

名 法典，規範，代碼，密碼　　　　　　　　同 norm, rule

例 People should observe the social code.
　 人們應該遵從社會規範。

collaborate ⓥ [kəˈlæbəˌret]　　　　　★★★☆☆

動 合作，共同工作，勾結　　　　　　　　同 cooperate, team up

記 col表「共同」，labor表「工作」，ate表「使成為」，原意是「共同在一起工作」，引申為「合作、共同工作」的意思。

例 They are collaborating with each other in writing a book.
　 他們合作寫書。

colleague ⓝ [ˈkɑlig]　　　　　　　　★★★★☆

名 同事，同僚，同行　　　　　　　　　同 confrere, fellow

記 col表「共同」，leag表「挑選」，ue是名詞字尾，原意是「被集中到一起工作的人」，引申為「同事、同僚」的意思。

例 She found all her colleagues very industrious.
　 她發現所有的同事都很勤奮。

collusion ⓝ [kəˈluʒən]　　　　　　　★★★★★

名 共謀，勾結　　　　　　　　　　同 complicity, complot

記 col表示「共同、一起」，lus表示「戲弄」，ion作名詞字尾，合併起來便有「共謀、勾結」之意。

例 He acted in collusion with his enemy.
　 他與敵人勾結。

comfortable ⓐ [ˈkʌmfɚtəbl]　　　　★★★★★

形 舒適的，豐富的，舒服的　　　　　同 cheerful, content
　　　　　　　　　　　　　　　　　反 painful

記 com表「完全」，fort表「強力」，able表「可⋯的」，原意是「可使某人在精神上完全堅強的」，引申為「舒適的、豐富的」的意思。

例 He lives a comfortable life but feels unhappy.
　 儘管他過著舒適的生活，但還是感覺不快樂。

commercial ⓐ [kə'mɝʃəl] ★★★★☆

形 商業的，營利本位的　　　　　　　　　　　同 mercantile

記 commercial的名詞複數形是commercials。

例 Learn some commercial correspondence, for it will be useful.
學點商務信函吧！那將很有用。

ⓝ [kə'mɝʃəl] ★★★★☆

名 商業廣告　　　　　　　　　　　　　　　同 advertisement

例 There are too many commercials during the program interval.
在節目中間有太多商業廣告了。

commission ⓥ [kə'mɪʃən] ★★★☆☆

動 委任，委託，任命　　　　　　　　　　　同 appoint, assign

記 com表「共同」，miss表「送、放送」，ion表「行為、結果」，原意是「派送、委派」，因此便有「委託、委任、任命」之意。

例 He was commissioned the manager of the company last week.
他上星期被任命為公司經理。

ⓝ [kə'mɪʃən] ★★★★★

名 委託，委員會，任務　　　　　　　　　　同 committee

例 I will have several commissions for you if you go to New York.
如果你去紐約，我將有幾件事委託你去辦。

(Week 2 — Day 5) MP3-11

committee ⓝ [kə'mɪtɪ] ★★★★★

名 委員會　　　　　　　　　　　　　　同 board, commission

記 com表「共同」，mitt表「送、發」，ee表「受動者」，原意是「被派送到共同機構」，引申為「委員會」的意思。

例 They organized a committee to solve the problem.
他們成立了一個委員會來解決這個問題。

commonplace ⓐ ['kɑmən,ples,] ★★★★☆

形 平淡無味的，普通的　　　　　　　　　同 banal, bromidic
　　　　　　　　　　　　　　　　　　　　反 amazing

記 common意為「普通的、常見的」，place意為「地方」，合起來可引申為「平淡無味的、平凡的」。

例 It is a commonplace topic; you should think of something novel.
那是普通話題，你應該想點有新意的東西。

ⓝ [ˈkɑməmˌplesˌ]　　　　　　　　　　　　　　★★★★☆

图 司空見慣的事，老生常談　　　　　　　　同 banality

例 TV is now commonplace in that region.
　　在這個地區，電視機已經是司空見慣的東西了。

community ⓝ [kəˈmjunətɪ]　　　　　　　★★★★☆

名 社區，共同體，公眾　　　　　　　　　同 district, society

記 community的名詞複數形是communities。

例 He spent so much time on community service.
　　他花很多時間在社區服務上。

compensate ⓥ [ˈkɑmpənˌset]　　　　　　★★★★★

動 補償，賠償　　　　　　　　　　　　同 make up

記 com表「一起」，pens表「稱量」，ate表「使成為」，原意是「將…加在一起稱量」，
　引申為「補償、賠償」的意思。

例 Nothing can compensate for the loss of one's beloved.
　　沒有什麼能彌補失去一個人的至愛。

compete ⓥ [kəmˈpit]　　　　　　　　　★★★☆☆

動 競爭，媲美，比得上　　　　　　　　同 contend, contest

記 com表「一起」，pet表「追求」，e是動詞字尾，原意是「一起追求」，引申為「競
　爭、比賽」的意思。

例 My writing cannot compete with hers.
　　我的寫作比不上她。

competitive ⓐ [kəmˈpɛtətɪv]　　　　　　★★★☆☆

形 競爭的，好競爭的　　　　　　　　　同 emulous, rival
　　　　　　　　　　　　　　　　　　反 uncompetitive

記 com表「一起」，petit表「追求」，ive表「與…有關的」，原意是「一起追求…的」，
　引申為「競爭的、好競爭的」的意思。

例 I have never come across any person as competitive as her.
　　我從沒見過像她那麼爭強好勝的人。

complex ⓐ [ˈkɑmplɛks]　　　　　　　　★★★★☆

形 複雜的，難懂的　　　　　　　　　　同 complicated, tangled
　　　　　　　　　　　　　　　　　　反 brief, plain

記 com表「一起」，plex表「編結」，原意是「互相纏結在一起」，引申為「複雜的」的
　意思。

例 The situation becomes more and more complex.
　　情況變得越來越複雜。

ⓝ [ˈkɑmplɛks]　　　　　　　　　　　　　　　　★★★★☆

名 情結，綜合體，集團　　　　　　　　　　　同 composite

例 The girl has a complex about her appearance.
那位女孩對自己的外表有過分在意的情結。

comply ⓥ [kəmˈplaɪ]　　　　　　　　　　　　★★★★☆

動 順從，答應，同意　　　　　　　同 obey, accede, follow
　　　　　　　　　　　　　　　　反 deny, defy, disobey

記 com表「全」，ply表「充滿」，原意是「為滿足某人意願做得完美」，引申為「順從、答應」的意思。

例 You must comply with the library rules if you want to borrow books.
如果你要借書，就必須遵守圖書館的規章制度。

comprehensive ⓐ [ˌkɑmprɪˈhɛnsɪv]　　　　★★★★★

形 綜合的，全面的　　　　　　　　同 all-round, ample
　　　　　　　　　　　　　　　　反 incomplete

記 來自comprehend（包括、理解），sive是形容詞字尾，合併起來可指「包羅萬象的」，因此可得出「綜合的，全面的」之意。

例 The professor has had a comprehensive grasp of the issue.
那位教授對該問題已全面掌握。

concave ⓐ [ˈkɑnkev]　　　　　　　　　　　　★★★★☆

形 凹的，凹面的　　　　　　　　　同 hollow, sunken
　　　　　　　　　　　　　　　　反 convex

記 con表「完全」，ced表「走開」，e是動詞字尾，原意是「從對手那裡完全走開」，引申為「承認、讓步」的意思。

例 What do you want a concave mirror for?
你要凹鏡幹什麼？

ⓥ [kənˈsid]　　　　　　　　　　　　　　　　★★★★☆

動 承認，讓步，退讓　　　　　　　同 accept, yield

例 I must concede that I did a wrong thing again.
我必須承認我又做了一件錯事。

conclude ⓥ [kənˈklud]　　　　　　　　　　　★★★☆☆

動 結束，推斷，決定　　　　　　　同 close, end, finish
　　　　　　　　　　　　　　　　反 begin, commence

記 con表「完全」，clud表「關閉」，e是動詞字尾，原意是「完全關閉」，引申為「結束、推斷」的意思。

例 He concluded nothing from these facts.

從這些事實，他沒推斷出任何東西。

concord ⓝ ['kɑnkɔrd] ★★★★☆
名 和睦，協調，公約

同 harmony
反 discord

記 con表「共同」，cord表「心」，原意是「同心同德」，引申為「和睦、協調」的意思。

例 In concord with his opinion, we decided to set off tomorrow morning.
依照他的意見，我們決定明天早上出發。

condole ⓥ [kən'dol] ★★★★★
動 哀悼，同情

同 conciliate
反 object

記 condole的動詞三態是condole，condoled，condoled。

例 His friends condoled with him on his wife's death.
朋友們為他妻子的逝世向他表示哀悼。

conductor ⓝ [kən'dʌktɚ] ★★★★☆
名 管理人，嚮導，售票員，列車員

同 director, executive

記 con表「共同」，duct表「引導」，or表「人」，原意是「朝一個共同目標引導的人」，引申為「嚮導、管理人」的意思。

例 The bus conductor is a kind-hearted woman.
這位公車售票員是個好心的女人。

confer ⓥ [kən'fɝ] ★★★★☆
動 商談，商議，授予

同 confabulate, confab

記 con表「共同」，fer表「攜帶」，原意是「將各方帶到一起來」，引申為「商談、商議」的意思。

例 They conferred on an issue concerned by the public.
他們商討一個大眾關心的問題。

(Week 3 — Day 1)   **MP**3-12

confide ⓥ [kən'faɪd] ★★★☆☆
動 吐露，信託，信賴

同 entrust, commit
反 conceal

記 con表「完全」，fid表「信任」，合起來引申為「信賴、信託」之意。

例 She never confides her worries to her friends.
她從來不向她的朋友吐露憂愁。

confidential ⓐ [͵kɑnfə'dɛnʃəl] ★★★★☆

形 秘密的，機密的

同 clandestine, secret
反 open

記 con表「完全」，fid表「信任」，ent表「處於⋯狀態的」，ial表「具有⋯特性的」，合起來引申為「秘密的、機密的」的意思。

例 He told the confidential information of the company to his friends.
他把公司的機密資訊透露給他的朋友。

confuse ⓥ [kən'fjuz] ★★★★★

動 把⋯弄糊塗、使困惑

同 mix up, muddle
反 calm, compose

記 con表「共同」，fus表「傾流」，e表動詞字尾，原意是「各種成份混流一起」，引申為「把⋯弄糊塗、使困惑」的意思。

例 Don't speak to her for she is confused in mind right now.
別和她說話，她現在正心緒混亂著。

conglomerate ⓥ [kən'glɑmərɪt] ★★★★☆

動 凝聚成一團，使聚集

同 accumulate

記 conglomerate的動詞三態是conglomerate，conglomerated，conglomerated。

例 Thousands of fans conglomerated the super star.
成千上萬的歌迷把巨星團團圍住。

ⓝ [kən'glɑmərɪt] ★★★★☆

名 集塊，礫岩，聯合大企業

同 assortment

例 The conglomerate has taken over several small firms.
這家大企業已併購好幾家小公司。

ⓐ [kən'glɑmərɪt] ★★★★☆

形 密集而固結的，礫岩性的

同 miscellaneous

例 They had successfully kept the conglomerate country together.
他們成功地保持了多民族國家的統一。

conjure ⓥ ['kʌndʒɚ] ★★★★★

動 喚起，使想起，變魔術

同 raise, evoke

記 con表「共同」，jur表「發誓」，e表動詞字尾，原意是「祈求對方共同行動」，引申為「喚起、使想起、變魔術」的意思。

例 This film conjured up many memories in my childhood.
這部電影使我想起很多小時候的事。

conscious ⓐ ['kɑnʃəs] ★★★☆☆

形 意識到的，有知覺的

同 aesthetic, aware
反 accidental

記 con表「完全」，sci表「知道」，ous是形容詞字尾，合起來是「全部知道的」，因此便有「意識到的，有知覺的」之意。

例 She was not conscious of her mistakes.
她沒有意識到自己的錯誤。

consensus ⓝ [kən'sɛnsəs] ★★★★☆

名 一致，同意，輿論

同 accordance

記 con表「共同」，sens表「感覺」，us表名詞字尾，原意是「有共同的感覺」，引申為「一致、合意」的意思。

例 After 4 hours' meeting, they reached a consensus on the issue.
在四個小時的會議後，他們就該問題達成了共識。

conservation ⓝ [ˌkɑnsɚ'veʃən] ★★★★★

名 保存，保護，管理

同 preservation
反 breach, breakage

記 con表「共同」，serv表「保存」，ation表「行為」，原意是「對公共事物的保存」，引申為「保存、保護」之意。

例 Conservation of wildlife is of great significance to the balance of nature.
保護野生動植物對維護自然平衡至關重要。

consist ⓥ [kən'sɪst] ★★★★☆

動 組成，構成，在於，存在於

同 comprise, include
反 separate

記 con表「共同」，sist表示「站立」，原意是「站到一起」，引申為「組成、構成」之意。

例 Her greatest happiness consists of finding the one she truly loves.
她最大的幸福就在於找到她真正愛的人。

constellation ⓝ [ˌkɑnstə'leʃən] ★★★★☆

名 星座，薈萃，群集

同 galaxy

記 constellation的名詞複數形是constellations。

例 A constellation of famous film actors had come to the charity party.
一群知名電影明星參與這場慈善晚會。

constitute ⓥ ['kɑnstə.tjut] ★★★★☆

動 組成，構成，建立，任命

同 represent, make up
反 disintegrate

記 con表「完全」，stitute表「建立、放」，合起來就有「建立、組成」的意思。

例 The commission constituted him manager.
委員會任命他為經理。

consult ⓥ [kən'sʌlt] ★★★☆☆

動 請教，磋商，查看，當顧問　　　　　　　　同 confer with, refer

記 consult的動詞三態是consult，consulte，consulted。

例 Consult your grandpa and he will give you a good idea.
請教你爺爺吧！他會給你一個好主意。

consumer ⓝ [kən'sjumɚ] ★★★★★

名 消費者，顧客　　　　　　　　同 buyer, client
　　　　　　　　　　　　　　　反 producer

記 consumer的名詞複數形是consumers。

例 Their consumers are mainly young people.
他們的顧客主要是年輕人。

consumption ⓝ [kən'sʌmpʃən] ★★★★★

名 消費量，消耗，憔悴　　　　　　　同 using up, expenditure
　　　　　　　　　　　　　　　　反 production

記 「國內消費」是domestic consumption，「大眾消費」是mass consumption。

例 Consumption of oil increased even after it rose in price.
儘管石油的價格在上漲，但消費量還是在提高。

contemporary ⓐ [kən'tɛmpə͵rɛrɪ] ★★★★★

形 當代的，同時代的，同年齡的　　　同 coexistent, present
　　　　　　　　　　　　　　　　反 ancient, past

記 con表「共同」，tempor表「時間」，ary表「屬於…的」，原意是「屬於共同的時間的」，引申為「當代的、同時代的」的意思。

例 Her lecture is on contemporary Italian painting.
她的演講是關於義大利的當代畫作。

ⓝ [kən'tɛmpə͵rɛrɪ] ★★★★☆

名 當代人，同時代的人　　　　　　　同 coeval
例 She was highly praised by her contemporaries.
她被同時代的人高度讚揚。

contentious ⓐ [kən'tɛnʃəs] ★★★★★

形 愛爭論的，有異議的，引起爭論的　　同 disputatious

記 con表「共同」，tent表「伸、拉」，ious表「充滿…的」，合起來引申為「愛爭論的、有異議的」的意思。

例 This is a contentious film.
這是一部有爭議的電影。

contract ⓥ [kən'trækt]　　　　　　　　　　★★★★☆

動 訂合約，縮小，承包，承辦　　　　　同 reduce, shrink
　　　　　　　　　　　　　　　　　反 expand, increase

記 con表「共同、一起」，tract表「拉、拖」，原意是「拉到一起」，引申為「合約、契約」的意思。

例 We contracted with an Iraqi firm for the purchase of oil.
我們與一家伊拉克公司簽約購買石油。

ⓝ ['kɑntrækt]　　　　　　　　　　　　　★★★★☆

名 合約，契約，契約書　　　　　　　　同 agreement, compact
　　　　　　　　　　　　　　　　　反 disagreement

例 He works here on a fixed-term contract.
他按照定期合約在此工作。

contrast ⓥ [kən'træst]　　　　　　　　　　★★★☆☆

動 使對比，使對照，形成對照

記 contra表「相對」，st表「站立」，原意是「與…相反站立」，引申為「對比、對照」的意思。

例 In this film, the director contrasted beauty with ugliness.
在這部電影裡，導演將美與醜做了對照比較。

ⓝ ['kɑn.træst]　　　　　　　　　　　　　★★★★★

名 對比，對照，懸殊差別　　　　　　　同 similarity

例 It is easy to perceive the contrast between her dream and the reality.
要理解她的夢想和現實之間的差別很容易。

contribution ⓝ [.kɑntrə'bjuʃən]　　　　　★★★★☆

名 貢獻，捐贈，投稿　　　　　　　　　同 donation, grant

記 con表「一起」，tribut表「獻給」，tion表「行為」，原意是「把貢品一起交給某人」，引申為「貢獻、捐贈」的意思。

例 He made a contribution of $500 to the church.
他捐贈了五百元給教堂。

controversy ⓝ ['kɑntrə.vɝsɪ]　　　　　　　★★★★★

名 爭論，辯論，爭議　　　　　　　　　同 contention

反 agreement

記 contro表「相反」，vers表「轉、翻」，y表「行為」，原意是「轉向相反方向的意見」，引申為「爭論、辯論」的意思。

例 The judgment on the man touched off a heated controversy.
對此人的判決引起了強烈的爭議。

convenient ⓐ [kən'vinjənt] ★★★★★

形 方便的，合適的

同 available, favorable
反 inconvenient

記 con表「一起」，ven表「來、到」，ent表「有…性質的」，原意是「大家走到一起做事更方便的」，引申為「方便的、合適的」的意思。

例 Will it be convenient for you to come next Sunday?
你下週日來方便嗎？

convict ⓥ [kən'vɪkt] ★★★★★

動 證明…有罪，判決，使認罪

同 condemn, doom
反 absolve, acquit

記 convict的動詞三態是convict，convicted，convicted。

例 The man has thirdly been convicted of robbery.
這個人已三次被判搶劫罪。

convince ⓥ [kən'vɪns] ★★★★☆

動 說服，使…相信

同 assure, guarantee
反 conceal, dissuade

記 convince的動詞三態是convince，convinced，convinced。

例 What he had done convinced me of his kindness.
他所做的事讓我相信了他的好意。

copyright ⓐ ['kɑpɪ,raɪt] ★★★★☆

形 版權的，有版權保護的

記 1) copyright的動詞三態是copyright，copyrighted，copyrighted。

2) copyright的名詞複數形是copyrights。

例 We should first learn copyright carefully.
我們首先應該仔細學習版權條例。

ⓝ ['kɑpɪ,raɪt] ★★★★★

名 版權，著作權

例 The writer sold the copyright on the novel to a publisher.
作者將這本小說的版權賣給了一家出版商。

corner (v) [ˈkɔrnɚ]

★★★☆☆

動 使…陷入絕境，壟斷，轉彎

同 bring to bay

記 1) corner的動詞三態是corner，cornered，cornered。

2) corner的名詞複數形是corners。

例 Don't let the problem corner you.

不要讓這個難題把你難倒了。

(n) [ˈkɔrnɚ]

★★★★★

名 角，偏僻處，困境，壟斷

同 angle, nook

例 The company had a corner on the computer market.

這家公司曾一度壟斷了電腦市場。

corporate profit (ph) [ˈkɔrpərɪt] [ˈprɑfɪt]

★★★★☆

片 公司獲益

記 corporate意為「公司的」，profit意為「利潤、收益」，合起來就是「公司收益」的意思。

例 Right now the management is focusing on corporate profits.

目前管理集中在公司獲益上。

correct (v) [kəˈrɛkt]

★★★★☆

動 改正，懲治

同 adjust, improve

記 cor表「完全」，rect表「正直」，原意是「完全正直的」，引申為「正確的、恰當的」的意思。

例 The teacher helped her correct her pronunciation.

老師幫助她矯正發音。

(a) [kəˈrɛkt]

★★★★☆

同 accurate, right
反 incorrect, untruthful

例 Your answer is theoretically correct.

你的答案從理論上說是正確的。

corrode (v) [kəˈrod]

★★★★★

動 腐蝕，侵蝕，損害

同 eat, rust

記 corrode的動詞三態是corrode，corroded，corroded。

例 Criticism would not corrode her self-confidence.

批評不會損害她的信心。

cost of living (ph) [kɔst] [ɑv] [ˈlɪvɪŋ]

★★★☆☆

片 生活費用

記 cost意為「花費」，living意為「生活」，合起來就是「生活費用」的意思。

例 With the development of the economy, people's cost of living continues to rise.
隨著經濟的發展，人們的生活費用持續提高。

costly ⓐ ['kɔstlɪ] ★★★★☆

形 貴重的，寶貴的，代價高的
同 high-priced, pricey
反 cheap

記 名詞cost（費用、成本），加上形容詞字尾ly，就具有「貴重的、寶貴的」之意。

例 The car is too costly for me to buy.
這汽車對我來說太昂貴了，我買不起。

countenance ⓥ ['kaʊntənəns] ★★★★☆

動 贊同，支援，鼓勵
同 permit, allow, let
反 discountenance

記 1) countenance的動詞三態是countenance，countenanced，countenanced。

2) countenance的名詞複數形 是countenances。

例 The country doesn't countenance execution.
該國不贊同死刑。

ⓝ ['kaʊntənəns] ★★★★☆

名 面容，贊同，支援，鼓勵，冷靜，鎮定
同 sanction

例 She read satisfaction in his countenance.
她從他的表情中看到滿足。

courtesy ⓝ ['kɝtəsɪ] ★★★★☆

名 禮貌，殷勤，好意
同 civility, politeness
反 discourtesy

記 courtesy是由court + esy構成，court意為「法院」，esy可看成是easy（容易），可聯想：
在法院裡，只要我們不藐視法庭，表現得很有禮貌，那麼一切都會簡單起來。

例 The host showed guests every courtesy.
主人對客人們彬彬有禮。

(Week 3 — Day 3) MP3-14

crackdown ⓝ ['kræk,daʊn] ★★★★★

名 壓迫，鎮壓，痛擊
同 dominate, subjugate

記 crack表「使破裂、猛擊」，down表「擊倒、打敗」，合起來就是「壓迫、鎮壓」。

例 A crackdown on crime is being carried out in this region.
該地區正在打擊犯罪活動。

crash ⓥ [kræʃ] ★★★★☆

動 碰撞，墜落，墜毀，失敗　　　　　　　　　同 crumble, shatter

記 1) crash的動詞三態是crash，crashed，crashed。

2) crash的名詞複數形是crashes。

例 The company crashed and thousands of people lost their jobs.
該公司破產了，幾千人失去了工作。

ⓝ [kræʃ] ★★★☆☆

名 相撞，墜毀，失敗，垮臺　　　　　　　　同 collapse, smash

例 No one was injured in the train crash.
在這次火車車禍中，沒有人受傷。

create ⓥ [krɪˈet] ★★★★☆

動 創造，創建，引起　　　　　　　　　同 design, establish
　　　　　　　　　　　　　　　　　　　反 demolish, destroy,

記 creat表「生長出來」，e表動詞字尾，合起來引申為「創造、創建」的意思。

例 Do you believe that it is God that created the world?
你相信是上帝創造了世界嗎？

credit ⓥ [ˈkrɛdɪt] ★★★★☆

動 相信，認為…有某優點，記入貸方　　　同 accredit
　　　　　　　　　　　　　　　　　　　反 debit, distrust

記 1) credit的動詞三態是credit，credited，credited。

2) credit的名詞複數形是credits。

例 I can credit what you said right now.
我相信你剛剛所說的。

ⓝ [ˈkrɛdɪt] ★★★★☆

名 信譽，賒帳，學分　　　　　　　　　同 belief, trust
　　　　　　　　　　　　　　　　　　　反 debit, debt

例 You can buy a computer on credit.
你可以賒帳買一台電腦。

criminal ⓐ [ˈkrɪmənḷ] ★★★★☆

形 犯罪的，犯法的，刑事上的　　　　　同 felonious, vicious
　　　　　　　　　　　　　　　　　　　反 civil, good, legal

記 crimin表「評判」，al表「具有…特性的人」，原意是「被審判的人」，引申為「罪犯、犯罪的」的意思。

例 He was embarrassed with his criminal father.
有一個犯罪的父親，他感到很難堪。

ⓝ [ˈkrɪmənl̩]　　　　　　　　　　　　　★★★★★

🔲 罪犯　　　　　　　　　　　　同 felon, outlaw
　　　　　　　　　　　　　　　反 good person

🔲 The criminal's sentence has been reduced.
那個罪犯已經被減刑。

---

cringe ⓥ [krɪndʒ]　　　　　　　　　★★★★☆

🔲 畏縮，蜷縮，卑躬屈膝　　　　同 flinch, funk
🔲 cringe的動詞三態是cringe，cringed，cringed。

🔲 Don't be always cringing to your boss.
別老是對你的老闆卑躬屈膝的。

---

critic ⓝ [ˈkrɪtɪk]　　　　　　　　　★★★☆☆

🔲 批評家，評論家　　　　　　同 commentator
🔲 crit表「評判」，ic表「具有…特性的人」，合起來引申為「批評家、評論家」的意思。

🔲 She dreams to be a film critic.
她夢想著成為電影評論家。

---

criticize ⓥ [ˈkrɪtɪˌsaɪz]　　　　　　★★★★★

🔲 批評，批判，苛求，非難　　同 blame, castigate
　　　　　　　　　　　　　　　反 admire, praise

🔲 crit表「評判」，ic表「有關的」，ize表「使成為」，合起來引申為「批評、批判」的意思。

🔲 We criticized him for his impoliteness.
我們批評他無禮。

---

crowd ⓥ [kraʊd]　　　　　　　　　　★★★★☆

🔲 擠，擁擠，催促　　　　　　同 huddle, invade
🔲 Audiences crowded the meeting room.
聽眾擠滿了會議室。

ⓝ [kraʊd]　　　　　　　　　　　　　　★★★★☆

🔲 人群，一夥，一幫，一堆　　同 crew, gang, bunch
　　　　　　　　　　　　　　　反 fewness

🔲 1) crowd的動詞三態是crowd，crowded，crowded。
　2) crowd的名詞複數形 是crowds。

🔲 Be yourself and do not follow the crowd.
做你自己，別隨人群起舞。

crush ⓥ [krʌʃ] ★★★★☆

動 壓碎，壓壞，碾碎，壓榨　　　　　　　　　同 squash, squelch

記 1) crush的動詞三態是crush，crushed，crushed。

2) crush的名詞複數形是crushes。

例 Don't crush the box; there are cakes inside.
不要壓壞這個盒子，裡面有蛋糕。

ⓝ [krʌʃ] ★★★★☆

名 壓碎，毀壞，壓皺，壓榨　　　　　　　　同 crunch, compaction

例 There was such a crush on the bus that I could not move.
公共汽車擠得水洩不通，我不能動彈。

cumulative ⓐ ['kjʊmjʊˌletɪv] ★★★☆☆

形 漸增的，蓄積的，累計的　　　　　　　　同 accumulative

記 cumul表「堆積」，ative表「有…性質的」，合起來引申為「漸增的、蓄積的」的意思。

例 He told me it was a cumulative process.
他告訴我那是一個逐步累積的過程。

currency ⓝ ['kɝənsɪ] ★★★★☆

名 貨幣，流通　　　　　　　　　　　　　　同 coin, money

記 curr表「跑」，ency表「功能」，合起來引申為「貨幣、流通」的意思。

例 These words have gained wide currency.
這些辭彙已經廣泛被傳播。

customary ⓐ ['kʌstəmˌɛrɪ] ★★★★★

形 習慣上的，合乎習俗的　　　　　　　　　同 accustomed
　　　　　　　　　　　　　　　　　　　　反 uncustomary

記 custom意為「風俗、習慣」，ary是形容詞字尾，合起來是「習慣上的、慣常的、合乎習俗的」之意。

例 Is it customary for you to get up late on weekends?
你週末是否習慣很晚起床？

cutting edge ⓟ ['kʌtɪŋ] [ɛdʒ] ★★★★☆

片 最前線，最重要的位置　　　　　　　　　同 vanguard, forefront

記 cutting意為「銳利的、鋒利的」，edge意為「優勢、邊緣」，合起來就有「最前線、尖端」的意思。

例 Paris is on the cutting edge of trends that spread the world.
巴黎走在世界流行的最前端。

D

dairy ⓐ [ˈdɛrɪ] ★★★★★
形 牛奶的

記 dairy（乳製品）可與 daily（每日的）一起記憶：為了健康，我們每日都喝牛奶。

例 He works on a dairy farm.
他在一家乳製品農場工作。

ⓝ [ˈdɛrɪ] ★★★★☆
名 牛奶場，乳品店，乳製品

例 My mother usually buys milk in the dairy section.
我媽媽常在乳品區買牛奶。

Darwinism ⓝ [ˈdɑrwɪnˌɪzəm] ★★★☆☆
名 達爾文主義，進化論

記 Darwin（達爾文）是人名，加上表示「主義」的名詞字尾 ism，就是「達爾文主義、進化論」的意思。

例 There are still some people holding suspicion to Darwinism.
仍有一些人對達爾文主義持懷疑態度。

(Week 3 ─ Day 4) MP3-15

deadline ⓝ [ˈdɛdˌlaɪn] ★★★★☆
名 最後期限 同 limit

記 dead 表示「死的、過時的」，line 表示「線」，原意是「過時的界線」，引申為「最後期限」的意思。

例 I am sure I can finish the task before the deadline.
我肯定可以在最後期限之前完成任務。

dealer ⓝ [ˈdilɚ] ★★★★★
名 業者，商人，發牌者 同 trader, bargainer
反 customer

記 dealer 的名詞複數形是 dealers。

例 They bought a second-hand TV from a TV dealer.
他們從電視機商那裡買了一台二手電視機。

debit ⓥ [ˈdɛbɪt] ★★★★☆
動 把…記入借方

記 debit 的動詞三態是 debit，debited，debited。

例 Debit $8,000 against her.

把八千美元記入她的借方帳中。

n ['dɛbɪt]
名 借方　　　　　　　　　　　　　　　　　　　　　反 credit
例 He told me this item was a debit.
他告訴我這筆帳是屬於借方的。

decimate v ['dɛsə,met]
動 成批殺死，大量毀滅　　　　　　　　　　　　　同 butcher, annihilate
記 decimate的動詞三態是decimate，decimated，decimated。
例 War has decimated the population.
戰爭使大量的人死亡。

decline v [dɪ'klaɪn]
動 下降，衰退，拒絕　　　　　　　　　　　　　同 worsen, refuse
　　　　　　　　　　　　　　　　　　　　　　　反 accept, ascend
記 de表「向下」，clin表「彎、傾」，e表動詞或名詞字尾，合起來引申為「下降，衰退」的意思。
例 My memory has been declining these years.
這幾年，我的記憶力下降了。

n [dɪ'klaɪn]
名 減少，衰退　　　　　　　　　　　　　　　　同 descent, diminution
　　　　　　　　　　　　　　　　　　　　　　　反 ascent, improvement
例 He is on the decline and has to stay in bed all day.
他的健康每況愈下，必須整天待在床上。

deduct v [dɪ'dʌkt]
動 減去，扣除，演繹　　　　　　　　　　　　　同 subtract, withdraw
記 de表「向下、降低」，duct表「引導」，原意是「由高處引向低處」，引申為「減去、扣除」的意思。
例 The rent has been deducted from your salary.
租金已經從你的工資中扣除。

deep a [dip]
形 深的，深奧的，強烈的　　　　　　　　　　　同 abstruse, recondite
　　　　　　　　　　　　　　　　　　　　　　　反 shallow
記 deep的形容詞比較級是deeper（較深的），最高級是deepest（最深的）。
例 This book is too deep for me.
對我來說，這本書太深奧了。

Part 1　D

defect ⓥ [dɪˈfɛkt] ★★★★☆

動 逃跑，脫離，背叛　　　　　　　　　　同 desert

記 de表「否定」，fect表「做」，原意是「做不好」，引申為「缺點、缺陷」的意思。

例 She defected from the party.
她脫離了黨。

ⓝ [dɪˈfɛkt] ★★★★★

名 缺點，缺陷，不足之處　　　　　　　同 fault, flaw
　　　　　　　　　　　　　　　　　反 merit

例 Vanity is her chief defect.
虛榮是她最大的缺點。

defer ⓥ [dɪˈfɝ] ★★★★☆

動 延期，聽從，把…委託給　　　　　同 postpone, put off
　　　　　　　　　　　　　　　　反 defy, disobey

記 de表「分離」，fer表「攜帶」，原意是「把某事推開以後再做」，引申為「推遲、延期」的意思。

例 I have to defer my departure for one week.
我不得不把行程推遲一個星期。

define ⓥ [dɪˈfaɪn] ★★★★☆

動 解釋，給…下定義，使明確　　　　同 specify, delineate,

記 de表「加強」，fin表「界限」，e表動詞字尾，原意是「四周加以限定」，引申為「給…下定義、規定」的意思。

例 He has defined his position.
他已經表明了他的立場。

defoliant ⓝ [dɪˈfolɪənt] ★★★★☆

名 脫葉劑

記 de表「離」，foli表「樹葉」，ant是名詞字尾，合起來是「使樹葉脫落的東西」，因此便有「脫葉劑」之意。

例 A defoliant is any chemical sprayed on plants to cause its leaves to fall off.
脫葉劑是任何能使植物葉子脫落下來的化學噴霧。

defy ⓥ [dɪˈfaɪ] ★★★★★

動 公然反抗，向…挑戰　　　　　　　同 withstand, hold
　　　　　　　　　　　　　　　　反 comply, support

記 defy的動詞三態是defy，defied，defied。

例 How can you defy the order of the court?

你怎麼可以蔑視法庭的命令？

deliberate ⓥ [dɪˈlɪbərɪt] ★★★☆☆
⑩ 仔細考慮，思考，商議　　　　　　　　　　⑩ consider, meditate
⑫ de表「完全」，liber表「平衡」，ate表「使成為」，原意是「仔細衡量」，引申為「仔細考慮、思考」的意思。
⑪ You have no time to deliberate.
你沒有時間深思熟慮。

ⓐ [dɪˈlɪbərɪt] ★★★★☆
⑰ 深思熟慮的，慎重的，故意的　　　　　　⑩ leisurely, easy
　　　　　　　　　　　　　　　　　　　　⑰ hasty, irresolute,
⑪ She is always deliberate in her speech.
她說話從來都是從容不迫的。

delude ⓥ [dɪˈlʊd] ★★★★★
⑩ 欺騙，哄騙　　　　　　　　　　　　　　⑩ deceive, betray
⑫ de表「完全」，lud表「出生、產生」，ion表「行為、結果」，原意是「完全是耍花樣」，引申為「欺騙、哄騙」的意思。
⑪ He always deludes others with empty promises.
他常常用虛假的諾言哄騙他人。

demarcate ⓥ [ˈdimɑrˌket] ★★★★☆
⑩ 定⋯的界線，區分　　　　　　　　　　　⑩ delimit, delimitate
⑫ demarcate的動詞三態是demarcate，demarcated，demarcated。
⑪ Her stillness demarcated her from other girls.
她的沈靜將她與其他女孩分開。

demolish ⓥ [dɪˈmɑlɪʃ] ★★★★☆
⑩ 毀壞，破壞，拆除，推翻　　　　　　　　⑩ crush, smash
⑫ demolish的動詞三態是demolish，demolished，demolished。
⑪ This district will be demolished next month.
這個地區將在下個月被拆除。

(Week 3 — Day 5) MP3-16

density ⓝ [ˈdɛnsətɪ] ★★★★☆
⑤ 密度、稠密，濃度　　　　　　　　　　　⑩ denseness
⑫ dens表「稠密」，ity表「性質、狀態」，合起來引申為「密度、稠密」的意思。

例 The traffic was paralyzed because the density of the fog made it difficult to see.
由於濃霧使道路很難看清，交通因此癱瘓了。

deny ⓥ [dɪˋnaɪ] ★★★★★

動 否定，否認，拒絕給予

同 contradict, disclaim
反 acknowledge, affirm

記 deny的動詞三態是deny，denied，denied。

例 There is no denying that you have made a serious mistake.
事實不可否認，你已經犯了一個嚴重的錯誤。

dependent ⓐ [dɪˋpɛndənt] ★★★★☆

形 依靠的，依賴的，隸屬的

同 clinging, count on
反 independent

記 de表「下」，pend表「懸掛」，ent表「處於⋯狀態的」，合起來引申為「依靠的、依賴的」的意思。

例 The country's economy is dependent on agriculture.
該國的經濟依靠農業。

deplete ⓥ [dɪˋplit] ★★★☆☆

動 耗盡，使⋯空竭

同 consume, eat up

記 deplete的動詞三態是deplete，depleted，depleted。

例 Their stock of oil is greatly depleted.
他們的石油儲備已消耗殆盡。

depositor ⓝ [dɪˋpɑzɪtɚ] ★★★★☆

名 存款人，存放者，沈積器

反 depositary

記 動詞deposit（儲存），加上表「行為者」的名詞字尾or，就具有「存款人、存放者」之意。

例 If you have deposited some money in a bank, you are a depositor.
如果你在銀行裡存錢，你就是存款人。

deregulation ⓝ [dɪˋrɛgjʊˌleʃən] ★★★★★

名 撤銷管制規定

同 deregulating

記 de表否定，regulate意為「管制」，ation是名詞字尾，所以合起來就是「撤銷管制規定」的意思。

例 He opposed deregulation of the price of gold.
他反對撤銷對黃金價格的管制。

derive ⓥ [dɪˋraɪv] ★★★★☆

動 取得，衍生出，起源　　　　　　　　　　　　　　同 acquire, come from

記 derive的動詞三態是derive，derived，derived。

例 He derives great joy from reading novels.
他從看小說中獲得了無窮的樂趣。

describe ⓥ [dɪˋskraɪb]　　　　　　　　★★★★★

動 描寫，敘述，把⋯說成　　　　　　　　　同 characterize, define

記 de表「完全」，scribe表「寫」，e表動詞字尾，原意是「寫完全」，引申為「描寫、敘述」的意思。

例 I hesitate to describe her as really charming.
我很難說她真的很有魅力。

deserve ⓥ [dɪˋzɝv]　　　　　　　　　★★★★☆

動 值得，應該得到　　　　　　　　　　　同 earn, qualify

記 de表「完全」，serv表「服務」，e表動詞字尾，原意是「完全為⋯服務」，引申為「值得、應該得到」的意思。

例 They deserve several days' rest after so much work.
在工作那麼久之後，他們應該得到幾天的休息時間。

detain ⓥ [dɪˋten]　　　　　　　　　★★★☆☆

動 留住，使耽擱，扣留，扣押　　　　　　　同 delay, hold up
　　　　　　　　　　　　　　　　　　　反 free, liberate

記 de表「離開」，tain表「握」，原意是「抓住使脫離原先的群體」，引申為「留住」的意思。

例 He was detained at home by an unexpected visitor.
有個臨時訪客把他耽擱在家裡了。

detective ⓐ [dɪˋtɛktɪv]　　　　　　　★★★★★

形 偵探的，偵查用的，探測用的

例 He loves to read detective stories.
他喜歡讀偵探故事。

ⓝ [dɪˋtɛktɪv]　　　　　　　　　　　★★★★★

名 偵探，私家偵探　　　　　　　　　　　同 investigator

記 de表「除去」，tect表「蓋」，ive表「產生⋯作用的人」，合起來引申為「偵探、私家偵探」的意思。

例 The detective was killed by the murderer.
那名偵探被兇手殺害了。

deter ⓥ [dɪˋtɝ]　　　　　　　　　　★★★★★

動 威懾住，使斷念，阻礙　　　　　　　　同 discourage, dissuade

反 motivate, persuade

記 deter的動詞三態是deter，detered，detered。

例 Failure does not deter her from pursuing her dream.
失敗並沒有讓她斷了追求夢想的念頭。

devalue ⓥ [dɪ'væljʊ]　★★★★☆
動 貶值　　　　　同 devaluate, depreciate

記 devalue的動詞三態是devalue，devalued，devalued。

例 The dollars have been devalued recently.
最近，美元貶值了。

diabetes ⓝ [ˌdaɪə'bitiz]　★★★★☆
名 糖尿病

記 diabetic的意思是「糖尿病的或糖尿病患者」。

例 Our mission is to prevent and cure diabetes.
我們的任務是防止和治療糖尿病。

diarrhea ⓝ [ˌdaɪə'riə]　★★★★☆
名 痢疾，腹瀉

記 diarrhea＝diarrhoea

例 You have diarrhea. You must have eaten something bad yesterday.
你腹瀉了，你昨天一定吃了不新鮮的東西。

dietitian ⓝ [ˌdaɪə'tɪʃən]　★★★★☆
名 營養學者　　　　　同 nutritionist
　　　　　　　　　　反 object

記 diet表「飲食」，ian表「…人」，合起來是「專門研究飲食的人」，那當然是「營養學者」了。

例 Do dietitians ever eat hamburgers?
營養學家們從來不吃漢堡嗎？

(Week 4 ── Day 1)　　　　　MP3-17

digest ⓥ [daɪ'dʒɛst]　★★★★★
動 消化，領悟，融會貫通　　同 absorb, assimilate
　　　　　　　　　　反 forget

例 This kind of food does not digest well.
這種食物不容易消化。

ⓝ [daɪˈdʒɛst] ★★★★☆
名 摘要，文摘
記 di表「分離」，gest表「傳送」，合起來引申為「消化、領悟」的意思。
例 He often read the digest before reading a book.
他在讀一本書之前，常常先讀摘要。

dilemma ⓝ [dəˈlɛmə] ★★★★☆
名 困境，進退兩難　　　　　　　　　　　　　同 embarrassment
記 dilemma的名詞複數形是dilemmas。
例 Don't put her in a dilemma.
不要把她推入進退兩難的境地。

dioxin ⓝ [daɪˈaksɪn] ★★★☆☆
名 戴奧辛
記 dioxin的中文諧音就是「戴奧辛」。
例 Do you know what dioxin is?
你知道什麼是戴奧辛？

direct ⓥ [dəˈrɛkt] ★★★★★
動 指向，管理，命令，指示　　　　　　　　同 aim, place, point
　　　　　　　　　　　　　　　　　　　反 obey, serve
例 The general directed them to fire.
將軍命令他們開槍。

ⓐ [dəˈrɛkt] ★★★★☆
形 率直的，直接的　　　　　　　　　　　　同 lineal
　　　　　　　　　　　　　　　　　　　反 convoluted, crooked
記 di表「方向」，rect表「正直」，原意是「直指某個方向」，引申為「指向、針對」的意思。
例 She took a direct flight to Washington.
她直飛去華盛頓。

disaster ⓝ [dɪˈzæstɚ] ★★★★☆
名 災難，不幸，徹底的失敗　　　　　　　　同 calamity, grief
　　　　　　　　　　　　　　　　　　　反 prosperity
記 disaster的名詞複數形是disasters。
例 Their plan ended in disaster.
他們的計畫以徹底失敗而告終。

disband ⓥ [dɪsˈbænd] ★★★★★

動 解散　　　　　　　　　　　　　　　　　　同 dismiss, split up

記 dis表「分離」，band表「聯合」，合起來引申為「解散」的意思。

例 You cannot disband the army as soon as the war ends.
你不能戰爭一結束就解散軍隊。

discharge ⓥ [dɪsˈtʃɑrdʒ]　　　　　　★★★★☆

動 排出，釋放，解雇，卸貨　　　　　　同 dispatch, eject
　　　　　　　　　　　　　　　　　　反 enter, insert

記 dis表「除去」，charge表「裝載」，合起來引申為「排出、釋放」的意思。

例 The factory discharges waste water directly into the river.
工廠直接把廢水排到河裡。

ⓝ [dɪsˈtʃɑrdʒ]　　　　　　　　　　　★★★★★

名 排出，流出，釋放，卸貨　　　　　　同 emission, expelling
　　　　　　　　　　　　　　　　　　反 insertion

例 The discharge of this cargo will take 4 hours.
卸貨需要四個小時。

disclose ⓥ [dɪsˈkloz]　　　　　　　★★★★☆

動 使露出，使顯露，揭發　　　　　　　同 reveal, discover
　　　　　　　　　　　　　　　　　　反 conceal, hide

記 dis表「相反」，close表「關閉」，原意是「揭開」，引申為「使露出、揭發」的意思。

例 He disclosed the secret to his friends.
他把秘密透露給了他朋友。

discount ⓥ [ˈdɪskaʊnt]　　　　　　★★★☆☆

動 打折扣，懷疑，漠視　　　　　　　　同 cut, deduct, subtract
例 This store does not discount at all in this season.
這家店在這個季節一點都不打折。

ⓝ [ˈdɪskaʊnt]　　　　　　　　　　　★★★★☆

名 折扣，不全信　　　　　　　　　　　同 price reduction
記 dis表「除去」，count表「計算」，原意是「對計算結果扣除一部份」，引申為「折扣」的意思。

例 His words must be taken at a discount.
他的話不能全信。

disease ⓝ [dɪˈziz]　　　　　　　　★★★★★

名 病，疾病　　　　　　　　　　　　　同 ailment, illness
　　　　　　　　　　　　　　　　　　反 health, healthines

記 disease的名詞複數形是diseases。

例 Don't worry. The doctor will cure you of your disease.
別擔心，醫生會治好你的病的。

dismal ⓐ [ˈdɪzml̩]

形 憂鬱的，凄涼的，陰暗的

★★★★☆

同 blue, depressing
反 cheerful, hopeful

記 dismal的名詞複數形是dismals。

例 He lives in a dismal little room.
他住在一個陰暗的小房間裡。

ⓝ [ˈdɪzml̩]

★★★★☆

名 沮喪，抑鬱，令人憂鬱的事
例 Failing the exam is really dismal.
考試失敗真的是一件令人沮喪的事。

disparage ⓥ [dɪˈspærɪdʒ]

動 貶低，輕視，毀謗

★★★★☆

同 belittle, dishonor
反 praise

記 disparge的動詞三態是disparge，disparged，disparged。

例 My cousins always disparage my achievement.
我的表姐們常貶低我的成績。

dissatisfy ⓥ [dɪsˈsætɪsˌfaɪ]

動 不滿足，使感到不滿

★★★★★

同 disappoint
反 satisfy

記 dis表「不」，satis表「充足」，fy表「做」，原意是「做得不充分」，引申為「不滿足、使感到不滿」的意思。

例 I'm thoroughly dissatisfied with your behavior.
我完全不滿意你的行為。

distract ⓥ [dɪˈstrækt]

動 分散，轉移，使苦惱

★★★★☆

同 abstract, divert
反 attract

記 dis表「分開」，tract表「拉」，原意是「將精神拖離正常軌道」，引申為「分散、使苦惱」的意思。

例 She was distracted by the accident.
那場意外事故讓她十分苦惱。

distribution ⓝ [ˌdɪstrəˈbjuʃən]

名 分發，分配，分布，分類

★★★☆☆

同 classification

記 dis 表「分散」，tribut 表「給」，ion 表「行為、結果」，原意是「給…散發」，引申為「分發、分配」的意思。

例 They are satisfied with the distribution of the wealth.
他們對財產的分配很滿意。

diverge ⓥ [daɪˈvɝdʒ]　★★★★★

動 分叉，偏離，背離，相異

同 deviate, differ
反 converge, come

記 diverge 的動詞三態是 diverge，diverged，diverged。

例 His account of the accident diverged from the other passerby's.
他對該事故的描述與另一個路人的不相同。

(Week 4 — Day 2)　MP3-18

divert ⓥ [daɪˈvɝt]　★★★★☆

動 (使)轉向，轉移，娛樂

同 change, turn

記 d 表「分離」，vert 表「轉」，原意是「各奔東西」，引申為「轉向、轉移」的意思。

例 My attention was diverted by their argument.
他們的爭論轉移了我的注意力。

divine ⓐ [dəˈvaɪn]　★★★★☆

形 神的，天賜的，非凡的

同 godly, godlike
反 animal, hellish

記 divine 的形容詞比較級是 diviner，最高級是 divinest。

例 They attend divine service every Sunday.
他們每個星期天都去做禮拜。

dominate ⓥ [ˈdɑməˌnet]　★★★★★

動 支配，統治，控制，占優勢

同 predominate, rule

記 dominate 的動詞三態是 dominate，dominated，dominated。

例 He has a strong desire to dominate over others.
他有一種支配他人的強烈欲望。

dormancy ⓝ [ˈdɔrmənsɪ]　★★★★☆

名 休眠狀態

同 quiescence

記 來自形容詞 dormant，意為「睡著的、冬眠的、休眠的」。

例 This plant alternates an active period with a period of dormancy.
該植物的活動期和休眠期是互相交替的。

dose ⓥ [dos] ★★★★☆

動 使服藥　　　　　　　　　　　　　　　同 dosage

記 1) dose的動詞三態是dose，dosed，dosed。

2) dose的名詞複數形是doses。

例 She dosed herself with cough syrup.
她服用止咳糖漿。

ⓝ [dos] ★★★★★

　　　　　　　　　　　　　　　　　　同 drug

名 劑量，服用量

例 The doctor told me to take two doses every day.
醫生告訴我每天吃兩劑藥。

download ⓥ [ˈdaʊnˌlod] ★★★★★

動 下載

記 down意為「向下」，load意為「裝載」，合起來就有「下載」的意思。

例 Please do not download from this web.
請不要從這個網站下載。

downturn ⓝ [ˈdaʊntɝn] ★★★★★

名 景氣、物價等下降、不振　　　　　同 downswing

記 down意為「向下」，turn意為「轉」，合起來就有「使向下轉」，因此就有「下降、衰退」的意思。

例 Have you noticed there is a downturn in production?
你注意到生產量有下降嗎？

drainage ⓝ [ˈdrenɪdʒ] ★★★★☆

名 排水，排水設備　　　　　　　　　同 drain

記 動詞drain（排水），加上名詞字尾age，合起來就有「排水、排水設備」的意思。

例 The drainage system in this city has been aged.
該城市的排水系統已經老化。

drug ⓥ [drʌg] ★★★☆☆

動 用藥麻醉，下藥　　　　　　　　　同 dose

記 1) drug的動詞三態是drug，drugged，drugged。

2) drug的名詞複數形是drugs。

例 He drugged his family and ran away.

他對他的家人下了麻醉藥，然後出走了。

ⓝ [drʌg]

名 藥，毒品　　　　　　　　　　　　　　　同 medicine, narcotic　★★★★★

例 She fell into a habit of taking harmful drugs.
她養成了服用有害麻醉品的習慣。

---

due ⓐ [dju]　　　　　　　　　　　　　　　　　　　　　★★★★★

形 預期的，應給的，恰當的　　　　　　　同 proper, rightful
　　　　　　　　　　　　　　　　　　　反 undue

記 due to是「由於」，due date是「到期日」。

例 The debt is due next week.
借款下星期到期。

---

dumping ⓝ [ˈdʌmpɪŋ]　　　　　　　　　　　　　　　★★★★☆

名 傾倒，拋下，傾銷

記 動詞dump表「傾倒、傾銷」，名詞字尾ing表「動作過程」，合起來引申為「傾倒、拋下」的意思。

例 They have signed the Anti-dumping Agreement.
他們已經簽署了反傾銷條約。

E

---

eager ⓐ [ˈigɚ]　　　　　　　　　　　　　　　　　★★★★☆

形 熱心的，熱切的，渴望的　　　　　　　同 avid, great, zealous
　　　　　　　　　　　　　　　　　　　反 aloof, hopeless

記 eager的形容詞比較級是eagerer，最高級是eagerest。

例 She is eager to meet her old friends
她渴望見到老朋友。

---

eclipse ⓝ [ɪˈklɪps]　　　　　　　　　　　　　　　★★★★☆

名 蝕，消失，黯然失色　　　　　　　　　同 occultation

記 1) eclipse的動詞三態是eclipse，eclipsed，eclipsed。

2) eclipse的名詞複數形是eclipses。

例 It was reported that there would be a total eclipse of the sun next week.
據報導，下星期有會有全日蝕。

ⓥ [ɪˈklɪps]　　　　　　　　　　　　　　　　　　★★★☆☆

動 蝕，遮，使失色　　　　　　　　　　　同 occult, overshadow

例 Their happiness was soon eclipsed by the death of their mother.

他們的快樂沒過多久就被母親的死蒙上一層陰影。

eco-friendly ⓐ [ˈiko͵frɛndlɪ] ★★★★★
形 不損壞生態環境的

記 eco 表「環境、生態」，friendly 意為「有好的」，因此合起來就有「不損壞生態環境的」之意。

例 More and more people prefer to buy eco-friendly products.
越來越多的人更喜歡買不損壞環境的產品。

economist ⓝ [iˈkɑnəmɪst] ★★★★☆
名 經濟學者，節儉的人　　　　　　　　　　同 economic expert

記 economist 的名詞複數形是 economists。

例 The famous economist will come to our college next month.
那個知名經濟學者將於下月來我們學院。

ecosystem ⓝ [ˈɛko͵sɪstəm] ★★★★☆
名 生態系統

記 eco 表「環境生態」，system 意為「系統」，因此合起來就有「生態系統」之意。

例 He said too much fresh water entering the sea might disrupt the sea ecosystem.
他說太多的淡水流入大海，有可能會破壞大海的生態系統。

(Week 4 — Day 3) MP3-19

editorial ⓐ [͵ɛdəˈtɔrɪəl] ★★★★★
形 編輯的，編者的，主管的

記 editorial 的名詞複數形是 editorials。

例 The studio expanded its editorial staff.
這個工作室擴大了它的編輯部。

ⓝ [͵ɛdəˈtɔrɪəl] ★★★★☆
名 社論，重要評論　　　　　　　　　　同 article, column
例 He reads the editorials in the newspaper every day.
他每天都讀報紙上的社論。

edutainment ⓝ [͵ɛdʒuˈtenmənt] ★★★☆☆
名 兼具教育及娛樂雙重功能的電視節目

記 edutainment 是由 edu（educate：教育）+ tainment（entertainment：娛樂）組成。

例 She loves to watch edutainment.
她喜歡看兼具教育及娛樂雙重功能的電視節目。

electrify ⓥ [ɪˈlɛktrəˌfaɪ] ★★★★★
動 使充電，使電氣化，使震驚　　　　　　　同 agitate, excite
記 electr表「電」，ify表「使形成」，合起來引申為「使充電、使電氣化」的意思。

例 The whole country was electrified to hear the news.
聽到這個消息，全國上下都感到很震驚。

elite ⓝ [eˈlit] ★★★★☆
名 精華，精英，優秀分子
記 elite是指一群人由於有權力、才能，而被視為最好的社會集團。

例 It is a party for the elite of society.
這是社會知名人士的聚會。

embargo ⓥ [ɪmˈbɑrgo] ★★★★☆
動 禁止船隻出入港口，禁運貨物
記 1) embargo的動詞三態是embargo，embargoed，embargoed。
　 2) embargo的名詞複數形是embargoes

例 They have no right to embargo our ship.
他們沒有權利禁止我們的船隻入港。

ⓝ [ɪmˈbɑrgo] ★★★★★
名 封港令，禁運，禁止　　　　　　　　同 trade stoppage
例 The country has put an embargo on oil imports.
該國對石油進口實行禁運。

embezzlement ⓝ [ɪmˈbɛzḷmənt] ★★★★☆
名 挪用，侵吞，盜用公款　　　　　　　　同 peculation
記 動詞embezzle（盜用、挪用），加上表「狀態」的名詞字尾ment，就具有「挪用、侵吞」之意。

例 He was criticized by the public for embezzlement.
他因挪用公款而受到公眾的責備。

emerge ⓥ [ɪˈmɝdʒ] ★★★☆☆
動 浮現，脫出，顯現出來　　　　　　　　同 issue, come out
　　　　　　　　　　　　　　　　　　　反 submerge
記 e表「外」，merg表「潛、衝」，e表動詞字尾，原意是「從潛水狀態下浮出」，引申為「浮現、出現」的意思。

例 When old difficulties were overcome, new difficulties emerged.
當舊的困難被克服，新的困難又出現了。

---

employ ⓥ [ɪmˋplɔɪ] ★★★★★

動 雇用，忙於，使從事於

同 use, utilize, apply
反 dismis

記 em表「向內」，ploy表「編結」，原意是「編入、納入」，引申為「雇用、使用」的意思。

例 They were employed in cleaning the house.
他們忙於打掃房屋。

---

employment ⓝ [ɪmˋplɔɪmənt] ★★★★☆

名 雇用，受雇，職業，工作

同 hiring, usage

記 em表「向內」，ploy表「編結」，ment表「行為」，原意是「編入、納入的行為」，引申為「雇用、使用」的意思。

例 20,000 people are out of employment this year.
今年有二萬人失業。

---

endanger ⓥ [ɪnˋdendʒɚ] ★★★★☆

動 危及，使遭到危險

同 menace, threaten

記 endanger的動詞三態是endanger，endangered，endangered。

例 Drinking too much endangers your health.
飲酒過度有害健康。

---

endemic ⓐ [ɛnˋdɛmɪk] ★★★★★

形 地方的，某地特有的

同 local
反 exotic, foreign

記 en表「在內」，dem表「人民」，ic表「屬於…的」，原意是「存在於某地區民眾之內的」，引申為「地方的、某地特有的」的意思。

例 It is an endemic disease.
這是一種風土病。

---

energize ⓥ [ˋɛnɚˏdʒaɪz] ★★★★☆

動 激勵，使精力充沛

同 animate, refresh

記 en表「在內」，erg表「功」，ize表「使成為」，合起來引申為「激勵、使精力充沛」的意思。

例 She can always energize her friends with her belief.
她常常能以自己的信念激勵朋友。

enforcement ⓝ [ɪnˈforsmənt] ★★★★★

名 實施，執行，強制，強迫　　　　　　　　同 obligation

記 en表「使」，force表「強力」，ment表「行為、結果」，原意是「給…施加力量」，引申為「實施、執行」的意思。

例 Who is responsible for the enforcement of the law?
誰該為法律的實施負責？

enrapture ⓥ [ɪnˈræptʃɚ] ★★★★☆

動 使著迷，使狂喜　　　　　　　　同 enchant, enthrall

記 en表「使處於…狀態」，rapture表「著迷、癡迷」，合起來引申為「使著迷、使狂喜」的意思。

例 They were enraptured by the view of the broad sea.
大海景色讓他們著迷不已。

enterprise ⓝ [ˈɛntɚˌpraɪz] ★★★☆☆

名 進取心，企業，公司　　　　　　　同 endeavor, adventure

記 enterprise的名詞複數形是enterprises。

例 We need a spirit of enterprise if we want to succeed.
如果我們要成功，就必須有進取精神。

entice ⓥ [ɪnˈtaɪs] ★★★★★

動 誘使，慫恿　　　　　　　　同 lure, tempt, attract

記 entice的動詞三態是entice，enticed，enticed。

例 They enticed the little boy to steal money.
他們誘使那個小男孩偷錢。

(Week 4 — Day 4)　　　　　　　　MP3-20

entreat ⓥ [ɪnˈtrit] ★★★★☆

動 懇求某人，請求，乞求　　　　　　　同 beg, beseech

記 en表「使」，treat表「拉、拖」，原意是「拉扯某人求其答應自己的要求」，引申為「懇求、請求」的意思。

例 He was always accustomed to command, not to entreat others.
他老是習慣於發號施令，而不是懇求他人。

environmental ⓥ [ɪnˌvaɪrənˈmɛntl̩] ★★★★☆

形 環境的，有關環境保護的　　　　　　　　　　　　　　同 surrounding

記 名詞environment（環境），加上表「…的」的形容詞詞字尾al，就具有「環境的」之意。

例 The environmental effect of this newly-established factory is disastrous.
這家新建的工廠對環境的影響是災難性的。

---

environmental management 片 [ɪn,vaɪrən'mənt] ['mænɪdʒmənt] ★★★★★
片 環境管理

記 environmental表「環境的」，management表「管理」，合起來便是「環境管理」。

例 Responsibility shall be defined in order to facilitate effective environmental management.
為便於環境管理工作有效開展，應當對職責做出明確規定。

---

epidemic ⓐ [,ɛpɪ'dɛmɪk] ★★★★☆
形 流行性、傳染的　　　　　　　　　　　　同 prevalent, contagious

記 epi表「在上」，dem表「人民」，ic表「有…性質的」，原意是「發生在大量人群身上的」，引申為「流行性、傳染的」的意思。

例 Buying goods on the installment plan has now become an epidemic.
時下用分期付款的購物方法十分流行。

---

equilibrium ⓝ [,ikwə'lɪbrɪəm] ★★★★☆
名 相稱，平衡，均衡　　　　　　　　　　　　同 balance, stability

記 equi表「均等」，librium表「秤」，合起來引申為「平衡、均勢」的意思。

例 The equilibrium of supply and demand must be maintained.
必須努力保持供需平衡。

---

equivalent ⓐ [,ikwivələnt] ★★★★★
形 相等的，等量的，等值的　　　　　　　　同 equal, comparable

記 equi表「均等」，val表「價值」，ent表「具有…性質的」，合起來引申為「相等的、等量的」的意思。

例 He changed his dollars for the equivalent amount in pounds.
他把美元兌換成等值的英鎊。

---

escape ⓥ [ə'skep] ★★★★☆
動 逃脫、避開、溜走　　　　　　　　　同 evade, flee, get away

記 es表「出」，cape表「斗篷」，原意是「從斗篷中脫出」，引申為「逃跑、逃脫」的意思。

例 He has escaped safely.
他已經安全逃脫。

Part 1

E

73

ⓝ [əˈskep] ★★★★★
名 逃、逃亡、逃跑
例 The prisoner jumped into a car and made his escape.
犯人跳上汽車逃走了。

---

establish ⓥ [əˈstæblɪʃ] ★★★☆☆
動 建立，確立，創辦　　　　　　　　同 found, organize
反 demolish, destroy

記 establish的動詞三態是establish，established，established。

例 This company was established in 1880.
這家公司成立於1880年。

---

ethnic ⓐ [ˈɛθnɪk] ★★★☆☆
形 種族上的，人種學的
記 1) ethnic=ethnical。
　 2) ethnic minority是「少數民族」。

例 China officially registers 56 ethnic groups.
根據官方記載，中國有五十六個民族。

---

euthanasia ⓝ [juθəˈneʒɪə] ★★★★☆
名 安樂死
記 euthanasia是指讓罹患不治之症的痛苦病人無痛的死去。

例 Euthanasia is still a controversial issue because of conflicting religious and humanist views.
由於一些宗教和人道主義觀點的衝突，安樂死仍然是一個極具爭議的議題。

---

evidence ⓝ [ˈɛvədəns] ★★★★★
名 證據，跡象，顯明　　　　　　　　同 proof, sign
記 e表「出」，vid表「看」，ence表「狀態」，原意是「使人看出」，引申為「證據、跡象」的意思。

例 It seems that there isn't enough evidence to prove his guilt.
似乎沒有足夠的證據證明他有罪。

---

examine ⓥ [ɪgˈzæmɪn] ★★★★★
動 檢查，細看，詢問，查問　　　　　同 inspect, question
記 examine的動詞三態是examine，examined，examined。

例 The police examined the witness.
員警查問了證人。

exchange ⓥ [ɪksˈtʃendʒ] ★★★★☆

動 交換，調換，兌換　　　　　　　　　　　　　同 interchange, bargain

記 ex表「出」，change表「交換」，原意是「對外交換」，引申為「交換、調換」的意思。

例 We exchanged our opinions about the issue at the meeting.
在會議上，我們就這項議題相互交換了意見。

exclusive ⓐ [ɪkˈsklusɪv] ★★★★☆

形 排外的，獨占的，唯一的　　　　　　　　　　　　反 inclusive

記 ex表「外」，clus表「關閉」，ive表「有…性質的」，合起來引申為「排外的、獨占的」的意思。

例 Our company has exclusive rights for the sale of Ford cars.
我們公司享有福特汽車的獨家經銷權。

exhaust ⓥ [ɪgˈzɔst] ★★★★★

動 使筋疲力盡，用盡　　　　　　　　　　　　　同 fatigue, overwork

記 exhaust的動詞三態是exhaust，exhausted，exhausted。

例 The marathon negotiation exhausted us completely.
馬拉松式的談判使我們精疲力竭。

expand ⓥ [ɪkˈspænd] ★★★★☆

動 擴大，使膨脹，展開　　　　　　　　　　　　同 spread, enlarge
　　　　　　　　　　　　　　　　　　　　　　反 shrink, contract

記 expand的動詞三態是expand，expanded，expanded。

例 Our foreign trade has been expanding during recent years.
近年來我們的對外貿易一直在擴大。

(Week 4 ─ Day 5)　　　　　　　　　　　　　　MP3-21

expel ⓥ [ɪkˈspɛl] ★★★★★

動 驅逐，開除，排出，射出　　　　　　　　　　同 remove, eliminate

記 ex表「向外」，epl表「驅使」，原意是「驅使到外面去」，引申為「驅逐、開除」的意思。

例 Tom was expelled from the school.
湯姆被學校開除了。

experiment ⓝ [ɪkˈspɛrəmənt] ★★★★★

名 實驗，試驗

記 1) experiment的動詞三態是experiment，experimented，experimented。

2) experiment的名詞複數形是experiments。

例 We will do a chemistry experiment this afternoon.
今天下午我們要做化學試驗。

[ɪkˈspɛrəmənt] ★★★★☆

動 做試驗，嘗試　　　　　　　　　　　同 try, test, prove

例 He is experimenting with drugs to cure cancer.
他正在試驗治療癌症的藥物。

---

explain ⓥ [ɪkˈsplen] ★★★★★

動 解釋，說明　　　　　　　　　　　同 clarify, illustrate,
　　　　　　　　　　　　　　　　　反 obscure, question

記 explain的動詞三態是explain，explained，explained。

例 Could you explain yourself a bit more?
你能把意思再說清楚些嗎？

---

exploitation ⓝ [ˌɛksplɔɪˈteʃən] ★★★☆☆

名 利用，開發，剝削

記 ex表「外」，ploit表「折疊」，ation表「行為、結果」，原意是「將內在資源打開來」，引申為「利用、開發」的意思。

例 They are considering the full exploitation of oil wells.
他們正在考慮充分利用油井資源。

---

export ⓝ [ˈɛksport] ★★★★☆

名 出口貨，輸出，出口

記 ex表「外」，port表「攜帶、運載」，原意是「運帶出去」，引申為「輸出、出口」的意思。

例 Do you know what the chief exports of our country are?
你知道我們國家的主要輸出品是什麼嗎？

[ɪksˈport] ★★★★☆

動 輸出，出口　　　　　　　　　　　同 ship
　　　　　　　　　　　　　　　　　反 import

例 Our country exports rice but imports wheat.
我國出口稻米而進口小麥。

---

exterminate ⓥ [ɪkˈstɝməˌnet] ★★★★☆

動 徹底毀滅，消滅，根除　　　　　　同 abolish, annihilate

記 ex表「外」，termin表「界限」，ate表「使成為」，原意是「逐出界限之外使之不存

在」，引申為「消滅、根除」的意思。

例 They attempted to exterminate crime.
他們力圖根除罪惡。

extradite ⓥ [ˈɛkstrəˌdaɪt] ★★★★★
動 引渡回國
記 extradite的動詞三態是extradite，extradited，extradited。

例 The English police have refused to extradite the jewel thief in France.
英國警方拒絕引渡那個在法國盜竊珠寶的人。

extravagant ⓐ [ɪkˈstrævəgənt] ★★★★☆
形 奢侈的，過分的，浪費的 　　　同 extreme, excessive
　　　　　　　　　　　　　　　　　反 thrifty, economical
記 揮霍的習慣是extravagant habit，生活奢侈的人是extravagant person。

例 Don't be so extravagant!
不要如此揮霍！

eyesight ⓝ [ˈaɪˌsaɪt] ★★★☆☆
名 視力
記 eye表「眼睛」，sight表「視力」，合起來引申為「視力」的意思。

例 The old man has bad eyesight.
那位老人視力差。

F

fabricate ⓥ [ˈfæbrɪˌket] ★★★★★
動 捏造，偽造，製作 　　　同 feign, devise, forge
記 fabricate的動詞三態是fabricate，fabricated，fabricated。

例 Can't you fabricate a better excuse than that?
你就不能編造一個更高明的藉口嗎？

famine ⓝ [ˈfæmɪn] ★★★★☆
名 饑荒 　　　同 starvation
記 famine的名詞複數形是famines。

例 Many people die of famine every year in Africa.
在非洲，每年都有很多人死於饑荒。

fascist ⓝ [ˈfæʃɪst] ★★★☆☆

🔲 法西斯分子

📝 fascist的中文諧音為「法西斯」，字尾ist表「主義者」，因此合起來即為「法西斯分子」。

✏️ I suspect he has degenerated into a fascist.
我懷疑他已經墮落成一名法西斯分子。

fault ⓝ [fɔlt] ★★★★☆

🔲 缺點，毛病，缺陷

📖 mistake, error
📕 merit, virtue

📝 1) fault的名詞複數形是faults。

2)「常見的錯誤」為common fault。

✏️ It was not my fault that I was late.
這次遲到不是我的錯。

feminist ⓝ [ˈfɛmənɪst] ★★★☆☆

🔲 女權主義者

📝 feminine表「女性」，名詞字尾ist表「主義者」，因此合起來即為「女權主義者」。

✏️ She was an English-born colonist and feminist.
她是一個英裔殖民主義者和女權主義者。

fair practice ⓟⓗ [fɛr] [ˈpræktɪs] ★★★★☆

🔲 公平慣例

📝 fair表「公平」，practice表「慣性」，因此合起來就是「公平慣例」。

✏️ Can you tell me what "fair practice" refers to?
你能告訴我「公平慣例」指的是什麼嗎？

(Week 5 — Day 1) MP3-22

fetch ⓥ [fɛtʃ] ★★★★★

🔲 拿來，請來，接去

📝 fetch的動詞三態是fetch，fetched，fetched。

✏️ Could you run and fetch a doctor for my son?
你能跑去為我的兒子請來一位醫生嗎？

figure ⓝ [ˈfɪgə] ★★★★☆

🔲 數字，身材，體態，人物

📖 person, individual

📝 fig表「構型」，ure表「行為、結果」，原意是「構成體形」，引申為「外形、體態」的意思。

例 He has ever been a figure known to everyone.
他曾經是一個知名人物。

finance ⓝ [faɪˈnæns] ★★★★★

名 財政，金融

記 fin表「終結」，ance表「行為、結果」，原意是「終結財務糾紛」，引申為「財政、金融」的意思。

例 The country's finances have gradually improved.
這個國家財政狀況慢慢改善了。

ⓥ [faɪˈnæns] ★★★★★

動 供給…經費，負擔經費　　　　　　同 sponsor, support
例 The school is partly financed by a government grant.
這所學校有部分經費是政府資助的。

fire ⓥ [faɪr] ★★★★☆

動 解雇，開除

記 fir表「火」，e表動詞字尾，合起來引申為「解雇、開槍」的意思。

例 He was fired by his boss on the spot.
他被老闆當場解雇。

fishery zone ⓟ [ˈfɪʃərɪ] [zon] ★★★☆☆

片 漁區

記 fishery表「漁業」，zone表「區、地區」，合起來就是「漁區」。

例 Are there any fishery zones in this area?
這個地方有捕魚區嗎？

fleece ⓥ [flis] ★★★★☆

動 騙取，詐取　　　　　　同 cheat, rob, swindle
記 fleece的動詞三態是fleece，fleeced，fleeced。

例 Some local hotels are really fleecing the holiday-makers of their money.
本地的一些旅館簡直就是敲詐度假客的錢。

flood ⓝ [flʌd] ★★★★★

名 大批，大量

記 1) flood的動詞三態是flood，flooded，flooded。

2) flood的名詞複數形是floods。

例 I had a flood of documents yesterday.
我昨天收到一大堆文件。

ⓥ [flʌd] ★★★★☆

🔺 湧進，湧出，噴出，充斥　　　　　　　　同 overfill, drench

📝 Letters of complaint flooded in.
投訴信潮湧般寄來。

---

flounder ⓥ [ˈflaʊndɚ] ★★★☆☆

🔺 掙扎，錯亂地做事　　　　　　　　同 struggle, stumble

📖 flounder的動詞三態是flounder，floundered，floundered。

📝 He floundered through his report.
他倉惶失措地寫完了報告。

---

flu ⓝ [flu] ★★★★★

🔺 流行性感冒　　　　　　　　同 influenza

📖 flu＝influenza（流行性感冒）。

📝 Shirley was too weak from the flu to work.
雪莉因感染流行性感冒，身體虛弱不能工作。

---

foist ⓥ [fɔɪst] ★★★★☆

🔺 矇騙，把…強加於

📖 foist的動詞三態是foist，foisted，foisted。

📝 They tried to foist unfair provisions into the contract.
他們試圖以欺騙方式在合約中加入不公平的條款。

---

force ⓥ [fors] ★★★★☆

🔺 強迫，迫使　　　　　　　　同 compel, drive

📖 forc表「強力」，e可為名詞或動詞字尾，合起來引申為「力、力量」的意思。

📝 My boss never forces his ideas upon me.
我的上司從來不把他的某些想法強加於我。

ⓝ [fors] ★★★★★

🔺 力量，影響力，暴力　　　　　　　　同 power, strength

📝 I want to know whether these rules are still in force.
我想要知道這些規章是否仍然有效。

---

foresee ⓥ [forˈsi] ★★★☆☆

🔺 預見，預知　　　　　　　　同 anticipate, envisage

📖 fore表示「預先」，see表示「見」，合併起來便有「預見、預知」之意。

📝 We should have foreseen the problems months ago.

我們幾個月前就該預見到這些問題。

former ⓐ [ˈfɔrmɚ] ★★★★☆

同 previous, preceding
反 later, latter, present

形 前面的，前任的

記 the former（前者）的相反詞是the latter（後者），只能用於兩個人或物。

例 Their former process was too costly.
他們的上一道製程成本太高。

forthcoming ⓐ [ˌforθˈkʌmɪŋ] ★★★★☆

同 close, coming

形 即將來臨的，現有的

記 forth表「向前」，com表「來」，ing表「…的」，原意是「今後來到的」，引申為「即將來臨的」的意思。

例 Our company needed money, but none was forthcoming.
我們公司需要錢，但一點都沒有著落。

fossil fuel ⓟⓗ [ˈfɑsl̩] [ˈfjʊəl] ★★★★★

片 化石燃料

記 fossil表「化石」，fuel表「燃料」，合起來就是「化石燃料」。

例 Our fossil fuel reserves are finite.
我們的化石燃料儲量很有限。

founder ⓝ [ˈfaʊndɚ] ★★★★★

同 producer, creator

名 創立者，奠基者，締造者

記 1) founder的動詞三態是founder，foundered，foundered。

　 2) founder的名詞複數形是founders。

例 They are the founders of the club.
他們是這個俱樂部的創始人。

ⓥ [ˈfaʊndɚ] ★★★☆☆

動 沈沒，失敗

例 Their plan foundered for lack of support.
他們的計畫因缺少支援而失敗。

franchise ⓝ [ˈfræntʃaɪz] ★★★★☆

同 license, liberate

名 特權、經銷權

記 1) franchise的名詞複數形是franchises。

2) <u>franchise</u>是政府給予個人、公司或社團經營某種事業的特權或製造廠商授予聯營店者的經銷權。

例 He runs his hot dog chain as a franchise operation.
他以經銷權方式經營熱狗連鎖店。

---

free trade ⓟ [fri] [tred] ★★★★★

片 自由貿易

記 <u>free</u>表「<u>自由的</u>」，<u>trade</u>表「<u>貿易</u>」，合起來就是「<u>自由貿易</u>」。

例 We demanded him to take a stand on the question of free trade.
我們要求他在自由貿易問題上採取堅定的立場。

---

fringe ⓝ [ˈfrɪndʒ] ★★★★☆

名 邊緣，端 同 border, brim, edge

記 <u>fringe</u>的名詞複數形是<u>fringes</u>。

例 Your correspondent had only touched upon the fringe of the issue.
你的記者只談到了這項議題的邊緣。

---

fugitive ⓐ [ˈfjudʒətɪv] ★★★★★

形 逃亡的，易逝的 同 runaway, escaping

記 <u>fugitive</u>加上<u>ly</u>成為副詞<u>fugitively</u>（易改變的），加上<u>ness</u>成為名詞<u>fugitiveness</u>（易改變、短暫）。

例 Don't you think the value of most newspaper writing is only fugitive?
你難道不認為大多的新聞報導的價值都不長久嗎？

---

furnish ⓥ [ˈfɝnɪʃ] ★★★☆☆

動 供應，提供 同 equip, give, outfit

記 <u>furnish</u>的動詞三態是<u>furnish</u>，<u>furnished</u>，<u>furnished</u>。

例 Our company will furnish you with all you need.
我們公司願提供你所需要的一切。

G

gain ⓥ [gen] ★★★★★

動 獲得，得到 同 acquire, advance
反 lose

記 1) <u>gain</u>的動詞三態是<u>gain</u>，<u>gained</u>，<u>gained</u>。

2) <u>gain</u>的名詞複數形是<u>gains</u>。

例 He has gained working experience in several part-time jobs.

他透過幾份兼職獲得了工作經驗。

ⓝ [gen]　　　　　　　　　　　　　　　　　　★★★★☆
名 增加，增進
例 Their company has made notable gains in productivity.
他們公司在生產能力方面有了明顯的提高。

gape ⓥ [gep]　　　　　　　　　　　　　　★★★★☆
動 張嘴，目瞪口呆　　　　　　　　　　　同 goggle　同 stare
記 gape的動詞三態是gape，gaped，gaped。
例 She gaped at the strange tall man.
她目瞪口呆地看著這位高個子的陌生男人。

garnish ⓥ [ˈgɑrnɪʃ]　　　　　　　　　　★★★★★
動 裝飾，添加配菜於　　　　　　　　　　同 adorn, decorate
記 garnish的動詞三態是garnish，garnished，garnished。
例 We use parsley to garnish salads.
我們使用荷蘭芹裝飾這道沙拉。

gene ⓝ [dʒin]　　　　　　　　　　　　　★★★★☆
名 基因，遺傳因子
記 gene是指染色體上控制遺傳的因子。
例 In addition to genes, intelligence also depends on a good education and a decent home environment.
除了遺傳基因外，智力的高低還取決於良好的教育和家庭環境。

generate ⓥ [ˈdʒɛnəˌret]　　　　　　　★★★☆☆
動 產生，生殖　　　　　　　　　　　　　同 produce, create
記 gener表「出生」，ate表「使成為」，原意是「使生出來」，引申為「產生、生殖」的意思。
例 Their actions generated a good deal of suspicion.
他們的行動讓人產生不少的猜疑。

genetics ⓝ [dʒəˈnɛtɪks]　　　　　　★★★★☆
名 遺傳學
記 名詞gene（遺傳因子），加上表「…學」的名詞字尾(t)ics，就具有「遺傳學」之意。
例 Molecular genetics is beyond my scope.
分子遺傳學超出我的範圍。

germ ⓝ [ˈdʒɝm] ★★★★★

名 微生物，細菌，病菌　　　　　　　　　　　同 seed, origin

記 germ的名詞複數形是germs。

例 Germs are usually invisible to the naked eye.
細菌一般肉眼看不見。

global ⓐ [ˈglobl̩] ★★★★★

形 全世界的，全球的　　　　　　　　　　　同 world-wide

記 名詞globe（地球），加上表「…的」的形容詞字尾al，就具有「全世界的、全球的」之意。

例 The Internet is the effective means for global communication.
網際網路是用於全球通訊的最有效途徑。

glower ⓥ [ˈglaʊɚ] ★★★★☆

動 怒目而視　　　　　　　　　　　　　　同 stare, scowl, glare

記 glower的動詞三態是glower，glowered，glowered。

例 He glowered resentfully at us.
他憤慨地瞪著我們。

(Week 5 — Day 3) MP3-24

GNP ⓝ [ˌdʒiɛnˈpi] ★★★★☆

名 國民生產毛額

記 GNP是gross national product的首字母縮寫詞。

例 The GNP had increased 5 percent last year.
去年的國民生產毛額提高了百分之五。

gory ⓐ [ˈgorɪ] ★★★★★

形 沾滿血的，血跡斑斑的　　　　　　　　同 bloody

記 gory的形容詞比較級是gorier，最高級是goriest。

例 That is a gory battle.
那是一場血腥的戰爭。

govern ⓥ [ˈgʌvɚn] ★★★☆☆

動 統治，支配，管理，控制　　　　　　　同 command, conduct
　　　　　　　　　　　　　　　　　　　反 misgovern

記 govern的動詞三態是govern，governed，governed。

例 I must not be governed by the opinions of others.
我不要受別人意見的支配。

green ⓐ [ˈgrin]　★★★☆☆

形 綠的，未成熟的，無經驗的　　　　同 ignorant, immature

記 green的形容詞比較級是greener，最高級是greenest。

例 I am still a green hand.
我還是個新手。

grievance ⓝ [ˈgrivəns]　★★★★★

名 不滿，不平，抱怨，牢騷　　　　同 injustice, complaint

記 grievance的名詞複數形是grievances。

例 He used the occasion to express all his old grievance against his immediate superior.
他利用那機會表達了對他的頂頭上司積壓已久的怨氣。

gross ⓐ [gros]　★★★★☆

形 總的，嚴重的，粗俗的　　　　同 whole, total, terrible
反 small, little, tiny

記 gross的形容詞比較級是grosser，最高級是grossest。

例 The gross sales of our company last year was about $100,000.
去年我們公司的總銷售額大約為十萬美元。

grudge ⓥ [grʌdʒ]　★★★★★

動 吝惜，捨不得，妒忌　　　　同 begrudge, dislike

記 1) grudge的動詞三態是grudge，grudged，grudged。

2) grudge的名詞複數形是grudges。

例 His boss grudges him his reward.
他的老闆捨不得給他獎金。

ⓝ [grʌdʒ]　★★★★☆

名 嫉妒，惡意，怨恨　　　　同 dislike, ill will

例 I always feel he has been harboring a grudge against me, although I don't know why.
我總覺得他一直對我心懷嫉妒，儘管我不知道為什麼。

gullible ⓐ [ˈgʌləbl̩]　★★★★★

形 易受騙的　　　　同 deceivable, naive

記 以gullible所衍生的副詞是gullibly（易騙地），名詞是gullibility（易受騙）。

例 You must have been too gullible to fall for that old trick.
你一定是太容易上當，才會落入那慣用的圈套。

H

habitat ⓝ [ˈhæbəˌtæt] ★★★★☆

图 棲息地，產地

記 habit 表「保持」，at 是拉丁語字尾，原意是「長期保持在某地」，引申為「棲息地」的意思。

例 She prefers to see animals in their natural habitat.
她更喜歡看生活在自然棲息地的動物。

headline ⓝ [ˈhɛdˌlaɪn] ★★★★★

图 大字標題，頭條新聞　　　　　　　　　同 heading, title

記 head 表「頭」，line 表「行」，原意是「文章頭上的一行文字」，引申為「標題」的意思。

例 He crashes the headlines again.
他又一次成了轟動一時的頭條新聞。

hearing ⓝ [ˈhɪrɪŋ] ★★★★☆

图 聽力，聽覺　　　　　　　　　同 ear, audition

記 hearing 的名詞複數形是 hearings。

例 He gave both sides of the argument a fair hearing.
他公正地聽了爭論雙方的申訴。

hedonistic ⓐ [ˌhidəˈnɪstɪk] ★★★★★

圈 享樂的、快樂主義者的

記 名詞 hedonist（快樂主義者），加上表「…的」的形容詞字尾 ic，就具有「快樂主義者的」之意。

例 Their philosophy is materialistic and hedonistic.
物質和享樂是他們的人生觀。

heritage ⓝ [ˈhɛrətɪdʒ] ★★★★★

图 遺產，天性　　　　　　　　　同 heredity, birthright

記 heritage 原意是「遺傳」，但一般多用作「文化遺傳」。

例 I think a novelist must be able to use the cultural heritage of his nation.
我認為小說家要善於利用自己國家的文化遺產。

high-tech system ⓟʰ [ˈhaɪˈtɛk] [ˈsɪstəm] ★★★★☆

圈 高科技系統

記 high 表「高的」，tech 表「科技」，system 表「系統」，合起來就是「高科技系統」。

例 Our high-tech system is gradually improving.

我們的高科技系統正在不斷改善。

hire ⓥ [haɪr]　　　　　　　　　　　　　　　　　　　★★★☆☆
動 租借，雇用　　　　　　　　　　　　　同 employ, lease, rent
記 hire的動詞三態是hire，hired，hired。

例 They tried to hire an advertising company for help to sell their product.
他們試圖雇用一家廣告公司來推銷他們的產品。

holding company ⓟ [ˈholdɪŋ] [ˈkʌmpənɪ]　　　　★★★★★
片 控股公司，股權公司
記 holding表「持有股份」，company表「公司」，合起來就是「控股公司」。

例 The big firm is a holding company.
這家大公司是一家控股公司。

homosexual ⓝ [ˌhoməˈsɛkʃʊəl]　　　　　　　　　　★★★★★
名 同性戀者　　　　　　　　　　　　　　　　　　同 gay
記 homo表「相同」，sexual表「性別的」，合起來引申為「同性戀者」的意思。

例 Don't you find she is a homosexual?
你難道沒發現她是一個同性戀者嗎？

hopeless ⓐ [ˈhoplɪs]　　　　　　　　　　　　　　　★★★★☆
形 絕望的，不抱希望的　　　　　　　　　　同 desperate
　　　　　　　　　　　　　　　　　　　　反 hopeful
記 hope表「希望」，less表「沒有」，合起來引申為「絕望的」的意思。

例 Their position is hopeless.
他們的處境毫無希望。

hormone ⓝ [ˈhɔrmon]　　　　　　　　　　　　　　★★★★★
名 荷爾蒙
記 hormone音似「荷爾蒙」，指的是一種激素。

例 His disease was possibly caused by unbalanced hormones.
他的病很可能是由荷爾蒙失衡引起的。

hostage ⓝ [ˈhɑstɪdʒ]　　　　　　　　　　　　　　★★★★☆
名 人質，抵押品　　　　　　　　　　　　　同 captive
記 hostage的名詞複數形是hostages。

Part I　H

例 The gunman is holding two children hostage.
持槍歹徒挾持兩個小孩為人質。

housing complex ⓟ [ˈhauzɪŋ] [ˈkɑmplɛks]   ★★★★☆

片 住宅區

記 housing表「住宅」，complex表「複合物、綜合設施」，合起來就是「住宅區」。

例 Do you like the housing complex there?
你喜歡那邊的住宅區嗎？

humanize ⓥ [ˈhjumənˌaɪz]   ★★★★★

動 賦予人性，教化，使通人情   同 civilize

記 hum表「人」，an表「屬於…的」，ize表「使成為…化」，原意是「使具有人的屬性」，引申為「賦予人性、教化」的意思。

例 I think acts of courtesy can humanize life in a big city.
我認為禮貌的行動會使大城市裡的生活充滿人情味。

hybrid ⓥ [ˈhaɪbrɪd]   ★★★★☆

名 混血兒，雜種，混合物   同 mongrel, crossbreed

記 hybrid的名詞複數形是hybrids。

例 "Cablegram" is a hybrid.
「海底電報」一詞是混合語。

hypocritical ⓐ [ˌhɪpəˈkrɪtɪkl̩]   ★★★★☆

形 偽善的，虛偽的   同 terrain, native

記 名詞hypocrite（偽善者），加上形容詞字尾ical，就成為形容詞「偽善的、虛偽的」之意。

例 The man looks ignorant and hypocritical.
這個男人看上去像是很無知，而且虛偽。

I

identification ⓝ [aɪˌdɛntəfəˈkeʃən]   ★★★★★

名 辨認，鑑定，證明   同 acknowledgement

記 identification的名詞複數形是identifications。

例 Can I see your identification?
我能看看你的身分證件嗎？

imbalance ⓝ [ɪmˈbæləns]   ★★★★☆

名 不平衡，不均衡   同 instability

記 im表「否定」，balanc表「平衡」，e表名詞字尾，合起來引申為「不平衡、不均衡」的意思。

例 A serious imbalance between our import and export trade causes the current trade deficit.
我們的進出口貿易嚴重失衡導致了當前的貿易赤字。

imminent ⓐ ['ɪmənənt] ★★★★★

動 逼近的，即將發生的　　　　　　　　　　　同 approaching

記 imminent的副詞形是imminently（迫切地），名詞形是imminentness（緊急）。

例 An announcement of reducing staff in our company is imminent.
我們公司的裁員公告即將宣布。

impair ⓥ [ɪm'pɛr] ★★★★☆

動 損害　　　　　　　　　　　　　　　　　同 damage

記 impair的動詞三態是impair，impaired，impaired。

例 Loud noise can easily impair your hearing.
巨大的噪音很容易損害你的聽覺。

implant ⓥ [ɪm'plænt] ★★★★★

動 注入、灌輸　　　　　　　　　　　　　同 inlay, interject

記 im表「向內」，plant表「種植」，原意是「植入」，引申為「注入、灌輸」的意思。

例 He implanted these ideas in his children's minds.
他把這些想法灌輸到他的孩子心裡。

impregnable ⓐ [ɪm'prɛgnəbl] ★★★★☆

形 攻不破的，征服不了的　　　　　　　　同 resistant, strong

記 im表「不、非」，pregnable表「易受攻擊的、弱的」，合起來引申為「攻不破的、征服不了的」的意思。

例 Business had long ago entrenched itself into an impregnable position in American life.
商業早已在美國生活中占據了堅不可摧的地位。

(Week 5 — Day 5)　　　　　　　　　　　　　　　MP3-26

incite ⓥ [ɪn'saɪt] ★★★☆☆

動 激勵，煽動　　　　　　　　　　　　　同 stir, urge, rouse
　　　　　　　　　　　　　　　　　　　反 restrain, repress

記 in表「在內」，cit表「鼓動」，e表動詞字尾，原意是「鼓動人的內心世界」，引申為「激勵、煽動」的意思。

例 His words incited the workers to rebellion.
他的話煽動工人們起來造反。

incorporate ⓥ [ɪnˈkɔrpəˌret] ★★★★★

義 結合，合併，收編

同 join, unite
反 extract

記 in表「入內」，corpor表「體」，ate表「使成為」，原意是「使進入團體」，引申為「結合、合併」的意思。

例 Many of his suggestions have been incorporated in his company's new plan.
他的很多建議已經被納入公司的新計畫中。

independently ⓐⓓ [ˌɪndɪˈpɛndəntlɪ] ★★★★☆

義 獨立地，自立地，無關地

同 apart, personally

記 in表「不」，de表「下」，pend表「懸掛」，ent表「呈…狀態的」，ly表「以…方式」，原意是「以不依賴他人的方式」，引申為「獨立地、自立地」的意思。

例 We must train ourselves to think independently.
我們必須訓練自己獨立地思考。

indication ⓝ [ˌɪndəˈkeʃən] ★★★★★

名 象徵，跡象，指示，表示

同 signal, token

記 in表「向」，dic表「說、宣告」，ation表「行為」，合起來引申為「指示」的意思。

例 There are some indications that the weather is changing.
一些跡象顯示天氣要變了。

indigent ⓐ [ˈɪndədʒənt] ★★★★☆

形 貧窮的，貧困的

記 indigent的副詞形是indigently（貧乏地、窮困地）。

例 They received an indigent return on their investment.
他們的投資獲利甚微。

inertia ⓝ [ɪnˈɝʃə] ★★★★☆

名 慣性、無活力、遲鈍

同 indolence, laziness
反 energy

記 inertia通常作貶義，表示「無活力、遲鈍」。

例 I always get a feeling of inertia in hot summer.
在盛夏我總有一種懶洋洋的感覺。

infect ⓥ [ɪnˈfɛkt] ★★★★★

動 傳染，感染

同 contaminate

記 in表「入內」，fect表「做」，原意是「侵入內部產生作用」，引申為「傳染、感染」的意思。

例 Her cheerful spirits and bubbly laughter infected us.
她那快樂的情緒和爽朗的笑聲感染了我們。

information technology (ph) [ˌɪnfəˈmeʃən] [tɛkˈnɑlədʒɪ] ★★★★☆

名 資訊技術

記 information表「資訊」，technology表「技術」，合起來就是「資訊技術」。

例 The development of the information technology is the greatest technological advance of the 20th century.
資訊技術的發展是二十世紀工業技術上的最大進步。

infrastructure (n) [ˈɪnfrəˌstrʌktʃə] ★★★★☆

名 公共建設，基礎建設

記 infra表「在下」，struct表「建造」，ure表「行為、結果」，原意是「在底部的建築物」，引申為「公共建設、基礎建設」的意思。

例 Our city offers overseas service for infrastructure.
我們的城市提供基礎設施的海外服務。

ingredient (n) [ɪnˈgridɪənt] ★★★★★

名 配料，成分，因素　　　　　　　　　　　同 component; factor

記 ingredient的名詞複數形是ingredients。

例 There must be a list of ingredients on the side of the packet.
包裝袋上一定會印有成分表。

inhibit (v) [ɪnˈhɪbɪt] ★★★★★

動 禁止，抑制　　　　　　　　　　　　　同 ban, restrict, restrain

記 in表「在內」，hibit表「具有、保持」，原意是「把人或事物保持在某個限定範圍內」，引申為「禁止、抑制」的意思。

例 I couldn't inhibit my anger.
我無法抑制我的憤怒。

initiate (v) [ɪˈnɪʃɪˌet] ★★★☆☆

動 創始，開始　　　　　　　　　　　　　同 start, begin

記 in表「入」，it表「走」，ate表「使」，原意是「使進入狀態」，引申為「創始、開始」的意思。

例 He wants to initiate new business methods.
他想開始實行新的營業方法。

innuendo ⓝ [ˌɪnjʊˈɛndo]   ★★★★☆

名 影射，諷刺   同 hint, implication

記 innuendo的名詞複數形是innuendos。

例 He is subjected to a campaign of innuendo in the press again.
他再一次受到新聞界指桑罵槐的影射。

insinuate ⓥ [ɪnˈsɪnjʊˌet]   ★★★★★

動 暗指，暗示   同 allude, hint

記 insinuate的動詞三態是insinuate，insinuated，insinuated。

例 He has insinuated his doubt of our abilities.
他已經暗示了他對我們的能力的懷疑。

insoluble ⓐ [ɪnˈsɑljəbl]   ★★★☆☆

形 不能溶解的，不能解決的   同 unexplainable
                              反 soluble

記 in表「不」，solu表「解開、溶解」，ble表「可…的」，合起來引申為「不能溶解的、不能解決的」的意思。

例 We couldn't finish the insoluble problem given by him.
我們無法完成他提出的那個不能解決的問題。

(Week 6 — Day 1)   MP3-27

inspire ⓥ [ɪnˈspaɪr]   ★★★★★

動 鼓舞，賦予…靈感，引起   同 encourage, motivate

記 in表「向內」，spir表「呼吸」，e表動詞字尾，原意是「使精神進入內心」，引申為「鼓舞、賦予…靈感」的意思。

例 It inspired us to work harder.
這件事激勵了我們更加努力地工作。

insulate ⓥ [ˈɪnsəˌlet]   ★★★★☆

動 隔離，使孤立   同 isolate, separate

記 insulate的動詞三態是insulate，insulated，insulated。

例 Pay rises insulated them against inflationary price increases.
加薪使他們免受通貨膨脹帶來的損失。

insure ⓥ [ɪnˈʃʊr]   ★★★★☆

動 給…保險，保證，確保   同 guarantee, warrant

記 insure的動詞三態是insure，insured，insured。

例 You should insure your life against accidents.
你該給自己投保人壽險以防事故。

intend ⓥ [ɪnˈtɛnd] ★★★★★

動 想要，打算，計畫

同 mean, plan
反 disorder

記 in表「向」，tend表「伸」，原意是「將心思伸向某物」，引申為「想要、打算」的意思。

例 He intends that you shall take over the business.
他有意讓你來接管公司。

interdependence ⓝ [ˌɪntɚdɪˈpɛndəns] ★★★★☆

名 互相依賴

記 inter表「相互，在…之間」，dependence表「依靠、依賴」，合併起來便有「互相依賴」之意。

例 Your interdependence is very important.
你們之間的互相依賴是很重要的。

interest rate ⓟⓗ [ˈɪntərɪst] [ret] ★★★☆☆

片 利率

記 interest表「利息」，rate表「比率」，合起來就是「利率」。

例 One of the major banks has lowered its interest rate.
有一家大銀行已降低了利率。

interrogation ⓝ [ɪnˌtɛtəˈgeʃən] ★★★★★

名 訊問，審問，質問

同 examination, inquiry

記 interrogation的名詞複數形是interrogations。

例 The interrogation of all the witness lasted two hours.
對全部證人的訊問持續了兩個小時。

interview ⓝ [ˈɪntɚˌvju] ★★★★★

名 面談，面試

同 audience, congress
反 monolog

記 inter表「相互」，view表「看」，原意是「互相見面」，引申為「面談、面試」的意思。

例 You must remember not to be late for your interview, or you won't get the job.
你必須記住，面試不要遲到，否則你就得不到該工作了。

intrinsic ⓐ [ɪnˈtrɪnsɪk] ★★★★☆

形 固有的，內在的，本質的　　　　　　　　　同 organic, original
反 extrinsic

記 intrinsic的副詞形是intrinsically（從本質上講）。

例 Do you know that this modifiability is one of the intrinsic qualities of living protoplasm?
你知道這種可變性是生命原生質固有的性質之一嗎？

invariably (ad) [ɪnˈvɛrɪəblɪ]　　　　　★★★★☆

副 不變地，始終如一地　　　　　　　　　反 changeably

記 in表「不」，variably表「變化地」，合起來引申為「不變地」的意思。

例 Invariably, our sales go up at the Mid-Autumn Festival.
中秋節時我們的銷售總是上升。

invest (v) [ɪnˈvɛst]　　　　　★★★★★

動 投資，花費，授與　　　　　　　　　同 stake, venture
反 divest

記 invest的動詞三態是invest，invested，invested。

例 I will never invest my money in his company.
我絕不會把我的錢投資到他的公司。

investment (n) [ɪnˈvɛstmənt]　　　　　★★★★★

名 投資，投資額，投資物

記 invest表「投資」，ment表「行為」，合起來引申為「投資、投資額」的意思。

例 His investments in the business enterprise amount to five million dollars.
他對那個企業的投資額達五百萬元。

involvement (n) [ɪnˈvɑlvmənt]　　　　　★★★★☆

名 連累，包含　　　　　　　　　同 engagement

記 in表「入內」，volv表「滾、轉」，ment表「行為、結果」，原意是「捲入」，引申為「連累、包含」的意思。

例 Mr. Brown's involvement in the scandal was a blot on his reputation.
布朗先生因捲入醜聞，在名譽上留下了污點。

irritate (v) [ˈɪrəˌtet]　　　　　★★★★★

動 激怒，刺激　　　　　　　　　同 agitate, anger
反 appease, calm

記 irritate的動詞三態是irritate，irritated，irritated。

例 The slow journey irritated us a little.
行程太慢使我們有點惱火。

journal ⓝ [ˈdʒɝnl̩]   ★★★★☆

名 日報，雜誌，期刊   同 account, newspaper

記 1) journal的名詞複數形是journals。

2) journal作「日報或雜誌」解時，常用於報紙、刊物的名稱。

例 She often writes on politics for a weekly journal.
她常為一家週刊寫政治性文章。

jurisdiction ⓐ [ˌdʒʊrɪsˈdɪkʃən]   ★★★★☆

名 司法權，審判權，管轄權   同 judicature, lawful

記 jur表「法律」，dict表「說話」，ion表「行為、結果」，原意是「在法律上說話的能力」，引申為「司法權、審判權」的意思。

例 This affair is completely within our jurisdiction.
這件事情完全在我們的管轄權之內。

justify ⓥ [ˈdʒʌstəˌfaɪ]   ★★★★★

動 證明…是正當的、為…辯護   同 warrant, authorize
反 condemn

記 just表「公正」，ify表「使成為」，原意是「使成為公正的」，引申為「證明…是正當的」的意思。

例 Such reason cannot possibly justify your treating staff this way.
這樣的理由無法解釋你對待員工的方式。

K

know-how ⓝ [ˈnoʊhɑu]   ★★★☆☆

名 實際知識，技術，訣竅

記 know表「知道」，how表「怎樣」，合起來就是「知道該怎樣做」，引申為「技術、訣竅」。

例 Don't let that get you down. You'll get the know-how of it.
不要為此灰心喪氣，你會找到訣竅的。

L

lack ⓥ [læk]   ★★★★★

動 缺乏，短少，不足 | 同 miss

記 1) lack的動詞三態是lack，lacked，lacked。

2) lack的名詞複數形是lacks。

例 He seems to lack confidence.
他似乎缺乏信心。

---

n [læk] | ★★★★★

名 缺乏，不足 | 同 deficiency, want

例 I haven't finished the task for lack of time.
由於時間不夠，我的任務還沒有完成。

---

landmark n [ˈlændˌmɑrk] ★★★★☆

動 地標，里程碑 | 同 signpost, milestone

記 land表「土地」，mark表「標記」，合起來就是「地標、里程碑」

例 The famous artist will hold an exhibition on the landmark.
那位知名的畫家將要在此地標舉辦展覽。

---

languish v [ˈlæŋgwɪʃ] ★★★★★

動 憔悴，凋萎，衰退，苦思 | 同 sink, decline, fade

記 languish的動詞三態是languish，languished，languished。

例 His interest in his job has languished slightly.
他對工作的興趣有點減退。

---

launder v [ˈlɔndɚ] ★★★★☆

動 洗滌，洗熨 | 同 scour, scrub, wash

記 launder的動詞三態是launder，laundered，laundered。

例 Can you help me send these sheets to be laundered?
你能幫我把這些床單送洗嗎？

---

leading a [ˈlidɪŋ] ★★★★★

形 指導的，最主要的 | 同 dominate, subjugate
反 object

記 lead（領導、帶領），加上形容詞字尾ing，就具有「指導的、最主要的」之意。

例 Did you read the leading story in today's newspaper?
你看了今天報紙上的頭條新聞了嗎？

---

lean v [lin] ★★★★★

動 倚靠，傾斜，依賴 | 同 rest, slope, incline

記 lean的動詞三態是lean，leaned，leaned。

例 We always lean on our friends when we are in trouble.
當我們遇到麻煩時，總是依靠朋友們的幫助。

legacy ⓝ [ˈlegəsɪ] ★★★★☆

名 遺產，遺贈　　　　　　　　　　　　同 will, present

記 1) 先人或過去遺留下來的東西。

　　2) legacy的名詞複數形是legacies。

例 His father left him a legacy of $100,000.
他的父親留給他一筆十萬元的遺產。

legendary ⓐ [ˈlɛdʒəndˌɛrɪ] ★★★★☆

形 傳說的，傳奇的　　　　　　　　　同 fabled, mythical

記 leg表「誦讀」，end表「作如此對待的人」，ary表「與…有關的」，合起來引申為「傳說的、傳奇的」的意思。

例 He has ever been a legendary hero.
他曾經是個傳奇式的英雄。

legitimate ⓐ [lɪˈdʒɪtəmɪt] ★★★★★

形 法定的，依法的，合法的　　　　　同 lawful, legal

記 legitimate的形容詞比較級是more legitimate，最高級是most legitimate。

例 I'm also not sure whether their business is strictly legitimate.
我也無法確定他們的生意是否是絕對合法的。

liable ⓐ [ˈlaɪəbl̩] ★★★★★

形 可能的，有義務的　　　　　　　　同 apt, probable

記 li表「捆」，able表「可…的」，原意是「捆在某個事物上的」，引申為「負法律責任」的意思。

例 Your article is liable to give offence to a lot of people.
你的這篇文章有可能觸犯很多人。

(Week 6 — Day 3) MP3-29

liberation ⓝ [ˌlɪbəˈreʃən] ★★★★☆

名 解放、解放運動

記 liber表「自由」，ation表「成為」，合起來引申為「解放、解放運動」的意思。

例 The aerospace industry in our country began to develop rapidly after liberation.
解放後，我國航空業就開始迅速發展了。

life expectancy (ph) ['laɪf] [ɪk'spɛktənsɪ] ★★★☆☆

片 平均壽命

記 life表「生命」，expectancy表「預期」，合起來就是「平均壽命」。

例 Generally speaking, women have a higher life expectancy than men.
一般地說，女人比男人的平均壽命長。

liquidate (v) ['lɪkwɪˌdet] ★★★★☆

動 清算 　　　　　　　　　　　　　　　　　　同 butcher, murder

記 liquidate的動詞三態是liquidate，liquidated，liquidated。

例 They are liquidating the proceeds to pay their company's debts.
他們正在清算資產以償還公司的債務。

literary (a) ['lɪtəˌrɛrɪ] ★★★★★

形 文學上的，精通文學的

記 literary的形容詞比較級是more literary，最高級是most literary。

例 He is endowed with literary talent from his childhood.
他從小就有文學天分。

litmus test (ph) ['lɪtməs] [tɛst] ★★★★☆

片 決定性的試驗

記 litmus表「石蕊」，test表「試驗」，合起來就是「石蕊試驗」，引申為「決定性的試驗」。

例 The litmus test of a good driver is whether he remains calm in an emergency.
衡量駕駛員水準的決定性考驗，就是看他在緊急關頭能否保持鎮靜。

local edition (ph) ['lokl] [ɪ'dɪʃən] ★★★★☆

片 地方版

記 local表「地方的」，edition表「版本」，合起來就是「地方版」。

例 Have you read the local edition of that newspaper?
你讀過那份報紙的地方版嗎？

lucrative (a) ['lukrətɪv] ★★★★☆

形 賺錢的，有利可圖的 　　　　　　　　　　　　　　　同 profitable

記 lucrative的副詞形是lucratively（賺錢地、獲利地），名詞形是lucrativeness（賺錢、獲利）。

例 My friend is reaching after a more lucrative situation.
我的朋友正在謀求一個賺錢的情況。

lung (n) [lʌŋ] ★★★☆☆

名 肺

記 lung的名詞複數形是lungs。

例 There is a link between smoking and lung disease.
吸菸與肺部疾病之間有一定關係。

M

mainstream (n) ['men,strim] ★★★★★

名 主流

記 main表「主要的」，stream表「流、水流、人潮」，合起來引申為「主流」。

例 You need not accept the nominee's ideology, you only need to be able to locate it in the American mainstream.
你不需要接受被提名者的意識形態，就能將其思想置於美國的想主流中。

malady (n) ['mælədɪ] ★★★☆☆

名 病，疾病，弊病　　　　　　　　　　　　　　同 sickness, disease

記 malady的名詞複數形是maladies。

例 Violence is only one of the maladies afflicting modern society.
暴力行為僅僅是危害社會的弊病之一。

malnutrition (n) [,mælnjuˈtrɪʃən] ★★★★☆

名 營養失調

記 mal表「壞、不良」，nutrition表「營養、營養物」，合併起來便有「營養不良」之意。

例 Malnutrition has lowered his vitality.
營養不良削弱了他的活力。

manage (v) ['mænɪdʒ] ★★★★☆

動 管理，經營，處理　　　　　　　　　　　　同 govern, handle
　　　　　　　　　　　　　　　　　　　　　反 obey, serve

記 man表「手」，age表「行為」，原意是「握在手中的行為」，引申為「管理、經營」的意思。

例 He manages the company for his father.
他替他的父親管理公司。

mandate (v) ['mændet] ★★★★★

名 命令，要求　　　　　　　　　　　　　　　同 command, order

記 man表「手」，d表「給」，ate表「使成為」，原意是「委託」，引申為「命令、要求」的意思。

例 They are carrying out a mandate now.
他們現正在執行一項命令。

manufacture ⓥ [ˌmænjuˈfæktʃɚ] ★★★★☆

動 製造，加工　　　　　　　　　　　　　同 make, invent, create

記 manu表「手」，fact表「做」，ure表「行為、結果」，原意是「用手製作的東西」，引申為「製造、加工」的意思。

例 This big firm manufactures cars specially.
這家大公司專門生產汽車。

ⓝ [ˌmænjuˈfæktʃɚ]　　　　　　　　　　★★★★★

名 產品，製造，製造業

例 The manufacture of these small components is usually very expensive.
製造這些小零件通常是非常昂貴的。

---

margin ⓝ [ˈmɑrdʒɪn] ★★★★★

名 餘地，利潤，邊緣　　　　　　　　　同 brim, brink, circuit
　　　　　　　　　　　　　　　　　　反 middle

記 1) margin的動詞三態是 margin，margined，margined。

　　2) margin的名詞複數形是 margins。

例 I like to make notes in the margin of books.
我喜歡在書頁空白邊上做筆記。

market research ⓟʰ [ˈmɑrkɪt] [rɪˈsɝtʃ] ★★★★☆

片 市場調查

記 market表「市場」，research表「調查」，合起來就是「市場調查」。

例 We must strengthen market research and gather more information from various resources.
我們必須加強市場調查，從各種管道蒐集更多的資訊。

(Week 6 — Day 4) 　　　　　　　　　　　　　MP3-30

mass media ⓟʰ [mæs] [ˈmidɪə] ★★★★☆

片 大眾傳播媒體

記 mass表「群眾的、大規模的」，media表「媒體」，合起來就是「大眾傳播媒體」。

例 The mass media plays an increasing role in shaping our opinions.
大眾傳媒在影響我們的觀點方面扮演越來越大的作用。

matter ⓝ ['mætɚ] ★★★☆☆

图 事件，物質，原因

記 1) matter的動詞三態是matter，mattered，mattered。

  2) matter的名詞複數形是matters。

例 I am not willing to talk with my boss about my private matters.
  我不願意和我的老闆談我的私事。

ⓥ ['mætɚ] ★★★★☆

動 有關係

例 It doesn't matter to me what you say.
  你說什麼都跟我毫無關係。

media psychology ⓟʰ ['midɪə] [saɪ'kɑlədʒɪ] ★★★★☆

片 媒體心理學

記 media表「媒體」，psychology表「心理學」，合起來就是「媒體心理學」。

例 He has obtained a degree in media psychology.
  他獲得媒體心理學學位。

medical ⓐ ['mɛdɪkḷ] ★★★★★

形 醫療的，醫學的　　　　　　　　　　　　　　同 healing, curative

記 medic表「醫治」，al表「⋯的」，合起來引申為「醫療的、醫學的」的意思。

例 The frontiers of medical knowledge are being pushed forwards constantly.
  醫學知識的新領域正不斷地向前推進。

medicine ⓝ ['mɛdəsṇ] ★★★★★

名 藥，醫學　　　　　　　　　　　　　　　　同 medicament, drug

記 medicine的名詞複數形是medicines。

例 The best medicine for us now would be a good weekend.
  目前對我們來說，過一個愉快的週末就是一劑良藥。

merchandise ⓝ ['mɝtʃən,daɪz] ★★★★☆

動 經商，買賣　　　　　　　　　　　　　　　同 trade

記 merchandise的動詞三態是merchandise，merchandised，merchandised。

例 We merchandise our products by advertising in newspapers.
  我們在報上登廣告推銷我們的產品。

merge ⓥ [mɝdʒ] ★★★★☆

動 合併，吞沒　　　　　　　　　　　　　　　同 unite, combine

記 merg表「潛、衝」，e表動詞字尾，原意是「進入水中被淹沒」，引申為「合併、吞沒」的意思。

例 The big firm will soon merge the two smaller firms.
這家大公司不久將併購那兩家較小的公司。

---

merit ⓥ ['mɛrɪt] ★★★★★

動 值得　　　　　　　　　　　　　　　　　　同 deserve, worth

記 1) merit的動詞三態是merit，merited，merited。

　　2) merit的名詞複數形是merits。

例 Your suggestion merits consideration.
你的建議值得考慮。

ⓝ ['mɛrɪt] ★★★★☆

名 優點，價值，長處　　　　　　　　　　同 advantage
　　　　　　　　　　　　　　　　　　　　　　反 defect, demerit, fault

例 You should learn to appreciate his merits.
你要學會欣賞他的優點。

---

meteor ⓝ ['mitɪɚ] ★★★☆☆

名 流星，隕星　　　　　　　　　　　　　　同 comet, shooting-star

記 meteor的名詞複數形是meteors。

例 Have you ever seen a meteor?
你們看過流星嗎？

---

mineral ⓥ ['mɪnərəl] ★★★★☆

名 礦物，礦石　　　　　　　　　　　　　　同 metal, ore

記 mineral的名詞複數形是minerals。

例 It's rich in mineral resources in this area.
這一地區礦藏資源豐富。

---

mire ⓥ ['maɪr] ★★★★★

動 使…陷於泥濘，使…陷入困境　　　　　反 aid

記 mire的動詞三態是mire，mired，mired。

例 I believe the most brilliant person may be mired in detail and confusion.
我相信即使是最聰明的人也會陷入瑣事與混亂之中。

---

mislead ⓥ [mɪs'lid] ★★★★☆

動 使誤入岐途，誤導　　　　　　　　　　同 misdirect, misinform
　　　　　　　　　　　　　　　　　　　　　　反 lead

記 <u>mis</u>表「錯、不當」，<u>lead</u>表「引導」，合起來引申為「使誤入岐途、誤導」的意思。

例 He misled me as to his intentions.
他誤導我，使我對他的意圖信以為真。

---

mitigate ⓥ [ˈmɪtəˌget]　　　　　　★★★☆☆

動 減輕，緩和

同 alleviate, relieve
反 aggravate

記 <u>mitigate</u>的動詞三態是<u>mitigate</u>，<u>mitigated</u>，<u>mitigated</u>。

例 The government should try to mitigate the effects of inflation.
政府應試圖緩和通貨膨脹的影響。

(Week 6 — Day 5)　　　　　　**MP3-31**

mogul ⓝ [moˈgʌl]　　　　　　★★★★☆

名 大人物，有權勢的人

記 <u>mogul</u>是指富有的、重要的或有勢力的人。

例 He is a movie mogul.
他是一位影業大亨。

---

mollify ⓥ [ˈmɑləˌfaɪ]　　　　　　★★★★☆

動 安慰，安撫，緩和

同 alleviate, pacify
反 exasperate

記 <u>mollify</u>的動詞三態是<u>mollify</u>，<u>mollified</u>，<u>mollified</u>。

例 We are trying to find ways of mollifying her.
我們正設法安慰她。

---

monitor ⓥ [ˈmɑnətɚ]　　　　　　★★★★☆

動 監視，監聽，監督

同 inspect, scrutinize

記 1) <u>monitor</u>的動詞三態是<u>monitor</u>，<u>monitored</u>，<u>monitored</u>。

　2) <u>monitor</u>的名詞複數形是<u>monitors</u>。

例 This instrument can be used to monitor the patient's heartbeats.
這台儀器可用於監聽病人的心跳。

ⓝ [ˈmɑnətɚ]　　　　　　★★★★★

名 班長，監視器

同 assistant, helper

例 I admit that the monitor is really a notch above us.
我承認班長確實比我們略勝一籌。

monopoly ⓝ [məˈnɑplɪ] ★★★★☆

名 壟斷，專利權　　　　　　　　　　　　　　同 domination

記 mono 表「獨」，poly 表「賣」，原意是「獨家專賣」，引申為「壟斷、專利權」的意思。

例 The company is granted a monopoly to market the product.
那家公司被授予獨家銷售這種產品的專利權。

moribund ⓐ [ˈmɔrəˌbʌnd] ★★★★☆

形 垂死的，瀕死的，即將消滅的　　　　　　　同 dying, expiring

記 moribund 的副詞形是 moribundly。

例 It has been a moribund way of life.
這已經是過時的生活方式。

motive ⓝ [ˈmotɪv] ★★★★☆

名 動機，目的　　　　　　　　　　　　　　同 reason, cause

記 mot 表「運動」，ive 表「起…作用的事物」，原意是「產生推動作用的事物」，引申為「動機、目的」的意思。

例 Her prime motive is to make more money.
她的主要動機就是賺更多錢。

multinational ⓐ [ˈmʌltɪˈnæʃənl] ★★★★★

形 多國的，跨國的

記 multi 表「多數」，national 表「國家的、民族的」，合併起來便有「多國的，跨國的」之意。

例 He works in a mammoth multinational corporation.
他在一家大型跨國公司工作。

municipal ⓐ [mjuˈnɪsəpl] ★★★☆☆

形 市的，市政的　　　　　　　　　　　　　同 civic, metropolitan

記 muni 表「公務」，cip 表「拿取」，al 表「屬於…的」，原意是「掌握公務的」，引申為「市的、市政的」的意思。

例 Their opening of a market stall is governed by municipal fiat.
他們開設的市場攤位受到了市政法令的管制。

mystify ⓥ [ˈmɪstəˌfaɪ] ★★★★☆

動 神秘化，使難解，迷惑　　　　　　　　　同 confound, puzzle

記 mysti 表「神秘」，fy 表「做」，原意是「做得神秘」，引申為「神秘化、使難解」的意思。

例 I'm completely mystified about what happened in the office the other day.
我對那天辦公室所發生的事完全迷惑不解。

national interest (ph) [ˈnæʃənl̩] [ˈɪntərɪst] ★★★★☆
片 國家利益，民族利益

記 national表「國家的、民族的」，interest表「利益」，合起來就是「國家利益、民族利益」。

例 There are some acts of injustice which no national interest can excuse.
有些不公正的行為是國家利益所不容許的。

naturalist (v) [ˈnætʃərəlɪs] ★★★★★
名 自然主義者，博物學者

記 naturalist的名詞複數形是naturalists。

例 He is a naturalist who specially studies animals and plants.
他是個專門研究動植物的博物學家。

nature (n) [ˈnetʃɚ] ★★★★☆
名 自然界，性質，天性，本性　　　　　　　　同 character, wildness

記 nat表「出生」，ure表「狀態、性質」，原意是「出生時的狀態」，引申為「自然界、性質」的意思。

例 They are friendly by nature.
他們天性友善。

negotiation (v) [nɪˌgoʃɪˈeʃən] ★★★★★
動 交涉，談判，磋商　　　　　　　　　　　同 bargaining, talk

記 negotiation的名詞複數形是negotiations。

例 They are satisfied with the smoothness of the negotiation.
他們對談判的順利進行很滿意。

nervous (a) [ˈnɝvəs] ★★★★☆
形 緊張的　　　　　　　　　　　　　　　同 tense, worried
　　　　　　　　　　　　　　　　　　　　反 calm, unexcitable

記 nervous的形容詞比較級是more nervous，最高級是most nervous。

例 He looked nervous as he waited for the results of the interview.
他在等待面試結果時，看上去很緊張。

(Week 7 — Day 1)　　　　　　　　　　　　　　　　　　　　**MP**3-32

news conference ⓟ [njuz] [ˈkɑnfərəns]　　★★★☆☆

片 記者招待會

記 news表「新聞、消息」，conference表「會議、討論會」，合起來引申為「記者招待會」

例 The spokesman was bombarded with questions at the news conference.
記者招待會上那位發言人遭到了連珠炮般的發問。

nomination ⓝ [ˌnɑməˈneʃən]　　　　　　　　　　★★★★★

名 提名，任命，提名權　　　　　　　　　　　　　　　同 appointment

記 nomin表「名字」，ation表「行為、結果」，原意是「提出名字的行為」，引申為「提名、任命」的意思。

例 They jumped into the race for the nomination.
他們急切地投入提名競選活動。

notify ⓥ [ˈnotəˌfaɪ]　　　　　　　　　　　　　　★★★★☆

動 通知，告知　　　　　　　　　　　　　　同 inform, advise, report

記 not表「知道」，fy表「使成為」，原意是「使知道」，引申為「通知、告知」的意思。

例 We shall notify you of the arrival of the goods.
我們將把貨物抵達的消息通知你。

nutrient ⓥ [ˈnjutrɪənt]　　　　　　　　　　　　★★★★☆

名 營養物，滋養物

記 nutrient的名詞複數形是nutrients。

例 These nutrients should be helpful to your health.
這些營養品應該對你的健康有幫助。

O

obesity ⓝ [oˈbisətɪ]　　　　　　　　　　　　　★★★★★

名 肥胖，過胖　　　　　　　　　　　　　　同 corpulence, fatness

記 obese表「肥胖」，ity表「性質」，合起來引申為「肥胖、過胖」的意思。

例 Obesity is a problem for most people in western countries.
西方國家大多數人都有肥胖的問題。

obnoxious ⓐ [əbˈnɑkʃəs]　　　　　　　　　　★★★★☆

形 令人非常不快的，討厭的　　　　　　　　　　同 disagreeable, hateful
　　　　　　　　　　　　　　　　　　　　　　　反 pleasant

記 obnoxious的形容詞比較級是more obnoxious，最高級是most obnoxious。

例 He is the most obnoxious man we know.
他是我們所認識的最可憎的人。

observe ⓥ [əbˈzɝv] ★★★★☆
動 觀察，遵守，注意到
同 see, obey, examine
反 violate

記 ob表「在上」，serv表「守護」，e表動詞字尾，原意是「站在高處守護」，引申為「觀察、遵守」的意思。

例 You should observe the proprieties.
你應該遵守禮節。

obstruct ⓥ [əbˈstrʌkt] ★★★★★
動 阻隔，妨礙，阻塞
同 barricade, block

記 ob表「阻礙」，struct表「建造」，原意是「製造阻礙」，引申為「阻隔、妨礙」的意思。

例 The man was charged with obstructing the highway.
那個人因阻礙公路交通而受到控告。

occupation ⓝ [ˌɑkjəˈpeʃən] ★★★☆☆
名 占領，占據，職業
同 employment, trade

記 occupation的名詞複數形是occupations。

例 He hasn't entered your name and occupation yet.
他尚未輸入你的名字和職業。

offer ⓝ [ˈɔfɚ] ★★★★☆
名 出價，報價

記 of表「朝向」，fer表「攜帶」，原意是「把某物帶給某人」，引申為「給予、提供」的意思。

例 I want to tell you that the office block is under offer.
我要告訴你的是那座辦公大樓已有人出價購買。

ⓥ [ˈɔfɚ] ★★★★☆
動 出價，開價

例 We offered him the product for US$40.
那件產品我們向他開價四十美元。

offset ⓥ [ˈɔfˌsɛt] ★★★★★
動 補償，抵銷
同 neutralize, balance

記 offset的動詞三態是offset，offset，offset。

例 Maybe the pay raise will be offset by inflation.
或許增加的工資會被通貨膨脹所抵銷。

operation ⓝ [ˌɑpəˈreʃən] ★★★★☆

名 操作，運轉　　　　　　　　　　　　　同 performance

記 oper表「工作」，ation表「行為、結果」，合起來引申為「操作、運轉」的意思。

例 The operation of this machine is not difficult.
這台機器的操作不難。

oppose ⓥ [əˈpoz] ★★★☆☆

動 反對，反抗
同 counteract, refute
反 agree, consent

記 op表「反面」，pos表「放置」，e表動詞字尾，合起來引申為「反對、反抗」的意思。

例 They opposed their company's new policies.
他們反對公司的新政策。

optional ⓐ [ˈɑpʃənl̩] ★★★★☆

形 隨意的，非必須的
同 voluntary, elective
反 compulsory

記 opt表「選擇」，ion表「行為」，al表「…的」，合起來引申為「隨意的，非必須的」的意思。

例 Attendance at the exhibition is optional.
這一展覽會可隨意的參加。

(Week 7 ― Day 2) MP3-33

ordain ⓥ [ɔrˈden] ★★★★★

動 規定、任命…為牧師、授…以聖職
同 order, decide, decree

記 ordain的動詞三態是ordain，ordained，ordained。

例 ① God has ordained that they should die in poverty.
上帝已註定他們會死於貧困。

例 ② She was ordained the first woman priest of the church last year.
去年，她被任命為教會的第一位女牧師。

organ ⓝ [ˈɔrgən] ★★★★☆

名 機關，機構

記 organ的名詞複數形是organs。

例 Parliament belongs to the chief organ of government.
國會屬於政府的主要機關。

organization ⓝ [ˌɔrgənəˈzeʃən] ★★★★☆
名 組織，機構，團體　　　　　　　　　　同 union, construction
記 organization的名詞複數形是organizations。

例 It is a benevolent organization.
這是一個慈善組織。

outbreak ⓝ [ˈaʊtˌbrek] ★★★★★
名 （戰爭、憤怒等）爆發　　　　　　　　同 revolt, riot
記 out表「外」，break表「衝破、破裂」，合起來引申為「爆發」的意思。

例 The outbreak of riot in this area caused a lot of people to die.
這地區爆發騷動使許多人因此喪生。

outlive ⓥ [aʊtˈlɪv] ★★★★☆
動 比…活得長，度過　　　　　　　　　　同 survive
記 out表「勝過」，liv表「生存」，e表動詞字尾，合起來引申為「比…活得長」的意思。

例 He outlived his wife by several years.
他比妻子多活了幾年。

outrage ⓝ [ˈaʊtˌredʒ] ★★★☆☆
名 暴行，侮辱，憤怒　　　　　　　　　　同 atrocity, violence
記 out表「超出」，rage表「狂怒、狂暴」，合併起來引申為「暴行、殘暴」。

例 Chinese people should never forget the outrage committed by the Japanese invaders.
中國人永遠都不應該忘記日本侵略者犯下的暴行。

overcast ⓐ [ˈovɚˌkæst] ★★★★★
形 陰天的，陰暗的，愁悶的　　　　　　　同 dark, gloomy
記 overcast的動詞三態是overcast，overcast，overcast。

例 There is always a gloomy, overcast expression on her face.
她成天愁眉苦臉。

ⓥ [ˈovɚˌkæst] ★★★★☆
動 使沮喪，使憂鬱
例 The existence of evil will overcast your life.
邪惡的存在會使你的人生變得陰暗。

overdose ⓝ ['ovɚ,dos]　　　★★★★☆

名 藥劑過量

記 over表「超過」，dose表「服藥」，合起來引申為「藥劑過量」的意思。

例 You must not take an overdose of sleeping pills.
你一定不能服用過量的安眠藥。

overextend ⓥ [,ovərɪk'stɛnd]　　　★★★★★

動 使伸延過長，過分擴展

記 over表「超過」，extend表「延伸、伸展」，合起來引申為「過分擴展」的意思。

例 Any man may overextend himself.
每個人都有可能做出不自量力的事。

overly ⓐⓓ ['ovɚ,lɪ]　　　★★★★☆

副 過度地，極度地　　　　　　　　　　　　同 excessively

記 over表「過度」，ly表副詞字尾，合併起來便有「過度地」之意。

例 You must be overly tired.
你一定是太疲倦了。

overpower ⓥ [,ovə'pauɚ]　　　★★★☆☆

動 擊敗，制伏　　　　　　　　　　　　同 overmaster

記 over表「超過」，power表「能力」，合起來引申為「擊敗、制伏」的意思。

例 Several burglars were easily overpowered by the police.
警方輕而易舉地制服了幾個竊賊。

overtime ⓝ ['ovɚ,taɪm]　　　★★★★★

名 加班，加班時間

記 over表「超過」，time表「時間」，合起來引申為「加班、超過地」的意思。

例 He has to be on overtime tonight.
他今晚得加班。

ⓐⓓ ['ovɚ,taɪm]　　　★★★★☆

副 超過地

例 We have been working overtime.
我們近來一直在加班。

oxidation ⓝ [,ɑksə'deʃən]　　　★★★☆☆

名 氧化（作用）

記 oxid表「氧化物」，ation表「狀態」，合起來引申為「氧化作用」的意思。

例 You can paint a coat of paint to prevent the oxidation of the ship by seawater.
你們可以刷一層油漆以防止船隻被海水氧化。

ozone layer ⓝ [ˈozon] [ˈleɚ]　　　　　　　　　　★★★★★
名 臭氧層
記 ozone表「臭氧」，layer表「層」，合起來就是「臭氧層」。

例 The pollution had destroyed the ozone layer.
污染破壞了臭氧層。

pack ⓥ [pæk]　　　　　　　　　　　　　　★★★★☆
動 捆紮，打包，擠滿　　　　　　　　　　　同 fill, load, stuff
　　　　　　　　　　　　　　　　　　　　　反 unpack

記 1) pack的動詞三態是pack，packed，packed。
　　2) pack的名詞複數形是packs。

例 The bus station was packed with noisy pupils.
公車站裡擠滿了吵吵嚷嚷的小學生。

ⓝ [pæk]　　　　　　　　　　　　　　　　　★★★★☆
名 包，捆，包裹
例 The hikers like to carry packs on their backs.
徒步旅行的人都喜歡背著背包。

palliate ⓥ [ˈpælɪˌet]　　　　　　　　　　　★★★★★
動 減輕，掩飾　　　　　　　　　　　　　同 lessen, medicate
記 palliate的動詞三態是palliate，palliated，palliated。

例 I believe this medicine can palliate your headache.
我相信這藥能減輕你的頭痛。

palpitate ⓥ [ˈpælpəˌtet]　　　　　　　　　★★★★☆
動 心臟悸動，發抖　　　　　　　　　　　同 beat, flutter, pulsate
記 palpitate的動詞三態是palpitate，palpitated，palpitated。

例 He palpitated with fear.
他因恐懼而發抖。

pamper ⓥ ['pæmpɚ] ★★★★☆

動 縱容

同 indulge, coddle
反 chasten

記 1) pamper的動詞三態是pamper，pampered，pampered。

2) pamper常作貶義，指縱容某人或動物。

例 He was pampering the poor girl's lust for singularity and self-glorification.
出於怪癖和自命不凡，他縱容著這個可憐女孩的貪欲。

panic ⓝ ['pænɪk] ★★★★★

名 恐慌，驚慌

同 fear, fright, terror

記 panic的名詞複數形是panics。

例 The suddenly collapse of the big bank caused a panic on the Stock Exchange.
那家大銀行突然倒閉造成證券市場恐慌。

par ⓐ [pɑr] ★★★★★

形 平價的，平均的，標準

記 par=equal，表「相等、相同」。

例 It's a solid, par performance.
這是一場一般水準的表演。

ⓝ [pɑr] ★★★★★

名 同等，股票等票面價值

同 average, normal

例 He had to sell the bond at par.
他不得不照票面價值賣出這張債券。

partnership ⓝ ['pɑrtnɚʃɪp] ★★★★☆

名 合夥，合股

同 combination, union

記 partner表「合夥人」，ship表「身分、關係」，合起來引申為「合夥、合股」的意思。

例 I am willing to enter into partnership with him to do export business.
我願意與他合夥做出口生意。

patient ⓐ ['peʃənt] ★★★★☆

形 有耐心的，能忍受的

同 uncomplaining
反 impatient

記 pati表「忍受」，ent表「處於…狀態的人」，合起來引申為「有耐心的、能忍受的」的意思。

例 I get along very well with him because he is a very patient man.
由於他是個很有耐心的人，我和他相處地很融洽。

ⓝ ['peʃənt] ★★★★★

名 病人

同 ill person
反 doctor

例 The patient often cried for the pain.
這個病人常常痛得哭起來。

payable ⓐ ['peəbḷ] ★★★☆☆

形 可付的，應付的

反 receivable

記 pay表「支付、給予」，able表「…的」，合併起來，便有「可付的、應付的」之意。

例 This is a check payable to the bearer.
這是應付給持票人的支票。

pedantic ⓐ [pɪ'dæntɪk] ★★★★★

形 迂腐的，學究式的

同 educated, learned

記 pedantic的形容詞比較級是more pedantic，最高級是most pedantic。

例 He often pays a pedantic attention to details.
他常常學究式的注意細枝末節。

pending ⓐ ['pɛndɪŋ] ★★★★☆

形 未決定的，待決的

同 waiting

記 pend表「懸掛」，ing表「…的」，合起來引申為「未決定的、待決的」的意思。

例 A final decision on this matter is pending.
此事還未做最後決定。

penurious ⓐ [pə'njʊrɪəs] ★★★★☆

形 貧困的，吝嗇的

同 greedy

記 penurious的副詞形是penuriously（貧困地），名詞形是penuriousness（貧困）。

例 Helen's mother said that she had no wish to chuck her daughter away on such a penurious person.
海倫的母親說她絕不想把女兒嫁給一個像他這樣貧困的人。

percentage ⓝ [pɚ'sɛntɪdʒ] ★★★★★

名 百分率，百分比

記 percentage的名詞複數形是percentages。

例 You can get a percentage on everything they sell.
你可從他們賣出的任何東西獲得一定百分比的金額。

periodical ⓝ [ˌpɪrɪˈɑdɪkl̩] ★★★★☆

名 期刊　　　　　　　　　　　　　同 gazette, journal

記 periodical的名詞複數形是periodicals。

例 I should be very glad if you could insert this article into our company's periodical.
如果能把這篇文章登在我們公司的期刊上，我將會很高興。

personnel ⓝ [ˌpɝsn̩ˈɛl] ★★★★☆

名 職員，人員，人事部門　　　　　同 employees, staff

記 personal為一集合名詞，一般視為單數，不可數。

例 One of our company's main problems is the shortage of skilled personnel.
技術人員的短缺是我們公司的一個主要問題。

(Week 7 — Day 4) 　　　　　　　　　　　　　　MP3-35

perturb ⓥ [pɚˈtɝb] ★★★★★

動 使不安，煩擾　　　　　　　　　同 disturb, bother

記 per表「完全」，turb表「挑動、擾亂」，合起來引申為「使心緒不寧、使不安」的意思。

例 ① They tried to perturb good social order with their lies and propaganda.
他們試圖以謊言和宣傳擾亂良好的社會秩序。

例 ② She was perturbed by the setback.
她為這次的挫折感到煩惱。

pervade ⓥ [pɚˈved] ★★★★★

動 瀰漫於，遍及於，流行於　　　　同 permeate, penetrate

記 pervade的動詞三態是pervade，pervaded，pervaded。

例 Reformation ideas pervaded the company.
改革的思想遍及公司上下。

petroleum ⓝ [pəˈtrolɪəm] ★★★☆☆

名 石油　　　　　　　　　　　　　同 crude oil, gas

記 petr表「石」，ol(e)表「油」，um表「事物」，合起來引申為「石油」的意思。

例 This country is rich with petroleum.
這個國家盛產石油。

physical ⓐ [ˈfɪzɪkl̩] ★★★★★

形 身體的，物質的，自然的　　　　同 bodily, carnal

反 moral, spiritual

記 physi表「自然、物理、生理」，(i)cal表「…的」，合起來引申為「身體的、物質的」的意思。

例 I don't understand those physical changes.
我不了解這些物理變化。

pill ⓝ [pɪl]
★★★★☆

名 藥丸，藥片
同 tablet

記 pill的名詞複數形是pills。

例 The doctor suggested her to take less sleeping pills.
醫生建議她少吃些安眠藥。

piquant ⓐ ['pikənt]
★★★★★

形 辛辣的，痛快的，有趣的
同 spicy, zesty

記 piqu表「刺激」，ant是形容詞字尾，合起來就有「辛辣的、夠刺激的、痛快的」的意思。

例 Do you have any piquant sauce?
你有辛辣的調味料嗎?

pivotal ⓐ ['pɪvətl̩]
★★★★☆

形 樞軸的，中樞的，關鍵的
同 burning, crucial

記 pivot表「樞紐」，al表「…的」，合起來引申為「樞軸的、關鍵的」的意思。

例 2006 is a pivotal year for the development of the company.
2006年是公司發展的關鍵一年。

plague ⓥ [pleg]
★★★★★

動 折磨，使…苦惱
同 annoy, bother
反 please, amuse

記 1) plague的動詞三態是plague，plagued，plagued。

2) plague的名詞複數形是plagues。

例 Flood has plagued this region for several months.
洪水蹂躪這個地區已經好幾個月了。

ⓝ [pleg]
★★★★☆

名 瘟疫，災禍，麻煩
同 disease, epidemic
反 fortune

例 This country suffered many plagues in the war time.
該國在戰爭期間遭受到許多瘟疫。

platform ⓝ ['plæt,fɔrm] ★★★★★

名 平台，月台，講台　　　　　　　　　　　同 balcony, rostrum

記 plat 表「小塊的地」，form 表「形式、外形」，合起來引申為「平台、月台」的意思。

例 She was coming by train, so I waited on the platform.
她坐火車來，所以我在月台上等

plebiscite ⓝ ['plɛbə,saɪt] ★★★☆☆

名 公民投票　　　　　　　　　　　　　　同 election

記 plebiscite 的名詞複數形是 plebiscites。

例 The plebiscite in Kashmir desired by the UN has never taken place.
聯合國要求喀什米爾公民投票卻一直未能實現。

pollution ⓝ [pə'luʃən] ★★★★☆

名 污染　　　　　　　　　　　　　　　　同 defilement

記 空氣污染是 air pollution，噪音污染是 noise pollution。

例 At present, the pollution had destroyed the ozone layer and caused many changes in weather.
現在污染破壞了臭氧層，並引起了許多天氣變化。

population explosion ⓝ [,pɑpjə'leʃən] [ɪk'sploʒən] ★★★★★

名 人口爆炸，人口激增

記 population 表「人口」，explosion 表「爆炸」，合起來就是「人口爆炸、人口激增」。

例 India has a population explosion at the moment.
印度現正處於人口爆炸的時期。

portray ⓥ [por'tre] ★★★★☆

動 描繪，描寫，描述　　　　　　　　　　同 depict, describe

記 por 表「前、向外」，tray 表「拉」，合起來引申為「描繪、描寫」的意思。

例 Many readers thinks that Dickens portrayed his characters to the life.
許多讀者認為狄更斯把他筆下的人物描繪得栩栩如生。

potential ⓝ [pə'tɛnʃəl] ★★★★☆

名 潛力，潛能　　　　　　　　　　　　　同 potency

記 potent 表「能力」，al 表「有⋯特性的」，合起來引申為「潛力、潛能」的意思。

例 Liz has acting potential, but needs training.
莉斯雖有表演潛力，但還是需要訓練。

ⓐ [pə'tɛnʃəl] ★★★★★

形 潛在的，可能的　　　　　　　　　　　　　　　　同 possible, likely
例 Education develops potential abilities.
教育能開發人的潛在能力。。

precaution ⓝ [prɪˈkɔʃən]　　　　　　　　　★★★☆☆
名 預防，留心，警戒　　　　　　　　　　　　　同 caution, care
記 precaution的名詞複數形是precautions。

例 We must take precautions against fire.
我們必須對火災採取預防措施。

pregnant ⓐ [ˈprɛgnənt]　　　　　　　　　★★★★☆
形 懷孕的，豐富的　　　　　　　　　　　　　同 productive, fertile
記 pregnant的名詞形是pregnancy。

例 ① The woman was pregnant with her first child.
那位婦女正懷著她的第一個孩子。
例 ② I like to read his writings because they are pregnant with poetry.
我喜歡讀他的文章是因為他的文章富於詩意。

premature ⓐ [ˌpriməˈtjʊr]　　　　　　　　★★★★★
形 早熟的，過早的　　　　　　　　　　　　　同 early, advanced
　　　　　　　　　　　　　　　　　　　　　反 late, matured
記 pre表「提前」，mature表「成熟的」，合併起來便有「早熟的」之意。

例 ① The baby was one month premature.
這個嬰兒早產一個月。
例 ② This disease easily produces premature aging of the brain.
這種疾病易使大腦過早地衰老。

prepare ⓥ [prɪˈpɛr]　　　　　　　　　　　★★★★★
動 準備，預備　　　　　　　　　　　　　　　同 arrange, plan, ready
記 pre表「先、前」，par表「準備」，e表動詞字尾，合起來引申為「準備、預備」的意思。

例 He is preparing his report for the meeting tomorrow.
他正準備明天會議的報告。

prescription ⓝ [prɪˈskrɪpʃən]　　　　　　　★★★★☆
名 指示，規定，處方，藥方　　　　　　　　　同 treatment
記 pre表「前」，script表「寫」，ion表「行為、結果」，原意是「預先寫好的規矩」，引

117

申為「命令、處方」的意思。

例 His prescription for economic recovery was well-received.
他為經濟復甦提出的對策反應良好。

presentable ⓝ [prɪˋzɛntəbḷ] ★★★★☆

形 拿得出去的，像樣的，體面的　　　　　　同 acceptable

記 present表「提交、呈現」，able表「可以…的」，合起來引申為「縮寫、使省略」的意思。

例 You must make yourself presentable before the interview.
面試前，你得把自己打扮得體面點。

presidential election ⓟ [ˏprɛzəˋdɛnʃəl] [ɪˋlɛkʃən] ★★★★☆

片 總統選舉

記 presidential表「總統的」，election表「選舉」，合起來就是「總統選舉」。

例 Roosevelt won the 1936 presidential election and became the President.
羅斯福贏得了1936年的總統競選，成為了總統。

presume ⓥ [prɪˋzum] ★★★☆☆

動 假定，揣測，認為　　　　　　　　　　同 assume, take for

記 presume的動詞三態是presume，presumed，presumed。

例 A signed invoice presumes receipt of the shipment.
簽字的發票表示貨物已經收到。

prevent ⓥ [prɪˋvɛnt] ★★★★★

動 預防，防止，阻止　　　　　　　　　　同 prohibit, forbid
　　　　　　　　　　　　　　　　　　　　反 permit, allow

記 pre表「預先」，vent表「來、到」，原意是「走在前面」，引申為「預防、防止」的意思。

例 These regulations are intended to prevent their plans from being carried out.
這些規章制度意圖阻止他們的計畫被實行。

primary ⓐ [ˋpraɪˏmɛrɪ] ★★★★★

形 主要的、初級的、原來的　　　　　　　同 basic, chief
　　　　　　　　　　　　　　　　　　　　反 secondary

記 prim表「主要」，ary表「屬於…的」，合起來引申為「主要的、初級的」的意思。

例 I started primary school when I was 6 years old.
我六歲時開始讀小學。

primitive ⓐ [ˋprɪmətɪv] ★★★★☆

形 原始的、粗糙的、簡單的　　　　　　　同 original; uncivilized

記 prim表「第一、首要」，itive表「有…關係的」，合併起來便有「原始的、樸素的」之

意。

例 Living conditions in this place are still quite primitive.
這個地方的生活條件仍然很原始。

prior ⓐ [ˈpraɪɚ] ★★★★★
形 居先的，優先的，更重要的　　　　　　　　　　同 preceding, previous
記 prior後面接介系詞to。
例 He feels a prior obligation to his job.
他覺得要優先為他的工作盡職。

privacy ⓝ [ˈpraɪvəsɪ] ★★★★☆
名 隱私，清靜，隱居　　　　　　　　　　同 isolation, secrecy
記 priv表「私人」，acy表「狀態」，合起來引申為「隱私、清靜」的意思。
例 I felt I needed privacy.
我覺得我需要清靜。

proclaim ⓥ [prəˈklem] ★★★★★
動 宣布，公布聲明　　　　　　　　　　同 declare, announce
記 pro表「向前」，claim表「叫、喊」，原意是「向前面大聲講話」，引申為「宣布、聲明」的意思。
例 He proclaimed that they were traitors.
他宣稱他們是叛徒。

procure ⓥ [prəˈkjuə] ★★★★☆
動 獲得，取得，促成　　　　　　　　　　同 obtain, get, acquire
記 pro表「為了」，cur表「關心」，e表動詞字尾，原意是「為某事物關心」，引申為「獲得、取得」的意思。
例 He tells me that he can procure the rare old book for me.
他告訴我他能為我購得那本罕見的舊書。

product ⓝ [ˈprɑdəkt] ★★★★☆
名 產品，成果，結果　　　　　　　　　　同 production
記 pro表「向前」，duct表「引導」，原意是「一直引導向前直到產生結果」，引申為「獲得、取得」的意思。
例 They will come here in search of new markets for their products.
他們將要來此為他們的產品尋找新的市場。

professional ⓐ [prəˈfɛʃənl̩] ★★★☆☆
形 專業的，職業的　　　　　　　　　　同 occupational
　　　　　　　　　　　　　　　　　　反 amateur
記 pro表「向前」，fess表「說」，ion表「行為」，al表「與…有關」，合起來引申為「專

業的、職業的」的意思。

例 He is a highly professional administrator.
他是一位非常專業的管理人員。

(Week 8 — Day 1) MP3-37

profitable ⓐ [ˈprɑfɪtəbl] ★★★★★

形 有利的，有益的，可賺錢的
同 beneficial, useful
反 profitless

記 pro表「向前」，fit表「做」，able表「可…的」，合起來引申為「有利的、有益的」的意思。

例 The firm is a highly profitable business.
該公司是一個獲利頗豐的企業。

---

project ⓥ [prəˈdʒɛkt] ★★★★☆

動 計畫，企畫，預料

例 They are projecting a new dam.
他們在規畫新的堤壩。

---

prominent ⓐ [ˈprɑmənənt] ★★★★★

形 突起的，突出的，卓越的
同 outstanding, eminent

記 prominent的形容詞比較級是more prominent，最高級是most prominent。

例 It is well known that he is a prominent entrepreneur.
眾所周知，他是一位卓越的企業家。

---

promotion ⓝ [prəˈmoʃən] ★★★★★

名 促進，發揚，提升
同 advancement
反 demotion

記 pro表「向前」，mot表「運動」，ion表「行為、結果」，原意是「向前運動」，引申為「促進、發揚、提升」的意思。

例 This year's sales promotions of our company haven't been very successful.
今年我們公司的促銷活動不是很成功。

---

propagate ⓥ [ˈprɑpəˌget] ★★★★☆

動 繁殖，宣傳，傳播
同 spread, transmit

記 propagate的動詞三態是propagate，propagated，propagated。

例 They want to start a newspaper to propagate their ideas.
他們想辦一份報紙來宣傳他們的主張。

prosecute ⓥ [ˈprɑsɪˌkjut]   ★★★★☆

動 告發，起訴，檢舉   同 discharge, bring suit

記 pro表「向前」，secut表「追隨」，e表「動詞字尾」，原意是「把事情向前進行下去」，引申為「告發、起訴」的意思。

例 He was prosecuted for fraud.
他因詐欺遭到起訴。

protein ⓝ [ˈprotiɪn]   ★★★★★

名 蛋白質

記 來自希臘語protos（第一），指生命的「第一要素」，引申為「蛋白質」之意。

例 Eating more high protein diet is good for health.
多吃些蛋白質含量高的食物對健康有益。

provide ⓥ [prəˈvaɪd]   ★★★☆☆

動 規定，供給，提供   同 furnish, give, supply
                                       反 consume

記 pro表「向前」，vid表「看」，e表「動詞字尾」，原意是「預見到需要而準備」，引申為「供給、提供」的意思。

例 The agreement provides that one-month notice shall be given on either side.
這項協議規定任何一方應在一個月前發出通知。

proxy ⓝ [ˈprɑksɪ]   ★★★★☆

名 代理權，代理人，代表者   同 agent, alternate

記 proxy的名詞複數形是proxies。

例 He will be proxy for me.
他將是我的代理人。

public relations ⓟⓗ [ˈpʌblɪk] [rɪˈleʃəns]   ★★★★★

片 公共關係、公關工作

記 public表「公眾的、公用的」，relation表「關係」，合起來就是「公共關係」。

例 The public relations firm will handle all our publicity.
那家公關公司將負責處理我們的全部廣告宣傳工作。

purchase ⓥ [ˈpɝtʃəs]   ★★★★☆

動 買，購買   反 sell

記 purchase的動詞三態是purchase，purchased，purchased。

例 He purchased this car at an auction.
他在拍賣會中購得這輛車。

Q

quota ⓝ ['kwotə]　　　　　　　　　　　★★★☆☆

名 配額，定額，限額　　　　　　　　同 ratio, share

記 quota的名詞複數形是quotas。

例 Each one in our company has his quota of work for the day.
我們公司的每個人都有一定的工作配額。

R

radical ⓐ ['rædɪkl̩]　　　　　　　　　★★★★☆

形 根本的，基本的，激進的　　　　　同 extreme, greatest
　　　　　　　　　　　　　　　　　反 conservative

記 radical的形容詞比較級是more radical，最高級是most radical。

例 Your views are very radical.
你的觀點很偏激。

radiologist ⓝ [ˌredɪ'ɑlədʒɪst]　　　★★★★★

名 放射線學者

記 radio表「放射、輻射」，logist表示「學者、專家」，合併起來便有「放射線研究者」之意。

例 He has never been a radiologist.
他不曾當過放射線學者。

(Week 8 — Day 2)　　　　　　　　　　MP3-38

raid ⓝ [red]　　　　　　　　　　　　★★★☆☆

名 襲擊，突然搜查　　　　　　　　　同 attack, assault

例 A policeman was killed in the car raid.
一名警察在這次汽車襲擊中喪生。

ⓥ [red]　　　　　　　　　　　　　　★★★★☆

動 劫掠，突擊搜捕，襲擊　　　　　　同 attack, invade

記 1) raid的動詞三態是raid，raided，raided。
2) raid的名詞複數形是raids。

例 Customs men raided Daniel's factory last evening.
昨晚海關人員突然搜查了丹尼爾的工廠。

ratification ⓝ [ˌrætəfə'keʃən]　　　★★★★☆

名 批准，認可　　　　　　　　　　　同 acceptance

記 ratify表「批准、認可」，ation表「狀態、結果」，合起來引申為「批准，認可」的意思。

例 The invoice is subject to our ratification.
這張發票經我們確認後有效。

rationalize ⓥ [ˈræʃənḷˌaɪz] ★★★★★

動 使合理化　　　　　　　　　　　　　　　　　　同 justify

記 rat表「估價」，ion表「結果」，al表「…的」，ize表「使成為」，合起來引申為「使合理化」的意思。

例 Grandfather is trying to rationalize what happened, but he cannot do it.
爺爺一直想讓所發生的一切合理化，但他做不到。

real estate ⓟʰ [ˈrɪəl] [əˈstet] ★★★★☆

片 房地產，不動產

記 real表「不動的」，estate表「地產、財產」，合起來就是「房地產、不動產」。

例 Sherry's father is a real estate agent.
雪莉的父親是房地產仲介。

recall ⓥ [rɪˈkɔl] ★★★★★

動 回想，召回，撤銷，取消　　　　　　　　　同 remember, recollect

記 re表「回」，call表「叫、喊」，合起來引申為「回想、回憶」的意思。

例 Jane recalled that her son had left early this morning.
珍想起今早她的兒子很早就出門了。

receivable ⓐ [rɪˈsivəbḷ] ★★★★☆

形 可接受的，可信的　　　　　　　　　　　　同 acceptable
　　　　　　　　　　　　　　　　　　　　　　反 unacceptable

記 re表「回」，ceiv表「拿取」，able表「可…的」，原意是「可以拿回的」，引申為「可接受的、可信的」的意思。

例 Do you think Mary's proposal is receivable?
你認為瑪麗的建議可接受嗎？

recognize ⓥ [ˈrɛkəgˌnaɪz] ★★★★★

動 認出，認可，承認　　　　　　　　　　　　同 acknowledge
　　　　　　　　　　　　　　　　　　　　　　反 conceal, forget

記 re表「再」，cogn表「認識」，ize表「使成為」，引申為「認出、認可」的意思。

例 Can you recognize Linda from this picture?
你能從這張照片中認出琳達嗎？

recuperate ⓥ [rɪˈkjupəˌret] ★★★★☆

動 恢復，挽回　　　　　　　　　　　　　　　　同 recover, rally

記 recuperate的動詞三態是recuperate，recuperated，recuperated。

例 Charles is recuperating from illness.
查爾斯病後正在漸漸地復原。

reduce ⓥ [rɪˈdjus]   ★★★★★

動 減少，降低，迫使

同 abate, cut, decrease
反 add, aggravate

記 reduce的動詞三態是reduce，reduced，reduced。

例 Our family doctor says that taking extra vitamins may reduce your liability to colds.
我們的家庭醫生說多吃一些維生素會減少你得感冒的可能性。

referendum ⓝ [ˌrɛfəˈrɛndəm]   ★★★☆☆

名 公民投票，請示書

記 referendum的名詞複數形是referendums。

例 The local authorities agreed to hold a referendum on the issue in May.
當地政府同意在五月舉行公民投票來決定這個問題。

reform ⓥ [rɪˈfɔrm]   ★★★★☆

動 改革，改良，改造

同 change, convert
反 stabilize

例 People firmly demand to reform social abuses.
人們強烈要求革除社會弊端。

ⓝ [rɪˈfɔrm]   ★★★★★

名 改革，改過

同 change

記 re表「再、重新」，form表「形狀」，合起來引申為「改革、改良」的意思。

例 The People's request for reforms must be made to the education system.
人們要求對教育體制進行改革。

refute ⓥ [rɪˈfjut]   ★★★★☆

動 駁斥，反駁，駁倒

同 confute, disprove
反 support, approve

記 refute的動詞三態是refute，refuted，refuted。

例 Joan's argument can not be refuted at the moment.
瓊的這一論點時下還無法駁斥。

regulation ⓝ [ˌrɛgjəˈleʃən]   ★★★★☆

名 規則，規章

同 rule, ordinance

記 reg表「統治」，ul(e)表「小」，ation表「行為、結果」，原意是「管理事物的規則」，引申為「規則、規章」的意思。

例 It's wrong of anyone to get around the regulation.
任何人存心逃避規章制度都是不對的。

rehabilitate ⓥ [ˌrihəˈbɪlətet] ★★★★★

動 修復，恢復（職位等）　　　　　　　同 renew, reinstate

記 rehabilitate的動詞三態是rehabilitate，rehabilitated，rehabilitated。

例 The accident prompted Hill to rehabilitate his insurance.
這件意外事故促使希爾恢復投保。

reimbursement ⓝ [ˌriɪmˈbɝsmənt] ★★★★☆

名 償還，賠償　　　　　　　　　　　同 repayment, refund

記 reimburse表「償還」，ment表「行為」，合起來引申為「償還、賠償」的意思。

例 The bank has been pressing Tony for reimbursement of the loan.
銀行催促湯尼償還貸款。

relapse ⓥ [rɪˈləps] ★★★☆☆

動 舊病復發，再惡化　　　　　　　　同 regress, return

記 re表「回」，laps表「跌落」，e表動詞或名詞字尾，原意是「跌落回去」，引申為「舊病復發、再惡化」的意思。

例 Juan kept off smoking for a few days, but now he has relapsed.
胡安戒菸兩三天，可是現在又恢復抽菸。

ⓝ [rɪˈləps] ★★★★★

名 舊病復發，再惡化　　　　　　　　同 recurrence, reaction

例 Daniel had a relapse and died soon after.
丹尼爾舊病復發，不久就死去了。

(Week 8 — Day 3) MP3-39

relieve ⓥ [rɪˈliv] ★★★★☆

動 減輕，救濟，解除　　　　　　　　同 free, release
　　　　　　　　　　　　　　　　　反 worry, aggravate

記 relieve的動詞三態是relieve，relieved，relieved。

例 The doctor told me this medicine would relieve my headache.
醫生說這藥將減輕我的頭痛。

reluctant ⓐ [rɪˈlʌktənt] ★★★★★

形 勉強的，不情願的　　　　　　　　同 unwilling, averse
　　　　　　　　　　　　　　　　　反 willing

記 reluctant的形容詞比較級是more reluctant，最高級是most reluctant。

例 This young man was very reluctant to help others.
這個年輕人不大願意幫助別人。

---

remain Ⓥ [rɪˈmen]　　　　★★★★☆

動 剩下，保持

同 last, persist, stay
反 depart, leave, perish

記 remain的動詞三態是remain，remained，remained。
例 My friends remain in Beijing until June.
我的朋友們在北京一直待到六月。

---

remind Ⓥ [rɪˈmaɪnd]　　　　★★★★★

動 提醒，使想起，使記起

同 caution, notify
反 forget

記 re表「回」，mind表「心神」，原意是「使某事回到心中」，引申為「提醒、使想起」的意思。
例 This picture reminds me of my hometown.
這幅畫讓我想起故鄉。

---

remuneration Ⓝ [rɪˌmjunəˈreʃən]　　　　★★★★☆

名 報酬

同 salary, earnings

記 1) remuneration的動詞形是remunerate（給…酬勞）。
　 2) remuneration的名詞複數形是remunerations。
例 A postman's remuneration is £150 per week.
郵差的薪酬為每週一百五十英鎊。

---

renewal Ⓝ [rɪˈnjuəl]　　　　★★★★★

名 更新，革新，復興

同 renaissance

記 re表「重新」，new表「新」，al表「行為」，原意是「再次變新的過程」，引申為「更新、革新」的意思。
例 Our manager is very delighted at the renewal of negotiation.
我們經理對談判能重新開始感到很高興。

---

renovation Ⓝ [ˌrɛnəˈveʃən]　　　　★★★★☆

名 更新，修理，修理

同 restoration

記 re表「再」，nov表「新」，ation表「行為、結果」，合起來引申為「更新、修理」的意思。
例 The entire fabric of the old library needs renovation.
這座舊圖書館的全部結構需要維修翻新。

---

rental Ⓝ [ˈrɛntl]　　　　★★★★★

名 地租，租金，地租收入

同 hire, lease

記 rental的名詞複數形是rentals。

例 Video rental is usually £3 per week.
錄影帶租金為每星期三英鎊。

ⓐ [ˈrɛntḷ] ★★★☆☆

形 租借的，地租的　　　　　　　　　　　　　　　同 lease

例 Arthur has a video rental shop.
亞瑟經營一家錄影帶出租店。

---

replace ⓥ [rɪˈples] ★★★★★

動 把…放回，取代，以…代替　　　　　　　同 put back, return
反 remove

記 re表「再」，plac表「放置」，e表動詞字尾，原意是「放回原處」，引申為「流產、墮胎」的意思。

例 Nowadays robots are replacing workers on assembly lines.
如今機器人逐漸代替了裝配線上的工人。

---

represent ⓥ [ˌrɛprɪˈzɛnt] ★★★★★

動 描述，表示，象徵，代表　　　　　　　同 symbolize, depict
反 misrepresent

記 represent的動詞三態是represent，represented，represented。

例 The dove represents peace in many countries.
在許多國家，鴿子象徵和平。

---

repressive ⓐ [rɪˈprɛsɪv] ★★★☆☆

形 壓抑的，抑制的，鎮壓的　　　　　　　同 oppressive

記 re表「再」，press表「壓」，ive表「產生…作用的」，合起來引申為「壓抑的、抑制的」的意思。

例 Everyone knows the military regime was repressive.
每個人都知道軍閥統治得靠鎮壓。

---

reputation ⓝ [ˌrɛpjəˈteʃən] ★★★★☆

名 名譽，名聲，聲望　　　　　　　　　　同 status, rank
反 opprobrium

記 reputation指「名譽」，指公眾對某人的看法，可好可壞。

例 This supermarket has a fine reputation.
這家超市信譽很好。

---

rescind ⓥ [rɪˈsɪnd] ★★★★☆

動 廢除，取消　　　　　　　　　　　　　同 repeal, withdraw

記 rescind的動詞三態是rescind，rescinded，rescinded。

例 Brown's driver licence was rescinded after the crash.
布朗撞車後駕駛執照被吊銷。

reserve ⓝ [rɪ'zɜˇv] ★★★★★

名 儲藏，預備，保留，保留地　　　　　　同 stockpile

記 re表「再」，serv表「保存」，e表動詞字尾，原意是「一再保存的事物」，引申為「儲、保留」的意思。

例 People are used to keeping a large reserve of cabbage for winter in the north of China.
在中國北方，人們常貯存大量的白菜以備冬天用。

ⓥ [rɪ'zɜˇv] ★★★★☆

動 儲備，保留，預定，註定　　　　　　同 retain, keep
　　　　　　　　　　　　　　　　　　反 forsake, announce

例 Blair has reserved a table at the new restaurant.
布萊爾已在那家新飯店預訂了一桌菜。

resist ⓥ [rɪ'zɪst] ★★★★☆

動 抵抗，忍住　　　　　　　　　　　　同 oppose, withstand
　　　　　　　　　　　　　　　　　　反 support, submit

記 re表「反對」，sist表「站立」，原意是「站在反對的立場上」，引申為「抵抗、忍住」的意思。

例 Generally speaking, a healthy body resists disease.
一般而言，健康的身體能抵禦疾病。

resource ⓝ [rɪ'sɔrs] ★★★☆☆

名 資源　　　　　　　　　　　　　　　同 property, wealth

記 resource的名詞複數形是resources。

例 Resources management is an important business skill.
資源管理是一項重要的經營技能。

(Week 8 — Day 4) MP3-40

restore ⓥ [rɪ'stor] ★★★★★

動 回復，恢復，歸還　　　　　　　　　同 bring back, recover

記 re表「回」，store表「站立」，原意是「來自古法語restorer」，引申為「回復、恢復」的意思。

例 Generally speaking, the stolen property must be restored to its owner.
一般而言，贓物必須歸還原主。

restriction (n) [rɪˈstrɪkʃən] ★★★★☆

名 限制，約束

同 contraction, limit
反 freedom, liberation

記 re表「回」，strict表「拉緊」，ion表「行為」，原意是「往回緊拉」，引申為「限制、約束」的意思。

例 The sale of firearms is subject to many legal restrictions in China.
在中國，出售槍枝受到許多法律的限制。

resume (n) [ˌrɛzjuˈme] ★★★★★

名 摘要，梗概，簡歷

同 summary

記 1) resume的動詞三態是resume，resumed，resumed。
2) resume的名詞複數形是resumes。

例 Jennifer is required to submit a resume firstly.
珍妮佛必須先交一份個人履歷表。

(v) [rɪˈzjum] ★★★★★

動 重新開始，繼續，恢復

同 continue
反 terminate

例 Mrs. Hughes resumed her maiden name after the divorce.
休斯太太離婚後恢復使用娘家的姓。

resuscitate (v) [rɪˈsʌsəˌtet] ★★★★☆

動 使復活，使甦醒

同 resurrect, renew

記 resuscitate的動詞三態是resuscitate，resuscitated，resuscitated。

例 In this area, all attempts to resuscitate the fishing industry were foredoomed to failure.
在這個地區，千方百計振興漁業註定徒勞無功。

retainer (n) [rɪˈtenɚ] ★★★★☆

名 家臣，公僕，保持者

同 servant
反 master

記 re表「回」，tain表「握、持」，er表「人、物」，原意是「緊握者」，引申為「保持者、僕人」的意思。

例 A politician should be a retainer of the people.
政治家應是人民的公僕。

retaliation (n) [rɪˌtælɪeʃən] ★★★★★

名 報復，反擊

同 vengeance
反 forgiveness

記 retaliation的動詞形是retaliate（報復），形容詞是retaliative（報復性的）。

例 Heaven's retaliation is slow but sure.

上天的懲罰雖說來的慢，卻是一定會來的。

retreat ⁿ [rɪˈtrit] ★★★☆☆
名 撤退，退卻，休養所
- 同 hideaway
- 反 access, advance

記 re表「回」，treat表「拉」，原意是「向回拖」，引申為「撤退、退卻」的意思。
例 Marvin likes to go to his mountain retreat for the weekend.
馬文週末喜歡去山中的休養所。

ⁿ [rɪˈtrit] ★★★★★
動 撤退，退卻
- 同 recoil, withdraw
- 反 access, advance

例 As a friend, I will not retreat from my commitments.
作為朋友，我不會躲避承諾的義務。

revenue ⁿ [ˈrɛvəˌnju] ★★★☆☆
名 收入，稅收
- 同 gain, income
- 反 expenditure

記 re表「回」，ven表「來、到」，ue表名詞字尾，原意是「回來的東西」，引申為「收入、稅收」的意思。
例 At present, oil revenue has risen with the rise in the dollar.
目前石油收入因美元增值而增加。

revile ⁿ [rɪˈvaɪl] ★★★★★
動 辱罵，斥責
- 同 vilify, vituperate,
- 反 love, like

記 revile的動詞三態是revile，reviled，reviled。
例 Mario's neighbors both loved and reviled him in the same breath.
馬里奧的鄰居喜愛他的同時又辱罵他（對他又愛又恨）。

rhetoric ⁿ [ˈrɛtərɪk] ★★★★★
名 修辭學，浮誇的語言
- 同 eloquence

記 rhetoric除指「修辭學」外，還具有「華麗的詞藻、虛誇的言辭」等意思。
例 Sam is full of fancy rhetoric.
山姆有著舌燦蓮花。

risk ⁿ [rɪsk] ★★★★☆
名 風險，危險
- 同 peril, danger
- 反 safety

記 1) risk的動詞三態是risk，risked，risked。
2) risk的名詞複數形是risks。

例 She was ready for any risks.
她準備冒一切風險。

ⓥ [rɪsk] ★★★★☆
動 冒…的危險　　　　　　　　　　　　　　　同 chance, hazard
　　　　　　　　　　　　　　　　　　　　反 protect
例 The brave mother risked her life to save her child.
那位勇敢的母親冒著生命危險去救她的孩子。

---

rocky ⓐ ['rɑkɪ] ★★★★☆
形 岩石的，頑固的，不穩的　　　　　　　　同 stony, rough
記 rocky的形容詞比較級是rockier，最高級是rockiest。
例 Juan drives carefully up the rocky lane.
胡安小心地沿著石頭小巷開去。

---

ruin ⓝ ['rʊɪn] ★★★★★
名 毀滅，廢墟，遺跡　　　　　　　　　　　同 ruination
　　　　　　　　　　　　　　　　　　　　反 recovery
記 1) ruin的動詞三態是ruin，ruined，ruined。
　 2) ruin的名詞複數形是ruins。
例 476AD saw the ruin of the Roman Empire.
公元四七六年羅馬帝國滅亡。

ⓥ ['rʊɪn] ★★★★★
動 毀滅，（使）破產　　　　　　　　　　　同 destroy, demolish
　　　　　　　　　　　　　　　　　　　　反 restore
例 The hurricane ruined our holiday.
颶風把我們的假期徹底搞毀了。

S

sacrifice ⓝ ['sækrəˌfaɪs] ★★★★☆
名 祭品，犧牲　　　　　　　　　　　　　　同 forfeit, forfeiture
記 sacri表「神聖」，fic表「做」，e表名詞或動詞字尾，原意是「做神聖的事」，引申為
　「流產、墮胎」的意思。
例 Generally speaking, parents often make sacrifices for their children in China.
一般而言，中國的父母親常常為子女做出犧牲。

ⓥ ['sækrəˌfaɪs] ★★★☆☆
動 犧牲，獻出，獻祭　　　　　　　　　　　同 give, forego
例 The ancient Greeks sacrificed lambs or calves before engaging in battle.
古希臘人參戰前都要獻祭羔羊或小牛。

salary ⓝ [ˈsælərɪ]　　★★★★☆

名 工資，薪水

同 pay, wage
反 nonpayment

記 sal表「鹽」，ary表「與⋯有關之物」，原意是「古羅馬充當薪餉發放的鹽」，引申為「工資、薪水」的意思。

例 My money comes mainly from salary.
我的錢主要來自工資。

sample ⓝ [ˈsæmpl̩]　　★★★★★

名 範例，樣品，標本

同 specimen

記 1) sample的動詞三態是sample，sampled，sampled。
　 2) sample的名詞複數形是samples。

例 Please send me a sample copy of the book.
請寄給我一本樣品書。

ⓥ [ˈsæmpl̩]　　★★★☆☆

動 抽取樣品

同 try, try out, taste

例 The inspector sampled the stuff and found it satisfactory.
那位檢驗員抽樣檢查這批材料，而且感到滿意。

(Week 8 — Day 5)　　MP3-41

sanction ⓝ [ˈsæŋkʃən]　　★★★★☆

名 批准，認可，制裁，處罰

同 approval, support
反 disapproval

記 1) sanction的動詞三態是sanction，sanctioned，sanctioned。
　 2) sanction的名詞複數形是sanctions。

例 Nowadays there is no sanction for autocracy.
如今誰也不贊成獨裁統治。

ⓥ [ˈsæŋkʃən]　　★★★★★

動 批准，認可

同 permit, approve
反 proscribe

例 At this point, I can't sanction your methods.
在這點上，我不會同意你的辦法。

satellite ⓝ [ˈsætl̩ˌaɪt]　　★★★★☆

名 衛星，人造衛星

同 spacecraft,

記 satellite的名詞複數形是satellites。

例 The moon is the Earth's satellite.
月球是地球的衛星。

saving ⓝ ['sevɪŋ] ★★★★☆

名 存款，節約

同 deposit
反 waste

記 save表「儲蓄、儲存」，ing表「結果、產物」，合起來引申為「存款、節約」的意思。

例 Generally speaking, saving is getting.
一般而言，節約等於增加收入。

scoop ⓝ [skup] ★★★☆☆

名 鏟子，舀取，獨家新聞

同 ladle, ladle, spoon

記 1) scoop的動詞三態是scoop，scooped，scooped。
2) scoop的名詞複數形是scoops。

例 After lunch, one of my colleagues likes to have two scoops of ice cream.
午餐後，我的一位同事喜歡吃兩球冰淇淋。

ⓥ [skup] ★★★★★

動 汲取，挖掘，舀取

同 dig, pick up

例 Badgers scoop out a hole in the sand.
獾在沙地上挖了個洞。

scrutinize ⓥ ['skrutn̩͵aɪz] ★★★★★

動 細察，徹查

同 examine, explore

記 scrutinize的動詞三態是scrutinize，scrutinized，scrutinized。

例 The jeweler scrutinized the diamond for flaws.
那位寶石商仔細察看鑽石有無瑕疵。

secure ⓐ [sɪ'kjur] ★★★★☆

形 安全的，無慮的

同 protected, safe
反 anxious

記 se表「離開」，cur表「關心」，e表形容詞或動詞字尾，原意是「離開令人擔心害怕的狀態」，引申為「安全的、無慮的」的意思。

例 I hope my boyfriend has made me feel secure.
我希望我的男友使我覺得放心。

ⓥ [sɪ'kjur] ★★★☆☆

動 使…安全，固定，獲得

同 acquire, get, fix
反 endanger, open

例 You had better secure all the doors and windows before leaving.
要把所有門窗關好再出門。

seek ⓥ [sik] ★★★★★

動 尋求，尋找，搜索

同 search, look for
反 hide

記 seek的動詞三態是seek，sought，sought。

例 Water seeks its own level.
水能找到自己的水平。

seize ⓥ [siz] ★★★☆☆

動 抓住，捉住

同 arrest, capture
反 escape, loose

記 seize的動詞三態是seize，seized，seized。

例 Generally speaking, people should seize each chance, otherwise they'll regret it.
一般而言，人們應該抓住任何一個機會，否則就會後悔的。

senior ⓝ ['sinjɚ] ★★★★☆

名 年長者，上司

同 elder
反 junior younger

例 Anita's boyfriend is her senior by six years.
安尼塔的男朋友比她大六歲。

ⓐ ['sinjɚ] ★★★★★

形 年長的，高級的，資深的

同 elder, older
反 junior, younger

記 sen表「老」，ior表「…的」，合起來引申為「年長的、高級的」的意思。

例 My father was a senior officer in the company.
他父親曾是那家公司的高級職員。

settle ⓥ ['sɛtl] ★★★★☆

動 安頓，安定，定居，決定

同 arrange, reside
反 unsettle

記 settle的動詞三態是settle，settled，settled。

例 Nita cannot settle to work this afternoon.
今天下午尼特無法定下心來工作。

sexism ⓝ ['sɛks͵ɪzəm] ★★★★☆

名 性別歧視

同 discrimination

記 sex表「性別」，ism表「…的主義」，合起來引申為「性別歧視、性別偏見」的意思。

例 At present, there is still a lot of subtle sexism on television and in magazines.
如今在電視和雜誌上仍存在許多性別歧視的現象。

shareholder ⓝ ['ʃɛr͵holdɚ] ★★★★★

名 股東

同 stockholder

記 1) share表「股份」，holder表「持有者」，合起來引申為「股東」的意思。

2) shareholder的名詞複數形是shareholders。

例 The shareholders ask for a general meeting.
　　股東們要求召開一個股東大會。

shipment ⓝ [ˈʃɪpmənt]　★★★★★

名 裝運，裝載的貨物　　　　　　　　　　　　　　同 cargo, lading

記 ship表「船」，ment表「行為、過程」，合起來引申為「裝運、裝載的貨物」的意思。

例 We think better to postpone the shipment than to cancel the contract.
　　我們認為與其撤約還不如延期裝運。

showdown ⓝ [ˈʃoˌdaʊn]　★★★☆☆

名 攤牌　　　　　　　　　　　　　　　　　　同 confrontation

記 showdown的名詞複數形是showdowns。

例 We have to force a showdown.
　　我們得迫使對方攤牌。

shrug ⓝ [ʃrʌg]　★★★★☆

名 聳肩　　　　　　　　　　　　　　　　　　同 gesticulation

例 With a shrug, he went out of the room.
　　他聳一下肩，走出了房間。

ⓥ [ʃrʌg]　★★★★★

動 聳肩

記 1) shrug的動詞三態是shrug，shrugged，shrugged。
　　2) shrug的名詞複數形是shrugs。

例 Please talk about something with us and don't just only shrug your shoulders.
　　請給我們講點什麼，不要光聳肩。

sidekick ⓝ [ˈsaɪdˌkɪk]　★★★★☆

名 夥伴，共犯　　　　　　　　　　　　　　　同 buddy, pal

記 side表「旁邊、身邊」，kick表「踢」，合起來引申為「夥伴、共犯」的意思。

例 Ally has been Betty's sidekick since primary school.
　　打從小學開始，艾麗和貝蒂一直就是姐妹淘。

(Week 9 — Day 1)　　　　　　　　　　　　　MP3-42

skeleton ⓝ [ˈskɛlətn]　★★★★☆

名 骨架，骨骼，綱要　　　　　　　　　　　　同 frame, structure

記 skeleton的名詞複數形是skeletons。

例 The shell of a snail is its skeleton.
蝸牛的殼是它的骨骼。

skillful ⓐ [ˈskɪlfəl]　　　　★★★★★

形 熟練的，擅長的　　　　　　　　　　同 adept, expert
　　　　　　　　　　　　　　　　　　反 unskillful

記 1) skill 表「技巧」，ful 表「充滿…的」，合起來引申為「熟練的、擅長的」的意思。
　　2) skillful 的形容詞比較級是 more skillful，最高級是 most skillful。
例 Parker is a skillful football player.
帕克是位熟練的足球員。

skull ⓝ [skʌl]　　　　★★★★☆

名 頭骨
記 skull 的名詞複數形是 skulls。
例 Can't David get it into his thick skull that Betty likes him?
大衛那個笨腦袋難道還不明白貝蒂喜歡他嗎？

sluggish ⓐ [ˈslʌgɪʃ]　　　　★★★★☆

　　　　　　　　　　　　　　　　　　同 dull, listless, inert
形 偷懶的，遲鈍的　　　　　　　　　　反 hardworking
記 sluggish 的形容詞比較級是 more sluggish，最高級是 most sluggish。
例 There is a sluggish management team in our company.
我們公司的管理階層死氣沈沈的。

smolder ⓥ [ˈsmoldɚ]　　　　★★★★★

動 無火焰地悶燒，壓抑
記 smolder 的動詞三態是 smolder，smoldered，smoldered。
例 Sophie's eyes smolder with jealousy.
蘇菲的眼睛流露出難以抑制的嫉妒目光。

soar ⓥ [sor]　　　　★★★☆☆

動 高飛，高漲，猛增　　　　　　　　　同 ascend, aspire, fly
記 soar 的動詞三態是 soar，soared，soared。
例 A glider can soar for many miles.
滑翔機可以滑行好多英里。

socialize ⓥ [ˈsoʃəˌlaɪz]　　　　★★★★☆

動 參與社交，交際　　　　　　　　　　同 civilize, entertain
　　　　　　　　　　　　　　　　　　反 capitalize
記 soci 表「交往」，al 表「…的」，ize 表「使成為」，合起來引申為「參與社交、交際」的意思。

例 In our company, the cafe is a place where colleagues can socialize with each other.
在我們公司，咖啡廳是同事們相互交流的地方。

software ⁿ [ˈsɔftˌwɛr] ★★★★★
名 軟體
同 soft system
反 hardware

記 soft表「軟的」，ware表「…製品、…物品」，合起來引申為「軟體」的意思。
例 Writing the software for a computer centre is my boyfriend's present job.
為一家電腦中心寫軟體是我男友現在的工作。

solar ⓐ [ˈsolɚ] ★★★★☆
形 太陽的，日光的
記 solar battery是「太陽能電池」，solar calendar是「陽曆」，solar collector是「太陽能收集器」。
例 The solar cell can convert the energy of sunlight into electric energy.
太陽能電池能把陽光的能量轉化為電能。

sort ⁿ [sɔrt] ★★★★☆
名 種類，類別
同 kind, style

記 1) sort的動詞三態是sort，sorted，sorted。
2) sort的名詞複數形是sorts。
例 What sort of fish do you want?
你要哪一種類的魚？

[sɔrt] ★★★★★
動 分類，整理
同 arrange, solve
反 disorder

例 The manager asked Jenny to sort these apples by size.
經理要求珍妮將這些蘋果按大小分類好。

source ⁿ [sors] ★★★★☆
名 來源
同 beginning, origin
反 effect, end

記 source的名詞複數形是sources。
例 The sun is the ultimate source of energy.
太陽是能量的最基本來源。

spearhead ⁿ [ˈspɪrˌhɛd] ★★★★☆
名 矛頭，先鋒部隊
同 leader, troop

記 spear表「矛」，head表「頭、領袖」，合起來引申為「先鋒、帶頭」的意思。

例 A spearhead of the airborne troops led the offensive.
空降兵在那次進攻中打頭陣。

ⓥ ['spɪrˌhɛd]   ★★★★☆
動 做先鋒，帶頭   同 be the leader of
例 Our manager asked Hughes to spearhead the sales campaign.
我們的經理要求休斯當促銷活動的先鋒。

species ⓝ ['spiʃiz]   ★★★★★
名 物種，種類   同 kind, sort
記 spec表「看」，ies表「物」，原意是「根據物體看上去的不同形式分類」，引申為「種
類」的意思。
例 The giant panda has become an endangered species.
大熊貓已成了一種瀕臨滅絕的物種。

spectacular ⓐ [spɛkˌtækjəlɚ]   ★★★★★
形 驚人的，壯觀的   同 dramatic, striking
記 spec表「看」，cul(e)表「小」，ar表「…的」，原意是「看到的情景的」，引申為「驚
人的、壯觀的」的意思。
例 The athlete made a spectacular jump in the swimming pool.
那位運動員在游泳池裡做了一個驚人的跳躍。

spell ⓝ [spɛl]   ★★★★☆
名 一段時間，拼寫，咒語   同 period of time
記 spell的動詞三態是spell，spelled，spelled。
例 Our colleagues are expecting a spell of sunshine.
我們的同事們正盼望晴朗的一天。

ⓥ [spɛl]   ★★★★☆
動 拼寫   同 spell out, write
例 l-o-v-e spells "love".
l-o-v-e拼成 "love" 一字。

(Week 9 — Day 2)   MP3-43

spiritual ⓐ ['spɪrɪtʃʊəl]   ★★★★★
形 精神的，心靈的   同 religious
                                                   反 substantial
記 spir表「呼吸」，it表「行為」，ual表「屬於…的、具有…特性的」，合起來引申為「精
神的、心靈的」的意思。
例 The Pope is the spiritual leader of many Christians.

教皇是許多基督徒的精神領袖。

sponsor ⓝ [ˈspɑnsɚ] ★★★★★

图 保證人，擔保人，贊助者　　　　　　　　　　同 patron, supporter

記 1) sponsor的動詞三態是sponsor，sponsored，sponsored。
　　2) sponsor的名詞複數形是sponsors。

例 You cannot get a work visa without an American sponsor.
　如果沒有一位美國保證人，你不能獲得工作簽證。

ⓥ [ˈspɑnsɚ] ★★★★☆

動 發起，贊助　　　　　　　　　　　　　　同 back, patronize

例 The rich lady had offered to sponsor a poor boy at university.
　那位富有的女士贊助那位窮男孩上大學。

sprain ⓝ [spren] ★★★☆☆

图 扭傷　　　　　　　　　　　　　　　　　同 wrench

記 1) sprain的動詞三態是sprain，sprained，sprained。
　　2) sprain的名詞複數形是sprains。

例 Peter thought his wrist might be broken, but it was just a bad sprain.
　彼得以為他的腕關節斷了，但其實只是嚴重的扭傷。

ⓥ [spren] ★★★★★

動 扭傷　　　　　　　　　　　　　　　同 wrench,Injury

例 The famous athlete's odds are very poor after he sprained his wrist.
　那位著名的運動選手扭傷了手腕，獲勝的可能性極小。

s tabilize ⓥ [ˈstebḷˌaɪz] ★★★★☆

動 使穩定，使穩固　　　　　　　　　　　同 brace, steady

記 sta表「站立」，bil表「能」，ize表「使」，原意是「使…站穩」，引申為「使穩定、使穩固」的意思。

例 Today the patient's condition has stabilized.
　今天那位病人的狀態穩定下來了。

stalemate ⓝ [ˈstelˌmet] ★★★★★

图 僵持狀態，陷於困境

記 stalemate的動詞三態是stalemate，stalemated，stalemated。

例 It's reported that negotiations have reached a stalemate.
　據報導談判陷入了僵局。

stampede ⓥ [stæmˈpid] ★★★★☆

動 衝動行事，驚逃　　　　　　　　　　　同 flight, rush

記 stampede的動詞三態是stampede，stampeded，stampeded。

例 Please think it over and don't be stampeded into buying the house.
請想清楚了，不要一時衝動買下這棟房子。

status ⓝ [ˈstetəs]　　★★★☆☆

名 地位，身分，狀況　　同 position, rank

記 stat表「站立」，us表「名詞字尾」，ion表「站立的狀態或位置」，引申為「地位、身分」的意思。

例 In fact, some people are after wealth and status.
事實上，有些人追求財富和地位。

stick ⓝ [stɪk]　　★★★★☆

名 枝，杆，手杖

記 1) stick的動詞三態是stick，stuck，stuck。
2) stick的名詞複數形是sticks。

例 Generally speaking, some children are fond of the sticks of candy.
一般而言，有些孩子喜歡棒棒糖。

ⓥ [stɪk]　　★★★★☆

動 刺，貼，堅持　　同 paste, persevere
反 divide, part

例 We stuck the posters all over the walls.
我們把海報貼得滿牆都是。

stock ⓝ [stɑk]　　★★★★★

名 貯存，存貨，股票　　同 inventory, store

記 1) stock的動詞三態是stock，stocked，stocked。
2) stock的名詞複數形是stocks。

例 It's said that the book is out of stock.
據說該書已無庫存。

ⓥ [stɑk]　　★★★★★

動 貯存，庫存　　同 stockpile

例 This shop stocks all sizes.
這家商店貯存各種尺碼。

storm ⓝ [stɔrm]　　★★★☆☆

名 暴風雨，激動，爆發　　同 tempest
反 peace

記 1) storm的動詞三態是storm，stormed，stormed。
2) storm的名詞複數形是storms。

例 Generally speaking, the clouds threatened a big storm.

一般而言，烏雲表示暴風雨即將來臨。

ⓥ [stɔrm]　　　　　　　　　　　　　　　★★★★☆
動 猛攻，怒罵，起風暴　　　　　　　　同 fume, rage, raid
　　　　　　　　　　　　　　　　　　反 calm, defend
例 "Get out of here!" she stormed , for her son's talking back.
她因兒子頂嘴而對他大發脾氣道：「滾出去！」

strangle　ⓥ [ˈstræŋɡl̩]　　　　　　★★★★★
動 勒死，使窒息　　　　　　　　　　同 smother, hamper
記 strangle的動詞三態是strangle，strangled，strangled。
例 The hooligan strangled the old woman with a piece of string.
那流氓用一根繩子把老婦人勒死了。

string　ⓝ [strɪŋ]　　　　　　　　　★★★★☆
名 一串，字串，弦，線　　　　　　　同 cord, lace
記 1) string的動詞三態是string，strung，strung。
　 2) string的名詞複數形是strings。
例 There are four strings on a violin.
小提琴有四根弦。

ⓥ [strɪŋ]　　　　　　　　　　　　　　★★★★★
動 縛，捆，掛　　　　　　　　　　　同 bind, connect
　　　　　　　　　　　　　　　　　　反 loosen, unstring
例 Lanterns were strung in the trees around the west lake.
西湖周圍的樹上懸掛著燈籠。

stultifying　ⓐ [ˈstʌltəˌfaɪɪŋ]　　　★★★★☆
形 極其單調乏味的，使人變遲鈍的　　同 quite boring
　　　　　　　　　　　　　　　　　　反 interesting
記 stultify表「使變得無效」，ing表「結果、動作」，合起來引申為「使人變遲鈍的」的意思。
例 Rose says her former company is very stultifying.
蘿絲說她以前的公司極其單調乏味。

subcontractor　ⓝ [ˌsʌbˌkənˈtræktɚ]　★★★★☆
名 轉包商，次承包商
記 sub表「在下」，contractor表「承包人」，合起來引申為「次承包人、轉包商」的意思。
例 One of Mr. Miller's friends is a bricklaying subcontractor.
米勒先生的一位朋友是砌磚轉包商。

subpoena　ⓥ [səbˈpinə]　　　　　　★★★★★

動 傳喚，傳訊

記 subpoena的動詞三態是subpoena，subpoenaed，subpoenaed。

例 Roy was subpoenaed as a witness yesterday.
羅伊昨天作為證人被傳喚。

(Week 9 — Day 3) MP3-44

subsidence (n) [səbˈsaɪdn̩s] ★★★☆☆
名 沈澱，下沈

同 subsiding, descent
反 ascent

記 sub表「在下」，sid表「坐」，ence表「狀態」，原意是「向下坐的狀態」，引申為「沈澱、平靜」的意思。

例 Jenny's house is insured against subsidence.
珍妮家的房子投了房子下沈險。

subsidy (n) [ˈsʌbsədɪ] ★★★★☆
名 補助金，津貼

同 pension, bounty

記 sub表「在下」，sid表「坐」，y表「行為」，原意是「坐下面支持」，引申為「補助金、津貼」的意思。

例 The old people will suffer worst if housing subsidies are cut.
如果削減住房津貼，最吃苦頭的就是那些老人。

suffer (v) [ˈsʌfɚ] ★★★★★
動 遭受，經歷，忍受

同 experience

記 suf表示「在…下」，fer表示「帶來」，合併起來便有「遭受、忍受」之意。

例 Joanna has learnt to suffer without complaining.
喬安娜已經學會吃苦而不抱怨。

suicide (n) [ˈsuəˌsaɪz] ★★★★☆
名 自殺，自殺行為

同 self-murder

記 sui表「自己」，cid表「殺」，e表名詞字尾，合起來引申為「自殺、自殺行為」的意思。

例 Turner's former boss attempted suicide after his firm had gone bankrupt.
特納的前任老闆在公司破產後試圖自殺。

supervise (v) [ˈsupɚˌvaɪz] ★★★★☆
動 監督，管理，指導

同 oversee

記 super表「在上」，vis表「看」，e表動詞字尾，原意是「站在上面觀察」，引申為「監督、管理」的意思。

例 Jane helped one of her friends supervise the whole department.

珍幫助她的一個朋友管理這個部門。

suppress ⓥ [sə'prɛs] ★★★★★

働 鎮壓，使…止住，禁止

同 subdue, conquer
反 authorize, offer

記 sup表「下」，press表「壓」，原意是「壓下去」，引申為「鎮壓、禁止」的意思。

例 Generally speaking, each nation suppresses news that is not favorable to it.
一般而言，每個國家都封鎖對它不利的消息。

surcharge ⓝ ['sɝˌtʃɑrdʒ] ★★★★★

名 裝載過多，額外費

記 surcharge的動詞三態是surcharge，surcharged，surcharged。

例 It's said that there may be a 10% surcharge on airline tickets.
據說飛機票可能增收百分之十附加費。

surgeon ⓝ ['sɝdʒən] ★★★☆☆

名 外科醫生

同 physician

記 surgeon的名詞複數形是surgeons。

例 The young surgeon built himself a new surgery.
那位年輕的外科醫生為自己建了一間新的外科手術室。

surgery ⓝ ['sɝdʒərɪ] ★★★★☆

名 外科，外科手術

記 1) surgery的名詞複數形是surgeries。
2) have surgery是「接受手術」，perform surgery是「動手術」。

例 The famous surgeon is preparing for the surgery.
那個著名的外科醫生正在做手術前的準備。

surplus ⓝ ['sɝpləs] ★★★★★

名 過剩，剩餘物，剩餘額

同 excess, nimiety
反 deficit

記 sur表「超過」，plu表「充滿」，s表名詞字尾，合起來引申為「過剩、剩餘物」的意思。

例 Generally speaking, Mexico has a surplus of oil.
一般而言，墨西哥有過剩的石油。

surroundings ⓝ [sə'raʊndɪŋs] ★★★★☆

名 周圍的事物，環境

同 environs

記 surround表「包圍、圈住」，ing表「結果」，s表「名詞複數」，合起來引申為「周圍的事物、環境」的意思。

例 We think animals in zoos are not in their natural surroundings.

我們認為動物園裡的動物不是生活在自然環境中。

survival ⓝ [sɚ'vaɪvl] ★★★☆☆

名 生存

記 sur表「超過」，viv表「生命」，al表「行為、結果」，原意是「超越死亡而活下來」，引申為「生存」的意思。

例 For each of us , survival is our first imperative.
對我們每一個人來說，首要任務是設法生存來。

suspend ⓥ [sə'spɛnd] ★★★★☆

動 懸掛，暫停，取消　　　　　　　　　　　　　　同 hang, sling

記 sus表「在下」，pend表「懸掛」，原意是「向下懸掛」，引申為「生存」的意思。

例 In our new house, My father suspended the lamp from the ceiling.
我爸爸把燈吊在新房子的天花板上。

sustain ⓥ [sə'sten] ★★★☆☆

動 承受，支援，維持　　　　　　　　　　　　　　同 support, hold up

記 sus表「在下面」，tain表「握」，原意是「在下面支持」，引申為「支援、維持」的意思。

例 Generally speaking, the sea wall must sustain the shock of waves.
一般而言，海堤承受得起海浪的衝擊。

swear ⓥ [swɛr] ★★★★★

動 發誓，宣誓，詛咒　　　　　　　　　　　　　　同 promise, vouch

記 swear的動詞三態是swear，swore，sworn。

例 Generally speaking, before giving evidence you have to swear an oath.
一般而言，在作證之前你得先發誓。

sympathize ⓥ ['sɪmpəˌθaɪz] ★★★★★

動 同情，體諒　　　　　　　　　　　　　　　　　同 empathize, pity

記 sym表「共同」，path表「感情」，ize表「使成為」，原意是「使具有共同感情」引申為「同情、體諒」的意思。

例 Hill sympathized with Joan in her sufferings.
希爾對瓊的遭遇表示同情。

syndicate ⓝ ['sɪndɪkɪt] ★★★★☆

名 企業聯合　　　　　　　　　　　　　　　　　　同 consortium

記 syndicate的名詞複數形是syndicates。

例 It's reported a syndicate of local businessmen is bidding for the contract.
據報導一個當地企業家的聯合組織在向這一合同投標。

(Week 9 — Day 4)　　　　　　　　　　　　　　　　　　　MP3-45

tabloid ⓝ [ˈtæblɔɪd]　　　　　　　　　　　　★★★★★

名 小報，文摘　　　　　　　　　　　　　　　同 newspaper, paper

記 tabloid是指以轟動性報導為特點的小報，大概是一般報紙尺寸的一半。
一般而言，某些小報充斥著下流的東西。

tariff ⓝ [ˈtærɪf]　　　　　　　　　　　　　　★★★★☆

名 關稅　　　　　　　　　　　　　　　　　　同 duty, levy, toll

記 1) tariff的名詞複數形是tariffs。
　　2) impose a tariff是「徵收關稅」。
例 The government lowered the tariff on imported cars.
政府降低進口汽車的關稅。

tarry ⓥ [ˈtærɪ]　　　　　　　　　　　　　　　★★★★☆

動 滯留，停留，耽擱　　　　　　　　　　　　同 linger, remain, stay

記 tarry的動詞三態是tarry，tarried，tarried。
例 Don't tarry on the road.
不要在路上耽擱。

tear ⓝ [tɛr]　　　　　　　　　　　　　　　　★★★★★

名 眼淚，撕破　　　　　　　　　　　　　　　同 rip, teardrop
例 When she heard the news,the hot tears welled up in her eyes.
聽到這個消息，熱淚湧上她的眼眶。

ⓥ [tɛr]　　　　　　　　　　　　　　　　　★★★★☆

動 流淚，撕破　　　　　　　　　　　　　　　同 cut, rip, sever
　　　　　　　　　　　　　　　　　　　　　反 unite

記 1) tear的動詞三態是tear，tore，torn。
　　2) tear的名詞複數形是tears。
例 Please tear a page out of your notebook if convenient.
如果不麻煩的話，請從你的筆記本上撕下一頁。

telecommunication ⓝ [ˌtɛlɪkəˌmjunəˈkeʃən]　★★★★☆

名 通信，長途電信　　　　　　　　　　　　　同 telecom

記 tele表「遠距離」，communication表「通訊」，合起來引申為「通信、長途電信」的意思。

例 The telecommunication service is a government monopoly in China.
中國的電信服務為政府專營。

temperance ⓝ ['tɛmprəns]　　　　　　　　　★★★★☆

名 節制，不過分，適度　　　　　　　　　同 moderation

記 temper表「溫和」，ance表「行為、狀態」，合起來引申為「節制、不過分」的意思。

例 John believes in temperance in all things.
約翰認為凡事都要適度。

tendentious ⓐ [tɛn'dɛnʃəs]　　　　　　　★★★★★

形 有偏見的，有傾向的　　　　　　　　　同 capable

記 tend表「伸」，ent表「呈…狀態的」，ious表「充滿…的」，原意是「對…充滿傾向性的」，引申為「有偏見的，有傾向的」的意思。

例 Generally speaking, such tendentious statements are likely to provoke strong opposition.
一般而言，這種有偏見的說法可能招致強烈的反對。

testify ⓥ ['tɛstə‚faɪ]　　　　　　　　　★★★☆☆

動 作證，表明，證明，聲明　　　　　　　同 affirm, assert

記 test表「證明」，ify表「使成為」，原意是「使成為證明」，引申為「有偏見的，有傾向的」的意思。

例 The excellence of Shakespeare's plays testifies to his genius.
莎士比亞戲劇的卓越證明了他是天才。

theory ⓝ ['θiərɪ]　　　　　　　　　　　★★★★☆

名 理論　　　　　　　　　　　　　同 idea, conception

記 theory的名詞複數形是theories。

例 It's said that Darwin spent more than twenty years working on his theory of evolution.
據說達爾文花了二十餘年時間研究他的進化論。

threaten ⓥ ['θrɛtn̩]　　　　　　　　　★★★★☆

動 威脅，是…的徵兆　　　　　　　　　同 browbeat
　　　　　　　　　　　　　　　　　反 protect, warn

記 threat表「推」，en表「使」，合起來引申為「威脅、恐嚇」的意思。

例 Generally speaking, dark skies threaten rain.
一般而言，天空發黑預示要下雨。

throat ⓝ [θrot]　　　　　　　　　　　★★★★★

名 喉嚨　　　　　　　　　　　　　同 pharynx, gorge

記 1) throat的名詞複數形是throats。

2) 喉嚨痛是 sore throat。

例 I often have a sore throat when getting a cold.
當我感冒時，喉嚨常痛。

tolerant ⓐ [ˈtɑlərənt]   ★★★★☆

形 寬容的，容忍的   同 broad

記 tolerant 的形容詞比較級是 more tolerant，最高級是 most tolerant。

例 It's said that some plants are tolerant of extreme heat.
有些植物能耐酷熱。

topple ⓥ [ˈtɑpl]   ★★★★☆

動 推翻，向前倒   同 overturn, sprawl

記 topple 的動詞三態是 topple，toppled，toppled。

例 Last night the chimney toppled over on the roof.
昨晚煙囪倒塌在屋頂上。

totalitarian ⓐ [toˌtæləˈtɛrɪən]   ★★★☆☆

形 極權主義的   同 totalistic

記 totalitarian 的名詞複數形是 totalitarians。

例 Almost all governments adopt totalitarian measures in time of war.
幾乎所有的政府在戰時都採取極權主義的措施。

towering debt ⓟₕ [ˈtaʊərɪŋ] [dɛt]   ★★★★☆

片 深陷債務

記 towering 表「高聳的」，debt 表「債務」，合起來就是「深陷債務」。

例 It's much easier to get into towering debt than to get out of debt.
深陷債務容易但還債難。

trade balance ⓟₕ [tred] [ˈbæləns]   ★★★★★

片 貿易平衡，貿易差額   同 trade gap

記 trade 表「貿易」，balance 表「平衡」，合起來就是「貿易平衡」。

例 The trade balance last year showed a deficit of a billion dollars.
去年貿易差額顯示赤字為十億。

(Week 9 — Day 5)   **MP**3-46

trademark ⓝ [ˈtredˌmɑrk]   ★★★☆☆

名 商標   同 brand, hallmark

記 trade 表「商業、貿易」，mark 表「標誌、記號」，合起來就是「商標」。

例 Please notice the trademark on the cup.

請注意杯子上的商標。

transfer ⓥ [træns'fɝ] ★★★★☆

動 搬，轉換，轉變　　　　　　　　　　　同 deliver, hand over

記 trans表「轉移」，fer表「攜帶」，原意是「從一種事物帶到另一種事物」，引申為「搬、轉換」的意思。

例 Jim will be transferred to the Shanghai office.
吉姆將被調到上海辦公室工作。

translate ⓥ [træns'let] ★★★★☆

動 翻譯，解釋，說明　　　　　　　　　　同 interpret, render

記 trans表「轉移」，lat表「攜帶」，e表動詞字尾，原意是「從一種事物帶到另一種事物」，引申為「翻譯、解釋」的意思。

例 This novel has been translated into five languages.
這本小說已譯成五種語言。

transplant ⓥ [træns'plænt] ★★★★★

動 移居，移植　　　　　　　　　　　　同 graft, transfer

記 trans表「轉移」，plant表「種植」，合起來引申為「移居、移植」的意思。

例 It's said that Laura had a bone-marrow transplant.
據說蘿拉接受了骨髓移植手術。

trauma ⓝ ['trɔmə] ★★★★☆

名 精神創傷，外傷　　　　　　　　　　同 injury, hurt, harm

記 trauma的名詞複數形是traumas。

例 Barbara never recovered from the trauma of her son's death.
芭芭拉再沒有從她的喪子之痛中恢復過來。

treatment ⓝ ['trimənt] ★★★★☆

名 對待，處理，治療　　　　　　　　　同 care, management

記 treat表「拉」，ment表「行為」，合起來引申為「對待、處理」的意思。

例 Please follow the treatment with plenty of rest in bed.
請在治療之後好好躺在床上休息。

tremulous ⓐ ['trɛmjələs] ★★★★★

形 顫動的，不安的

記 tremulous是指因緊張或體弱而顫抖的、膽怯的。

例 The bride spoke her vows with tremulous modesty.
那位新娘以顫抖的聲音發誓。

trigger ⓝ [ˈtrɪgɚ] ★★★★★

名 扳機　　　　　　　　　　　　　　　同 gun trigger

記 1) trigger的動詞三態是trigger，triggered，triggered。

　　2) trigger的名詞複數形是triggers。

例 Hill took aim and squeezed the trigger.
　　希爾瞄準目標，然後扣了扳機。

ⓥ [ˈtrɪgɚ] ★★★★☆

動 引起，激發起，觸發　　　　　　　同 actuate, activate

例 Generally speaking, a spark can trigger an explosion.
　　一般而言，火花能引起一場爆炸。

truculent ⓐ [ˈtrʌkjələnt] ★★★★★

形 野蠻的，粗野的，殘酷的　　　　　同 cruel
　　　　　　　　　　　　　　　　　反 kind

記 truculent的名詞形是truculency（粗暴、殘酷），副詞形是truculently（粗暴地、殘酷地）。

例 Our friends find Daniel truculent and unpleasant.
　　我們的朋友發現丹尼爾既粗野又令人討厭。

trump ⓝ [trʌmp] ★★★☆☆

名 王牌，法寶　　　　　　　　　　　同 trum
　　　　　　　　　　　　　　　　　ⓣ card

記 1) trump的動詞三態是trump，trumped，trumped。

　　2) trump的名詞複數形是trumps。

例 He was lucky to have drawn a trump.
　　他運氣好，抽到王牌。

ⓥ [trʌmp] ★★★★★

動 打出王牌，吹喇叭，勝過

例 What are you waiting for? Trump now.
　　你還等什麼？出王牌吧！

tune ⓝ [ˈtjun] ★★★★☆

名 歌曲，旋律，心情，和諧　　　　　同 air, harmony
　　　　　　　　　　　　　　　　　反 discord

記 1) tune的動詞三態是tune，tuneed，tuneed。

　　2) tune的名詞複數形是trumps。

例 Generally speaking, a person out of tune with his surroundings is unhappy.
　　一般而言，一個與環境不和諧的人是不會快樂的。

ⓥ [ˈtjun] ★★★★☆

勔 調節，和諧　　　　　　　　　　　　　　　　　　同 tune up
　　　　　　　　　　　　　　　　　　　　　　　　反 discord

例 The orchestra tuned their instruments before they started playing.
樂隊演奏前先將樂器調音。

---

turbine ⓝ [ˈtɝbɪn]　　　　　　　　　　　　★★★★★

名 渦輪機

記 turb表「挑動」，ine表「具有…特色的物」，原意是「具有攪動特性之物」，引申為
「渦輪」的意思。

例 The disadvantage of the turbine is that it is not reversible.
渦輪機的一個缺點就是它不可以反轉。

---

turn ⓝ [tɝn]　　　　　　　　　　　　　　　　★★★★☆

名 轉動，輪班，傾向　　　　　　　　　　　　　　同 circle, curve

記 1) turn的動詞三態是turn，turned，turned。
　 2) turn的名詞複數形是turns。

例 Generally speaking, girls easily get cheerful and depressed by turns.
一般而言，女孩子的情緒容易高一陣低一陣地交替。

ⓥ [tɝn]　　　　　　　　　　　　　　　　★★★★☆

勔 翻轉，扭轉，使變成　　　　　　　　　　　　　同 circle, alter, orient
　　　　　　　　　　　　　　　　　　　　　　　　反 fix, join, simplify

例 The earth turns round the sun.
地球繞日運行。

---

tyranny ⓝ [ˈtɪrənɪ]　　　　　　　　　　　　★★★★★

名 高壓統治，暴政　　　　　　　　　　　　　　　同 absolutism

記 tyranny的名詞複數形是tyrannies。

例 People have never forgot the tyrannies of his reign.
人們不會忘記他統治時期的暴行。

U

ulcer ⓝ [ˈʌlsɚ]　　　　　　　　　　　　　　★★★★★

名 潰瘍　　　　　　　　　　　　　　　　　　　　同 ulceration

記 ulcer的名詞複數形是ulcers。

例 Today my mouth has an ulcer.
今天我的口腔出現了潰瘍。

unanimous ⓐ [jʊˈnænəməs] ★★★★★

形 一致同意的，無異議的　　　　　　　　　　　同 agreed, solid

記 unanimous的副詞形是unanimously（無異議地），名詞形是unanimousness（全體一致）。

例 At this meeting Brown was elected by a unanimous vote.
這次會議布朗以全票當選。

undercut ⓝ [ˈʌndɚˌkʌt] ★★★★★

動 暗中破壞，廉價出售　　　　　　　　　　　同 undersell

記 undercut的動詞三態是undercut，undercut，undercut。

例 It's said that online bookstores can undercut retailers by up to 30%.
據說線上書店能夠比零售商廉價百分之三十出售書本。

understatement ⓝ [ˈʌndɚˌstetmənt] ★★★★☆

名 含蓄的陳述，保守的說法

記 under表「在…下面」，statement表「陳述、聲明」，合起來引申為「含蓄的陳述，保守的說法」的意思。

例 To say the new program was bad is an understatement.
說那個新節目不好是保守的說法。

undulate ⓥ [ˈʌndjəˌlet] ★★★★☆

動 波動，起伏　　　　　　　　　　　　　同 ripple, ruffle

記 undulate的動詞三態是undulate，undulated，undulated。

例 We happily saw a new road that undulates through pleasant scenery.
我們很高興地看到那條新道路在怡人的景色中延綿起伏。

unemployment ⓝ [ˈʌnɪmˈplɔɪmənt] ★★★★★

名 失業，失業人口

記 un表「不」，em表「向內」，ploy表「折疊」，ment表「行為」，原意是「未被編入」，引申為「失業」的意思。

例 As recently there is so much unemployment, the competition for jobs is fierce.
因為最近失業嚴重，求職的競爭變得十分激烈。

union ⓝ [ˈjunjən] ★★★☆☆

名 聯盟，結合，和諧　　　　　　　　　　　同 unification

記 un表「單一」，ion表「結果」，合起來引申為「聯盟、結合」的意思。

例 We hope that all the nationalities live together in perfect union.
我們希望各族人民非常和睦地生活在一起。

unprecedented ⓐ [ʌnˈprɛsəˌdɛntɪd] ★★★★☆

形 空前的　　　　　　　　　　　　　　　　同 unparalleled

記 un表「否定」，pre表「先」，ced表「走」，ent表「做…動作的」，ed表「有…的」，原意是「沒人走在前頭的」，引申為「空前的」的意思。

例 It's reported that our country is experiencing unemployment on an unprecedented scale.
據報導我們國家現在正經歷規模空前的失業情況。

upbraid ⓥ [ʌpˈbred] ★★★★★

動 譴責，斥責　　　　　　　　　　　　　同 blame, reproach
　　　　　　　　　　　　　　　　　　　反 praise

記 upbraid的動詞三態是upbraid，upbraided，upbraided。

例 Laura's manager upbraided her for being late.
蘿拉的經理因她遲到而斥責她。

upper class ⓟʰ [ˈʌpɚ] [klæs] ★★★★☆

片 上層階級，上等階層　　　　　　　　　同 upper crust

記 upper表「上面的、上部的」，class表「階級」，合起來就是「上層階級」。

例 It's said that this part of town is where the upper class lives.
據說鎮上這個地區是上流階級的人住的。

urban renewal ⓝ [ˈɝbən] [rɪˈnjuəl] ★★★★☆

名 都市環境改造，城市更新

記 urban表「城市的」，renewal表「更新」，合起來就是「城市更新」。

例 That urban renewal project almost has been completed.
那個都市環境改造工程幾近完工。

utopia ⓝ [juˈtopɪə] ★★★★☆

名 理想國，烏托邦

記 utopia是指理想中的最美好社會，其名詞複數形是utopias。

例 Sir Thomas More is remembered as the author of Utopia.
湯瑪斯‧莫爾爵士因是《烏托邦》的作者而留在人們的記憶之中。

V

vaccination ⓝ [ˌvæksnˈeʃən] ★★★★☆

名 接種疫苗，種痘　　　　　　　　　　　同 inoculation

記 vaccination的名詞複數形是vaccinations。

例 Tom had a vaccination against rabies yesterday.
昨天湯姆接種疫苗以預防狂犬病。

vacuum ⓝ [ˈvækjʊəm] ★★★★★

名 真空，真空吸塵器　　　　　　　　　　　　同 void, gap

記 vacu表「空」，um表「程度」，合起來引申為「真空」的意思。

例 I asked the porter to turn off the vacuum.
我請清潔工關掉真空吸塵器。

value ⓝ [ˈvælju] ★★★★★

名 價值，重要性　　　　　　　　　　　　　　同 utility, worth

記 val表「力量、價值」，ue表名詞字尾，合起來引申為「價值、重要性」的意思。

例 It's predicted that the value of the dollar may fall.
美元的幣值預計可能下降。

ⓥ [ˈvælju] ★★★☆☆

動 評價，估價，尊重　　　　　　　　　　　　同 prize, treasure

例 My girlfriend values honesty beyond all things.
我女友重視誠實勝過一切。

vapor ⓝ [ˈvepɚ] ★★★★☆

名 蒸汽，水汽　　　　　　　　　　　　　　　同 breath; fumes

記 vapor的名詞複數形是vapors。

例 A cloud is a mass of vapor in the sky.
雲是天空中的水汽團。

vehemently ⓐⓓ [ˈviəməntlɪ] ★★★☆☆

副 熱烈地，強烈地　　　　　　　　　　　　　同 strongly

記 vehemently的名詞形是vehemence（熱烈、強烈），形容詞是vehement（熱烈的，強烈的）。

例 Rose vehemently denies that she ever met Mr. Smith.
蘿絲強烈地否認她曾見過史密斯先生。

(Week 10 — Day 2) MP3-48

venture ⓝ [ˈvɛntʃɚ] ★★★★☆

名 冒險，風險　　　　　　　　　　　　　　　同 hazard, adventure

記 1) venture的動詞三態是venture，ventured，ventured。

　　2) venture的名詞複數形是ventures。

例 My hopes have to rest upon this venture.
我不得不把希望寄託在這次冒險上。

ⓥ [ˈvɛntʃɚ] ★★★★★

動 敢嘗試，冒險一試　　　　　　　　　同 hazard, adventure
　　　　　　　　　　　　　　　　　　反 quit

例 John is in a temper now so that no one ventures to speak to him.
　約翰現在發脾氣以致無人敢跟他講話。

vibrate ⓥ [ˈvaɪbret]　　　　　　　　★★★★☆

動 （使）振動，搖擺　　　　　　　　　同 shake, bounce

記 vibrate的動詞三態是vibrate，vibrated，vibrated。

例 Generally speaking, the ground vibrates during the earthquake.
　一般而言，地震時地面會震動。

victim ⓝ [ˈvɪktɪm]　　　　　　　　★★★★☆

名 受害者，遇難者，祭品　　　　　　同 prey, sufferer

記 1) victim的名詞複數形是victims。

　　2)「災民」是disaster victim，「地震災民」是earthquake victim。

例 Bob's cats are victims of overfeeding.
　鮑勃的貓是餵食過量的受害者。

vilify ⓥ [ˈvɪləˌfaɪ]　　　　　　　　★★★☆☆

動 誹謗，中傷　　　　　　　　　　　同 revile, vituperate
　　　　　　　　　　　　　　　　　　反 admit, praise

記 vilify的動詞三態是vilify，vilified，vilified。

例 Joanna has been vilified by her opponents in the press.
　瓊安娜被她的對手在報紙上中傷。

violate ⓥ [ˈvaɪəˌlet]　　　　　　　★★★★★

動 違犯，褻瀆　　　　　　　　　　　同 break, dishonor
　　　　　　　　　　　　　　　　　　反 keep, observe

記 violate的動詞三態是violate，violated，violated。

例 Every citizen commits not to violate the law.
　每位公民承諾不違反法律。

virus ⓝ [ˈvaɪrəs]　　　　　　　　★★★★☆

名 病毒，濾過性微生物　　　　　　　同 computer virus

記 1) virus的名詞複數形是viruses。

　　2)「流行性感冒病毒」是influenza virus，「腸病毒」是intestinal virus。

例 Please watch of your computer viruses.
　請小心電腦病毒。

vivacious ⓐ [vaɪˈveʃəs]　　　　　　★★★★☆

形 活潑的，快活的　　　　　　　　　同 vibrant, active

反 dull, blunt

記 viv 表「活」，acious 表「多⋯的」，原意是「活力充足的」，引申為「活潑的、快活的」的意思。

例 Fiona is a beautiful and vivacious girl.
菲奧納是位活潑又美麗的女孩。

voltage ⓝ [ˈvoltɪdʒ] ★★★★★

名 電壓
同 potential,

記 1) voltage 的名詞複數形是 voltages。

2)「高電壓」是 high voltage，「低電壓」是 low voltage。

例 The function of the transformers is to change electric power from one voltage to another.
變壓器的功用就是把電力從一種電壓改變為另一種電壓。

volunteer ⓝ [ˌvɑlənˈtɪr] ★★★★☆

名 志願者，義工
同 unpaid worker
反 reluctance

記 volunt 表「意志、志願」，eer 表「者」，合起來引申為「志願者」的意思。

例 Lesley is a volunteer for community service in this town.
萊斯利是這個鎮裡的社區服務志工。

ⓥ [ˌvɑlənˈtɪr] ★★★★☆

動 志願，志願提供
同 offer
反 concede

例 John volunteered to repair the car for the old lady.
約翰志願替老太太修汽車。

W

walkout ⓝ [ˈwɔkˌaut] ★★★★☆

名 聯合罷工，罷工
記 walk 表「走」，out 表「外面」，合起來引申為「離去、罷工」的意思。
例 The union staged a walkout for better work conditions.
工會為爭取更好的工作條件而罷工。

wane ⓥ [wen] ★★★★★

動 減少，衰微，虧缺
同 decline, diminish
反 wax

記 wane 的動詞三態是 wane，waned，waned。
例 Be happy because the moon will become full after it wanes.
高興點！月缺以後才會月圓。

waste ⓝ [west]　★★★★☆

名 廢料，垃圾　　　　　　　　　　同 refuse, rubbish

記 1) waste的動詞三態是waste，wasted，wasted。

　2) waste的名詞複數形是wastes。

例 Please put your waste in the dustbin.
請把你的廢棄物扔進垃圾箱裡。

ⓥ [west]　★★★☆☆

動 浪費　　　　　　　　　　　同 consume, exhaust
　　　　　　　　　　　　　　反 conserve, save

例 Please turn the tap off, and don't waste water.
請關水龍頭，別浪費水。

---

wear ⓝ [wɛr]　★★★★★

名 穿，戴，磨損，耐用性　　同 don, dress　　同 in
　　　　　　　　　　　　　反 disrelish

記 1) wear的動詞三態是wear，wore，worn。

　2) 「男裝」是men's wear，「女裝」是ladies' wear。

例 My brown jacket is for everyday wear.
這是我每天必穿的棕色夾克。

ⓥ [wɛr]　★★★★★

動 穿著，戴，磨損，耐用　　同 clothing, vesture
　　　　　　　　　　　　　反 disrelish, loathe

例 He was wearing a gold ring.
他戴著一個金戒指。

---

weather ⓝ ['wɛðɚ]　★★★★☆

名 天氣，氣候　　　　　　　同 climate

記 「預報天氣」是forecast the weather，「好天氣」是fair weather。

例 Can the students read the weather chart?
這些學生能看懂氣象圖嗎？

---

welfare ⓝ ['wɛl,fɛr]　★★★☆☆

名 福利，福利事業　　　　　同 benefit
　　　　　　　　　　　　　反 misery

記 1) wel表「很好地」，fare表「飲食」，合起來引申為「福利」的意思。

　2) 「兒童福利」是child welfare，「社會福利」是social welfare。

例 These old people are living on welfare now.
這些老人現在靠社會福利生活。

wholesale ⓝ ['hol,sel]　　　　　　　　★★★★★

名 批發　　　　　　　　　　　　　　　　　反 retail

記 whole表「整體的」，sale表「銷售」，合起來引申為「批發」的意思。

例 Does Judy buy the goods at wholesale or retail?
這批貨朱蒂是整批買還是零買？

ⓐ ['hol,sel]　　　　　　　　　　　　　★★★☆☆

形 批發的，大規模的　　　　　　　　　同 extensive, overall

例 The wholesale prices of these shoes are 32 dollars.
這些鞋子的批發價是三十二美元。

---

wind tunnel ⓟⁿ [wɪnd] ['tʌnḷ]　　　　★★★★☆

片 （檢查風壓的）風洞

記 wind表「風」，tunnel表「隧道」，合起來引申為「風洞」的意思。

例 During wind tunnel tests on the car, at the development stage, water was added.
對汽車進行風洞測試期間（也就是開發階段時），要添加水。

---

work force ⓟⁿ [wɜk] [fors]　　　　　★★★★☆

片 勞動力，受雇用的人　　　　　　　同 workforce
　　　　　　　　　　　　　　　　　反 employer

記 work表「勞動」，force表「力」，合起來引申為「勞動力、受雇用的人」的意思。

例 There is a great deal of friction between the management and the work force.
勞資雙方之間有很大的爭執。

---

worldly ⓐ ['wɜldlɪ]　　　　　　　　★★★★★

形 世間的，世俗的　　　　　　　　　同 temporal, earthly
　　　　　　　　　　　　　　　　　反 spiritual

記 worldly的形容詞比較級是worldlier，最高級是worldliest。

例 Some of my friends said to me that Robert was very worldly.
我的一些朋友對我說，羅伯特非常庸俗。

Z

zealous ⓐ ['zɛləs]　　　　　　　　★★★☆☆

形 熱心的，熱情的　　　　　　　　　同 enthusiastic
　　　　　　　　　　　　　　　　　反 indifferent

記 zeal表「熱心」，ous表「有…特質的」，合起來引申為「熱心的、熱情的」的意思。

例 The salesman seems very zealous in his work.
這位售貨員看來非常熱心於他的工作。

Part 2

突破900分
必考單字

(進階篇)

A

(Week 1 — Day 1)

abandon ⓥ [ə'bændən] ★★★★☆
動 拋棄，放棄

同 quit, desert
反 conserve, maintain

記 a表「不」，ban表「禁止」，合併是「不再禁止」，可以想成：老師「不再禁止」學生作弊，完全「放棄」他們了。

例 She abandoned her child due to poverty.
她因為貧窮拋棄了自己的孩子。

abduct ⓥ [æb'dʌkt] ★★★★★
動 誘拐，綁架，劫持

同 hijack, kidnap

記 ab表「離開」，duct表「引導」，合起來是「把某人引出離開家門」，因此便有「誘拐」之意。

例 He remained quite cool when he was told his daughter had been abducted.
他在被告知女兒遭綁架時，依舊保持冷靜。

absorb ⓥ [əb'sɔrb] ★★★★★
動 吸收，使全神貫注，吸引

同 assimilate, involve
反 give, forget

記 ab表示「離開」，sorb表示「吸入」，合併起來是「從…吸入某物」，因此便有「吸收，使全神貫注，吞併」之意。

例 It's impossible for students to absorb so much at once.
讓學生們一次吸取那麼多(內容)是不可能的。

abuse ⓥ [ə'bjuz] ★★★★★
動 濫用，辱罵，虐待

同 misuse, curse, insult

記 ab表「變壞」，use是「使用」，合起來是「不好好地使用」，即「濫用」的意思。

例 We should make rules to stop officials from abusing their power.
我們應該立法，阻止官員濫用權力。

ⓝ [ə'bjuz] ★★★★☆
名 濫用，辱罵，虐待

同 misuse, ill-treatment

例 The problem of drug abuse has aroused government's attention.
濫用毒品問題已經引起了政府部門的注意。

accelerate ⓥ [æk'sɛləˌret] ★★★★☆

動 增加，增長，使加速，促進

同 speed up, speed
反 decelerate, retard

記 ac表「加強」，celer表「速度」，ate是動詞字尾，合起來是「加快速度」，因此便有「增長，增加，使加速，促進」之意。

例 They held talks with the hope of accelerating world peace.
他們進行對話，期望促進世界和平。

accessible ⓐ [æk'sɛsəbl̩] ★★★★★

形 可接近的，可進入

同 available, obtainable
反 inaccessible

記 access表「進入，接近」，ible表「有…傾向的」，合起來便有「可接近的，可接觸的，可得到的」之意。

例 This region is accessible only by bus.
只能搭乘公共汽車才能進入那個地區。

accomplice ⓝ [ə'kɑmplɪs] ★★★★★

名 從犯，幫兇，同謀

同 participator, ally

記 ac表「對，在，到」，com表「一起」，plic表「重疊」，合起來是「重疊一起做」，因此便可聯想到「同謀」。

例 The criminal's accomplice was finally found out.
那個罪犯的同謀最後還是被找到了。

account ⓥ [ə'kaʊnt] ★★★★☆

動 把…視為，解釋，說明，占（多少）

同 explain, come to

記 ac表「對，到，在」，count表「數，計數，總數，認為，看作」，合起來便有「把…視為，占（數量多少），帳戶，戶頭」之意。

例 He was asked to account for his failure.
他被要求解釋他為何失敗。

ⓝ [ə'kaʊnt] ★★★☆☆

名 描述，帳戶，解釋，說明

同 description, report

例 The onlookers gave an account of the fight to the police.
旁觀者向警員描述了鬥毆的過程。

accountant ⓝ [ə'kaʊntənt] ★★★★☆

名 會計

同 auditor, bookkeeper

記 account表示「帳戶，戶頭，帳單」，ant表示「…的人或事物」，合併起來是「管理帳戶或帳單的人」，便有「會計」之意。

例 The manager kept terms with his accountant.

經理與他的會計關係很好。

accumulate ⓥ [əˈkjumjəˌlet] ★★★★★
動 累積，積聚

同 cumulate, gather
反 dissipate

記 ac表「加強」，cumulate表「累積」，合起來是「累積，積聚」的意思。

例 He has successfully accumulated a fortune to own a company.
他已成功累積一筆錢來開自己的公司。

accurate ⓐ [ˈækjərɪt] ★★★★☆
形 準確的，精確的

同 exact, precise
反 careless, inaccurate

記 ac表示「對」，cur表示「關心」，ate表示「充滿…的」，合起來是「對某事極為關注細心的」，因此便有「準確的、精確的」之意。

例 What he predicted was proved accurate later.
他的預言後來都被證明是準確無誤的。

activism ⓝ [ˈæktəvɪzəm] ★★★★☆
名 激進主義，行動主義

記 act表「行動」，ivism表「…主義」，合起來便是「行動主義」的意思。

例 The president paid too much attention to activism.
總統過分注重激進主義了。

addict ⓥ [əˈdɪkt] ★★★☆☆
動 使…耽溺，使…上癮

同 habituate, devote to
反 alienate, detach

記 ad表示「到」，dict表「說」，合起來表「對…表示贊成或縱情於」，因此addict便有「使…耽溺，使…上癮」之意。

例 The young man is addicted to drugs.
這個年輕人沈迷於毒品。

adjacent ⓐ [əˈdʒesənt] ★★★★★
形 毗連的，鄰近的，接近的

同 nearby, adjoining
反 remote

記 ad表「在」，jac表「位於」，ent是形容詞字尾，合併起來是「位於附近的」，便有「毗連的，鄰近的，接近的」之意。

例 My apartment is adjacent to a supermarket.
我的公寓緊鄰在一家超市旁。

administration ⓝ [ədˌmɪnəˈstreʃən] ★★★☆☆

| 經營，管理，行政 | 同 government, cabinet |

記 動詞administrate意為「管理，支配」，加ion變為名詞，即有「經營，管理，行政，行政機關」的意思。

例 The company becomes more efficient under his administration.
公司在他的管理下，變得更有效率。

admit ⓥ [ədˈmɪt]　　　★★★★☆

動 承認，允許入內，容許有

同 acknowledge
反 exclude, forbid

記 ad表「一再」，mit可聯想emit表「發散，放出」，合起來是「一再放出來」，因此便有「容許」的意思。

例 He admitted having told a lie.
他承認撒謊了。

(Week 1 — Day 2)　　　**MP3-51**

advance ⓥ [ədˈvæns]　　　★★★★★

動 促進，提高，提出，前進

同 promote, progress
反 postpone, recede

記 advanc表「前進，高，升」，加e變為advance，即有「促進，提高，前進」的意思。

例 To advance the company's interest, the manager took a new policy.
為了提高公司的利潤，經理採取了一項新的政策。

ⓝ [ədˈvæns]　　　★★★★☆

名 發展，前進，增長

同 improvement
反 retreat

例 There have been great advances in science and technology recently.
近來，科技發展很大。

---

adversity ⓝ [ədˈvɝsətɪ]　　　★★★★★

名 不幸，災禍，逆境

同 affliction, disaster
反 prosperity

記 adversity是形容詞adverse（逆，反對的，不利的）的名詞形式，ity是名詞字尾，合併起來，便有「逆境，災難，不幸」之意。

例 You will know who your genuine friend is in time of adversity.
在逆境的時候，你就會知道誰是你真正的朋友。

---

advertisement ⓝ [ˌædvɚˈtaɪzmənt]　　　★★★★☆

名 廣告，做廣告，登廣告

同 announcement

記 動詞advertise加上名詞字尾ment，得advertisement，即是「廣告，做廣告，登廣告」的意

思。

例 She never believes in advertisement.
她從來不相信廣告。

aerospace ⓝ [ˈɛrəˌspes] ★★★★★

名 航空，宇宙　　　　　　　　　　　　　　同 air

記 aero表「飛機的，航空的」，space意為「宇宙」，合起來即是「航空，宇宙」的意思。

例 The aerospace industry has improved a lot in that country.
那個國家的航空業進步很大。

affidavit ⓝ [ˌæfəˈdevɪt] ★★★☆☆

名 宣誓書，口供書

記 af表示加強意義，fid表「相信，信任」，合併起來，構成「使人相信的東西」，即是「宣誓書」。

例 The judge is taking an affidavit.
法官正在提取口供。

affluent ⓐ [ˈæfluənt] ★★★★☆

形 富裕的，豐富的，富饒的　　　　　　　　同 abundant, ample
　　　　　　　　　　　　　　　　　　　　反 poor

記 af表「一再」，flu表「流動」，ent作形容詞字尾，合起來是「流入的」。源源不斷地流入，自然會富裕，因此affluent便有「富裕的」之意。

例 The man is affluent but miserly.
這個人雖然富有，但卻很小氣。

affordable ⓐ [əˈfɔrdəbḷ] ★★★★☆

形 負擔得起的

記 afford表「負擔」，able表「能被…的，可被…的」，合起來即是「負擔得起的」之意。

例 The company decided to penetrate the local market with a new affordable product.
這家公司決定利用一個大眾能負擔得起的新產品打入當地市場。

aftershock ⓝ [ˈæftɚˌʃɑk] ★★★★★

名 餘震，餘悸

記 after意為「在…後」，shock意為「震動」，合起來即有「餘震」之意。

例 The industry continued to reel from the aftershocks of a disastrous year.
企業依舊承受災難年的餘波震盪而搖擺不定。

agent ⓝ [ˈedʒənt] ★★★★☆

名 代理人，代理商，起因

同 factor, broker
反 customer, master

記 ag表「做」，ent表「動作者」，合起來是「做某事的人」，因此便有「代理人，代理商」之意。

例 I want to call my agent first.
我想先給我的代理人打個電話。

aggressive ⓐ [əˈgrɛsɪv]   ★★★★★

形 侵略的，好鬥的，有進取精神的

同 combative, energetic
反 defensive

記 ag表示「一再」，gress表示「走」，ive作形容詞字尾，合起來是「一再走」，因此便有「進取的」之意。

例 You must be aggressive if you want to run a company of your own.
如果你想自己開公司，你必須有進取精神。

agony column ⓝ [ˈægənɪ] [ˈkɑləm]   ★★★★☆

名 （報刊）人事廣告欄

記 agony表「痛苦」，column表「報紙上的欄」，報紙上能帶給人痛苦的專欄（如尋人、尋物、離婚等啟事），因此agony column便是「人事廣告欄」之意。

例 He put an advertisement on the agony column to look for his dog.
為了尋找他的狗，他在人事廣告欄上刊登了廣告。

aid ⓥ [ed]   ★★★★☆

動 說明，救助，有助於

同 help, assistance
反 disturb, hinder

記 aid比help正式，可用於很緊急、危難的情況，暗示被助者是弱者。

例 She refused others to aid her in work.
她拒絕其他人幫助她的工作。

ⓝ [ed]   ★★★★★

名 說明，救助，幫助者

同 help, remedy, service
反 obstruct

例 Aid to the poor region is little more than a drop in the ocean right now.
目前，對貧困地區的援助只是杯水車薪。

allege ⓥ [əˈlɛdʒ]   ★★★★☆

動 （無充分證據而）斷言、宣稱、提出

同 declare, state

記 al表示「一再」，lege表示「講，讀」，合併起來是「一再講」，即有「宣稱」的意思。

例 The suspect alleged he was in a bar on the night of the crime.

嫌疑犯宣稱案發當晚，他在一家酒吧裡。

allergy ⓝ [ˈælɚdʒɪ] ★★★★☆

名 過敏症，厭惡，反感

同 hypersensitivity, vulnerability

記 由動詞allege變來，y是名詞字尾，表「…的行為，…的狀況或性質」，合起來是「經常沒有充分證據就隨便斷言」，證明此人過度敏感，因此便有「過敏症」之意。

例 He has an allergy to wine.
他對酒過敏。

alliance ⓝ [əˈlaɪəns] ★★★★☆

名 結盟，同盟，聯姻，類同

同 agreement, contract

記 來自動詞ally，意為「結盟，聯合」，ance是名詞字尾，表「該行為之性質或狀態」，因此合起來便有「結盟，同盟，聯姻」之意。

例 The three countries made an alliance against their common enemy.
這三個國家結盟對付他們共同的敵人。

(Week 1 ─ Day 3) MP3-52

allocation ⓝ [ˌæləˈkeʃən] ★★★★★

名 分派，分配，分配額

同 delivery, contingent

記 al表「向」，loc表「地方」，ate是動詞字尾，合起來是「往某地送東西」，因此allocate便有「配給，分配，分派」之意。再加ion變為名詞，即是「分派，分配，分配額」的意思。

例 The company has spent their entire allocation for the year.
公司已經把今年撥給他們的全部經費花光了。

alter ⓥ [ˈɔltɚ] ★★★★☆

動 改變，修改

同 diversify, change
反 preserve

記 alter本身是一個字首，意為「改變」，可同時記憶名詞的alterability（可變更性），形容詞的alterable（可改變的）等。

例 He has altered a lot during these years.
這幾年他改變了很多。

amateur ⓐ [ˈæməˌtʃʊr] ★★★★☆

形 業餘的，外行的，不熟練的

同 non-professional
反 professional

記 amat = amor，表「愛，情愛」，eur表「人」，合起來是「愛好的人」，因此便有「業餘愛好者」之意。

例 He is an amateur athlete.
他是一位業餘運動員。

ⓝ [ˈæməˌtʃʊr]　　　　　　　　　　　　　★★★☆☆
名 業餘從事者，外行，愛好者
　　　　　　　　　　　　　　　　　同 dilettante, dabbler
　　　　　　　　　　　　　　　　　反 expert, professional
例 It is unfair to put the expert and the amateur in the same team.
把專家和業餘愛好者放在一組是不公平的。

ambulance ⓝ [ˈæmbjələns]　　　　　★★★★☆
名 救護車
記 ambulance是由am + bulance構成，bulance與balance（平衡）的拼寫相近。
例 The injured was taken to the hospital by an ambulance.
傷者已被救護車送往醫院。

amount ⓥ [əˈmaʊnt]　　　　　　　　★★★★★
動 合計，共計，相當於　　　　　　　同 total, number, add up
記 a在此為加強語氣的作用，mount是名詞「山」之意。聯想：一直在數山的數目就是「計…的總數」，延伸為「總數、數量」之意。
例 The total cost amounted to 5,000 dollars.
花費合計五千美元。

ⓝ [əˈmaʊnt]　　　　　　　　　　　　★★★★☆
名 總數，總額，數量　　　　　　　　同 sum, quantity
例 A large amount of her money was spent on clothes.
她花很多錢買衣服。

anchor ⓥ [ˈæŋkɚ]　　　　　　　　　★★★★☆
動 拋錨泊船，（使）固定　　　　　　同 attach, fasten, fix
記 anchor諧音為「安客」。而怎樣才能使客人安心呢？那就是當船安全靠岸拋錨的時候，所以可得anchor意為「拋錨泊船」。
例 The ship anchored off Taiwan.
那艘船在台灣外海下錨停泊。

ⓝ [ˈæŋkɚ]　　　　　　　　　　　　　★★★★★
名 錨，錨狀物，靠山
例 The belief he would succeed eventually was an anchor to him in difficulty.
他最終會成功的信念是他在困難時期的精神支柱。

animated ⓐ [ˈænəˌmetɪd]　　　　　★★★★☆
形 栩栩如生的，活躍的，熱烈的　　　同 ablaze, active, alive

⊟ dull

記 anim表「生命，精神」，ate是動詞字尾，合起來animate就是「賦予生命，使有生氣」的
意思。加d變為形容詞，意為「栩栩如生的，活躍的，熱烈的」。

例 He participated in their animated discussion.
他加入到他們熱烈的討論當中。

---

annoy ⓥ [ə'nɔɪ]　　　　　　　　　　★★★★☆

動 使（某人）不悅，打擾，騷擾（某人）　　　　⊟ disturb, irritate
　　　　　　　　　　　　　　　　　　　　　⊟ comfort, gratify

記 a (an) = not，noy是納（感覺噪度的單位），聯想：沒有進行噪音測試的住所或環境居住
起來使人苦惱、深感騷擾，因此annoy是「使苦惱、騷擾」之意。

例 Stop annoying your father when he is working.
當爸爸在工作時，不要打擾他。

---

antibiotic ⓝ [ˌæntɪbaɪ'atɪk]　　　　　　★★★★☆

名 抗生素

記 anti表示「反對，反抗」，bio表示「生，生物」，c作名詞字尾，合併起來，便有「抗生
素」之意。

例 He didn't know antibiotic can be used against infection.
他不知道抗生素可以對抗傳染。

---

antitrust ⓐ [ˌæntɪ'trʌst]　　　　　　　★★★★★

形 反壟斷的，反托辣斯的　　　　　　　　　⊟ antimonopoly

記 anti表「反」，能與名詞結合，構成相應的形容詞，trust有「企業聯合」的意思，合起
來antitrust便是「反壟斷的」之意。

例 The antitrust laws have been passed.
反壟斷法已經被通過。

---

apologetic ⓐ [əˌpɑlə'dʒɛtɪk]　　　　　　★★★★☆

形 道歉的，認錯的，愧悔的，辯解的　　　　⊟ excusatory

記 apologetic是動詞apologize（道歉）的形容詞形式。

例 The manager was apologetic for serving a wrong dish.
經理為上錯了菜而道歉。

---

apology ⓝ [ə'pɑlədʒɪ]　　　　　　　　★★★☆☆

名 道歉，賠罪，辯解，辯護　　　　　　　　⊟ apologia, excuse
　　　　　　　　　　　　　　　　　　　　　⊟ condemnation,
　　　　　　　　　　　　　　　　　　　　　　impenitence

記 apology是動詞apologize（道歉）的名詞形式。

例 I owe you an apology for absence for your party last week.
上週我沒參加你的晚會，我向你道歉。

---

apparel ⓥ [ə'pærəl]　　　　　　　　　　★★★☆☆
動 給⋯穿衣服（尤指華麗或特殊的服裝）　　　同 dress, clothe, garb
記 appar表「出現」，加el，合起來是「穿出來的東西」，因此便有「衣服，服裝，衣著」之意。

例 A gorgeously appareled person looked for you just now.
剛剛有位衣著華麗的人來找你。

ⓝ [ə'pærəl]　　　　　　　　　　　　　　★★★★★
名 衣服，服裝，衣著　　　　　　　　　同 dress, clothes
例 Her wedding apparel is very beautiful.
她的結婚禮服非常漂亮。

---

application ⓝ [,æplə'keʃən]　　　　　　★★★★☆
名 運用，申請，申請表　　　　　同 utilization, demand
　　　　　　　　　　　　　　　　反 command
記 application是apply的名詞形式。apply表示「應用，申請」，ation是名詞字尾，因此application便有「應用，申請表」之意。

例 The company received 300 applications for the job.
該公司收到了三百個這份工作的申請表。

---

appraise ⓥ [ə'prez]　　　　　　　　　　★★★★☆
動 估計，估價，評價　　　　　　同 measure, evaluate
記 ap表「向，對」，praise表「價值，讚揚」，合起來是「對某物做出價值評價」，即是「評價，估價」的意思。

例 He asked an expert to appraise the house before buying it.
他買房子之前，請專家估了價。

---

apprehend ⓥ [,æprɪ'hɛnd]　　　　　　★★★★★
動 逮捕，擔憂，理解，瞭解　　　　同 arrest, understand
記 ap表「向，對」，prehend表「抓住」，合起來是「抓住什麼東西」，即是「逮捕，理解，瞭解」之意。

例 She doesn't apprehend the real meaning of beauty.
她不瞭解美麗的真實含義。

arraignment ⓝ [ə'renmənt]　★★★★☆

名 提訊，傳問，責難　　　　　　　　　　同 accusation

記 arraignment 來自動詞 arraign，arraign 意為「傳訊，提訊，責難」，加 ment 變為名詞，也就是「提訊，傳問，責難」的意思。

例 In response to arraignment, the accused was supposed to enter a plea.
為回應提訊，被告應該提出訴訟。

arson ⓝ ['ɑrsṇ]　★★★★☆

名 縱火，放火　　　　　　　　　　　　同 fire-raising

記 ars 表示「熱」，加 on，合起來就是「放火」的意思。

例 The man was charged with arson and put into prison.
那個人被控縱火並被關進了監獄。

artificial ⓐ [,ɑrtə'fɪʃəl]　★★★★★

形 人工的，人造的，假的　　　　　　　同 fake, synthetic
　　　　　　　　　　　　　　　　　　反 genuine, natural

記 arti 表「人工」，fic 表「做」，ial 表「具有…性質的」，合起來是「人工製作的」，因此有「人工的，人造的」之意。

例 People could not bear her artificial smile.
人們無法忍受她的假笑。

assailant ⓝ [ə'selənt]　★★★★☆

名 攻擊者，襲擊者　　　　　　　　　　同 attacker, aggressor,
　　　　　　　　　　　　　　　　　　　assaulter

記 assailant 是由 assail + ant 構成，assail 是動詞，意為「抨擊，猛攻」，ant 是名詞字尾，表「…人」，合起來便是「攻擊者，襲擊者」之意。

例 He forgot what his assailant looked like.
他忘了襲擊者長什麼樣。

assassinate ⓥ [ə'sæsɪn,et]　★★★★☆

動 暗殺，詆毀，破壞　　　　　　　　　同 butcher, kill, murder

記 assassin 是名詞，意為「刺客，誹謗者」，加動詞字尾 ate，合起來即是「暗殺，詆毀」之意。

例 Their plan to assassinate the president failed.
他們暗殺總統的計畫失敗了。

assemble ⓥ [ə'sɛmbḷ]　★★★★★

動 集合，召集，聚集，配裝

同 accumulate, collect, gather

反 dismiss, dissolve

記 as表「走向」，sembl表「類似，相同」，e為動詞字尾，合起來是「走向相同的地方」，因此有「集合，召集，聚集」之意。

例 The solider assembled in the square.
士兵門在廣場集合。

assert ⓥ [ə'sɝt]　★★★★☆

動 斷言，聲稱，維護，堅持

同 affirm, allege, claim

記 as表示「到」，sert表示「參與」，合併起來構成「一再參與討論」，由此得出「斷言、聲稱、維護」之意。

例 The wife asserted her husband was innocent.
妻子聲稱她丈夫是無辜的。

asset ⓝ ['æsɛt]　★★★★☆

名 財產，資產，才能，有利條件

同 estate, property

記 發音：asset音似「愛財的」，作名詞，便有「財產」之意。

例 The company has assets of over 6 million dollars.
這家公司有六百萬美元以上的資產。

assimilate ⓥ [ə'sɪml̩ˌet]　★★★☆☆

動 同化，吸收

同 absorb, digest
反 dissimilate

記 as表示「到」，simil表示「相同」，ate作動詞字尾，合併起來便有「使相同，同化」之意。

例 This kind of food is assimilated easily.
這種食物很容易吸收。

asthma ⓝ ['æzmə]　★★★★☆

名 哮喘症，氣喘

記 按發音分割記憶：as-th-ma，中間的th不發音。

例 The mother was deeply concerned about her daughter's asthma.
母親為女兒患有哮喘症而憂心忡忡。

astronomer ⓝ [ə'strɑnəmɚ]　★★★★★

名 天文學家

同 stargazer

記 astronomer是由astronomy變來。astronomy：astro表「星，宇宙」，nomy表「…學，…法」，合起來就是「天文學」。

例 His grandpa is a famous astronomer.
他爺爺是個著名的天文學家。

atomic ⓐ [ə'tɑmɪk] ★★★★☆

形 原子的，核能的，核武器的　　　　　　　　　　同 nuclear

記 atom表示「原子」，ic作形容詞字尾，表示「…的」，合併起來便有「原子的」之意。

例 Since the advent of atomic power, the world has changed greatly.
自從原子動力問世以來，世界發生了很大的變化。

attain ⓥ [ə'ten] ★★★★☆

動 達到，獲得　　　　　　　　　　　　　　同 accomplish, achieve
　　　　　　　　　　　　　　　　　　　　反 fail

記 at表示「向」，tain表示「握，拿住」，合併起來構成「抓向某物，握住」，引身為「達到，獲得」之意。

例 She works hard to attain her aim.
她努力工作，以達到她的目標。

attentive ⓐ [ə'tentɪv] ★★★★★

形 注意的，有禮貌的，關心的　　　　　　　　同 respectful, awake
　　　　　　　　　　　　　　　　　　　　反 inattentive, careless

記 attentive是attend的形容詞形式。attend有「注意，照顧」的意思，因此attentive便有「注意的，關心的」之意。

例 The professor is attentive to the students.
這位教授對學生們很關心。

attribute ⓥ [ə'trɪbjut] ★★★★☆

動 歸因於，歸屬於　　　　　　　　　　　　同 impute, ascribe

記 at表「向，對」，tribut表「給予」，合起來是「獻給某人某事」，因此便有「歸因於，歸屬於」之意。

例 He attributes his success to his wife's encouragement and his own hard working.
他把他成功的原因歸於他妻子的鼓勵和他自己的努力。

ⓝ ['ætrə,bjut] ★★★★☆
名 屬性，特徵，標誌，象徵　　　　　　　　同 characteristic, quality
例 What is the attribute of America?
美國的象徵是什麼？

audit ⓥ ['ɔdɪt] ★★★★★

動 審核，查帳，旁聽　　　　　　　　　　　同 check, inspect

記 audit本身是，表「聽」，可延伸其意思為「旁聽」。

例 The manager thought it was necessary to audit the books.
經理認為檢查帳目是有必要的。

---

n ['ɔdɪt]　　　　　　　　　　　　　　　　　　★★★★☆
名 審計，查帳　　　　　　　　　　　　同 accounting, check
例 The company's yearly audit takes place in December.
該公司的年度審計在十二月份進行。

(Week 1 — Day 5)　　　　　　　　　　　　　　**MP3-54**

authentic ⓐ [ɔ'θɛntɪk]　　　　　　　　　★★★★☆
形 可信的，可靠的，真的　　　　同 reliable, genuine, real
　　　　　　　　　　　　　　　反 false, fictitious

記 authentic是由authent + ic構成，authent與author拼寫接近，author意為「作者」，ic是形容詞字尾，合起來是「作者的」，作者自己寫的東西，他自然知道哪些是真。依此，可記authentic有「可信的，可靠的」之意。

例 This is an authentic painting, not a copy.
這幅畫是原作，不是複製品。

authoritative ⓐ [ə'θɔrə,tetɪv]　　　　　★★★★☆
形 權威性的，可信賴的，官方的，當局的　　同 commanding, powerful
　　　　　　　　　　　　　　　　　　　反 questionable

記 authoritative是由authority變來。authority是名詞，意為「權威，官方」，ative是形容詞字尾，因此authoritative有「權威性的，官方的」的意思。

例 Would you please do not speak in an authoritative tone?
你可不可以不用命令的口氣說話？

available ⓐ [ə'veləbl]　　　　　　　　　★★★★★
形 可利用的，通用的，有空的　　　同 handy, convenient
　　　　　　　　　　　　　　　反 unavailable

記 avail表示「效用」，able是形容詞字尾，表示「提供…的」，合併起來便有「有用的，可利用的」之意。

例 We will call you when the book is available.
那本書一到我們就打電話給你。

avert ⓥ [ə'vɝt]　　　　　　　　　　　　★★★☆☆
動 避免，防止，避開　　　　　　　同 prevent, prohibit
記 a表「離開」，vert表「轉，旋」，合起來是「轉移離開」，因此avert具有「避免，防止，避開」的意思。

例 She averted her eyes from the bloody sight.
她避開不看這血腥的場面。

B

backward ⓐ [ˈbækwɚd] ★★★★☆

形 向後的，落後的，畏縮的

同 reversed, opposite
反 forward, ahead

記 back意為「後面的」，ward是形容詞或副詞字尾，表「朝…的（地）」，合起來即有「向後的，向後地」之意。

例 He thinks developed countries should help backward ones.
他認為發達國家應該幫助落後的國家。

ⓐ [ˈbækwɚd] ★★★★☆

副 向後地，在退步

同 rearward
反 forward, ahead

例 The old man looked backward over his shoulder but found nothing.
老人回頭向後看，但什麼也沒發現。

balance ⓥ [ˈbæləns] ★★★★★

動 使平衡，權衡，均衡，相等

同 equalize, stabilize
反 unbalance

記 ba表「二，兩」，lanc表「盤子」，合起來是「兩端的秤盤相等」，因此balance具有「使平衡」的意思。

例 You have to balance the advantages of hiring the youth against the disadvantages.
你必須權衡僱用年輕人的利與弊。

ⓝ [ˈbæləns] ★★★★☆

名 平衡，均衡，餘額

同 scale
反 unbalance

例 He lost his balance and fell.
他失去平衡，摔了一跤。

ban ⓥ [bæn] ★★★★★

動 禁止，取締

同 bar, forbid
反 consent, permit

記 發音記憶：ban音似「頒」→（頒布）「禁令」，因此ban便有「禁令」之意。

例 Smoking is banned in the lift.
電梯裡禁止吸菸。

ⓝ [bæn] ★★★★★

名 禁止，禁令

Part 2 B

同 forbiddance
反 approval, permission

例 The police have put a ban on gambling.
警方頒布了禁賭令。

bandwagon ⓝ [ˈbændˌwægən] ★★★★☆
名 樂隊車，得勢派，浪潮，時尚
記 band意為「樂隊」，wagon意為「運貨馬車，旅行車」，合起來便有「樂隊車」之意。

例 He joined in the reform bandwagon.
他投身到改革的浪潮中去。

banker ⓝ [ˈbæŋkɚ] ★★★☆☆
名 銀行家，銀行業者，（賭博的）莊家
記 bank意為「銀行」，er是名詞字尾，表「…人」，因此合起來便有「銀行家，銀行業者」之意。

例 The greedy banker refused to lend money to the poor people.
貪婪的銀行家拒絕貸款給窮人。

bankruptcy ⓝ [ˈbæŋkrəptsɪ] ★★★★★
名 破產，倒閉，徹底失敗　　　　　　　　　　　同 failure
記 bank表「銀行，倉庫」，rupt表「斷裂」，cy表「狀態」，合起來是「金庫耗盡的狀態」，因此bankruptcy具有「破產，倒閉」的意思。

例 The company of bankruptcy surprised the whole country.
該公司的破產震驚了全國。

bargain ⓥ [ˈbɑrgɪn] ★★★★☆
動 討價還價，成交　　　　　　　　　　　　　同 dicker
記 bar意為「酒吧」，gain意為「獲得」，想在酒吧裡獲得便宜的東西，就必須討價還價。依此可記bargain有「討價還價」的意思。

例 It is impossible to totally refuse to bargain over the price.
完全拒絕討價還價是不可能的。

ⓝ [ˈbɑrgɪn] ★★★★☆
名 交易，買賣，物美價廉的東西　　　　　　　同 deal
例 These clothes are real bargain at such low price.
這些鞋子如此便宜，真是物美價廉的東西。

barter ⓥ [ˈbɑrtɚ] ★★★★★
動 以（等價物或勞務）作為交換　　　　　　　同 trade, deal, swap
記 barter諧音為「巴特」，巴特是位將軍，他不僅會打仗，而且很會做生意，依此聯想記憶，即可得barter是「以（等價物或勞務）作為交換，拿…進行易貨貿易」的意思。

例 The man will never barter for money with dignity.
這個人決不會拿尊嚴來交換錢財。

base ⓥ [bes] ★★★★☆

動 以…為基礎，以…為起點　　　　　　同 establish, ground

記 bas 表「底」，e 可為名詞字尾、動詞字尾或形容詞字尾，因此 base 具有「基地，以…為基礎，基本的」等意思。

例 This film is based on a true story.
這部電影以真實的故事為基礎。

ⓝ [bes] ★★★★☆

名 基地，總部，基礎　　　　　　　　同 bottom, foundation
　　　　　　　　　　　　　　　　　反 peak, top

例 There is a naval base in this area.
在這個地區有個海軍基地。

ⓐ [bes] ★★★★★

形 基本的，卑微的　　　　　　　　　同 basal, dishonorable
　　　　　　　　　　　　　　　　　反 noble, virtuous

例 She never feels embarrassed with her base job.
她從來不為她那卑微的工作感到難堪。

beforehand ⓐd [bɪˈforˌhænd] ★★★★☆

副 預先，事先，提前地　　　　　　　同 ahead, in advance
　　　　　　　　　　　　　　　　　反 afterward

記 before 表示「在…之前」，hand 在這作副詞字尾，合併起來，便有「提前地，超前地」之意。

例 You had better get everything ready beforehand.
你最好事先把什麼事都準備好。

ⓐ [bɪˈforˌhænd] ★★★☆☆

形 預先準備好的，提前的　　　　　　同 advance
例 Being beforehand with the enemy is very important.
先發制人是很重要的。

beguile ⓥ [bɪˈgaɪl] ★★★★☆

動 欺騙，使陶醉，使著迷　　　　　　同 deceive, cheat, trick

記 be 表「使」，guile 意為「奸詐，狡猾」，合起來便有「欺騙」之意。

例 He beguiled me into going shopping with him.
他騙我與他一起去購物。

belittle ⓥ [bɪˈlɪtḷ]　★★★★★

動 輕視，貶低

同 minimize, denigrate, derogate

記 be表「使」，little意為「小」，合起來是「使…小」，因此便有「輕視，貶低」的意思。

例 People who lose confidence always belittle themselves.
那些沒有自信心的人常常貶低自己。

(Week 2 — Day 1)　MP3-55

beneficial ⓐ [ˌbɛnəˈfɪʃəl]　★★★★☆

形 有益的，有利的，有說明的

同 helpful, favorable
反 fruitless, useless

記 benefit表示「利益，受益」，ial表示「…的」，合併起來便有「有益的，有利的」之意。

例 Swimming in the winter is beneficial to our health.
冬天游泳有益健康。

beset ⓥ [bɪˈsɛt]　★★★★☆

動 困擾，使苦惱，圍攻，包圍住

同 plague, molest
反 release

記 be表「四周」，set意為「設置」，合起來是「設置於四周」，因此便有「困擾，使苦惱，圍攻，包圍住」之意。

例 The company was beset with many difficulties.
公司被許多困難所困擾。

bilateral ⓐ [baɪˈlætərəl]　★★★★☆

形 有兩面的，雙邊的

同 two-sided
反 unilateral

記 bi表示「二」，lateral表示「側面的」，合併起來便有「兩面的，雙邊的」之意。

例 They have signed a bilateral contract.
他們已經簽定了雙邊合約。

binocular ⓐ [bɪˈnɑkjələ]　★★★★★

形 雙目的

記 bin表示「二」，ocul表「眼」，ar是形容詞字尾，因此合起來是「兩隻眼睛的」，引身為「雙目的」之意。

例 This binocular microscope was made in America.
這台雙目顯微鏡是美國製造的。

biohazard ⓝ [ˈbaɪoˌhæzəd] ★★★★☆

名 生物危害

記 bio 表「生命，生物」，hazard 意為「危險，危害」，因此合起來即是「生物危害」的意思。

例 The problem of biohazard has aroused the institution's attention.
生物危害問題已經引起了該機構的注意。

biosphere ⓝ [ˈbaɪəˌsfɪr] ★★★☆☆

名 生物圈

記 bio 表「生命，生物」，sphere 表「圈」，合起來即是「生物圈」的意思。

例 The term "Biosphere" was coined by a Russian scientist in 1929.
術語「生物圈」是由一個俄國科學家於1929年提出的。

birthrate ⓝ [ˈbɝθˌret] ★★★★☆

名 出生率　　　　　　　　　　　　　　　同 fertility, fertility rate

記 birth 意為「出生」，rate 意為「比率」，合起來即是「出生率」的意思。

例 The birthrate in India has been increasing
印度的出生率一直在持續上升。

blackmail ⓥ [ˈblækˌmel] ★★★★☆

動 敲詐，勒索，脅迫　　　　　　　　　　同 blackjack

記 black 意為「黑色的」，mail 是「信件」，別人寄黑信過來自然不是什麼好事，而是有意敲詐、勒索，所以 blackmail 可作動詞和名詞，意思為「敲詐，勒索，脅迫」。

例 It is impossible to blackmail him out of the country's secret information.
想脅迫他交出國家的機密資訊是不可能的。

ⓝ [ˈblækˌmel] ★★★★★

名 敲詐，勒索，敲詐所得的錢財　　　　　同 exaction

例 He was put into jail for practicing blackmail.
他因敲詐而進了監獄。

blast ⓥ [ˈblæst] ★★★★☆

動 爆炸，吹奏，使枯萎，損壞　　　　　　同 blare, smash

記 與 blast 拼寫相近的單字是 last，意為「持續」，前面加個 b 即是 blast。

例 Yesterday's frost blasted all the flowers in her yard.
昨天的霜使她家院子裡的所有花都凋謝了。

ⓝ [ˈblæst] ★★★★★

名 爆炸，吹奏，嚴厲批評　　　　　　　　同 burst, explosion

例 The bomb blast killed several passersby in the street.
炸彈爆炸造成幾個路人喪命。

blood ⓥ [blʌd] ★★★★☆

動 從…抽血，使初嘗經驗　　　　　同 lineage, line, descent

記 血滴出來，就是一滴一滴，像blood中間兩個 "o" 的形狀。依此可記blood的拼寫。

例 She's just being blooded, so you should forgive her making such a mistake.
她初出茅廬，你應該原諒她犯了這個錯誤。

ⓝ [blʌd] ★★★☆☆

名 血液，血統關係，血氣

例 He donated blood last week.
他上個星期捐血。

bogus ⓐ [ˈboɡəs] ★★★★☆

形 偽造的，假貨的　　　　　同 deceptive, assumed
反 real

記 來自一種叫 "Bogus" 的機器，用來造偽鈔。

例 The police found the company used a bogus export permit.
警方發現這家公司使用偽造的出口許可證。

bond ⓝ [bɑnd] ★★★★☆

名 結合，債券，束縛　　　　　同 alliance, shackle

記 bond諧音為「龐德」，是有名的間諜，每次都能擺脫敵人的圈套和束縛，是因為他與高
科技結合在一起。依此聯想記憶，即可記住bond的讀音和意思。

例 Common interests formed a bond between the two companies.
共同的利益使這兩家公司結合在一起。

boom ⓥ [bum] ★★★★★

動 （發出）隆隆聲，繁榮　　　　　同 flourish, thrive
反 slump

記 boom與room的拼寫接近。boom的發音就像是隆隆或哄哄的聲音。

例 The government hopes foreign investments can boom the country.
政府希望國外投資能使國家繁榮起來。

ⓝ [bum] ★★★★☆

名 隆隆聲，澎湃聲，景氣，繁榮　　　　　同 roar, roaring, thunder
反 slump

例 The tourist industry is enjoying a boom.
旅遊業正欣欣向榮。

bootleg ⓥ [ˈbutlɛg] ★★★★☆

動 非法攜帶（或製造、販賣）　　　　　　　　同 smuggle

記 boot意為「靴子」，leg意為「腿」，合起來即是「靴筒，長靴上部」之意。聯想：偷偷把東西放在靴筒裡帶走，即是「非法攜帶」。

例 His father used to bootleg cigarettes.
他爸爸曾經非法販賣香煙。

ⓝ [ˈbutlɛg] ★★★☆☆

名 靴筒，私貨（尤指私酒）

例 He was arrested for hiding bootleg.
他因隱藏私酒而被捕。

borrowing ⓝ [ˈbɑroɪŋ] ★★★★★

名 借，借用之事物（如語言等）　　　　　　同 adoption

記 動詞borrow加ing，即變成名詞，是「借，借用，借用之事物（如語言等）」的意思。

例 Japanese has many borrowings from English.
日語中有許多詞是從英語借來的。

(Week 2 — Day 2) MP3-56

bounce ⓥ [baʊns] ★★★★☆

動 反跳，彈起，（使）跳起　　　　　　　　同 spring, bound

記 bounce諧音為「棒死」，可設想此情景，一個跳高運動員在比賽中bounce（跳）得很好，打破了紀錄，觀眾都一起喊「棒死了，棒死了」。

例 Little boys like bouncing up and down on beds.
小男孩喜歡在床上蹦蹦跳跳。

ⓝ [baʊns] ★★★★☆

名 彈，跳，彈性，活力　　　　　　　　　　同 leap, spring

例 The old man is still full of bounce.
這個老人依舊精力充沛。

boundary ⓝ [ˈbaʊndrɪ] ★★★★★

名 邊界，分界線，界限，範圍　　　　　　　同 edge, limit, bound

記 bound可作名詞，意為「邊界，領域，界限，範圍」，ary是名詞字尾，意為「與…有關的物，…的場所」，因此合起來便有「邊界，分界線，界限，範圍」之意。

例 The road is the boundary between the two towns.
這條路是這兩個小鎮的分界線。

boycott ⓥ [ˈbɔɪˌkɑt] ★★★★☆

動 聯合抵制，拒絕參加或購買等　　　　　　同 ban, blackball, revolt

記 boycott的動詞三態為：boycott; boycotted; boycotted。

例 They boycott productions from that country.
他們拒絕購買來自那個國家的商品。

(n) ['bɔɪ,kɑt]　　　　　　　　　　　　★★★★☆

名 聯合抵制，拒絕參加

例 They enforced boycotts on trade with businessman in that region.
他們拒絕與該地區的商人做生意。

---

brand (v) [brænd]　　　　　　　　　　★★★★☆

動 在…上打烙印（標記），銘記，銘刻　　　同 stigmatize, mark

記 brand與band（樂隊）的拼寫接近。

例 These happy experiences are branded on her memory.
這些快樂的經歷深深印入她的記憶。

(n) [brænd]　　　　　　　　　　　　　★★★☆☆

名 商標，牌子，烙印　　　　　　　　　同 trade name

例 Which brand of perfume does she prefer?
她喜歡用什麼牌子的香水？

---

breakup (n) ['brek'ʌp]　　　　　　　★★★★☆

名 中斷，分離，分裂，崩潰，解體　　　　同 dissolution,
　　　　　　　　　　　　　　　　　　　　　　separation,
　　　　　　　　　　　　　　　　　　　反 unity

記 來自動詞片語break up，意為「破碎，破壞，解散，結束，衰弱」之意。

例 He was surprised by the breakup of his parents' marriage.
父母婚姻的破裂使他很震驚。

---

bribe (v) [braɪb]　　　　　　　　　　★★★★☆

動 向…行賄，行賄，收買　　　　　　　同 buy off, graft

記 bribe可與形似字bride（新娘）一起聯想記憶：bride買很多禮物bribe她的公婆。

例 He successfully bribed the official with money.
他成功地用錢收買了那個官員。

(n) [braɪb]　　　　　　　　　　　　　★★★★★

名 賄賂，行賄物，誘餌　　　　　　　　同 payoff

例 She is the last person in the world to accept bribe.
她是世上最不可能接受賄賂的人。

broadcast ⓥ [ˈbrɔdˌkæst] ★★★★★

動 廣播，播送，廣為散播，傳佈

同 air, send, beam
反 conceal

記 broad 意為「寬闊的」，cast 意為「投射」，合起來是「廣泛地投射、傳送某物」，因此便有「廣播，播送」之意。

例 The VOA broadcasts all over the world.
《美國之聲》向全世界播送節目。

ⓝ [ˈbrɔdˌkæst] ★★★★☆

名 廣播，廣播節目

同 program

例 She listens to this music broadcast every day.
她每天都聽這個音樂廣播節目。

bruise ⓥ [bruz] ★★★★☆

動 碰傷，使青腫

同 hurt, wound, injure

記 bruise 可與音似字 Bruce（布魯斯）一起聯想記憶：好萊塢動作片影星 Bruce 威利全身都是 bruise。

例 The little girl fell from her bike and bruised her arms.
小女孩從自行車上摔下來，擦傷了手臂。

ⓝ [bruz] ★★★☆☆

名 傷痕，青腫，碰傷，擦傷，挫傷

同 contusion
反 pleasure

例 There is a bruise in his leg.
他腿上有一處傷痕。

budget ⓝ [ˈbʌdʒɪt] ★★★★★

名 預算，預算費，生活費，經費

同 ration, allowance

記 bud 表示「花蕾」，get 表示「得到」，合併起來構成「得到花蕾」。聯想：要「得到花蕾」就必須「用錢來買花」，就必須事先「作個預算」。因此 budget 便有「預算」之意。

例 He could keep his monthly budget below $800.
他能把每個月的生活費控制在八百元以下。

bully ⓥ [ˈbʊlɪ] ★★★★☆

動 威嚇，脅迫，欺侮

同 cow, tease

記 bully 古意為情人，古時候的人們爭奪情人的時候，往往要決鬥，而決鬥自然是強勝弱敗，所以有「恃強欺弱」的意思，作動詞時，意為「威嚇，脅迫，欺侮」，作名詞時意為「恃強欺弱者，惡霸」。

例 He was bullied by his classmates.
他被他的同學欺負了。

(n) [ˈbʊlɪ] ★★★★☆

名 恃強欺弱者，惡霸　　　　　　　同 tough, hooligan, ruffian

例 He asked the bully to leave the girl alone.
他讓惡霸離那女孩遠一點。

bystander (n) [ˈbaɪˌstændɚ] ★★★★☆

名 旁觀者　　　　　　　　　同 observer, onlooker

記 來自動詞片語stand by，意為「站在旁邊，在場，袖手旁觀」之意。

例 Why all these bystanders did not help?
為什麼所有的旁觀者都沒有幫忙？

C

calculate (v) [ˈkælkjəˌlet] ★★★★★

動 計算，推測，打算，計畫　　　　同 figure, compute, estimate
　　　　　　　　　　　　　　　反 suppose

記 calcul表示「計算」，ate作動詞字尾，合併起來便有「計算」之意。

例 We can't calculate on his help.
我們不能指望他會幫忙。

candid (a) [ˈkændɪd] ★★★★☆

形 公正的，直言的，坦率的　　　　同 outspoken, direct,
　　　　　　　　　　　　　　　反 unfair, unjust

記 cand表示「坦白」，id作形容詞字尾，合併起來，便有「坦白的，直率的」之意。

例 To be candid, I cheated him.
坦白說，我欺騙了他。

canny (a) [ˈkænɪ] ★★★★☆

形 精明的，機敏的，節儉的　　　　同 cagey, cagy, clever
　　　　　　　　　　　　　　　反 slow, dull

記 can意為「能」，y是形容詞字尾，合起來是「什麼都能的」，因此便有「精明的，機敏的」之意。

例 He is a canny football player.
他是個機敏的足球員。

capital gain (ph) [ˈkæpətḷ] [gen] ★★★★★

片 資本盈利（出售資本、資產所得的利潤）

記 capital意為「資本」，gain意為「獲得」，合起來即是「資本盈利（出售資本、資產所得的利潤）」的意思。

例 The capital gain rate is 14%.
資本盈利率是百分之十四。

---

capitalize ⓥ [ˈkæpətḷˌaɪz] ★★★☆☆

動 以大寫字母寫，使資本化，計算⋯的現價

記 capital意為「資本」，ize是動詞字尾，合起來即是「使資本化」的意思。

例 Those words should be capitalized.
這些字母應該大寫。

(Week 2 — Day 3) MP3-57

capitulate ⓥ [kəˈpɪtʃəˌlet] ★★★★☆

動 （有條件地）投降，屈從　　　　　　　同 surrender, yield

記 capit表「頭」，加ulate，合起來是「低頭」，因此便有「投降，屈從，停止反抗」之意。

例 He had to capitulate to his father's order.
他不得不屈從他父親的命令。

---

care ⓥ [kɛr] ★★★★★

動 關心，介意，願意，喜歡　　　　　　　同 wish, like
　　　　　　　　　　　　　　　　　　　反 hate

記 care可與形似字car（車）一起聯想記憶：開car時一定要非常care。

例 I won't care if you do not come.
如果你不來，我不會介意的。

ⓝ [kɛr] ★★★★☆

名 看護，照料，管理，憂慮小心　　　　　同 attention, aid, tending
　　　　　　　　　　　　　　　　　　　反 inattention, neglect,
　　　　　　　　　　　　　　　　　　　　　 recklessness

例 Most children are free from care.
大部分孩子是無憂無慮的。

---

careless ⓐ [ˈkɛrlɪs] ★★★★☆

形 粗心的，疏忽的，自然的，無憂無慮的　同 heedless, inadvertent
　　　　　　　　　　　　　　　　　　　反 attentive, careful

記 care是名詞，其意為「小心，謹慎」，形容詞字尾less表「無⋯的，缺乏⋯的」，合起來就有「粗心的，疏忽的」之意。

例 How could you make such a careless mistake?
你怎麼可以犯這麼粗心的錯誤？

cash flow (ph) [kɛʃ] [flo] ★★★☆☆

片 現金流轉

記 cash意為「現金」，flow意為「流動」，合起來就是「現金流轉」的意思。

例 The company has a cash flow of 500,000 dollars a month.
這家公司的現金流轉為每月50萬美元。

catalyst (n) [ˈkætəlɪst] ★★★★★

名 催化劑，刺激因素　　　　　　　　　　同 accelerator

記 cata表「下」，lyst表「分開，分解」，合起來是「起分解作用的東西」，因此便有「催化劑」之意。可引申其意思為「刺激因素」。

例 It was said he was the catalyst in the revolution.
據說他是這場革命的煽動者。

catching (a) [ˈkætʃɪŋ] ★★★★☆

形 傳染性的，迷人的　　　　　　　　　　同 contagious, infectious

記 catch有「染上疾病，感染，吸引」的意思，ing是形容詞字尾，合起來就是「傳染性的，迷人的」之意。

例 This disease is catching.
這種病是有傳染性的。

causal (a) [ˈkɔzəl] ★★★★☆

形 原因的，因果關係的　　　　　　　　　同 occasional

記 來自名詞cause，其意為「原因」，加al變為形容詞，即是「原因的，因果關係的」之意。

例 His causal agent of the disease remained unknown.
還不清楚他的病因。

celebrate (v) [ˈsɛləˌbret] ★★★☆☆

動 慶祝，慶賀，讚美　　　　　　　　　　同 observe, keep
　　　　　　　　　　　　　　　　　　　反 lament

記 celebr表「著名」，加字尾ate變為動詞，即是「慶祝，讚揚」的意思。

例 Let us hold a party to celebrate his promotion.
讓我們開個派對來慶祝他的晉升。

cellular (a) [ˈsɛljʊlɚ] ★★★☆☆

形 細胞組成的，劃分的，多孔的

記 <u>cell</u>表「<u>細胞</u>」，<u>ar</u>是形容詞字尾，合起來即是「<u>細胞組成的</u>」之意。

例 He told me that the classification of organisms based on cellular structure and function.

他告訴我生物體的分類是以細胞結構和功能為依據的。

---

censure ⓥ [ˈsɛnʃɚ] ★★★★★

動 責備，譴責

同 reprimand, criminate
反 praise

記 <u>cent</u>意為「<u>百</u>」，<u>cen</u>後面缺個t，就是沒有一百，<u>sure</u>表「<u>確定</u>」，合起來是「<u>不是百分</u><u>百地確定</u>」，當一個人不是很確定什麼東西的時候，就會責備、譴責其他人。依此可記<u>censure</u>有「<u>責備、譴責</u>」的意思。

例 The official was censured for corruption.

這個官員因腐敗而受到譴責。

ⓝ [ˈsɛnʃɚ] ★★★★☆

名 責備，譴責

同 disapproval, rebuke
反 praise

例 He received a public censure for his mistreatment to his wife.

他因為虐待妻子而受到大眾的譴責。

---

chaos ⓝ [ˈkeɑs] ★★★★☆

名 混亂，雜亂的一團

同 disorder, confusion
反 order, system

記 <u>chaos</u>【拼音】吵死。狀態混亂時，真是吵死了。

例 The city was in chaos after the earthquake.

地震之後，城市陷入一片混亂。

---

characteristic ⓐ [ˌkærəktəˈrɪstɪk] ★★★★★

形 特有的，獨特的，典型的

同 distinctive, particular
反 regular

例 It is characteristic of her to tell lies.

說謊是她的本性。

ⓝ [ˌkærəktəˈrɪstɪk] ★★★★☆

名 特性，特徵，特色

同 character, feature
反 universality

記 <u>character</u>，表示「<u>人或事物的特點、特徵</u>」，<u>istic</u>作名詞或形容詞字尾，合併起來，便有「有特色的，典型性的，與眾不同的特徵」之意。

例 It is important for a nation to preserve its characteristics.

對國家而言，保持自己的特色是很重要的。

charisma ⓝ [kəˋrɪzmə] ★★★★☆

名 非凡的領導力，魅力　　　　　　　　　　同 mystique, charm

記 charisma是由char + is + ma（媽媽）構成，char可看成是charming（有魅力的），可聯想，真正有魅力的還是自己的媽媽。

例 She was deeply impressed by the charisma of the film star.
這個電影明星的魅力給她留下了深刻的印象。

chase ⓥ [tʃes] ★★★☆☆

動 追逐，追趕，驅逐　　　　　　　　　　同 pursue, run after
　　　　　　　　　　　　　　　　　　　反 precede

記 chase與charm（魅力）的拼寫相近。可聯想：男孩子遇到有魅力的女生，自然想去追。依此可記chase有「追逐，追求」的意思。

例 She is a girl chasing material possessions.
她是一個追逐物質財富的女孩。

ⓝ [tʃes] ★★★★☆

名 追逐，追擊，追求，打獵　　　　　　　同 pursuit, following
　　　　　　　　　　　　　　　　　　　反 hunt

例 His chase for fame surprised me.
他追逐名利，這使我感到驚訝。

chemotherapy ⓝ [ˌkɛmoˋθɛrəpɪ] ★★★★★

名 化學療法

記 字首chem表「化學的」，therapy意為「治療」，合起來即是「化學療法」的意思。

例 Chemotherapy drugs can be divided into several categories.
化學療法藥物可以分成好幾類。

chronic ⓐ [ˋkrɑnɪk] ★★★★☆

形 長期的，慢性的　　　　　　　　　　　同 constant, lasting
　　　　　　　　　　　　　　　　　　　反 acute

記 chron表示「時間」，ic作形容詞字尾，表示「…的」，合併起來，構成「長時間的」，因此便有「長期的，慢性的」之意。

例 She has got a chronic disease.
她患了一種慢性病。

(Week 2 — Day 4)　　　　　　　　　　　　　　　　MP3-58

civic ⓐ [ˋsɪvɪk] ★★★★☆

形 市民的，公民的，城市的　　　　　　　同 municipal, urban
　　　　　　　　　　　　　　　　　　　反 rural

記 civ表示「公民」，ic作形容詞字尾，合起來便有「公民的，市民的」之意。

例 Let us go to the civic center.
讓我們去市民中心吧!

civilian ⓐ [sɪˋvɪljən] ★★★★★

形 平民的，百姓的，民用的

同 civil, non-military
反 military

記 civ表示「公民」，an可作形容詞字尾，表「有…性質的」，an也可作名詞字尾，表「與…有關的人」，因此合起來civilian便有「平民的，百姓」之意。

例 It is not easy to return to civilian life after 15 years in the military.
在軍隊待了十五年後，恢復到平民生活不是一件容易的事。

ⓝ [sɪˋvɪljən] ★★★★☆

名 平民，百姓

同 non-military person
反 military person

例 The cruel invaders killed numerous innocent civilians.
殘酷的侵略者殺害了許多無辜的平民。

clamp ⓥ [klæmp] ★★★★☆

動 鉗緊，夾住，強行實施

同 brace, clasp, fasten

記 clamp是由c + lamp構成，lamp意為「燈，油燈」。

例 The government clamped down on gambling.
政府嚴禁賭博。

ⓝ [klæmp] ★★★☆☆

名 螺絲鉗，鐵箍，夾鉗

同 clinch

例 Where is my clamp?
我的夾鉗哪去了?

clash ⓥ [klæʃ] ★★★★★

動 衝突，抵觸

同 conflict, contradict
反 agree, cooperate

記 clash與class的拼寫相近。可聯想：兩個 "s" 在一起有衝突，只好把其中一個調走，換成 "sh"。依此可記clash有「衝突，抵觸」的意思。

例 It's a pity the two parties clash and I didn't want to miss any of them.
真可惜這兩個晚會有衝突，我不想錯過其中的任何一個。

ⓝ [klæʃ] ★★★★☆

名 撞擊聲，衝突，抵觸

同 conflict
反 agreement

例 A clash between the two countries is unavoidable.

這兩個國家之間的衝突是不可避免的。

clearance ⓝ [ˈklɪrəns]　　　　　　　★★★★☆

名 清除，清掃，出空，空地，空隙

記 clear表示「清楚」，ance表「行為，結果」，合併起來是「進行清理或清理完畢的狀態」，因此有「清除，清掃」之意

例 Do you know the detail about clearance?
你知道通關的細節問題嗎？

climate ⓝ [ˈklaɪmɪt]　　　　　　　★★★★★

名 氣候，風氣，趨勢，氣氛

同 air, atmospheric, conditions, weather

記 clim表示「傾斜」，ate作名詞字尾。聯想記憶：地球向北極傾斜，就會影響氣候，依此可記climate有「氣候」的意思。

例 I would prefer to live in the south for climate.
因為氣候關係，我寧願住在南方。

clone ⓝ [klon]　　　　　　　　★★★★☆

名 無性繁殖系，翻版，複製品

同 copy

記 發音記憶：clone的發音是「克隆」。

例 The clone technology is very important in modern society.
複製技術在當今社會非常重要。

coarse ⓐ [kors]　　　　　　　　★★★★★

形 粗的，粗糙的，粗俗的

同 rough, rude, vulgar
反 delicate, fine

記 coarse的拼寫與course（課程）相近。

例 His coarse words showed that he did not receive a good education.
他粗俗的語言顯示他沒有受過良好的教育。

coddle ⓥ [ˈkɑdḷ]　　　　　　　★★★★★

動 悉心照料，嬌養，用文火煮（蛋等）

同 favor, humor

記 與code（編碼）的拼寫相近。

例 To coddle children means to treat them indulgently.
溺愛孩子就是放任地對待他們。

coherent ⓐ [koˈhɪrənt]　　　　　　★★★★☆

形 一致的，協調的，連貫的

同 consistent, logical
反 illogical

記 co表「一起，連接」，her表「黏接」，ent是形容詞字尾，表示「…的」，合起來便有「一致的，協調的」之意。

例 We still had no coherent plan to reform the institution.
我們沒有改革該機構的一致方案。

collateral ⓐ [kə'lætərəl] ★★★★☆

形 並行的，附屬的，旁系的　　　　　　同 parallel, secondary

記 col表示「共同」，later表示「側，邊」，al作形容詞字尾，表示「屬於…的」，合併起來是「在同一側的」，因此有「並行的，附屬的」之意。

例 He is my collateral relative.
他是我的旁系親戚。

ⓝ [kə'lætərəl] ★★★☆☆

名 擔保品，抵押品

例 She used her car as a collateral for the loan.
她用車作這筆貸款的擔保品。

colloquial ⓐ [kə'lokwɪəl] ★★★★★

形 白話的，口語的　　　　　　　　同 conversable, dialectic
　　　　　　　　　　　　　　　　　反 literary, tasteful

記 col表示「共同」，loqu = to speak（說，講），ial作形容詞字尾，表示「…的」，合併起來，即是「口語的」之意。

例 You use too many colloquial words in this essay.
你在這篇論文裏用了太多的口頭語。

colonial ⓐ [kə'lonjəl] ★★★★☆

形 殖民地的，殖民的　　　　　　　　同 colonizing
　　　　　　　　　　　　　　　　　反 object

記 來自colony，其意為「殖民地」，ial是形容詞字尾，因此colonial是「殖民的，殖民地的」之意。

例 Hong Kong was under British colonial rule for many years.
香港曾多年受英國的殖民統治。

commerce ⓝ ['kɑmɚs] ★★★★☆

名 商業，貿易，交流，社交　　　　　同 commercialism,
　　　　　　　　　　　　　　　　　　　mercantilism

記 com表示「共同」，merce表示「交易」，合起來是「共同交易」，由此便有「商業，貿易」之意。

例 They want to promote commerce with foreign countries.
他們想促進與外國的貿易往來。

commercialism ⓝ [kəˈmɝʃəlɪzəm] ★★★★☆

名 商業精神，營利主義　　　　　　　　同 mercantilism

記 commercial是形容詞，意為「商業的，營利本位的」，ism是名詞字尾，表「…主義」，合起來便是「商業精神，營利主義」的意思了。

例 Culture industry is being debased by commercialism.
文化產業的價值受商業化的影響而逐漸下降。

---

commit ⓥ [kəˈmɪt] ★★★★☆

動 犯（罪），做（錯事等），把…託付給　　同 perpetrate, entrust

記 com表「完全」，mit表「送」，合起來是「完全送給」，因此commit便有「託付，交托」之意。

例 The little girl was committed to the care of her grandpa.
小女孩被委託給她爺爺照顧。

commodity ⓝ [kəˈmɑdətɪ] ★★★★★

名 商品，日用品，有用的東西　　　　　同 goods, merchandise

記 com表「共同」，mod表「方式，模式」，ity是名詞字尾，合起來是「有共同模式的東西」，因此便有「商品」之意。

例 In Iraq oil is an important commodity for export.
石油是伊拉克的一項重要出口商品。

communicate ⓥ [kəˈmjunəˌket] ★★★★☆

動 交際，交流，傳送，通訊　　　　　同 convey, transmit
　　　　　　　　　　　　　　　　反 conceal

記 com表「共同，一起」，mun表「公共」，ate是動詞字尾，合起來是「一起說彼此感興趣的話題」，因此便有「交際，交流」之意。

例 You should find a way to communicate with your brother.
你應該想辦法與你的兄弟聯繫。

comparable ⓐ [ˈkɑmpərəbl̩] ★★★☆☆

形 可比較的，比得上的　　　　　　　同 comparative
　　　　　　　　　　　　　　　　反 incomparable

記 com表「一起」，par表「相等」，able是形容詞字尾，合起來即是「可比較的，比得上的」之意。

例 A comparable camera would cost far less in Japan.
一部類似的相機在日本要便宜得多。

compensation ⓝ [ˌkɑmpənˈseʃən] ★★★★☆

名 補償，賠償，賠償費　　　　　　　　同 recompense, amend

記 com 表「一起」，pens 表「稱量」，ate 表「使成為」，合起來是「將…加在一起稱量」，因此有「補償，賠償」之意。

例 He didn't get compensation from his company.
公司沒有給他任何賠償費。

competent ⓐ [ˈkɑmpətənt] ★★★★★

形 有能力的，能勝任的　　　　　　　　同 capable, qualified
　　　　　　　　　　　　　　　　　　反 incompetent

記 com 表「與…一起」，pet 表「尋求」，en 表「有…能力」，因此有「有能力的，能勝任的」之意。

例 She has been proved that she is competent in doing this job.
她已經證明她能勝任這份工作。

competitor ⓝ [kəmˈpɛtətɚ] ★★★★☆

名 競爭者，對手，敵手　　　　　　　　同 rival, challenger
　　　　　　　　　　　　　　　　　　反 friend

記 來自 compete，其意為「競爭」，加名詞字尾 or，合併起來，便有「競爭者，對手，敵手」之意。

例 This team is a dangerous competitor.
該隊是有威脅力的競爭對手。

complicated ⓐ [ˈkɑmpləˌketɪd] ★★★★★

形 複雜的，難懂的　　　　　　　　　　同 complex, intricate
　　　　　　　　　　　　　　　　　　反 simple

記 com 表「一起」，plic 表「折疊，編結」，ate 表「使成為」，ed 表「…的」，合起來是「相互纏結在一起」，因此有「複雜的，難懂的」之意。

例 The question is too complicated for little boys.
對小男孩來說，這個問題太複雜了。

compound ⓥ [kɑmˈpaʊnd] ★★★★☆

動 增重，使混合，使化合　　　　　　　同 combine, intensify
　　　　　　　　　　　　　　　　　　反 separate

記 com 表「一起，共同」，pound 表「放」，合起來是「放到一起」，因此便有「使混合，使化合」之意，可引申為「妥協，和解」的意思。

例 He compounded his mistake by refusing to apologize.
他拒絕道歉，這加重了他的過錯。

ⓝ [ˈkɑmpaʊnd] ★★★★☆

名 混合物，化合物，複合句

同 admixture, amalgam
反 secluded, separate

例 This medicine is not a compound.
這種藥不是化合物。

ⓐ [ˈkɑmpaʊnd] ★★★★★

形 合成的，複合的

同 complex, composite
反 seclusion, separation

例 This book is about compound words.
這本書是關於複合詞的書。

computer-literate ⓐ [kəmˈpjutəˈlɪtərɪt] ★★★☆☆

形 精通電腦的，會電腦操作的

記 computer意為「電腦」，literate意為「有文化的，有閱讀和寫作能力的」，合起來即是「精通電腦的，會電腦操作的」的意思。

例 We need someone who is computer-literate.
我們需要一個精通電腦的人。

conceal ⓥ [kənˈsil] ★★★★☆

動 隱蔽，隱瞞

同 disguise, hide
反 disclose, reveal

記 con表示「完全」，ceal表示「隱藏」，合併起來，便有「隱藏，隱瞞」之意。

例 She tried to conceal what had happened recently.
她試圖隱瞞最近發生的事。

concession ⓝ [kənˈsɛʃən] ★★★★☆

名 讓步，妥協，特許權

同 conceding, yielding

記 con表「完全」，cess表「走開」，ion表「行為，結果」，合起來是「完全走開，退讓」，因此有「讓步，妥協」之意。

例 We hope you could make some concession in price.
我們希望貴方能夠在價格方面做些讓步。

concoct ⓥ [kənˈkɑkt] ★★★★★

動 調製，調合，捏造，圖謀

同 make, invent

記 con表示「一起」，coct = cook，表示「烹調」，合併起來，便有「調製」之意。

例 How could you believe the tales concocted by him?
你怎麼會相信他捏造的那些故事？

concur ⓥ [kənˈkɝ] ★★★☆☆

動 同意，一致，同時發生

同 consent, coincide
反 disagree, defy

記 <u>con</u>表「一起，共同」，字根<u>cur</u>表「跑」，合起來是「一起跑」，因此便有「同時發生，同意，一致」之意。

例 The committee concurred in dismissing him.
委員會一致同意解雇他。

condone ⓥ [kən'don]　　　　　　　　　　★★★★☆
動 寬恕，赦免　　　　　　　　　　　　　　　同 excuse, forgive
記 <u>con</u>表「完全」，<u>done</u>表「給予」，合起來是「完全給予」，可見此人大度，具有一顆寬容的心，因此<u>condone</u>便有「寬恕，赦免」之意。

例 You will condone yourself if you condone others.
如果你寬恕了別人，也就寬恕了你自己。

confederate ⓥ [kən'fɛdə,ret]　　　　　　　★★★☆☆
動 （使）結盟，（使）聯合　　　　　　　　　同 band together, unite
記 <u>con</u>表「共同，一起」，<u>feder</u>表「聯盟，結盟」，<u>ate</u>可作動詞和形容詞字尾，因此合起來就有「聯合的，（使）結盟」的意思。

例 They finally confederated to rebel against the fascist.
他們最終聯合起來，共同對抗法西斯。

ⓝ [kən'fɛdə,ret]　　　　　　　　　　　　　★★★★★
名 同盟者，盟國，共謀者　　　　　　　　　同 ally, alliance
　　　　　　　　　　　　　　　　　　　　反 enemy

例 Japan was a confederate of German in the World War II.
在第二次世界大戰中日本是德國的一個同盟國。

ⓐ [kən'fɛdə,ret]　　　　　　　　　　　　　★★★★☆
形 結為同盟的，聯合的　　　　　　　　　　同 affined, federal
　　　　　　　　　　　　　　　　　　　　反 adverse, antagonistic

例 As confederate countries, we should help each other.
作為盟國，我們應該互相幫助。

(Week 3 — Day 1)　　　　　　　　　　　　MP3-60

conference ⓝ ['kɑnfərəns]　　　　　　　　★★★☆☆
名 會議，討論會，協商會　　　　　　　　　同 consultation,
　　　　　　　　　　　　　　　　　　　　反 monolog
記 <u>con</u>表示「一起」，<u>fer</u>表示「帶來」，<u>ence</u>是名詞字尾，合起來是「把（意見）都帶來」，引申為「討論會，協商會」之意。

例 An international conference will be held in New York next week.
下星期在紐約將有一場國際研討會。

confident ⓐ ['kɑnfədənt]
★★★★★

形 自信的，有信心的

同 believing, certain
反 disbelieving

記 con表示「共同，相互」，fid表示「相信，信任」，ent作形容詞字尾，合起來是「相互信任的」，由此可得出「確信的，相信的」之意。

例 If you are confident in yourself, there will be less anxiety in your life.
如果你對自己有信心，生活中就不會有那麼多的擔憂。

confirm ⓥ [kən'fɝm]
★★★★☆

動 證實，加強，批准，確認

同 substantiate
反 contradict, deny

記 con表示「加強」，firm表示「堅定」，合併起來是「十分堅定」，因此有「證實，確定」之意。

例 His words confirmed her thought.
他的話證實了她的想法。

congenital ⓐ [kən'dʒɛnətl]
★★★★★

形 先天的，天生的

同 connate, inborn

記 con表示「一起」，genit表示「產生」，al是形容詞字尾，表示「…的」，合起來是「生來就有的」，引申為「先天的」之意。

例 She has a congenital disease.
她有先天性疾病。

conjecture ⓥ [kən'dʒɛktʃɚ]
★★★★☆

動 推測，猜想，揣摩

同 speculate

例 They conjectured the Italian team would lose.
他們猜想義大利隊會輸。

ⓝ [kən'dʒɛktʃɚ]
★★★★☆

名 推測，猜想，揣摩

同 guess, supposition
反 reason

記 con表示「一起」，ject表示「推，扔」，ure作名詞或動詞字尾，合併起來是「全部是推測出來的」，引申為「臆測」之意。

例 It is his conjecture. Don't believe in him.
那是他的猜測，不要相信他。

conscience ⓝ ['kɑnʃəns]
★★★★☆

名 良心

同 moral sense

記 con表「完全」，sci表「知道」，ence表「狀態」，合起來是「完全知道是非」，引申為「良心」之意。

例 The murderer was afflicted with conscience.
這個殺人犯受著良心的譴責。

consecutive ⓐ [kənˈsɛkjʊtɪv] ★★★★☆

形 連續不斷的，連貫的

同 continuous, serial
反 alternate

記 con表「一起，共同」，secut表「跟隨」，再加形容詞字尾ive，合起來是「一個跟著一個」，因此便有「連續不斷的，連貫的」之意。

例 The president was reelected for two consecutive terms.
總統連續兩任當選。

consequence ⓝ [ˈkɑnsəˌkwɛns] ★★★☆☆

名 結果，後果，重要性

同 aftermath
反 cause

記 con表「共同」，sequ表「跟隨」，ence表「行為的性質狀態」，合起來是「隨之而來的東西」，因此有「結果，後果」之意。

例 The traffic was heavy, and in consequence she was late.
交通很擁塞，所以她遲到了。

conservationist ⓝ [kɑnsəˈveʃənɪst] ★★★★★

名 天然資源保護論者

同 environmentalist

記 conservation意為「保存，保護」，ist是名詞字尾，表「…人」，合起來是「天然資源保護論者」之意。

例 You cannot say you are not a conservationist and protecting the earth is none of your business.
你不能因為你不是天然資源保護論者，就說保護地球這種事與你無關。

conspicuous ⓐ [kənˈspɪkjʊəs] ★★★★★

形 顯著的，顯而易見的

同 noticeable
反 invisible, plain

記 con表「一起，共同」，spic表「看」，ous是形容詞字尾，合起來是「大家都能看到的」，因此有「顯而易見的，顯著的」之意。

例 The sign should be conspicuous so that everyone can notice.
標誌應該明顯點，這樣每個人都能注意到。

constituent ⓐ [kənˈstɪtʃʊənt] ★★★★☆

形 組成的，有憲法制定（或修改）權的

同 constitutive

記 con表示「一起」，stitu表示「放」，ent作形容詞或名詞字尾，合併起來是「放在一起」，因此有「組成的」之意。

例 A constituent assembly will be held tomorrow.

立憲會議將於明天召開。

ⓝ [kənˈstɪtʃʊənt] ★★★★☆

名 成分，選舉人，選民，委託人　　同 component

例 What's the main constituent of the salt?
鹽的主要成分是什麼？

constitution ⓝ [ˌkɑnstəˈtjuʃən] ★★★★★

名 憲法，構造，組成，任命　　同 laws, rules

記 con表「一起」，stitut表「站立」，ion表「結果」，合起來是「一些成分站立在一起」。因此有「憲法，法規，構造，組成」之意。

例 The constitution of modern society is very complicated.
現代社會的結構非常複雜。

consume ⓥ [kənˈsjum] ★★★★☆

動 消耗，花費，吃完　　同 exhaust, use up
　　　　　　　　　　　　反 produce

記 con表示「全部」，sume表示「拿，拿走」，合併起來是「全部拿光」，引申為「消費，消耗」之意。

例 He consumed most of his time in playing computer games.
他花費大部分時間玩電腦遊戲。

consumer price index ⓟʰ [kənˈsjumɚ] [praɪs] [ˈɪndɛks] ★★★☆☆

片 消費者物價指數

記 consume意為「消耗」，price意為「價格」，index意為「指數」，合起來就是「消費者物價指數」的意思。

例 Economists use the consumer price index to track changes in prices of goods.
經濟學家用消費者物價指數來追蹤貨物的價格變化。

contemplate ⓥ [ˈkɑntɛmˌplet] ★★★★★

動 思量，考慮，注視，預期　　同 muse, ponder

記 con用以「加強」，templ可看作「temple（廟）」，ate是動詞字尾。聯想：「像廟中人一樣深思」。因此contemplate便有「深思」之意。

例 The recent situation forced her to contemplate a change of job.
目前的情勢迫使她考慮換一個工作。

contempt ⓝ [kənˈtɛmpt] ★★★★☆

名 輕視，蔑視，丟臉，受辱　　同 disdain, disregard
　　　　　　　　　　　　　　反 esteem, respect

記 con表「共同」，tempt表「嘗試」，合起來是「大家都能試」，因此不是什麼了不起的事情，便有「輕視，蔑視」之意。

例 They showed great contempt to such behavior.
他們蔑視這種行為。

(Week 3 — Day 2)　　　　　　　　　　　　　　MP3-61

contort ⓥ [kən'tɔrt]　　　　★★★★☆
動 扭曲，曲解　　　　　　　　　　　　　同 deform, distort
記 con表「加強」，tort表「扭曲」，合起來就是「扭曲，曲解」的意思。
例 She contorted the author's words out of their original sense.
她曲解了作者話裡原來的意思。

contrary ⓐ ['kɑntrɛrɪ]　　　　★★★☆☆
形 相反的，矛盾的，對抗的　　　　　　同 adverse
　　　　　　　　　　　　　　　　　　反 agreeable
記 contra表示「反，逆」，ry是形容詞或名詞字尾，合併起來有「相反，反面，相反的，矛盾的」之意。
例 He always took the contrary opinion to mine.
他常常和我的意見相反。

ⓝ ['kɑntrɛrɪ]　　　　★★★★★
名 矛盾，相反，對立物　　　　　　　　同 reverse, opposite
例 He did not criticize you, on the contrary, he praised you.
他沒有批評你，相反地，他誇獎你。

contribute ⓥ [kən'trɪbjut]　　　★★★★☆
動 捐贈，投稿，貢獻　　　　　　　　　同 donate, endow
記 con表示「全部」，tribute表示「給予」，合起來是「全部給出」，因此便有「捐獻」之意。
例 Everyone is called on to contribute food to the poor region.
呼籲大家捐贈食物給窮困地區。

control ⓥ [kən'trol]　　　　★★★☆☆
動 控制，管理，克制，抑制　　　　　　同 hold, contain
　　　　　　　　　　　　　　　　　　反 disorder, obey
記 cont表示「反，抗」，rol表示「輪，旋轉」，合起來是「使輪子不旋轉」，因此便有「支配，控制」之意。
例 He controlled his temper and went away silently.
他抑制住自己的情緒，默默地走開了。

ⓝ [kən'trol]　　　　★★★★☆

名 控制，管理，克制，抑制

同 command
反 freedom

例 The machine was out of control.
這台機器失控了。

---

convene ⓥ [kən'vin] ★★★★★

動 集會，聚集，召集，傳喚

同 assemble, gather

記 con表「全部」，ven表「來」，合起來是「全部都來」，因此便有「集會，聚集」之意。

例 The employees were convened here for a significant meeting.
員工們被召集到這裡召開重要會議。

---

convey ⓥ [kən've] ★★★★☆

動 傳達，運輸，轉移，輸送

同 deliver, transport
反 relinquish

記 con表示「共同」，vey表示「道路」，合併起來是「共同用路」，引申為「運載，運送」之意。

例 That train only conveys goods.
那列火車只運輸貨物。

---

conviction ⓝ [kən'vɪkʃən] ★★★★★

名 定罪，證明有罪，信念

同 assurance, belief
反 acquittal

記 con表「全部」，vict表「征服」，合起來是「徹底征服」，而徹底征服某事需要信念來說服自己為之奮鬥，依此可記conviction有「信念」之意。

例 I have the conviction that we will succeed.
我深信我們會成功。

---

cooperate ⓥ [ko'ɑpə'ret] ★★★★☆

動 合作，協作，配合

同 collaborate

記 co表「共同」，operate表「操作」，合起來是「共同操作」，因此便有「合作」的意思。

例 Our president is very happy to cooperate with your company.
我們的董事長很高興與貴公司合作。

---

cordial ⓐ ['kɔrdʒəl] ★★★★☆

形 熱忱的，友好的，真摯的

同 hearty, sincere
反 dejected, severe

記 cord表示「心」，ial作形容詞字尾，表示「…的」，合併起來，構成「真心的，真誠的」。因此cordial一詞便有「真誠的，誠懇的」之意。

例 They had a cordial talk with each other.
他們進行了友好的交談。

corporate ⓐ [ˋkɔrpərɪt] ★★★☆☆

形 法人的，團體的，公司的，共同的 同 collective
反 individual

記 corpor表「身體，團體」，ate是形容詞字尾，合起來就有「團體的，共同的，全體的」之意。

例 The corporate image is very essential to a company.
對一個公司來說，它的整體形象是非常重要的。

corporation ⓝ [ˌkɔrpəˋreʃən] ★★★★☆

名 法人，社團法人，股份有限公司 同 company

記 conpor表「體，人體」，ation表「成為」，合併起來是「組成一個團體」，引申為「法人，社團法人」之意。

例 The corporation has a branch office in Washington.
這家公司在華盛頓有一家辦事機構。

correspondent ⓥ [ˌkɔrɪˋspɑndənt] ★★★★★

形 符合的，一致的 同 analogous

記 cor表「與」，respondent表「回答的」或「回答者」，合起來是「與⋯相回答」，因此有「符合的，一致的，通訊記者，特派員」的意思。

例 The outcome of the contest was correspondent with her wishes.
比賽的結果與她的願望是一致的。

ⓝ [ˌkɔrɪˋspɑndənt] ★★★★★

名 通訊記者，特派員 同 newspaperman
例 They are our New York correspondents.
他們是我們駐紐約的特派記者。

corrupt ⓥ [kəˋrʌpt] ★★★★☆

動 (使)腐敗，(使)墮落 同 demoralize
反 improve, purify

記 cor表「全部」，rupt表「斷了」，合起來是「全部斷了」，因此便有「腐敗，腐爛，墮落」之意。

例 It was money that corrupted her.
金錢使她墮落。

ⓐ [kəˋrʌpt] ★★★★☆

形 腐敗的，墮落的 同 depraved, rotten
反 good, improved

例 After graduating, she led a corrupt life.
畢業後，她過著墮落的生活。

cost-conscious ⓝ [kɔst][ˈkɑnʃəs]　　★★★☆☆
名 成本意識
記 cost意為「成本」，conscious意為「意識」，合起來就是「成本意識」的意思。
例 Do you understand the difference between cost-conscious and profit-driven?
你理解成本意識與利益驅動的區別嗎？

count ⓥ [kaʊnt]　　★★★★☆
動 計算，認為，考慮　　　　　　　　　同 add, judge, regard
記 源自中古英語counten，表示「數數，計數」，後引申為「計算」。
例 Let's count the stamps we've collected.
數一數我們收集的郵票有多少吧！

ⓝ [kaʊnt]　　★★★★★
名 計算，總數，事項，考慮　　　　　同 total
例 There were, by count, 230 people in the theater.
依計算，劇院裡有二百三十人。

counterfeit ⓥ [ˈkaʊntɚˌfɪt]　　★★★★★
動 偽造，仿造，假裝　　　　　　　　同 forge, fake
記 counter表「反」，feit表「做」，原意是「違反事實」，引申為「偽造，仿造」之意。
例 He was put in prison due to counterfeiting money.
他因製造假幣而被關進監獄。

ⓝ [ˈkaʊntɚˌfɪt]　　★★★★☆
名 冒牌貨，仿製品　　　　　　　　　同 imitation, forgery
例 The purse is a counterfeit.
這個皮包是仿製品。

ⓐ [ˈkaʊntɚˌfɪt]　　★★★☆☆
形 偽造的，假冒的，假裝的　　　　　同 artificial
反 genuine
例 Don't be deceived by his counterfeit sorrow.
不要被他假裝的悲傷所欺騙。

(Week 3 — Day 3)　　　　　　　　　MP3-62

cozy ⓐ [ˈkozɪ]　　★★★★☆

形 舒適的，愜意的　　　　　　　　　　　　　　　　同 comfortable

記 可以與dozy（想睡的）放在一起記憶，可聯想，一到舒適的環境，就想睡覺，依此可記cozy有「舒適的」之意。

例 My bedroom has a nice cozy feel.
我的臥室讓人感到很舒適。

craft ⓝ [kræft]　　　　　　　　　　　　　　　★★★★★

名 工藝，行業，手腕，狡猾　　　　　　　　　　同 trade, craftiness

記 raft意為「筏，救生艇」，可聯想，製作一個安全結實的筏子，是需要一定的手藝和工藝的，依此可記craft有「工藝，手藝」的意思。

例 He got his position by craft.
他用詭計得到職位。

crass ⓐ [kræs]　　　　　　　　　　　　　　　★★★★★

形 粗魯的，愚鈍的，粗糙的　　　　　　　　　　同 uncouth, vulgar
　　　　　　　　　　　　　　　　　　　　　　反 tasteful

記 crass可與形似字class（課，上課）一起記憶：上class吃東西是crass的行為。

例 We could not stand her crass ignorance any more.
我們無法再忍受她的粗魯無知。

credible ⓐ ['krɛdəbl]　　　　　　　　　　　　★★★★★

形 可信的，可靠的　　　　　　　　　　　　　　同 believable
　　　　　　　　　　　　　　　　　　　　　　反 incredible

記 cred表示「相信，信任」，ible作形容詞字尾，表示「可…的」，合起來便有「可信的」的意思。

例 It is hardly credible that she can make so great improvement in one year.
她在一年裡能取得這麼大的進步，真是令人難以相信。

creditor ⓝ ['krɛdɪtɚ]　　　　　　　　　　　　★★★★★

名 債權人　　　　　　　　　　　　　　　　　　同 lender, loaner
　　　　　　　　　　　　　　　　　　　　　　反 debtor

記 credit表「信任」，or，意為「…的人」，合起來是「信任別人、能夠把東西借給他人的人」，因此便是「債權人」之意。

例 Your creditor came to your house again.
債主又到你家去了。

criminology ⓝ [krɪmə'nɑlədʒɪ]　　　　　　　★★★★☆

名 犯罪學

記 crimin表「犯罪，罪行」，ology可作名詞字尾，表「…學」，合起來就是「犯罪學」之意。

例 A policeman should know something about criminology.
警察應該懂些犯罪學。

cripple ⓥ [ˈkrɪpl̩] ★★★☆☆
動 使殘廢，嚴重削弱，使陷入癱瘓　　　　　　　　同 lame
記 cripple來自動詞creep（爬）。

例 The traffic was crippled due to the fog.
因為大霧，交通陷入癱瘓。

ⓝ [ˈkrɪpl̩] ★★★★★
名 跛子，殘廢的人　　　　　　　　同 lame person
例 His parents are cripples so the little boy leads a hard life.
父母都是殘疾人，所以小男孩過著艱苦的生活。

criticality ⓝ [krɪtɪˈkælɪtɪ] ★★★★☆
名 臨界狀態，臨界點
記 criticality來自形容詞critical（緊要的，關鍵性的）。

例 He said the challenge of our future food supply was approaching criticality.
他說我們未來食物供應的挑戰已接近臨界狀態。

critique ⓝ [krɪˈtik] ★★★★☆
名 批評，評論，評論文章　　　　　　　　同 criticism
記 crit表「評判」，ique表「具有…性質的事物」，因此critique有「批評，評論」之意。

例 His article presented a critique of the government's corruption.
他的文章對政府的腐敗做出了批評性的分析。

crucial ⓐ [ˈkruʃəl] ★★★★☆
形 關鍵的，決定性的　　　　　　　　同 pressing
　　　　　　　　　　　　　　　　　反 unimportant
記 cruc = crux表示「十字」，ial是形容詞字尾，表示「…的」，合併起來，是「處於十字路口的」，由此有「緊要關頭的，決定性的」之意。

例 The development of our nation is at a crucial stage.
我們國家的發展處在關鍵的階段。

culminate ⓥ [ˈkʌlməˌnet] ★★★★★
動 治療，治癒，消除，改正　　　　　　　　同 crown, end
記 culminate的動詞三態為：culminate; culminated; culminated。

例 Her efforts finally culminated in success.
她的努力終於獲得成功了。

cure ⓥ [kjʊr]　　　　　　　　★★★★☆

動 治療，治癒，消除，改正

同 heal, medicate
反 aggravate, hurt

記 來自拉丁語cura，表示「注意」。因為只有注意「治療」，才能治好病。

例 You are not completely cured, how can you leave the hospital?
你還沒有痊癒，怎麼可以出院？

ⓝ [kjʊr]　　　　　　　　★★★★★

名 治療，痊癒，療法，療程

同 remedy, curative
反 aggravation

例 I am sorry to tell you there's no known cure for your illness right now.
我很遺憾地告訴你，目前沒有治療你所患疾病的良藥。

custody ⓝ [ˈkʌstədɪ]　　　　　　　　★★★★☆

名 保管，監護，拘留，監禁

同 care, conservation
反 relinquishment

記 得到監護是take custody；警方拘禁是police custody。

例 He was remanded in custody for 4 weeks.
他被拘留四個星期。

cut ⓥ [kʌt]　　　　　　　　★★★★☆

動 切，割，砍，削

同 chip, abbreviate
反 add, preserve

記 cut可與cat（貓）一起記：cat的臉被cut傷了。

例 His apartness cut me deeply those days.
在那些日子了，他的冷漠深深地傷害了我。

ⓝ [kʌt]　　　　　　　　★★★★★

名 傷口，刻痕，削減，縮短

同 gash, slash, slice

例 He gave his little brother a cut on the face.
他把他弟弟的臉割傷了。

cyberspace ⓝ [ˈsaɪbɚˌspes]　　　　　　　　★★★★☆

名 電腦空間

同 internet, net

記 cyber意為「電腦的，與電腦相關的」，space意為「空間」，合起來就是「電腦空間」的意思。

例 He thinks it makes good sense today to talk of cyberspace as a place all its own.
他認為，把電腦空間作為它自己的空間來討論是合理的。

dangle ⓥ [ˈdæŋgl̩] ★★★★☆

勔（使）懸盪，（使）吊著，追隨　　　　　同 hang, swing

記 可以與danger（危險）放在一起記憶，可聯想，總是蕩來蕩去，那是很危險的，依此可記dangle有「懸盪，吊著」的意思。

例 The little boy sat on the table, his legs dangling.
小男孩坐在桌子上，搖晃著腿。

(Week 3 — Day 4)　　　　　　　MP3-63

daunt ⓥ [dɔnt] ★★★★★

勔 嚇倒，使氣餒，使畏縮　　　　　同 dash, scare off

記 daunt是由d + aunt（姑媽）構成，可聯想，有一個可怕的姑媽，那是多麼一件令人沮喪的事情，依此可記daunt有「沮喪」的意思。

例 I won't be daunted by difficulty and failure.
我不會被困難和失敗嚇倒。

deal ⓥ [dil] ★★★★☆

勔 處理，應付，分配，發牌　　　　　同 trade

記 可以與real（真的）放在一起記憶，可聯想，我們在處理事情的時候，一定要面對自己的真心，依此可記deal有「處理」的意思。

例 The commission told me they would deal my problem later.
委員會告訴我他們稍後將處理我的問題。

ⓝ [dil] ★★★★★

名 交易，協定，大量　　　　　同 transaction
反 disagreement

例 Your encouragement means a great deal to him.
你的鼓勵對他非常重要。

debate ⓥ [dɪˈbet] ★★★★★

勔 辯論，討論，爭論，思考　　　　　同 argue, contend
反 answer, hear

記 de表加強，bate表「打，擊」，合起來是「加強打擊」，因此便有「反駁，辯論」之意。

例 She debated carefully before taking the job.
在接受這份工作之前，她仔細考慮了一番。

ⓝ [dɪˈbet] ★★★☆☆

名 辯論，討論，爭論，辯論會

同 argument
反 hearing, monolog

例 The college will hold a debate next week.
那所學院將於下星期舉行一場辯論會。

debtor (n) [ˈdɛtɚ] ★★★★☆

名 借方，債務人

反 creditor

記 debt意為「債務」，加or，即是「借方，債務人」的意思。

例 What will you do with the defaulting debtor?
對不履行責任的債務人，你將怎麼做？

declare (v) [dɪˈklɛr] ★★★★★

動 宣告，聲明，申報

同 announce, assert
反 conceal, deny

記 de表示強調，clare表示「使明白」，合起來是「使明白」。由「使明白」引申為「宣布」。

例 Do you have anything to declare?
你有什麼東西要申報的嗎？

deduce (v) [dɪˈdjus] ★★★★★

動 演繹，推斷，追溯

同 infer, draw
反 induce

記 de表示「向下」，duce表示「引導」，合併起來是「向下引導」，因此有「推論」之意。

例 From this fact we may deduce that he lied to us.
從這個事實，我們可以推斷出他在撒謊。

deduction (n) [dɪˈdʌkʃən] ★★★☆☆

名 扣除，扣除額，推論，演繹

同 subtraction
反 induction

記 來自動詞deduct，意為「扣除，減去，演繹」。

例 My deduction is that your dream will never come true if you do not work hard.
我的推論是，如果你不努力工作，你的夢想永遠都不會實現。

default (v) [dɪˈfɔlt] ★★★★☆

動 不履行，缺席，拖欠

記 de表示「加強」，fault表示「欺騙，錯誤」，合併起來是「錯誤下去」，引申為「拖債，不履行」之意。

例 If any one of you defaults on your commitments, I will quit.

如果你們當中的任何一個違反承諾，我就退出。

ⓝ [dɪˈfɔlt]　　　　　　　　　　　　　　　　　★★★★★

名 違約，拖欠，缺席　　　　　　　　　　　　 同 absence

例 The businessman is in default on a loan.
這個商人拖欠借款。

defend ⓥ [dɪˈfɛnd]　　　　　　　　　　　　★★★★★

動 防禦，保衛，保護，為…辯護　　　　　　 同 safeguard, shelter
　　　　　　　　　　　　　　　　　　　　 反 assail, attack

記 de表示「躲開」，fend表示「打擊」，合起來是「躲開，打擊」，引身為「防守，保衛」之意。

例 It is our responsibility to defend our country.
保衛國家是我們的責任。

deficit ⓥ [ˈdɛfɪsɪt]　　　　　　　　　　　　★★★★☆

名 不足額，赤字　　　　　　　　　　　　　 同 shortage, shortfall

記 de表示「否定」，fic表示「做」，it表「行為」，原意是「做得不足」，引申為「不足額，赤字」之意。

例 Our company has a deficit of 20,000 dollars.
我們公司虧空了兩萬美金。

deflation ⓝ [dɪˈfleʃən]　　　　　　　　　　★★★★☆

名 放氣，縮小，通貨膨脹，洩氣　　　　　　 反 inflation

記 來自動詞deflate，其意為「放氣，縮小，緊縮貨幣」。

例 He gives me a sense of deflation.
他給我洩氣的感覺。

defuse ⓥ [diˈfjuz]　　　　　　　　　　　　★★★★★

動 拆去…的雷管，使除去危險性，緩和

記 de表「離」，fuse表「導火線」，合起來是「把導火線拆除」，因此便有「拆去…的雷管，使除去危險性，緩和，平息」之意。

例 The talk has successfully defused the tension in this region.
這場會談成功地緩解了該地區的緊張形勢。

delete ⓥ [dɪˈlit]　　　　　　　　　　　　　★★★☆☆

動 刪除，畫掉　　　　　　　　　　　　　　 同 cancel, erase

記 de表「取消」，let表「小的…物」，合起來是「只取消小的東西，作小的改動」，因此delete便有「刪除，劃掉」之意。

例 My name was deleted from the list.

我的名字從名單上刪除了。

deliver ⓥ [dɪˈlɪvɚ] ★★★★☆

動 投遞，送交，發表，接生

同 consign, give
反 collect, withdraw

記 de表示「完全」，liver表示「自由」，原意是「使之完全自由」，引申為「投遞，送交，發表」之意。

例 He was asked to deliver a speech in the meeting.
有人請他在會議上發表演說。

demand ⓥ [dɪˈmænd] ★★★★★

動 要求，請求，查詢

同 necessitate, need
反 answer, furnish

記 de表示「一再」，mand表示「命令」，合起來是「一再命令」，因此便有「要求」之意。

例 The work demands chariness.
這份工作需要細心。

ⓝ [dɪˈmænd] ★★★★☆

名 要求，需要

同 need, requirement
反 answer, provision

例 Your demand is reasonable, but we cannot satisfy you.
你的要求是合理的，但我們不能滿足你。

demean ⓥ [dɪˈmin] ★★★★★

動 貶低……的身份

同 degrade, disgrace

記 mean表「低劣的」，加de，合起來就有「貶低……的身份」的意思。

例 Don't demean yourself by pleading for him.
不要請求他，那樣你會自貶身份。

(Week 3 — Day 5)

MP3-64

denounce ⓥ [dɪˈnaʊns] ★★★★☆

動 指責，譴責，告發，指控

同 condemn, accuse

記 nounce表「報告」，加上de，合起來是「不好的報告」，因此便有「指責，譴責，告發，指控」之意。

例 The public denounced her as a whore.
群眾指責她從事賣淫。

dental ⓐ [ˈdɛntl̩]　　　　　★★★☆☆

形 牙齒的，牙科的

記 dent表「齒」，al是形容詞字尾，合起來就是「牙齒的，牙科的」的意思。

例 He is a dental surgeon.
他是一名牙醫。

depart ⓥ [dɪˈpɑrt]　　　　　★★★★★

動 啟程，出發，離開，背離

同 start
反 appear, arrive

記 de表「完全」，part表「分開，分離」，合起來是「離開，離去，背離，違反」的意思。

例 They departed for Paris at 8 a.m.
他們於早上八點鐘出發去巴黎。

depict ⓥ [dɪˈpɪkt]　　　　　★★★★★

動 描繪，描述，描畫

同 describe, portray

記 de表示「完全」，pict表「描畫」，因此合起來就是「描繪，描述」的意思。

例 The book depicts her as a hero.
這本書把她描寫成英雄。

deposit ⓥ [dɪˈpɑzɪt]　　　　　★★★★★

動 儲存，放置，（使）沈澱

同 lay, leave, place
反 consume, draw

記 de表示「下」, posit表示「放」，合起來是「放下」，因此便有「放，存放」之意。

例 She deposited 60,000 dollars in the bank.
她在銀行裡存了六萬美金。

ⓝ [dɪˈpɑzɪt]　　　　　★★★★☆

名 存款，定金，沈澱物

同 fund, saving
反 nonpayment

例 I was asked to pay a deposit.
我被要求付定金。

depression ⓝ [dɪˈprɛʃən]　　　　　★★★★☆

名 沮喪，意氣消沈，不景氣，蕭條

同 recession
反 excitement

記 depress意為「使沮喪，使消沈」，加ion變為形容詞，合起來就有「沮喪，意氣消沈」的意思。

例 In time of depression, it is difficult to find a job.
在景氣蕭條時期，很難找到工作。

derelict ⓐ [ˈdɛrə‚lɪkt] ★★★★★

形 荒廢的，被棄置的，怠忽職守的　　同 abandoned

記 de表「完全」，relict表「放棄」，合起來是「完全被放棄掉的」，因此便有「荒廢的，被棄置的」之意。

例 He was dismissed for he was derelict in his duty.
他因失職而被解雇。

dermatologist ⓝ [‚dɝməˈtalədʒɪst] ★★★★☆

名 皮膚學者，皮膚科醫生　　同 skin doctor

記 dermato表「皮膚」，名詞字尾logist表「學者」，因此合起來就是「皮膚學者，皮膚科醫生」的意思。

例 Her mother is a dermatologist.
她母親是皮膚科醫生。

desert ⓥ [dɪˈzɝt] ★★★★☆

動 遺棄，拋棄　　同 abandon, discard
　　　　　　　　反 accompany

例 Real friends will not desert you when you are in difficulty.
真正的朋友不會在你有困難時拋棄你。

ⓝ [ˈdɛzɚt] ★★★★★

名 沙漠，懲罰　　同 punishment

記 de表示「分開」，sert表示「連接」，「把連接的東西分開」就是「丟棄，拋棄」。

例 He traveled through the desert successfully.
他成功地穿越沙漠。

desktop ⓝ [ˈdɛsktɑp] ★★★☆☆

名 桌上型電腦

記 desk意為「書桌」，top意為「頂端」，所以合起來是「桌上型電腦」的意思。

例 Your desktop wallpaper is very beautiful.
你的電腦桌面非常漂亮。

detection ⓝ [dɪˈtɛkʃən] ★★★★☆

名 發現，發覺，偵查，探知　　同 catching, espial
　　　　　　　　　　　　　　反 concealment

記 de表「除去」，tect表「蓋」，ion表「行為」，合起來是「發現，覺察，查出，看穿」之意。

例 The detection of crime is not as easy as you think.
偵查犯罪並非你想的那麼簡單。

detention ⒩ [dɪ'tɛnʃən] ★★★★★

名 滯留，延遲，拘留

同 constraint
反 freedom

記 de表「離開」，tect表「握，持」，ion表「行為」，原意是「抓住使脫離原先的群體」之意，引申為「滯留，延遲」。

例 I am sorry to tell you that your son is kept in detention.
很遺憾地告訴你，你兒子遭到拘留。

deteriorate ⓥ [dɪ'tɪrɪə,ret] ★★★★☆

動 (使)惡化，(使)下降

同 devolve, drop
反 ameliorate

記 來自拉丁文deterior，表「糟糕的」，ate是動詞字尾，表「使…怎麼樣」，合起來便有「(使)惡化，(使)下降，(使)退化，(使)墮落」之意。

例 My father's health deteriorates with age.
隨著年齡的增長，父親的健康越來越差。

device ⒩ [dɪ'vaɪs] ★★★★☆

名 裝置，設備，手段，謀略

同 equipment

記 de表「從…移走」，vice意思是「惡習、缺點」。聯想：運用device移走惡習。

例 Of course the spy got the information by some device.
間諜當然是運用某種手段獲取了情報。

diagnose ⓥ ['daɪəgnoz] ★★★★★

動 診斷

記 dia表「分辨」，gno表「知」，se表「行為」，原意是「分辨病情、原因等」，引申為「診斷」。

例 The doctor diagnosed his illness as cancer.
醫生診斷他得了癌症。

dictator ⒩ ['dɪk,tetɚ] ★★★★☆

名 獨裁者

同 autocrat, tyrant

記 dictate表示「口授，命令」，ator表示「做某動作的人」，合併起來，便得出「發命令者」之意。

例 My grandpa is a bit of a dictator.
我的爺爺有點霸道。

(Week 4 ─ Day 1) **MP3-65**

diffuse ⓥ [dɪ'fjuz] ★★★☆☆

動 (使)擴散，傳播，散布 　　　　　　　　　　　　　　**同** scatter, spread

記 dif表「不同」，fuse表「流」，合起來是「向不同的方向流動」，因此便有「四散，擴散，傳播」之意。若當形容詞，就有「四散的，擴散的」之意。

例 Who diffused the rumor?
誰散布這個謠言？

a [dɪ'fjus] 　　　　　　　　　　　　　　　　　　　　★★★★★

形 四散的，擴散的，散漫的，冗長的 　　　　　　　　　**同** soft, diffused

例 His talk was so diffuse that I didn't know what he really talked about.
他的談話漫無邊際，我都不知道他到底在說什麼。

---

digital ⓐ ['dɪdʒɪtl̩] 　　　　　　　　　　　　　　　　★★★★☆

形 數位的，數字的

記 digit意為「數字，數位」，加al變為形容詞，合起來就是「數字的，數位的」之意。

例 She wants to buy a digital camera.
她想買一台數位相機。

---

diminish ⓥ [də'mɪnɪʃ] 　　　　　　　　　　　　　　★★★★☆

動 縮小，減少，遞減，削弱…的權勢 　　　　**同** decrease, lessen
　　　　　　　　　　　　　　　　　　　　　　反 add, expand

記 di表「向下」，min表「小」，再加ish，合起來是「小下去」，因此便有「縮小，減少，遞減」之意。

例 The car expenses diminished her savings.
這輛車的費用耗去了她的積蓄。

---

dire ⓐ [daɪr] 　　　　　　　　　　　　　　　　　　★★★★★

形 可怕的，悲慘的，極度的，緊迫的 　　　　　　　　**同** dreadful, fearful

記 可以與fire（火災）放在一起記憶，可聯想，發生了一場大火災是十分可怕的，依此可記dire有「可怕的」之意。

例 They are in dire need of help.
他們迫切需要幫助。

---

disabled ⓐ [dɪs'ebl̩d] 　　　　　　　　　　　　　　★★★★☆

形 殘廢的，有缺陷的 　　　　　　　　　　　　　　**同** handicapped
　　　　　　　　　　　　　　　　　　　　　　　　反 healthy

記 disable意為「使殘廢，使喪失能力」，加d變為形容詞，就有「殘廢的」之意。

例 The company hired some disabled people.
那家公司雇用了一些殘障人士。

---

disastrous ⓐ [dɪz'æstrəs] 　　　　　　　　　　　　★★★★☆

形 災害的，災難性的，悲慘的

同 calamitous, fatal
反 creative, fortunate

記 來自名詞 <u>disaster</u>（災難）。

例 You have made a disastrous mistake.
你犯了一個會招致大禍的錯誤。

discern ⓥ [dɪˈzɝn]　★★★☆☆

動 認出，發現，辨別，識別

同 recognize

記 <u>dis</u>表「開」，<u>cern</u>表「分」，合起來是「把一物和其他物分開」，因此<u>discern</u>便有「辨別，認出」之意。

例 People usually cannot discern between the fact and the rumor.
人們通常不能分辨事實和謠言。

disclaim ⓥ [dɪsˈklem]　★★★★☆

動 放棄，否認，拒絕承認

同 deny, rebuff
反 claim

記 <u>dis</u>表「不」，<u>claim</u>表「喊，要求」，合起來是「不再喊，不再要求」，因此有「放棄（權利）」之意。

例 She disclaimed ownership of the estate.
她放棄了財產的擁有權。

disclosure ⓝ [dɪsˈkloʒɚ]　★★★★★

名 揭發，透露，公開

同 revelation

記 <u>dis</u>表「否定，相反」，<u>clos</u>表「關閉」，<u>ure</u>表「行為」，合起來是「揭發，透露」之意。

例 That is a startling disclosure of governmental corruption.
政府貪腐真相的揭露令人震驚。

discredit ⓥ [dɪsˈkrɛdɪt]　★★★★★

動 使丟臉，敗壞…的名聲，使不足信

同 disgrace, dishonor
反 credit, honor

記 <u>dis</u>表「相反」，<u>credit</u>表「信任」，原意是「不信任」，引申為「使丟臉，敗壞…的名聲，使不足信」之意。

例 She discredited her competitor's good name with ugly gossip.
她散布惡毒的流言蜚語，破壞她競爭對手的名聲。

ⓝ [dɪsˈkrɛdɪt]　★★★★☆

名 敗壞名聲的人或事，名聲的敗壞

同 contempt
反 credit, honor

例 The criminal is a discredit to his family.

那個罪犯是他家族的恥辱。

---

disinfect Ⓥ [ˌdɪsɪnˈfɛkt] ★★★★☆

動 將…消毒（或殺菌）　　　同 sterilize
　　　　　　　　　　　　　反 infect

記 dis表「除去」，infect意為「感染」，合起來是「消除感染」，因此有「將…消毒（或殺菌）」之意。

例 He asked me how to disinfect drinking water.
他問我如何將飲用水消毒。

---

dismiss Ⓥ [dɪsˈmɪs] ★★★★★

動 解散，開除　　　同 discharge, fire
　　　　　　　　反 employ

記 dis表「脫離」，miss表「送，發」，原意是「送走離開」，引申為「讓…離開，把…打發走，解雇」之意。

例 She dismissed the idea of directing a film.
她打消了導演一部電影的念頭。

---

disruption Ⓝ [dɪsˈrʌpʃən] ★★★★☆

名 分裂，崩潰，瓦解，混亂　　　同 collapse, crash

記 dis表「分離」，rupt表「斷裂」，ion表「行為，結果」，原意是「斷開，裂開」，引申為「分裂，崩潰，瓦解」之意。

例 The country was in disruption at that time.
該國那時一片混亂。

---

dissipate Ⓥ [ˈdɪsəˌpet] ★★★★☆

動 驅散，使消散，浪費，揮霍　　　同 scatter, disperse
　　　　　　　　　　　　　　反 accumulate

記 dis表「加強」，sip表「喝，飲」，ate表「使…成為」，因此dissipate引申為「浪費，揮霍」之意。

例 What he said dissipated all my fear.
他所說的話消除了我的一切恐懼。

---

distribute Ⓥ [dɪˈstrɪbjʊt] ★★★★★

動 分配，散布　　　同 allocate, dispense
　　　　　　　　反 assemble, collect

記 dis表示「分開」，tribute表示「給予」，合起來是「分開給予」，因此可得出「分發，分配」之意。

例 The teacher distributed textbooks among students.
老師分發教科書給學生。

dive ⓥ [daɪv] ★★★☆☆

動 跳水，潛水，潛心鑽研，探究　　　　　　　　同 plunge, plunk
反 leap

記 dive（潛水）可與 live（生活）同步記憶：dive 讓他的 live 充滿樂趣。

例 She has been diving into the history of American literature.
她潛心研究美國文學史。

ⓝ [daɪv] ★★★★☆

名 跳水，俯衝，急劇下降，突然消失　　　　　同 diving
反 leap

例 Birthrate headed into a steep dive in that country.
該國的出生率急劇下降。

---

diversify ⓥ [daɪˈvɝsəˌfaɪ] ★★★★★

動 使多樣化　　　　　　　　　　同 branch out, vary

記 diverse 意為「不同的，變化多的」，加 ify 變為動詞，就有「使多樣化」的意思。

例 You should try to diversify your products.
你們應該嘗試讓產品多樣化。

---

dividend ⓝ [ˈdɪvəˌdɛnd] ★★★★☆

名 紅利，股息，被除數　　　　　　　同 portion, share

記 divide 意為「分發，分享」，加 nd 變為名詞，合起來是「分發、分享的行為」，引申為「（股票、保險的）利息、紅利」的意思。

例 The company declared a large dividend at the end of the year.
公司在年底宣布紅利甚豐。

---

dizziness ⓝ [ˈdɪzənɪs] ★★★★★

名 頭昏眼花　　　　　　　　　同 giddiness

記 dizzy 是形容詞，有「眩暈的」之意，加 ness 變為名詞，合起來就有「頭昏眼花」的意思。

例 He had a sensation of dizziness after getting off the plane.
下了飛機後，他有一種眩暈的感覺。

---

donor ⓝ [ˈdonɚ] ★★★★★

名 贈送人，捐贈者　　　　　　　同 presenter

記 don 表「給，贈」，or 表「行為者」，因此 donor 引申為「贈送人，捐贈者」。

例 He asked me how to be a registered organ donor.

他問我如何才能成為一個註冊的器官捐贈者。

---

dormant ⓐ [ˈdɔrmənt] ★★★★☆

形 睡著的，冬眠的，休眠的

同 asleep, inactive
反 active, awake

記 dorm表示「睡眠，安眠」，ant表示「處於…狀態」，因此dormant有「睡著的」的意思。

例 Snakes lie dormant during the winter.
蛇在冬季冬眠。

---

dour ⓐ [dur] ★★★☆☆

形 陰鬱的，嚴厲的，倔強的

同 dark, glum
反 happy

記 dour（陰鬱的）可與door（門）同步記憶：躲在door後容易養成dour個性。

例 He confronted the task with dour determination.
他以堅定的決心面對這次任務。

---

downsize ⓥ [ˈdaʊnˈsaɪz] ★★★★☆

動 以較小尺寸設計或製造，裁減（員工）人數

記 down意為「向下」，size意為「大小，尺寸」，合起來就有「以較小尺寸設計或製造，裁減（員工）人數」的意思。

例 The boss told me they needed to downsize.
老闆告訴我他們要裁員。

---

draft ⓥ [dræft] ★★★★★

動 起草，設計，選派，徵兵

同 compose

記 draft（草圖）可與raft（木筏）同步記憶：建造raft的第一步是先畫張draft。

例 Her husband was drafted into military service.
她丈夫被徵召入伍。

ⓝ [dræft] ★★★★☆

同 outline, sketch

名 草圖，徵兵，匯款，匯款單

例 He drew a draft of the building.
他畫了一張建築物的草圖。

---

drift ⓥ [drɪft] ★★★★☆

動 漂流，漂泊，遊蕩，漸漸趨向

同 float, be adrift

記 drift（漂流）可與rift（裂縫，裂口）同步記憶：小船出現rift，因此他被迫隨風drift。

例 Many graduates drifted into the south to seek work.
許多畢業生到南部找工作。

ⓝ [drɪft]

名 傾向，趨勢，要旨，大意

同 trend, movement

例 What is the drift of your argument?
你論點的大意是什麼？

*****

dubious ⓐ [ˈdjubɪəs]

形 半信半疑的，猶豫不決的，可疑的

同 doubtful
反 reliable

記 dub表「二，雙」，加ious變為形容詞，合起來是「處於兩種狀態的，有兩種想法」，因此便有「半信半疑的，懷疑的」之意。

例 I am dubious about accepting the invitation.
我猶豫不定是否要接受邀請。

★★★☆☆

dumb ⓐ [dʌm]

形 啞的，無言的，遲鈍的，笨的

同 speechless, mute

記 與numb（麻木的）的拼寫接近，可聯想，一個人麻木之後，就往往表現笨笨的，依此可記dumb有「無言的，遲鈍的，笨的」之意。

例 He remained dumb and didn't answer us.
他沉默不語，不回答我們。

★★★★☆

duty ⓝ [ˈdjutɪ]

名 職責，本分，責任，稅

同 task, work, tax
反 authority, choice

記 duty（責任，稅）拼寫與duly（準時地）接近，同步記憶：duly上班是你的duty。

例 It's our duty to protect the earth.
保護地球是我們的責任。

*****

E

earnings ⓝ [ˈɝnɪŋz]

名 收入，工資，利潤，收益

同 wage, pay

記 earnings（收入，工資）來自動詞earn（賺，獲得）。

例 My earnings are adequate to my needs.
我的收入夠用了。

★★★★☆

eco-conscious ⓐ [ˈiko͵kɑnʃəs]

形 有環保意識的

記 eco表「環境，生態」，conscious意為「有意識的」，因此合起來就有「有環保意識的」之意。

★★★★☆

例 We should be eco-conscious.
我們應該有環保意識。

economics ⓝ [͵ikəˋnɑmɪks] ★★★★★

名 經濟學，經濟情況，經濟

記 來自economy，其意為「經濟」，ics表示「⋯學科」，合併起來便有「經濟學」之意。

例 I know nothing about economics.
我對經濟學一竅不通。

economy ⓝ [ɪˋkɑnəmɪ] ★★★★☆

名 節約，節省，經濟

同 saving
反 luxury

記 eco表「家」，nom表「法規」，y表「集體，行為」，因此economy引申為「節約，節省，經濟」的意思。

例 They practice strict economy though they are very rich.
儘管他們很富有，還是厲行節約。

(Week 4 — Day 3)   MP3-67

editor ⓝ [ˋɛdɪtɚ] ★★★★☆

名 編輯

同 columnist

記 edit是「編輯，校訂」，or表「⋯人」，因此editor就是「編輯」的意思。

例 My father is an editor for a local magazine.
我父親是當地一家雜誌的編輯。

educational toys ⓟʰ [͵ɛdʒʊˋkeʃənl̩] [tɔɪz] ★★★★★

片 教學玩具

記 educational意為「教育性的」，toys意為「玩具」，合起來就是「教學玩具」的意思。

例 Make sure to buy educational toys that match your child's age group.
確定買適合你孩子年齡層的教學玩具。

---

effect ⓥ [ɪˋfɛkt] ★★★★☆

動 造成，產生，招致，實現

同 effectuate, set up
反 cause

記 ef表「向外，出」，fect表「做」，合起來是「做出來的結果」，因此有「產生，招致」之意。

例 The revolution effected changes all over the country.
這場革命造成全國各地發生了變化。

ⓝ [ɪ'fɛkt] ★★★★☆

图 效果，效力，作用，影響 　　同 outcome, result
　　　　　　　　　　　　　反 cause

例 The effects of this disease are not very serious.
這種病的後果不是很嚴重。

elicit ⓥ [ɪ'lɪsɪt] ★★★★★

動 引出，誘出，引起 　　同 educe, evoke

記 e表「出」，licit表「引導」，合起來是「引導出」，因此便有「引出，誘出，引起」之意。

例 At last the policemen have elicited the truth from the suspect.
員警終於從嫌疑犯那裡探得真相。

emancipate ⓥ [ɪ'mænsə,pet] ★★★★☆

動 釋放，解放 　　同 liberate, free
　　　　　　　　反 abandon, enclose

記 e表「外，出」，man表「手」，cip表「握」，ate表「使」，原意是「使從握著的手中出去」，引申為「釋放，解放」。

例 This product will emancipate many people from all the hard work.
這種新產品將使許多人從繁重的工作中解脫出來。

embed ⓥ [ɪm'bɛd] ★★★☆☆

動 使插入，使嵌入，深留 　　同 enclose, fix

記 em表「進入」，bed表「床」，原意是「深深陷在床裡面」，引申為「使插入，使嵌入」。

例 His words were embedded in her memory.
他的話深深地留在她的記憶裡。

embrace ⓥ [ɪm'bres] ★★★★★

動 擁抱，包括，欣然接受 　　同 hug, bosom
　　　　　　　　　　　　反 disintegrate

記 em表示「使」，brace表示「兩臂」，合併起來是「使…在兩臂中」，引申為「擁抱，接受」。

例 She embraced his offer of a trip to Italy.
她接受他所提出到義大利旅遊的建議。

empathize ⓥ ['ɛmpə,θaɪz] ★★★★☆

動 (使)同情，有同感，產生共鳴 　　同 understand

記 em表示「入內」，path表示「感情」，ize表「使成為」，原意是「使深入體會他人感情」，引申為「使同情，有同感，產生共鳴」。

Part 2 E

例 We empathized with those who lived hard lives.
我們同情那些生活困苦的人們。

employee ⓝ [ˌɛmplɔɪˈi] ★★★★★

名 受雇者，雇工，雇員
同 hired hand
反 employer

記 employ有「雇用」的意思，ee是名詞字尾，表「被…者」，合起來就有「受雇者，雇員」的意思。

例 The company has 500 employees.
這家公司有五百名員工。

encryption ⓝ [ɛnˈkrɪpʃən] ★★★★☆

名 加密

記 來自動詞encrypt，意為「將…譯成密碼」。

例 These articles are about algorithms for encryption and decryption.
這些文章是關於加密和解密的運算法則。

endeavor ⓥ [ɪnˈdɛvɚ] ★★★★☆

動 努力，力圖
同 strive, attempt

記 en表示「使…」，deavor表「責任，義務」，合併起來是「使盡責，使盡義務」，因此有「努力，盡力」之意。

例 They endeavored without success to pass the bill.
他們想努力通過法案，但失敗了。

endorse ⓥ [ɪnˈdɔrs] ★★★★★

動 背書，簽署，贊同，批准
同 certify, indorse
反 protest, oppose

記 en表「使」，dorse意為「書或折疊文件的背面」，合起來是「使…置於書背面」，因此便有「背書，簽署」之意。

例 We all endorse your opinion.
我們全都同意你的意見。

energy ⓝ [ˈɛnɚdʒɪ] ★★★☆☆

名 能量，精力，活力
同 force, ginger
反 disease, lethargy

記 en表「在內」，erg表「功」，y表「行為」，原意是「使進入工作狀態的東西」，引申為「精力，活力之意」的意思。

例 She devotes all her energy to the job.
她把全部的精力投入這份工作。

engineer ⓥ [ˌɛndʒə'nɪr] ★★★★☆

動 設計，建造，操縱，策畫　　　　　　　　同 mastermind

記 engine 表示「發動機」，er 是表示「…人」，合起來是「設計發動機的人」，引申為「工程師」的意思。

例 He couldn't believe it was his best friend who engineered his downfall.
他不敢相信居然是他最好的朋友設計將他搞垮。

ⓝ [ˌɛndʒə'nɪr] ★★★★★

名 工程師，專家，精明幹練的人　　　　　同 expert, specialist

例 Her father meant her to be a civil engineer.
父親打算讓她當土木工程師。

ensure ⓥ [ɪn'ʃʊr] ★★★★☆

動 確定，保證，擔保　　　　　　　　同 assure, guarantee

記 en 表示「使」，sure 表示「確實的，可靠的」，合併起來便有「使安全，保證」之意。

例 They ensured they would finish the task on time.
他們保證能準時完成任務。

entertain ⓥ [ˌɛntə'ten] ★★★★☆

動 使歡樂，使娛樂，招待，持有　　　　同 amuse, delight
　　　　　　　　　　　　　　　　　　反 bore

記 enter 表「在…內」，tain 表「握，持」，原意是「將…保持在某種狀態之中」，引申為「使歡樂，使娛樂」。

例 She often entertains her friends on Sunday.
她經常在週日招待朋友。

(Week 4 — Day 4)　　　　　　　　　　　　　　**MP3-68**

entrepreneur ⓝ [ˌɑntrəprə'nɝ] ★★★★☆

名 企業家　　　　　　　　　　　　　同 capitalist

記 來自法語，等於 enterpriser（企業家，創業者）。

例 He is a clever entrepreneur.
他是一個精明能幹的企業家。

environmental assessment ⓟₕ [ɪnˌvaɪrən'mɛntl̩] [ə'sɛsmənt] ★★★★★

片 環境評估

例 Experts concluded that China should promote strategic environmental assessment.
專家們得出的結論是：中國應促進戰略性的環境評估。

envy ⓝ [ˈɛnʌɪ]　★★★☆☆

名 妒忌，羨慕　　　　　　　　　　　　反 gratification

記 en 表示「惡意」，vy 表示「看」，合併起來是「惡意地看」，引申為「羨慕，妒忌」。

例 I was filled with envy at his success.
我對他的成功滿懷羨慕。

ⓥ [ˈɛnʌɪ]　★★★★★

動 妒忌，羨慕　　　　　　　　　　　　同 covet, crave
反 gratify, satisfy

例 I have always envied her good fortune.
我一直羨慕她運氣好。

equal ⓐ [ˈikwəl]　★★★★☆

形 相等的，平等的，能勝任的　　　　　反 unequal

記 equ 表示「均等」，al 表「有…特性的」，合起來便有「相等的，平等的，能勝任的」之意。

例 It is equal to me whether you come or not.
你來不來對我都一樣。

ⓝ [ˈikwəl]　★★★★☆

名（地位等）相同的人，相等的事物　　同 peer
例 Is he your equal in playing basketball?
他的籃球打得跟你一樣好嗎？

ⓥ [ˈikwəl]　★★★★★

動 等於，比得上　　　　　　　　　　　同 amount, match
反 contrast, deviate

例 It seems that none of us can equal her.
似乎我們當中沒人比得上她。

equipment ⓝ [ɪˈkwɪpmənt]　★★★★☆

名 裝備，設備　　　　　　　　　　　　同 outfit, facility

記 equip 表示「裝備」，ment 是名詞字尾，合起來有「裝備，設備」之意。

例 We should import scientific and technological equipment actively.
我們應該積極地引進科技設備。

eradication ⓝ [iˌrædɪˈkeiʃən]　★★★★☆

名 根除，消滅　　　　　　　　　　　　同 destruction, death

記 e 表「出」，radic 表「根」，ation 表「動作」，合起來是「把根挖出」，引申為「根除，消滅」。

例 A full-scale nuclear war could lead to the eradication of the human race.
全面的核戰爭很可能導致人類的滅絕。

essential ⓐ [ɪˈsɛnʃəl] ★★★★★
形 本質的，實質的，基本的　　　　　　　　同 basic, important
記 ess(e)表「存在」，ential是形容詞字尾，合併起來便有「本質的，重要的」之意。
例 Perseverance is essential to success.
成功需要持之以恆。

ⓝ [ɪˈsɛnʃəl] ★★★☆☆
名 本質，實質，要素，要點
例 The course mainly deals with the essentials of management.
這一課程主要講述管理的基本要點。

estate ⓝ [ɪsˈtet] ★★★☆☆
名 房地產，不動產，社會等級　　　　　　同 property
記 e表「出」，sta表「站立」，ate表「事物」，原意是「事物站立的狀態」，引申為「房地產，不動產」。
例 They own a large estate in Scotland.
他們在蘇格蘭有大量房地產。

ethnic minority ⓟʰ [ˈɛθnɪk] [maɪˈnɔrətɪ] ★★★★★
片 少數民族
例 Zhuang is the largest ethnic minority group in China.
壯族是中國最大的少數民族。

evaluate ⓥ [ɪˈvæljʊˌet] ★★★★☆
動 估價，評價　　　　　　　　　　　　同 assess, calculate
記 e表「出」，val表「價值」，ate表「使成為」，合併起來便有「估價，評價」之意。
例 It's too early to evaluate the research project's success.
要對這個研究項目的成績作出評價還為時尚早。

evolution ⓝ [ˌɛvəˈluʃən] ★★★★☆
名 發展，漸進，進化　　　　　　　　　　同 growth, progress
記 e表示「外，出」，volut表示「滾、轉」，tion表「行為、結果」，原意是「滾出來、擴展出來」，引申為「發展，漸進，進化」。
例 Our firm is still in continuous evolution.
我們的公司仍在不斷發展之中。

excess ⓝ [ˈɛksɛs] ★★★★★

名 超越，過量，過度　　　　　　　　　　　　同 abundance

記 ex表「向外」，cess表「走」，原意是「走出界外」，引申為「超越，過量」。

例 Luggage in excess of 20 kg must be charged extra.
行李超過二十公斤必須收取額外的費用。

exclude ⓥ [ɪkˈsklud] ★★★★★

動 排除，拒絕　　　　　　　　　　　　　　　同 bar, reject

記 ex表「外」，clud表「關閉」，e是動詞字尾，原意是「關在外面」，引申為「排除、拒絕」。

例 We cannot exclude the possibility that the company will be on the verge of bankruptcy.
我們不排除這家公司將瀕臨破產的可能性。

executive ⓐ [ɪgˈzɛkjʊtɪv] ★★★★☆

形 執行的，行政的，管理的　　　　　　　　　同 directing

記 ex表「出」，ecut表「跟隨」，ive表「⋯的」，引申為「執行的，行政的」之意。

例 My father is a man of great executive ability.
我爸爸是個具有極高執行能力的人。

ⓝ [ɪgˈzɛkjʊtɪv] ★★★☆☆

名 經理，業務主管，行政人員

例 Those junior executives were always impatient for promotion.
那些資淺行政官員總是迫不及待地想晉升。

exhibit ⓥ [ɪgˈzɪbɪt] ★★★★★

動 顯示，陳列，展覽，展出　　　　　　　　　同 display, show

記 ex表「出」，hibit表「具有、保持」，原意是「放到外面去」，引申為「顯示，陳列，展覽」之意。

例 Why doesn't our company exhibit our new products at a moment?
為什麼我們公司不馬上展出新產品？

expedite ⓥ [ˈɛkspɪˌdaɪt] ★★★☆☆

動 使加速，促進　　　　　　　　　　　　　　同 hasten, hurry

記 ex表「出」，ped表「腳」，ite是動詞字尾，原意是「把腳跨出去」，引申為「使加速，促進」。

例 Please do what you can to expedite the shipment work.
請盡量加快裝運工作。

expense ⓝ [ɪk'spɛns]　　　★★★★☆

图 價錢，費用，花費

圃 consumption
反 income

記 ex表示「出」，pens表示「稱量」，e是名詞字尾，原意是「稱量出去的東西」，引申為「價錢，費用，花費」。

例 It's too much of an expense for them to buy a house.
對他們來說，買一棟房子的花費太大。

expire ⓥ [ɪk'spaɪr]　　　★★★★★

動 呼氣，斷氣，終止，期滿

圃 discontinue, exhale, terminate

記 ex表示「出」，pir表示「呼吸」，合併起來便有「呼氣」之意。

例 My lease will expire at the end of this year.
我的租約今年年底到期。

explode ⓥ [ɪk'splod]　　　★★★★☆

動 使爆炸，爆炸

圃 burst, erupt

記 ex表「出」，plode表「大聲音」，合起來是「出來大聲音」，引申為「爆炸」之意。

例 ① The terrorists exploded a bomb in a mall.
恐怖分子在一家購物商場引爆了一枚炸彈。
例 ② The boss exploded with rage.
老闆勃然大怒，暴跳如雷。

explosive ⓝ [ɪk'splosɪv]　　　★★★★☆

图 炸藥，爆炸物

圃 dynamite

記 ex表示「出」，plos表示「拍手，鼓掌」，ive是形容詞或名詞字尾，引申為「炸藥，爆炸的」之意。

例 Gunpowder is a powerful explosive.
火藥是一種強有力的爆炸物。

ⓐ [ɪk'splosɪv]　　　★★★★★

形 爆炸的，易爆炸的

圃 eruptive, volcanic
反 unexcitable

例 At present, unemployment became an explosive issue.
當前，失業成了一個爆炸性的問題。

exposure ⓝ [ɪk'spoʒɚ]　　　★★★☆☆

图 暴露，揭露，曝光

圃 disclosure

記 ex表「向外」，pos表「放置」，ure表「行為」，引申為「暴露，揭露」之意。

例 Exposure of the skin to strong sunlight can be harmful.
皮膚受烈日暴曬會造成傷害。

extinction ⓝ [ɪk'stɪŋkʃən] ★★★★★

名 消滅，滅絕，熄滅，滅火　　　　　　　　　　　　同 abolition

記 來自extinc「熄滅的，消滅的，滅絕的」的名詞形式，ion是名詞字尾，合併起來，便有「消滅，滅絕，熄滅」等意思。

例 May the human race live to see the extinction of the whale?
人類是否能親眼見到鯨的滅絕呢？

extraordinary ⓐ [ɪk'strɔrdn̩‚ɛrɪ] ★★★★☆

形 非同尋常的，特別的　　　　　　　　　　　　同 special, unusual

記 extra表「超過的」，ordinary表「普通的」，合起來是「超過普通」，因此extraordinary具有「特別的，非常的」之意。

例 Their talents are quite extraordinary.
他們才華出眾。

eyewitness ⓝ ['aɪ‚wɪtnɪs] ★★★★☆

名 目擊者，見證人　　　　　　　　　　　　　　同 witness

記 eye表「眼」，wit表「知道」，ness表「狀態」，原意是「目睹情況者」，引申為「目擊者，見證人」。

例 This is an eyewitness account of the crime.
這是目擊者對這一罪行的敘述。

F

facilitate ⓥ [fə'sɪlə‚tet] ★★★★★

動 使容易，促進，幫助　　　　　　　　　　　　同 ease, help, assist

記 fac表「做」，ilit表「能，易」，ate表「使成為」，原意是「使容易做成」，引申為「使容易，促進」。

例 It would facilitate matters if they were a bit more co-operative.
要是他們多合作點，事情就好辦了。

farce ⓝ [fɑrs] ★★★★★

名 鬧劇，滑稽戲，笑劇　　　　　　　　　　　　同 comedy, play

記 分割記憶：far（遠），ce看作voice（聲音），合併起來是「聲音傳遠」，引申為「鬧劇」。

例 I like to watch farces in my spare time to relax myself.

我喜歡在閒暇時看爆笑劇來放鬆自己。

fascinate ⓥ [ˈfæsṇˌet] ★★★★☆
動 迷住，迷人，吸引　　　　　　　　　同 interest, excite

記 fascin 表「捆住」，ate 是「使」，合併起來是「使捆住」，因此有「迷住，迷人，吸引」之意。

例 The very style of the Forbidden City fascinates me a great deal.
故宮的獨特建築風格令我十分著迷。

fastidious ⓐ [fæsˈtɪdɪəs] ★★★☆☆
形 難取悅的，挑剔的　　　　　　　　　同 critical, choosy

記 fas 表「絕食」，tidious 是「乏味的」合併起來是「因乏味而絕食」，因此有「挑剔的」之意。

例 She is always fastidious about her food.
她總是對食物過於挑剔。

feature ⓝ [ˈfitʃɚ] ★★★★★
名 特徵，特色，面貌的一部分　　　　　同 mark, trait

記 feat「做、功績、技藝」，re 表名詞字尾，引申為「特徵，特色」之意。

例 Her eyes are her best feature.
她的雙眼是她容貌上最好看的部分。

ferment ⓥ [fɝˈmɛnt] ★★★★☆
動 使發酵，騷動　　　　　　　　　　　同 sour, turn, work

記 ferm 表「熱」，ent 表「…的」，合起來是「熱的」，引申為「使發酵，騷動」之意。

例 Look! The wine is beginning to ferment.
看！酒開始發酵了。

ⓝ [ˈfɝmɛnt] ★★★★★
名 騷動，動盪　　　　　　　　　　　　同 agitation, unrest
例 The whole country was in a state of ferment.
整個國家處於動盪不安之中。

(Week 5 — Day 1)　　　　　　　　　　　　　　**MP3-70**

festive ⓐ [ˈfɛstɪv] ★★★★☆
形 節日的，喜慶的，歡樂的　　　　　　同 merry, jolly

記 fest 表示「集會」，加上形容詞字尾 ive，即成 festive。

例 Today, the whole city is bathed in a festive atmosphere.
今天，整座城市沈浸在歡樂的氣氛中。

fever ⓝ [ˈfivɚ]   ★★★★★

名 發熱，發燒，狂熱   同 heat, sickness

記 可以拆為f＋ever（從來，到底）記憶。

例 ① That fever nearly finished the child off.
那次發燒幾乎要了那個孩子的命。

例 ② Everyone in the town was in a fever of excitement when the local team reached the cup final.
全鎮的人在自家隊伍晉級決賽時，陷入興奮狂熱中。

file ⓝ [faɪl]   ★★★★☆

名 檔案，文件，文件夾

記 file（檔案）可與fire（火）同步記憶：file不能放在fire裡，否則要燃燒了。

例 Please put these documents in the main file.
請把這些文件放在主要檔案夾中。

ⓥ [faɪl]   ★★★★☆

動 把⋯歸檔，排成縱隊前進   同 sort, classify

例 I want to file all my letters carefully.
我要把所有的信件仔細歸檔。

financial ⓐ [faɪˈnænʃəl]   ★★★★★

形 財政的，金融的   同 fiscal

記 fin表「終結」，anc表「行為」，ial表「⋯的」，原意是「終結財務糾紛」，引申為「財政的，金融的」。

例 New York is an important financial center.
紐約是重要的金融中心。

fiscal ⓐ [ˈfɪskl̩]   ★★★★☆

形 財政的   同 financial

記 fisc表「國庫」，al表「⋯的」，合併是「國庫的」，引申為「財政的」。

例 We should get a thorough understanding of the government's fiscal policy.
我們應該對政府的財政政策有全面的瞭解。

flee ⓥ [fli]   ★★★★☆

動 逃避，逃跑，逃走   同 disappear, run away

記 聯想記憶：這裡有flea（跳蚤），趕快flee（逃跑）吧！

例 During that time thousands of people fled the country.
在那段期間成千上萬的人逃離了這個國家。

flock ⓥ [flɑk] ★★★★★
動 **群集，聚集**

記 flock（群）可與block（街區）同步記憶：一flock野鵝飛到距此三條blocks的廣場。

例 Birds of a feather flock together.
物以類聚。

ⓝ [flɑk] ★★★☆☆
名 **群，大量，眾多** 同 group, crowd

例 There are many flocks of tourists in this place.
這個地方有好多成群結隊的觀光客。

flora ⓝ ['florə] ★★★★★
名 **植物群** 同 plants; vegetation

記 flor表示「花草」，a是名詞字尾，合併起來便有「植物群」之意。

例 There is a flora and fauna in North America.
北美有一個動植物群。

flourish ⓥ [flɝɪʃ] ★★★★☆
動 **繁榮，興旺** 同 bloom, develop
反 decay, decline

記 flour表示「花」，ish動詞字尾，合併起來是「如花一樣開放」，引申為「繁榮，茂盛，興旺，昌盛」。

例 No village on the railroad failed to flourish.
凡是沿鐵路的村莊都很繁榮。

focus ⓥ ['fokəs] ★★★★☆
動 **聚焦，集中** 同 adjust, concentrate

記 focus的諧音是「福客濕」，聯想記憶：發福的客人集中精神運動，最後全身濕透。

例 We must focus our mind on work.
我們應該集中精力於工作。

food poisoning ⓝ [fud] ['pɔɪznɪŋ] ★★★★★
名 **食物中毒**

記 food表示「食物」；poisoning表示「中毒」。

例 Food poisoning easily leads to death.
食物中毒易導致死亡。

foreign exchange ⁿ [ˈfɔrɪn] [ɪksˈtʃendʒ] ★★★★☆

名 外匯

記 foreign表「外國的」；exchange中的ex表「出」，change表「交換」，原意是「對外交換」，引申為「交換，兌換」。

例 They accept foreign exchange certificate.
他們接受外國匯票。

forgery ⁿ [ˈfɔrdʒərɪ] ★★★★★

名 偽造品

記 forge表「偽造」，ry是名詞字尾，合起來是「偽造品」。

例 The painting was a forgery.
那幅油畫是一件贗品。

formula ⁿ [ˈfɔrmjələ] ★★★★☆

名 公式，規則，客套語　　　　　　　　　同 recipe, receipt

記 form表「形成」，ula是名詞字尾，合起來是「形成的東西」，引申為「公式，規則」。

例 In solving these problems you must learn to apply the formulas.
你必須學會運用公式來解決這些問題。

(Week 5 — Day 2)　　　　　　　　　　　　　　MP3-71

fortune ⁿ [ˈfɔrtʃən] ★★★☆☆

名 命運，財產，大筆的錢　　　　　　　　同 luck, chance

記 for表「為了」，tune表「曲調」；fortune（大筆的錢）的聯想記憶：為了fortune，我去學如何譜tune。

例 The two brothers decided to go abroad to try their fortunes.
這兄弟倆決定到國外碰碰運氣。

found ⓥ [faʊnd] ★★★★★

動 打基礎，建立　　　　　　　　　　　　同 build, create

記 find（發現）的過去式和過去分詞也是found。

例 The big firm was founded last year.
這家大公司是去年成立的。

frail ⓐ [frel] ★★★★★

形 虛弱的，脆弱的，薄弱的　　　　　　　同 dainty, delicate
　　　　　　　　　　　　　　　　　　　反 solid, strong

記 fra表示「碎片」，l是形容詞字尾，合併起來是「脆的」，引申為「脆弱的」之意。

例 She is too frail to live by herself.

她身體虛弱，不便獨居。

fraud ⓝ [frɔd] ★★★★☆
名 欺騙，詐欺，騙子
同 deceit, deception
記 詐欺是commit a fraud；揭穿騙局是expose a fraud。
例 We must go through the company's accounts in order to look for evidence of fraud.
我們必須仔細審核公司的帳目，以便查出詐欺的證據。

freeze ⓥ [friz] ★★★★☆
動 凍結，不許動
同 chill, refrigerate
反 melt
記 freeze（凍結）可與free（自由的）同步記憶：一旦雙腳freeze，行動就不free。
例 Their salaries were frozen at 150 dollars per week.
他們的薪水被固定在每週一百五十美元。

frustrate ⓥ [ˈfrʌsˌtret] ★★★★★
動 挫敗，阻撓，使感到灰心
同 defeat, foil, ruin
反 encourage, fulfill
記 frustrate作形容詞用時，表示「受挫的、失望的」。
例 She was rather frustrated by the lack of appreciation shown of her work.
她因工作得不到賞識而非常灰心喪氣。

fund ⓝ [fʌnd] ★★★★★
名 資金，基金，存款
同 supply, resources
記 fund（資金）可與fun（愉快的）同步記憶：老闆獲得fund，所以一整天都很fun。
例 Our factory has built up reserve fund.
我們的工廠已增加了儲備基金。

future ⓝ [ˈfjutʃɚ] ★★★★☆
名 將來，前途，前景
同 tomorrow, hereafter
反 past
記 future（未來）可與true（真的）同步記憶：true快樂是在future完成夢想。
例 The small company's future is uncertain.
這家小公司前途未卜。

G

galaxy ⓝ [ˈgæləksɪ] ★★★★☆

名 星系，銀河，一群顯赫的人

記 galaxy的諧音是「蓋樂西」，聯想記憶：比爾蓋茲的快樂就是買東西送朋友。

例 A galaxy of theatrical performers attended the premiere.
首次公演眾星雲集。

garbage ⓝ [ˈɡɑrbɪdʒ]　　　　　　　　★★★★★

名 垃圾，廢物，廢話　　　　　　　　同 waste, rubbish

記 garbage（垃圾）可與garage（車庫）同步記憶：garage裡到處是garbage。

例 He talked a lot of garbage on the report.
關於這則報導，他講了太多廢話。

gather ⓥ [ˈɡæðɚ]　　　　　　　　★★★☆☆

動 聚集，集合　　　　　　　同 collect, assemble
　　　　　　　　　　　　　反 scatter, disperse

記 gather（聯合，集合）可與together（一起）同步記憶：我們gather在禮堂，together唱歌跳舞。

例 A lot of people gathered in the hall for the celebration.
很多人聚集在禮堂慶祝。

general strike ⓝ [ˈdʒɛnərəl] [straɪk]　　　　　★★★★★

名 總罷工

記 general表示「全體的、總的」；strike表示「罷工」。

例 The truck drivers' union has called a general strike.
卡車司機工會已經發起了一場總罷工。

genetic engineering ⓝ [dʒəˈnɛtɪk] [ˌɛndʒəˈnɪrɪŋ]　★★★★☆

名 基因工程，遺傳工程

記 genetic表示「基因的、遺傳的」；engineering表示「工程」。

例 He participated in research on genetic engineering.
他參加了基因工程的研究。

genial ⓐ [ˈdʒinjəl]　　　　　　　★★★★☆

形 愉快的，和藹的，脾氣好的　　　　　同 pleasant, cheerful

記 gen表「出生」，ial表「具有…特性的」，原意是「一生下來守護神就賦予某人的品性」，引申為「和藹的、親切的」。

例 Her genial welcome made the guests feel at home.
她般勤的歡迎使客人們都感覺賓至如歸。

gloat ⓥ [ɡlot]　　　　　　　　★★★★★

動 幸災樂禍地看（或想），貪婪地盯視 　　　　　　　　同 glory, triumph

記 gloat的動詞三態是：gloat; gloated; gloated。

例 It's a little unkind to gloat over your competitor's failure.
　對你對手的失敗幸災樂禍顯得有點不近人情。

global warming ⓝ [ˈglobl] [ˈwɔrmɪŋ] ★★★★☆

名 全球暖化

記 global表示「全球的」，warming表示「暖和、加溫」。

例 The main cause of global warming is human pollution.
　導致全球暖化的主要原因是人類對環境的污染。

(Week 5 — Day 3) 　　　　　　　　　　　　　　　　**MP3-72**

gnaw ⓥ [nɔ] ★★★★☆

動 使煩惱，折磨 　　　　　　　　　　　同 grind, gnash, chew

例 Some desires gnawed away at her constantly.
　一些欲望不斷地折磨她。

goad ⓥ [god] ★★★★★

動 刺激，驅使，唆使 　　　　　　　　　同 urge, drive, incite

記 goad（驅使）可與goal（目標）同步記憶：goal很重要，它goad我們往前進。

例 They always goad me into doing it by saying I am a coward.
　他們老說我是個膽小鬼，以此刺激我去做這件事。

gossip ⓥ [ˈgɑsəp] ★★★☆☆

動 閒聊，傳播流言蜚語 　　　　　　　同 chat, talk, prattle

記 傳播流言是spread gossip；閒談是talk gossip。

例 You can't stand in your office gossiping all day.
　你可不能整天站在辦公室裡閒聊。

ⓝ [ˈgɑsəp] ★★★★☆

名 閒話，聊天，流言蜚語

例 There has been much gossip in our company.
　我們公司裡有許多流言蜚語。

gravity ⓝ [ˈgrævətɪ] ★★★★★

名 地心引力，重力

記 grav表示「重」，ity是名詞字尾，合併起來有「重力」之意。

例 Have you learned Newton's law of gravity?

你學過牛頓的地心引力定律嗎？

greenhouse effect ⓝ [ˈgrinˌhaʊs] [ɪˈfɛkt] ★★★★☆
图 溫室效應

記 greenhouse表示「溫室」，effect表示「效應」。

例 What does "greenhouse effect" refer to?
溫室效應指的是什麼？

groom ⓥ [grum] ★★★★★
動 使整潔，打扮　　　　　　　　　　　同 tidy, tend, preen

記 groom（新郎）可與room（房間）同步記憶：groom與新娘在room看電視。

例 She groomed herself carefully for the evening party.
她為參加晚宴而仔細地打扮了一番。

ⓝ [grum] ★★★★☆
图 新郎　　　　　　　　　　　　　　同 newlywed
例 Her groom looks much older than she does.
新郎看上去比她大很多。

gross domestic product ⓝ [gros] [dəˈmɛstɪk] [ˈprɑdəkt] ★★★★★
图 國內生產毛額

記 gross domestic product可縮寫為GDP。

例 It is estimated that the gross domestic product will probably increase by 15% this year.
據估計今年的國內生產毛額將有可能增加百分之十五。

guarantee ⓝ [ˌgærənˈti] ★★★★☆
图 保證，保證書，擔保，抵押品

記 guarantee的動詞三態是：guarantee; guaranteed; guaranteed。

例 He is willing to offer his house as a guarantee.
他願用自己的房屋作擔保。

ⓥ [ˌgærənˈti] ★★★★☆
動 保證，擔保　　　　　　　　　　　同 assure, certify
　　　　　　　　　　　　　　　　　反 guarantor
例 The shopkeeper guarantees satisfaction to his customers.
那位店主承諾讓顧客滿意。

gush ⓥ [gʌʃ] ★★★★★
動 湧出，滔滔不絕地說　　　　　　　同 flow

Bush（美國總統布希）可與gush（滔滔不絕地說）同步記憶：美國總統Bush不是經常gush嗎？

例 They are gushing over their careers.
他們滔滔不絕地談論他們的事業。

head ⓥ [hɛd] ★★★☆☆

動 為首，朝向，前進　　　　　　　　　　　　　同 lead, precede

記 head（領袖）可與lead（帶領）同步記憶：優秀的head必須lead我們朝成功邁進。

例 My name heads the list for the candidates.
我是候選人名單上的第一名。

ⓝ[hɛd] ★★★★☆

名 頭，頭腦，領袖　　　　　　　　　　　　　　同 top, intelligence
反 foot, tail

例 Two heads are better than one.
集思廣益。

health insurance ⓝ [hɛlθ] [ɪnˈʃʊrəns] ★★★★★

名 健康保險

記 health表示「健康」，insurance表示「保險」。

例 The fringe benefits of this job include free health insurance.
這工作的附加福利包括免費的健康保險。

hearsay ⓝ [ˈhɪrˌse] ★★★☆☆

名 謠傳，道聽途說　　　　　　　　　　　　　同 gossip, rumor

記 hear表「聽到」，say表「說」，因此hearsay引申為「謠傳，道聽途說」。

例 Your judgment should be based on facts, not merely on hearsay.
你的判斷應依據事實，而不應該僅依靠道聽途說。

herbivorous ⓐ [hɚˈbɪvərəs] ★★★★☆

形 草食性的

記 herbi表「草」，vor表「吃」，ous是形容詞字尾，合起來是「吃草的」，引申為「草食性的」之意。

例 Is the camel a herbivorous animal?
駱駝是草食性的動物嗎？

high definition television ⓝ [haɪ] [ˌdɛfəˈnɪʃən] [ˈtɛləˌvɪʒən] ★★★★★

名 高解晰度電視

記 high表示「高的」，definition表示「清晰度」，television表示「電視」。

例 At present, more and more families have bought high definition televisions.
現在有越來越多的家庭購買高解晰度電視。

hijack ⓥ ['haɪ,dʒæk] ★★★☆☆

動 搶劫，攔路劫持　　　　　　　　　同 seize, steal

記 hijack（劫持）可利用hi（嗨）和Jack（傑克）聯想記憶：hijack飛機的歹徒向同夥Jack說 Hi。

例 Six armed terrorists planned to hijack a plane.
六個武裝的恐怖分子計畫劫持一架飛機。

(Week 5 — Day 4)　　　　　　　　　　　　　**MP3-73**

---

holding ⓝ ['holdɪŋ] ★★★★☆

名 持有，支援，所有物，財產　　　　　同 ownership

記 hold表「支援，持有」，ing是名詞字尾，因此holding引申為「所有物，財產」之意。

例 They have a 40% holding in the company.
他們持有公司百分之四十的股份。

homicide ⓝ ['hɑmə,saɪd] ★★★★★

名 殺人，殺人者　　　　　　　　　　同 manslaughter

記 homi表示「人」，cid表示「殺」，合併起來有「殺人，殺人者」之意。

例 He is a homicide in self-defense.
他是為自衛而殺人。

hook ⓝ [huk] ★★★☆☆

名 掛鉤，鉤　　　　　　　　　　　　同 hanger, wire

記 hook（鉤）可與book（書）同步記憶：這本book介紹hook的種類。

例 The bait hides the hook.
餌中藏鉤（其中有詐）。

ⓥ [huk] ★★★★☆

動 用鉤連接，用鉤掛　　　　　　　　同 fasten, clasp, bind

例 Will you hook my dress for me?
你可以幫我把衣服掛在鉤上嗎？

horizon ⓝ [həˈraɪzn̩] ★★★★★

名 地平線，眼界，見識　　　　　　　　　同 scope, range

記 horiz表示「地平線」，on是名詞字尾，合併起來有「地平線，範圍」之意。

例 A good novel can broaden your horizons.
一本好小說能夠開闊你的眼界。

hospitalize ⓥ [ˈhɑspɪtl̩ˌaɪz] ★★★★☆

動 使住院治療

記 hospital表「醫院」，ize表「使…」的動詞字尾，合併起來有「使入院」之意。

例 He should be hospitalized for diagnosis and treatment as soon as possible.
他應該盡快入院接受診療。

house ⓝ [haʊs] ★★★★☆

名 房子，住宅　　　　　　　　　　　同 shelter, building

記 利用house的諧音「好濕」記憶：好的房子具有除溼設備。

例 They are going to move to a new house next month.
下個月他們將遷入新居。

humanism ⓝ [ˈhjumənˌɪzəm] ★★★★★

名 人文主義，人道主義

記 human表示「人類」，ism表示「主義」，合併起來有「人文主義」之意。

例 Her writing captures the quintessence of Renaissance humanism.
她的作品抓住了文藝復興時期人文主義的精髓。

humiliate ⓥ [hjuˈmɪlɪˌet] ★★★★☆

動 羞辱，使丟臉，恥辱　　　　　　　　同 disgrace, mortify

記 hum表示「低下」，iliate表示「使…」的動詞字尾，合併起來是有「侮辱，屈辱」之意。

例 We felt humiliated by their scornful remarks.
我們為他們那些嘲諷的話而感到屈辱。

hydrocarbon ⓝ [ˈhaɪdrəˈkɑrbən] ★★★★★

名 【化】碳氫化合物

記 hydr是hydrogen（氫），carbon表示「碳」，合併起來是「碳氫化合物」之意。

例 Do you know what "hydrocarbon" is?
你知道什麼是「碳氫化合物」嗎？

hypothesis ⓝ [haɪ'pɑθəsɪs] ★★★★☆

图 假設，假說　　　　　　　　　　　　同 assumption, theory

記 hypo表「在…下面」，thesis表「論點」，合起來是「非真正的論點」，引申為「假說」。

例 Science continued to throw up discoveries which further borne out the hypothesis.
科學不斷地提供新的發現，從而進一步證實了這個假說的正確性。

I

identify ⓥ [aɪ'dɛntə,faɪ] ★★★★☆

動 識別，鑑定，認明　　　　　　　　同 recognize, distinguish

記 ident表示「相同」，fy是動詞字尾，合併起來是「等同，視為同一」，引申為「識別，鑑定」之意。

例 We can not identify happiness with wealth.
我們不能把幸福和財富混為一談。

immigrant ⓝ ['ɪməgrənt] ★★★★★

图 移民，僑民　　　　　　　　　　　同 foreigner, stranger
　　　　　　　　　　　　　　　　　反 emigrant

記 im表示「入」，migr表示「遷移」，ant表示「人」，合併起來是「外來移民」之意。

例 The United States has many immigrants from all over the world.
美國有許多來自世界各地的移民。

immune ⓐ [ɪ'mjun] ★★★★☆

形 免除的，免疫的　　　　　　　　　同 exempt, resistant

記 im表「不，非」，mun表示「公共的」，合併起來是「非公共的」，引申為「免疫的，免除的」之意。

例 He seems to be immune to criticism from his new boss.
他似乎不受新上司的批評影響。

imperil ⓥ [ɪm'pɛrəl] ★★★★☆

動 使陷於危險中，危及　　　　　　　同 jeopardize, risk

記 im表示「進入」，peril表示「危險」，合併起來是「使陷於危險中，危及」之意。

例 Water pollution will imperil marine life.
水質污染將危及海洋生物。

impose ⓥ [ɪm'poz] ★★★☆☆

動 加上，課征，強迫，徵收（稅款）　　同 charge, burden

記 im表示「進入」，pos表示「放」，合併起來是「放進去」，引申為「強加於，強迫」之意。

例 The present task was imposed on him.
目前的任務是強加在他身上的。

(Week 5 — Day 5)

impunity ⓝ [ɪmˈpjunətɪ] ★★★★★
名（懲罰、損失等）的免除

記 im表示「沒有」，pun表示「使…痛苦，懲罰」，ity是名詞字尾，合併起來，便有「不受處罰」之意。

例 One cannot break the law with impunity.
一個人不可能違了法而不受懲罰。

---

income ⓝ [ˈɪnˌkʌm] ★★★★☆
名 收入，收益，所得

同 receipts, returns
反 outgo, expense

記 in表示「置於某狀態或條件中」，come表示「走近，來」，合併起來是「進來的東西」，引申為「收入」之意。

例 John lives beyond his incomes.
約翰的花費超出他的收入。

---

increase ⓥ [ɪnˈkris] ★★★★☆
動 增加，增長，繁殖

同 add, enlarge
反 decrease, diminish

記 in具有「加強意義」，cre表示「增加，創造」，合併起來便有「增加，增長，繁殖」之意。

例 The government has recently increased taxation.
政府最近又增加了稅收。

ⓝ [ˈɪnkris] ★★★★☆
名 增加，增長，繁殖
反 decrease, subtraction

例 There was a steady increase in population.
人口不斷增長中。

---

indicate ⓥ [ˈɪndəket] ★★★★☆
動 指出，象徵，表示
同 demonstrate, imply

記 in表示「向」，dic表示「說、宣告」，ate表示「使」，原意是「向…顯示」引申為「指示，指出，表示」之意。

例 He has indicated that he may resign next year.
他表示明年可能辭職。

indifferent ⓐ [ɪnˈdɪfrənt] ★★★★★

形 不感興趣的，冷淡的　　　　　　同 disinterested, cool
反 interested

記 in表「否定」，dif表「分離」，fer表「攜帶」，ent表「處於…狀態的」，原意是「不認為有任何差異的」，引申為「不感興趣的」之意。

例 Your manner was always very indifferent.
你的態度總是很冷淡。

industry ⓝ [ˈɪndəstrɪ] ★★★★★

名 工業，勤勉，孜孜不倦　　　　　同 business, commerce

記 indu表示「內」，str表示「堆積」，y是名詞字尾，合併起來是「不斷向內堆積」，引申為「勤勉，孜孜不倦」。

例 ① In recent years, the electronic industry is developing on a large scale.
近年來，電子工業正大規模地發展著。
例 ② Their success was due to their industry.
因為勤勉，他們獲得了成功。

infatuated ⓐ [ɪnˈfætʃʊˌetɪd] ★★★★☆

形 入迷的

記 infatuate表「使糊塗、使著迷」，ed是表「…的」的形容詞字尾，合起來是「入迷的」之意。

例 Those infatuated fans stalked the celebrity madly.
那些著了迷的崇拜者瘋狂地跟蹤這位名人。

inflation ⓝ [ɪnˈfleʃən] ★★★★★

名 通貨膨脹，充氣　　　　　　　反 deflation

記 in表「向內」，flat表「吹」，ion表「過程或結果」，原意是「向內吹氣」，引申為「通貨膨脹，充氣」之意。

例 The government still did nothing to curb inflation.
政府仍然沒有採取任何措施遏止通貨膨脹。

informed source [ɪnˈfɔrmd] [sors] ★★★★☆

名 消息來源

記 informed表「消息靈通」，其中in表「入內」，form表「形狀」；source表「來源」。

例 He has secret channels of informed sources.
他有消息來源的秘密管道。

infuse ⓥ [ɪnˈfjuz] ★★★★★

動 將…注入，灌輸　　　　　　　　　　　　同 instill, inculcate

記 in表「進入」，fuse表「流進去」，引申為「灌輸」之意。

例 This will infuse new life into the troops.
這將給軍隊注入新的活力。

inherit ⓥ [ɪnˈhɛrɪt] ★★★★☆

動 繼承，從前任接過（某事物）　　　　　　同 accede, come into

記 in表示「加強」，herit表示「繼承，遺傳，傳給」，合併起來，便有「繼承」之意。

例 This government has inherited many nasty problems from the previous one.
上屆政府遺留給政府很多難以解決的問題。

initial ⓐ [ɪˈnɪʃəl] ★★★☆☆

形 開始的，最初的　　　　　　　　　　　同 beginning, primary

記 in表「入，內」，it表「走」，ial表「…的」，合併起來是「使進入的」，引伸為「開始的，最初的」之意。

例 My initial reaction was one of shock.
我最初的反應是震驚。

inject ⓥ [ɪnˈdʒɛkt] ★★★★★

動 注射　　　　　　　　　　　　　　　同 fill; insert; infuse

記 in表示「入」，ject表示「投，發射」，合併起來，便有「投入，注射」之意。

例 The doctor is injecting him with a new drug.
醫生正為他注射新藥。

(Week 6 ― Day 1)　　　　　　　　　　　　　　**MP**3-75

inspect ⓥ [ɪnˈspɛkt] ★★★★☆

動 檢查，審查　　　　　　　　　　　　同 examine, observe
　　　　　　　　　　　　　　　　　　反 blind

記 in表「在內，向內」，spect表「觀察，看」，合併起來是「向內察看」，引申為「檢查，審查」。

例 He has inspected each repair of the car himself.
他已親自察看過那輛車每一處修理過的地方。

institution ⓝ [ˌɪnstəˈtuʃən] ★★★★★

名 公共團體，機構　　　　　　　　　　同 formation, foundation

記 in表「進入」，stitute表「建立、放」，ion是名詞字尾，合起來是「建立進去」，引申為

「建立，設立」。

例 A trustee is also a member of managing business affairs of an institution.
理事也是機構管理營運事務中的成員。

---

insurance ⓝ [ɪnˈʃʊrəns]　★★★☆☆

名 保險，保險業

記 insure表「投保」，ance是名詞字尾，合併起來便有「保險，保險業」之意。

例 She has worked in insurance for many years.
她從事保險業已經有好多年了。

---

intake ⓝ [ˈɪnˌtek]　★★★★☆

名 引入口，通風口，吸收　　　　　　　　　同 entry, input
　　　　　　　　　　　　　　　　　　　　反 outlet

記 in表示「在…之內」，take表「吸入、吸收」，合起來是「吸入」之意。

例 This year's intake seems to be excellent.
今年新招入的人看來十分出色。

---

interactive ⓐ [ˌɪntɚˈæktɪv]　★★★★★

形 相互作用的

記 inter表「相互，在…之間」，act表「做」，ive表「…的」，合併起來便有「相互作用的」之意。

例 Its true character can be seen in its interactive potential.
它的真正特性能夠在其相互作用的潛力方面表現出來。

---

interest ⓝ [ˈɪntərɪst]　★★★★☆

名 利息，利益　　　　　　　　　　　　　同 portion, premium

記 inter表「在…之間」，est表「在…之間參加」，引申為「興趣、關心」。

例 He borrowed the money at 3% interest.
他以三厘利息借了那筆錢。

---

intergovernmental ⓐ [ˌɪntɚˌgʌvɚnˈmɛntl̩]　★★★★☆

形 政府間的

記 inter表「相互，在…之間」，government表「政府」，al表「…的」，合併起來，便有「政府間的」之意。

例 Intergovernmental relations are often swathed in secrecy.
政府間的關係常常是秘而不宣的。

---

intervention ⓝ [ˌɪntɚˈvɛnʃən]　★★★★★

名 插入，介入，調停，斡旋　　　　　　　同 intercession

記 inter表「在…中間」，vent表「來、走向」，ion表「行為、結果」，原意是「走到…之間的行為」，引申為「插入，介入」。

例 Your untimely intervention irritated me.
你那不合時宜的干涉使我很生氣。

---

interweave ⓥ [ˈɪntəˈwiv] ★★★★☆

動 使交織，使混雜　　　　　　　　　　同 intertwine, lace

記 inter表「在…間，相互」，weave表「編織，組合」，合併起來便有「使交織，使混雜」之意。

例 Don't interweave truth with fiction.
不要把真實與虛構混在一起。

---

invalidate ⓥ [ɪnˈvæləˌdet] ★★★☆☆

動 使無效力，證明無效

同 annul, nullify
反 validate

記 in表「不」，val表「力量、價值」，id表「有…特性」，ate表「使成為」，合併起來便有「使無效」之意。

例 The making of false statements could invalidate the contract.
提供不實的聲明可能使合約無效力。

---

inventory ⓝ [ˈɪnvəˌtorɪ] ★★★★☆

名 詳細目錄，存貨，財產清冊　　　　　同 collection, list

記 in表「入內」，vent表「來、走向」，ory表「起…作用的東西」，原意是「進入帳目的東西」，引申為「存貨清單、盤存」之意。

例 Several stores were closed for inventory for five days.
那幾家商店因盤貨暫停營業五天。

---

investigation ⓝ [ɪnˌvɛstəˈgeʃən] ★★★★★

名 研究，調查　　　　　　　　　　　　同 inquiry

記 作調查是make/conduct/carry out an investigation。

例 The government made an investigation of the employment in the private sector.
政府對私營部門的就業情況進行調查。

---

invincible ⓐ [ɪnˈvɪnsəbl] ★★★★☆

形 無敵的，無法征服的，不屈不撓的　　同 unconquerable

記 in表「不」，vinc表「征服」，ible表「可…的」，合併起來便有「不可征服的，無敵的」之意。

例 The young female manager has an invincible will.

那位年輕的女經理有著不屈不撓的意志。

---

irrigation ⓝ [ˌɪrəˈgeʃən]　★★★★★

图 灌溉

記 來自irrigate（灌溉）的名詞形式，ion是名詞字尾，因此便有「灌溉」之意。

例 They used the money to set up an irrigation project.
他們把錢用在興建灌溉工程上。

---

issue ⓝ [ˈɪʃʊ]　★★★★☆

图 問題，議題　　　　　　　　　　　　　　同 topic, subject

記 issue（問題）可與tissue（面紙、紙巾）同步記憶：減少tissue的使用是本次會議的重要 issue。

例 They refused to address the economic issues.
他們拒絕對談經濟議題。

J

(Week 6 — Day 2)　　　　　　　　　　MP3-76

jail ⓝ [dʒel]　★★★★☆

图 監獄，拘留所，監禁

記 jail的諧音是「劫歐」，聯想記憶：他因為搶劫歐洲人而被關進監獄。

例 Several prisoners tried to break out of the jail.
有幾名囚犯試圖逃離監獄。

ⓥ [dʒel]　★★★☆☆

動 監禁，拘留

例 The thief was jailed for three months.
那名小偷被監禁了三個月。

---

judicial ⓐ [dʒʊˈdɪʃəl]　★★★★★

形 司法的，公正的，審判上的　　　　　　同 judicious, objective

記 judic表「法官、審判」，ial表「屬於…的」，合起來是「司法的、法官的」。

例 The employees decided to take judicial proceedings against the company.
員工們決定對公司正式提起司法訴訟。

---

jury ⓝ [ˈdʒʊrɪ]　★★★★★

图 陪審團

記 jur表「法律」，y表「全體」，原意是「執行法律的全體人員」，引申為「陪審團」。

例 The jury finally reached a decision that the accused was guilty.
陪審團最後做出被告有罪的裁決。

K

kinetic ⓐ [kɪˋnɛtɪk]　★★★★☆

形 運動的　　　　　　　　　　　　　　　　　　　　同 energizing

記 kinet表「動」，ic是形容詞字尾，表「…的」，合起來是「運動的」之意。

例 What is kinetic energy? It is the energy arising from motion.
什麼是動能？動能就是由於運動而產生的能量。

L

labor law ⓟʰ [ˋlebɚ] [lɔ]　★★★★★

片 勞工法

記 組合詞記憶：labor（勞工、勞方），law（法，法律），合起來是「勞工法」。

例 You should comply with the labor law.
你應遵守勞工法。

lament ⓥ [ləˋmɛnt]　★★★☆☆

動 哀悼，悲痛，痛哭　　　　　　　　　　　　同 mourn, sorrow
　　　　　　　　　　　　　　　　　　　　　反 rejoice

記 lament（悲痛）可與lame（跛腳的）同步記憶：lame的人更不可lament。

例 She lamented having lost her parents.
她因失去雙親而哀傷。

landscape ⓝ [ˋlændˌskep]　★★★★★

名 風景，景色，景致，風景畫　　　　　　　　同 scene, outlook

記 land表示「陸地」，scape表示「風景」，合起來是「風景、景色、景致」。

例 The landscape here was grey and stark.
這裏的景色灰暗而荒涼。

larceny ⓝ [ˋlɑrsn̩ɪ]　★★★★☆

名 竊盜，竊盜罪　　　　　　　　　　　　　　同 robbery

記 larceny的諧音是「拉神你」。

例 A youth was tried in the criminal court for larceny.
一個青年因竊盜罪在刑事庭受審。

layoff ⓝ ['le,ɔf]　　★★★★☆

名 臨時解雇，停止活動，停工　　　　同 dismissal

記 layoff 的諧音是「累喔服」，聯想記憶：他常喊累喔，而且又不服主管指示，因此遭到公司解雇。

例 The firm's stock prices broke when it suddenly announced layoffs.
當那家公司突然宣布裁員時，公司的股票價格便大跌。

leak ⓥ [lik]　　★★★★☆

動 漏，洩漏　　　　同 drip, dribble

記 leak（洩漏）可與 lean（倚靠、傾斜）同步記憶：她 lean 在他肩上 leak 公司的商業機密。

例 Was it you that leaked this to the press?
是你把這件事洩露給新聞界的嗎？

lease ⓥ [lis]　　★★★★★

動 出租，租出，租得　　　　同 rent, let, hire

記 lease（出租）可與 leave（離開）同步記憶：房東將房子 lease 我，然後就 leave 了。

例 Our company will lease out property.
我們的公司要出租房屋。

legal ⓐ ['ligl]　　★★★★☆

形 合法的，法律的　　　　同 lawful, legitimate

記 leg 表「法」，al 表「…的」，合併起來便有「合法的，法律的」之意。

例 We should take legal safeguards against fraud.
我們應採取合法的保護措施，制止詐騙活動。

legislate ⓥ ['lɛdʒɪs,let]　　★★★★☆

動 立法，制定（或通過）法律　　　　同 enact, make laws

記 legis 表「法律」，late 表「放」，合起來是「放出法律」，引申為「制定法律」。

例 It has been proved necessary to legislate for the preservation of nature.
立法保護自然已被證實是必須的。

levy ⓥ ['lɛvɪ]　　★★★★★

動 徵收，徵集，強加某事物　　　　同 collect, gather

記 lev 表「升起、增加」，y 是名詞字尾，合併起來是「把稅收起來」，引申為「徵稅」。

例 The government must levy a fine on the factories for polluting the air with smoke.
政府必須對以煙塵污染空氣的工廠徵收罰金。

liberalization ⓝ [ˌlɪbərəlaɪˈzeʃən]   ★★★★★

名 自由化，自由主義化

記 liber表「自由」，al表「具有⋯特性的」，ize表「使成為」，ation表「行為」，合併起來便有「自由化，自由主義化」之意。

例 Glasnost has entered the international vocabulary as a catchword for a general liberalization of Soviet society.
公開性作為蘇維埃社會普遍自由化的時髦語已進入了國際語彙。

(Week 6 — Day 3)

liberalize ⓥ [ˈlɪbərəlˌaɪz]   ★★★☆☆

動 使自由化

記 liber表「自由」，al表「具有⋯特性的」，ize表「使成為」，合併起來便有「使自由化」之意。

例 Most people all agree that there is a move to liberalize literature and the arts.
大多數人都認為文學與藝術有自由化的動向。

life cycle ⓟʰ [laɪf] [ˈsaɪkl̩]   ★★★★★

片 生命周期，盛衰周期

記 life表示「生命」；cycle表示「周期」。

例 Plankton remains free-swimming through all stages of its life cycle.
浮游生物在其生命週期的所有階段可自由游動。

lightweight ⓐ [ˈlaɪtˈwet]   ★★★★☆

形 無足輕重的，沒有影響力的

記 light表「輕，不重」，weight表「重量」，合併起來，便有「重量輕的」之意。

例 He is only a lightweight intellect.
他只不過是一個無足輕重的知識份子。

listless ⓐ [ˈlɪstlɪs]   ★★★★★

形 無精打采的，無聊的   同 lifeless, sluggish

記 list表「渴望」，less表「無、沒有」，合起來是「無渴望的」，引申為「無精打采的」意思。

例 Heat makes us feel listless.
炎熱使我們感到無精打采。

litigate ⓥ [ˈlɪtəˌget]   ★★★★☆

動 就⋯爭訟，訴訟   同 sue

記 litigate的動詞三態為：litigate；litigated；litigated。

例 The workers decided to litigate the company.
工人們決定對公司提起訴訟。

loan ⓝ [lon] ★★★★☆

名 貸款，暫借，借出

同 accommodation
反 debt

記 貸款是make a loan；銀行貸款是bank loan。

例 A loan of money would help them out of their predicament.
只需一筆貸款就能幫他們擺脫困境。

long-term strategy ⓟʰ [ˈlɔŋ,tɝm] [ˈstrætədʒ] ★★★★★

片 長期的策略

記 long-term表示「長期的」，strategy表示「戰略，策略」，合起來是「長期的策略」。

例 We must formulate a long-term strategy.
我們必須制定一個長期的策略。

lucrative ⓐ [ˈlukrətɪv] ★★★★★

形 賺錢的，有利可圖的

同 profitable

記 lucre表示「錢財」，ative表「…的」，合起來是「賺錢的」。

例 My friend is reaching after a more lucrative situation.
我的朋友正在謀求一個較有利可圖的情況。

M

maim ⓥ [mem] ★★★★☆

動 使殘廢，使受重傷

同 disable, mutilate

記 maim（使殘廢）可與main（主要的）同步記憶。

例 He was maimed in a traffic accident.
他在一次交通事故中成了殘廢。

majority ⓝ [məˈdʒɔrətɪ] ★★★★★

名 多數，大多數

同 heading, title

記 major表示「大多數的」，ity是名詞字尾，合起來是「大多數」。

例 Tom had a large majority over the other party at the last election.
在上次的選舉中湯姆以懸殊的票數擊敗了對手。

malign ⓥ [məˈlaɪn] ★★★★★

勔 誹謗，中傷

同 shander, defame, smear

記 mali表「惡、壞」，gn表「出生」，合併起來，原意是「生來就具有壞品性」，引申為「中傷，誹謗」。

例 She always likes to malign others.
她老愛誹謗別人。

malpractice ⓝ [mælˈpræktɪs] ★★★★★

名 不法行為，營私舞弊，誤診

同 dishonesty, vice

記 mal表「壞，不」，practice表「實行，習慣」，合併起來便有「不法行為，怠忽職守，營私舞弊」等意思。

例 Various malpractices by them were brought to light by the enquiry.
他們的各種不法行為經調查已揭露出來。

management ⓝ [ˈmænɪdʒmənt] ★★★★☆

名 管理，經營，管理部門

同 leadership
反 obedience

記 manage表「管理，經營」，ment是名詞字尾，合併起來便有「管理，經營」之意。

例 He introduced advanced methods of management in this company.
他為本公司引進了先進的管理方法。

manhunt ⓝ [ˈmænˌhʌnt] ★★★★☆

名 搜索，追捕

記 man表「人」，hunt表「打獵、搜尋、搜索」，合起來是「搜捕逃犯」，引申為「搜尋、追捕」。

例 The police will launch a massive manhunt in this area.
警方將對這一地區進行大規模搜捕。

mar ⓥ [mɑr] ★★★★★

勔 毀損，損傷，玷污

同 blemish, damage
反 cure, heal

記 mar（毀損、損傷）可與Mars（火星）同步記憶。

例 His reputation was marred by a newspaper article alleging he had taken bribes.
報紙上一篇文章說他受賄，他的聲譽因此受到傷害。

market ⓝ [ˈmɑrkɪt] ★★★★☆

名 市場，交易，推銷地區

同 store, shop

記 下跌股市是 bear market；上揚股市是 bull market。

例 The sales manager wants to open up new markets in the foreign countries.
銷售經理想在國外開闢新的市場。

Ⓥ [ˈmɑrkɪt]   ★★★★★
動 在市場上銷售
例 If your products are marketed, they should sell very well.
如果把你的產品放到市場上銷售，銷路應該很好。

(Week 6 — Day 4)   MP3-78

market share ⓟₕ [ˈmɑrkɪt] [ʃɛr]   ★★★★☆
片 市場占有率，市場份額
記 Market 表「市場」，share 表「份額」，合起來是「市場份額」。

例 We hope our new products can increase our market share.
我們希望我們的新產品能增加我們的市場占有率。

---

mass production ⓟₕ [mæs] [prəˈdʌkʃən]   ★★★★★
片 大量生產
記 組合詞記憶：mass（大規模的）+ production（生產）→大量生產。

例 The car will soon go into mass production.
這種小汽車不久即可投入大量生產。

---

measles Ⓝ [ˈmizḷz]   ★★★☆☆
名 麻疹
例 When you are suffering from measles, you have red spots on your skin.
當你患麻疹時，在皮膚上會有紅點。

Medicaid Ⓝ [ˈmɛdɪkˌed]   ★★★★★
名 醫療補助計畫
記 medic 表「醫學院學生」，aid 表「補助」，因此引申為「醫療補助計畫」。

例 Congress wasn't off base when it required that every poor child be covered by Medicaid.
國會在要求醫療補助計畫應包含每位貧窮兒童時，並未置身事外。

Medicare Ⓝ [ˈmɛdɪˌkɛr]   ★★★★☆
名 醫療保險計畫
記 medic 表「醫學院學生」，care 表「照顧」，因此引申為「醫療保險計畫」。

例 The standard American job, with a 40-hour workweek, Medicare and a pension at age 65, is on the wane.
每週工作40小時，有醫療保險，並且65歲可領退休金的標準美國工作越來越少。

mellow ⓐ ['mɛlo] ★★★★★
形 醇香的，柔美的，老練的　　　　　　　同 mature, ripe
記 mel 表「蜂蜜、甜美之物」，low 表「小的、淺的」，因此引申為「醇香的，柔美的」。

例 I was feeling comfortable after I'd had two glasses of mellow wine.
我喝了兩杯香醇的葡萄酒後，頓時覺得很舒服。

merchant ⓝ ['mɝtʃənt] ★★★★☆
名 商人　　　　　　　　　　　　　　　　同 businessman
　　　　　　　　　　　　　　　　　　　反 customer
記 merc 表「貿易、商業」，ant 表「…的人或事物」，合併起來便有「商人」之意。

例 His family members were all famous tea merchants.
他的家族成員都是有名的茶葉商。

merger ⓝ ['mɝdʒɚ] ★★★★★
名 合併，聯合　　　　　　　　　　　　　同 merging, unification
記 merge 表「合併」，er 名詞字尾，合併起來便有「合併，吞沒」之意。

例 The board was pressured into agreeing to a merger.
董事會被迫同意將公司合併。

message ⓝ ['mɛsɪdʒ] ★★★★★
名 消息，資訊　　　　　　　　　　　　　同 word, dispatch
記 message 的中文諧音是「沒戲劇」，同步聯想：大家都收到今晚沒戲劇的消息。

例 We've got the message to say that the meeting has been postponed.
我們得到消息說，會議已經延期了。

microscope ⓝ ['maɪkrəˌskop] ★★★★☆
名 顯微鏡
記 micro 表「微小」，scop 表「看」，合併起來便有「顯微鏡」之意。

例 The microscope can magnify the object 100 times.
這台顯微鏡能將物體放大一百倍。

minimum wage ⓝ ['mɪnəməm] [wedʒ] ★★★★★
名 最低工資
記 組合詞記憶：minimum（最低的、最小的）＋ wage（工資）→ 最低工資。

例 We've decided to negotiate with the employers about our minimum wage claim.
我們決定就最低工資問題與雇主談判。

mishap ⓝ ['mɪs'hæp] ★★★★☆
名 災禍，不幸　　　　　　　　　　　　　　　同 accident, mischance
記 mis表「壞」，hap表「運氣」，合起來就是「災禍、不幸」。

例 My whole day's work has been put out of gear by that mishap.
我一天的工作全讓這倒楣的事給弄亂了。

missing ⓐ ['mɪsɪŋ] ★★★☆☆
形 漏掉的，失去的，失蹤的　　　　　　　　　同 lacking, lost
記 miss表「遺漏」，ing作形容詞字尾，合併起來便有「漏掉的，失去的」等意思。

例 I am looking for the missing document.
我正在尋找那份遺失的文件。

(Week 6 — Day 5) MP3-79

mock ⓥ [mɑk] ★★★★★
動 嘲弄，模仿，輕視　　　　　　　　　　　　同 imitate, ridicule
記 mock的中文諧音是「馬克」，同步聯想：馬克喜歡嘲弄別人。

例 Although he failed, it was wrong to mock his efforts.
雖然他失敗了，但是嘲笑他的努力是不對的。

ⓐ [mɑk] ★★★★☆
形 模擬的，假裝的
例 She often opens her eyes wide in mock disbelief.
她常常睜大眼睛假裝不相信。

ⓝ [mɑk] ★★★★☆
名 嘲笑，戲弄，模仿
例 He said it merely in mock.
他完全用嘲諷的口氣說話。

molecule ⓝ ['mɑləˌkjul] ★★★★★
名 分子，微小顆粒　　　　　　　　　　　　同 atom, ion
記 mol表「堆」，cule是表「小」的名詞字尾，合併起來就是「小的東西」，引申為「分子，微小顆粒」。

例 There are many molecules flying in the air.

空氣中有許多小顆粒在飛舞。

monarchy ⓝ ['mɑnəˌkɪ] ★★★★★
名 君主政體，君主政治　　　　　　　　　　　同 kingdom, majesty
記 mon表「一」，arch表「首領，統治」，y是名詞字尾，合併起來便有「君主政體，君主政治」之意。
例 They are staunch supporters of the monarchy.
他們是君主制的堅定擁護者。

monolithic ⓐ [ˌmɑnə'lɪθɪk] ★★★★☆
形 獨塊巨石的，整體的，龐大的
記 mono表（單個），lith表（石頭），ic是形容詞字尾，合起來是「獨塊巨石的」。
例 There is a monolithic sculpture in the far distance.
遠處有個獨塊巨石的雕塑。

morbid ⓐ ['mɔbɪd] ★★★★★
形 病態的，不正常的　　　　　　　　　　　同 unhealthy
記 morb表（病），id表「…的」，合起來是「病態的」之意。
例 He has a morbid liking for horrors.
他對恐怖片有一種病態的喜愛。

mortgage ⓥ ['mɔrgɪdʒ] ★★★★☆
動 抵押　　　　　　　　　　　　　　　　同 obligate, pledge
　　　　　　　　　　　　　　　　　　　反 borrow, debit
記 mort表「死亡」，gage表「抵押品」，因此引申為「抵押借款」。
例 He will have to mortgage his house for a loan.
他必須抵押房子來申請貸款。

ⓝ ['mɔrgɪdʒ] ★★★★★
名 抵押（借款）　　　　　　　　　　　　同 guaranty, pledge
　　　　　　　　　　　　　　　　　　　反 credit, debt
例 You must pay off the mortgage at the end of this year.
你必須在年底付清抵押借款。

mourn ⓥ [morn] ★★★★☆
動 哀悼，憂傷，服喪　　　　　　　　　　同 grieve, lament
記 mourn原意是「記憶」，引申為「悲痛，哀悼」。
例 Many people wore crapes to mourn our leader.
許多人戴著黑紗哀悼我們的領導人。

multiply ⓥ [ˈmʌltəplaɪ] ★★★☆☆

動 繁殖，乘，增加

同 increase, advance

記 multi 表「多數」，ply 表「折疊」，合併起來便有「增加，繁殖」之意。

例 The problems we face have multiplied since last year.
自去年以來我們所面臨的問題增多了。

muscle ⓝ [ˈmʌsl̩] ★★★★★

名 肌肉，體力，力量

同 brawn, strength
反 weaknes

例 They develop their arm muscles by playing tennis.
他們透過打網球來鍛鍊手臂的肌肉。

N

national ⓐ [ˈnæʃənl̩] ★★★★☆

形 國家的，民族的

同 domestic
反 international

記 nation 表「國家，民族」，al 表「…的」，合併起來便有「國家的，民族的」之意。

例 The national news will come after the international news.
國內新聞將在國際新聞之後報導。

nationalism ⓝ [ˈnæʃənl̩ˌɪzəm] ★★★★☆

名 民族主義，國家主義

記 national 表「國家的，民族的」，ism 表「…主義」，合併起來便有「民族主義，國家主義」之意。

例 Damascus is the fount of modern Arab nationalism.
大馬士革是現代阿拉伯民族主義的源泉。

nationalization ⓝ [ˈnæʃənl̩əˌzeʃən] ★★★★★

名 國有化，歸化

記 nationalize 作動詞，表「國有化」，ation 是名詞字尾，合併起來便有「國有化」之意。

例 Some people favor private enterprise rather than nationalization.
一些人贊成民營企業而反對國有化。

natural selection ⓝ [ˈnætʃərəl] [səˈlɛkʃən] ★★★★★

名 自然選擇，物競天擇說

記 組合詞記憶：natural（自然的）+ selection（選擇）→自然選擇。

例 A systematic long-term change of this kind suggests the action of natural selection.

這種長期的系統變化說明物競天擇說的作用。

neglect ⓥ [nɪɡ'lɛkt] ★★★★★

動 疏忽，忽視，不顧　　　　　　　　　　　　同 ignore, disregard

記 neg表「否定，無」，lect表「選擇，聚集，收集」，合併起來是「不經選擇」，引申為「忽略，疏忽」。

例 She was severely criticized by her manager for neglecting her duty.
她因怠忽職守而受到經理的嚴厲批評。

neighborhood ⓝ ['nebɚ,hʊd] ★★★★☆

名 附近，鄰近　　　　　　　　　　　　　　同 vicinity, district
　　　　　　　　　　　　　　　　　　　　反 remoteness

記 neighbor表「鄰居」，hood名詞字尾，合併起來便有「附近，鄰近」之意。

例 You'll find the firm in the neighborhood.
你會在附近找到這家公司。

(Week 7 — Day 1)　　　　　　　　　　　　　MP3-80

neurotic ⓐ [njʊ'rɑtɪk] ★★★☆☆

形 神經病的，神經過敏的　　　　　　　　　同 disturbed, mental

記 neuro表「神經」，tic表「…的」，合併起來便有「神經病的，神經過敏的」之意。

例 He is a bit neurotic.
他有點神經質。

news flash ⓟₕ [njuz] [flæʃ] ★★★★★

片 新聞快訊

記 news表示「新聞，消息」，flash是「簡短的電訊，新聞快報」，合起來便有「新聞快訊」之意。

例 We now interrupt this program to bring you a special news flash.
我們現在中斷節目，為你們播放一條特別的新聞快訊。

nostalgia ⓐ [nɑs'tældʒɪə] ★★★★★

形 對往事的懷戀，懷舊

記 nost表「家」，alg表「痛」，ia是名詞字尾，引申為「懷舊」之意。

例 Her article is pervaded by nostalgia for a past age.
她的文章充滿了懷舊之情。

nurture ⓥ ['nɝtʃɚ] ★★★★☆

動 養育，培育，教養　　　　　　　　　　　　　　同 rear, foster, train

記 nurt表「養育」，ure可為名詞或動詞字尾，合併起來便有「養育，培養」之意。

例 Most vegetables in winter are nurtured in the greenhouse.
冬天的大多數蔬菜都是在溫室裡培育的。

nutrition ⓝ [njuˈtrɪʃən]　　　　　　　　　　　★★★★★

名 營養，滋養　　　　　　　　　　　　　　　同 food, nourishment

記 nutri表示「哺乳，養育，滋養」，ition是名詞字尾，合併起來便有「營養，滋養」之意。

例 The child has grown weaker and weaker because of his poor nutrition.
那個孩子因為營養不良，身體越來越虛弱。

O

obfuscate ⓥ [ɑbˈfʌsket]　　　　　　　　　　　★★★★☆

動 使困惑，使迷惑　　　　　　　　　　　　　同 shade, darken

記 ob表「走向」，fusc表「黑暗、糊塗」，ate是動詞字尾，合併起來便有「使困惑，使迷惑」之意。

例 He always obfuscates the real issues with petty details.
他老是以枝微末節來混淆實質問題。

---

obscure ⓐ [əbˈskjʊr]　　　　　　　　　　　　★★★★★

形 模糊的，含糊不清的，晦澀的　　　　　　　同 indistinct, unclear
　　　　　　　　　　　　　　　　　　　　　反 clear, obvious

記 ob表「在…之上」，scrue表示「遮蓋、覆蓋」，合併起來便有「遮掩、使變暗」之意。

例 The classical poem is full of obscure literary allusions.
這首古典詩作裡用了很多晦澀的文學典故。

ⓥ [əbˈskjʊr]　　　　　　　　　　　　　　　★★★☆☆

動 使難理解，混淆

例 The main theme of his article is obscured by frequent digression.
他的文章主題不明確，常離題。

---

obsessed ⓐ [əbˈsɛst]　　　　　　　　　　　　★★★★☆

形 著迷的，一門心思的　　　　　　　　　　　同 absorbed

記 ob表「在…上」，sess表「坐」，合併起來是「坐在…上」，引申為「纏住、迷住」。

例 Those people are obsessed by fear of unemployment.
那些人被失業的恐懼所困擾。

obvious ⓐ [ˈɑbvɪəs]　★★★★★

形 明顯的，顯而易見的　　　　　　　　　　　同 apparent

記 ob 表「道路」，ous 形容詞字尾，表「…的」，合併起來是「擺在路上的」，引申為「明顯的，顯而易見的」。

例 It is obvious that she is very nervous right from the start.
顯然，她從一開始就十分緊張。

occupy ⓥ [ˈɑkjəˌpaɪ]　★★★★☆

動 占領，占據，占　　　　　　　　　　　　同 fill

記 oc 表「在…之上」，cupy 表「持、拿」，引申為「占，占有」。

例 Working occupies most of my free time.
工作占去了我大部分的空閒時間。

office ⓝ [ˈɔfɪs]　★★★★★

名 辦公室　　　　　　　　　　　　　　　　同 workplace

記 off 表「不上班」，ice 表「冰」，聯想記憶：即使 off，我還是想到 office 吃 ice。

例 My office is on the twelfth floor.
我的辦公室在十二樓。

oligarchy ⓝ [ˈɑlɪˌgrɑrk]　★★★★☆

名 寡頭政治　　　　　　　　　　　　　　　反 polyarchy

記 olig 表「少」，archy 表「統治」，合起來是「少數人統治」，引申為「寡頭統治」。

例 The oligarchy is government by the rich.
寡頭政治是富有者的政府。

operator ⓝ [ˈɑpəˌretɚ]　★★★★★

名 接線生

記 operate 表「動手術、操作」，or 表「…人」，合併起來便有「操作人員、接線生」之意。

例 You can dial 100 for the operator.
你可以撥 100 找接線生。

opposite ⓐ [ˈɑpəzɪt]　★★★☆☆

形 相反的，對立的　　　　　　　　　同 contrary, reverse
　　　　　　　　　　　　　　　　　　反 same, identical

記 op 表「相反、反對」，site 表「地點、位置」，合併起來便有「對立面、對立物」之意。

例 We have opposite views on this problem.

在這個問題上我們持相反的觀點。

ⓝ ['ɑpəzɪt]　　　　　　　　　　　　　　★★★★☆
名 對立面，對立物　　　　　　　　同 reverse, contrary
例 His view is the very opposite of mine.
他的看法正好與我的相反。

(Week 7 — Day 2)　　　　　　　　　　MP3-81

orbit ⓝ ['ɔrbɪt]　　　　　　　　　　★★★★★
名 軌道，勢力範圍，生活常規　　　同 circle, revolution
例 Their orbits did not touch, although they knew each other.
記 or表示「或者」，bit表示「一點點」，聯想記憶：不管是偏離orbit很多，or只有bit都不行。

他們雖然相互認識，但各有各的生活圈子。

ⓥ ['ɔrbɪt]　　　　　　　　　　　　　★★★★☆
動 環繞軌道運行
例 Look! The plane is orbiting over the field of the airport.
看！飛機在繞機場盤旋。

order ⓝ ['ɔrdɚ]　　　　　　　　　　★★★★★
名 訂購，訂貨，次序，順序　　　　同 arrangement
　　　　　　　　　　　　　　　反 disorder
記 order的中文諧音是「歐的」，聯想記憶：這些貨是歐洲人訂購的。
例 A delivery van has brought your grocery order.
送貨車已把你訂購的食品雜貨送來了。

ⓥ ['ɔrdɚ]　　　　　　　　　　　　　★★★☆☆
動 命令，訂購　　　　　　　　　同 command
例 He ordered us off the property.
他命令我們別碰這些財產。

organism ⓝ ['ɔrgən,ɪzəm]　　　　　★★★★★
名 生物體，有機體
記 organ表「器官」，ism是名詞字尾，合併起來便有「有機體」之意。
例 Society is a large and complicated organism.
社會是一個大而複雜的有機體。

organize ⓥ [ˈɔrgəˌnaɪz]　　★★★★☆

動 組織，使有機化，給予生機

記 organ 表「機構、機關」，ize 是動詞字尾，合併起來是「使機構有秩序」，引申為「組織，創辦」。

例 You had better organize your thoughts before speaking.
你們最好在說話之前先組織思路。

outcome ⓝ [ˈaʊtˌkʌm]　　★★★★★

名 結果，成果　　　　　　　　　　同 result, consequence
　　　　　　　　　　　　　　　　　反 cause

記 out 表「向外、外出」，come 表「來」，引申為「結果、結局」之意。

例 What was the outcome of your discussion?
你們討論的結果如何？

output ⓝ [ˈaʊtˌpʊt]　　★★★★☆

名 產出，產量，輸出　　　　　　　同 product, production

記 out 表「出」，put 表「放、產」，合併起來便有「產出，產量，輸出」之意。

例 We must increase our output to meet consumers' demand.
我們必須提高產量以滿足消費者的需求。

outweigh ⓥ [aʊtˈwe]　　★★★★★

動 比…重要，優於…，勝過…　　　同 surpass, exceed

記 out 表示「超過」，weigh 表示「重」，合併起來就是「在重量上超過，在價值上超過」的意思。

例 With us, honesty outweighs wealth.
對我們來說，誠實比財富重要。

overcome ⓥ [ˌovɚˈkʌm]　　★★★★☆

動 戰勝，克服　　　　　　　　　　同 conquer, defeat
　　　　　　　　　　　　　　　　　反 submit, surrender

記 over 表「在…之上」，come 表「來」，合併起來就是「來到上面」，引申為「戰勝」之意。

例 We have to overcome all the difficult problems in our life.
我們必須克服生活中遇到的所有難題。

overdraw ⓥ [ˈovɚˈdrɔ]　　★★★★★

動 誇大，誇張，透支　　　　　　　同 amplify

記 over 表「過度、過多」，draw 表示「拉」，引申為「誇大，誇張」之意。

例 Oh, no! My bank account is overdrawn.

哦，糟了！我的銀行帳戶透支了。

overflow ⓥ [ˌovɚˈflo] ★★★★☆
動 從…中溢出，使某處容納不下　　　　　同 spill, inundate, run
記 over表「過度」，flow表「流」，合併起來便有「使外溢、溢出、流出」之意。
例 The crowd overflowed the theater.
戲院裡人多得容納不下。

overpopulation ⓝ [ˌovɚˌpɑpjəˈleʃən] ★★★★★
名 人口過剩
記 over表「過度」，population表「人口」，合併起來便有「人口過剩」之意。
例 There are problems of overpopulation in parts of India.
印度的某些地區有人口過剩的問題。

overt ⓐ [oˈvɝt] ★★★☆☆
形 公開的，非秘密的　　　　　同 observable
　　　　　　　　　　　　　　　　反 covert
記 o表「出」，vert表「轉」，合併起來是「轉出來」，引申為「公開的」之意。
例 The argument boiled over into overt war.
爭論演變成了公開的論戰。

overwhelm ⓥ [ˌovɚˈhwɛlm] ★★★★★
動 壓倒，控制，使不知所措　　　　　同 overturn, submerge
記 over表「顛倒，倒轉」，whelm 表示「蓋」，合併起來便有「打翻，傾覆，覆蓋，壓倒」之意。
例 Their presence so overwhelmed me that I could hardly talk.
他們的出席使我困窘得幾乎說不出話來。

oxygen ⓝ [ˈɑksədʒən] ★★★☆☆
名 氧，氧氣
記 氧氣面罩是oxygen mask。
例 Oxygen is essential to all forms of life.
氧氣是一切生命所不可缺少的。

P

pacify ⓥ [ˈpæsəˌfaɪ] ★★★★★
動 使安靜，撫慰　　　　　同 appease, placate

反 anger, irritate

記 pac表「和平、平靜」，ify是動詞字尾，表「使得、變成」，合併起來便有「使安靜、撫慰」之意。

例 Even a written apology failed to pacify the indignant hostess.
連書面道歉都無法安撫這位憤怒的女主人。

(Week 7 — Day 3)

pact ⓝ [pækt] ★★★★☆
名 協定，條約　　　　　　　　　　　　同 agreement, contract
記 pact表示「固定」，引申為「協定」之意。

例 A non-aggression pact has been signed between the two countries.
兩國間簽訂了互不侵犯的協定。

---

palpable ⓐ ['pælpəbl̩] ★★★★★
形 可觸知的，明顯的　　　　　　　　　同 perceptible, patent
記 palp表示「接觸，觸摸」，able表示「有能力的」，合併起來構成「摸得到的」，引申為「明顯的」之意。

例 It was palpable to everyone that he disliked the idea.
他不喜歡這個主意是顯而易見的。

---

paltry ⓥ ['pɔltrɪ] ★★★★☆
形 無價值的，微不足道的　　　　　　　同 trivial, unimportant
記 pal表「朋友、夥伴」，try表「嘗試」，聯想記憶：我的朋友嘗試做微不足道的工作。

例 It's paltry for you to do this job.
你做這件工作是毫無價值的。

---

panacea ⓝ [,pænə'sɪə] ★★★★★
名 萬靈藥
記 pan表「全」，acea表「治療」，合併起來是「完全治癒」，引申為「萬靈藥」之意。

例 I want to tell you that there's no single panacea for the country's economic ills.
我要告訴你們的是：國家經濟弊病百出，並無萬靈藥可以醫治。

---

paparazzo ⓝ [,pɑpə'rɑtso] ★★★★☆
名 狗仔隊
記 paparazzo的複數形是paparazzi。

例 He is a paparazzo who doggedly pursues celebrities to take candid pictures

for sale to magazines and newspapers.
他是狗仔隊，不停地跟蹤名人，以偷拍一些照片賣給雜誌和報紙。

paraphrase ⓥ [ˈpærəˌfrez] ★★★★★

動 將…釋義或意譯，改述　　　　　　　同 translate

記 para表「接近、相似」，phrase表「用言語表達」，合併起來是「用短語表達相近的意思」，因此此便有「將…釋義，改述」之意。

例 Can you paraphrase the old poem in modern English?
你能用現代英語譯述這首古詩嗎？

patent ⓐ [ˈpætn̩t] ★★★★★

形 特許的，專利的，顯著的　　　　　同 apparent, evident

記 pat表「公開」，ent表「…的」，合起來是「公開的」，引申為「顯然的」之意。

例 It was patent to anyone that he was lying.
誰都知道他在撒謊。

ⓝ [ˈpætn̩t] ★★★★☆

名 專利權，執照，專利品　　　　　同 trademark, licence

例 I have taken out the patent on my design.
我已經取得這項設計的專利權。

patronage ⓝ [ˈpetrənɪdʒ] ★★★★★

名 贊助，惠顧，保護　　　　　同 assistance, snobbery

記 patron表「贊助人」，age是名詞字尾，合起來是「贊助」之意。

例 The festival is under the patronage of several large firms.
這一慶祝活動得到了幾家大公司的贊助。

payment ⓝ [ˈpemənt] ★★★☆☆

名 付款，支付，報酬，償還　　　　同 remuneration, fee

記 pay表「支付、交納、給予」，ment是名詞字尾，合起來是「付款，支付，報酬」之意。

例 He received a large payment yesterday.
他昨天得到一大筆錢。

penalty ⓝ [ˈpɛnl̩tɪ] ★★★★☆

名 處罰，罰款　　　　　　　同 fine, punishment

記 penal表「受刑罰的、刑事的」，ty是名詞字尾，合起來是「處罰、罰款」之意。

例 It is part of the contract that there is a penalty for late delivery.
合約中有延遲交貨的懲罰規定。

penetrate ⓥ [ˈpɛnəˌtret] ★★★★★

動 穿透，滲透，看穿，洞察   同 pierce, enter

記 pen表「全部」，etr表「進入」，ate是動詞字尾，合起來是「全部進入」，引申為「刺穿」之意。

例 I soon penetrated his disguise.
我很快看穿他的偽裝。

per capita ⓟʰ [pɚˈkæpɪtə] ★★★★☆

片 每人的，按人頭計算的

記 per 表「每、每一」，capita表「人」，合起來便有「每人的，按人頭計算的」。

例 With enormous oil revenues, the country has one of the highest per capita
incomes in the world.
該國因為有大量的石油收入，所以每人的收入成為世界上最高的國家之一。

performance ⓝ [pɚˈfɔrməns] ★★★★★

名 性能，技能，本事

記 perform表「運轉、行動、表現」，ance是名詞字尾，引申為「性能，技能，本事」之意。

例 The customer was impressed by the car's performance.
客戶對這輛車的性能很滿意。

perpetrate ⓥ [ˈpɝpəˌtret] ★★★★☆

動 做壞事，犯罪   同 commit

記 perpetrate的動詞三態是：perpetrate；perpetrated；perpetrated。

例 One cannot perpetrate a swindle with impunity.
一個人不可能做壞事而不受懲罰。

(Week 7 － Day 4)   MP3-83

perspective ⓝ [pɚˈspɛktɪv] ★★★★★

名 觀點，看法，遠景，展望   同 prospect, horizon

記 per表「自始至終、貫穿、完全」，spect表「觀察、看」，ive作名詞字尾，引申為「看法，遠景，展望」之意。

例 It is useful occasionally to look back on the past to gain a perspective on the
future.
偶爾回顧過去有助於展望未來。

peruse ⓥ [pəˈruz] ★★★☆☆

📣 細讀，閱讀 　　　　　　　　　　　　　　　　　　　回 read carefully

📝 per表「每」，use表「使用」，聯想記憶：他每次使用儀器前都會先詳細閱讀使用說明書。

📖 He perused the document before signing it.
他在簽署文件前，先仔細閱讀了一遍。

petition ⓥ [pəˈtɪʃən] ★★★★☆

📣 請願，請求 　　　　　　　　　　　　　　　　　　　回 appeal

📝 pet表「尋求」，ition是名詞字尾，合起來是「尋求幫助」，引申為「請求，請願」之意。

📖 We petitioned for a pardon but were refused.
我們請求赦免但被拒絕了。

ⓝ [pəˈtɪʃən] ★★★★☆

📣 請願書，申請書，祈求 　　　　　　　　　　　　　回 request, prayer

📖 Three thousand people signed the petition.
三千人在請願書上簽了名。

phony ⓐ [ˈfonɪ] ★★★★☆

📣 假的，欺騙的 　　　　　　　　　　　　　　　　　　回 bogus
　　　　　　　　　　　　　　　　　　　　　　　　　　反 real

📝 phony可與phone同步記憶：這支phone不但貴，而且還是phony。

📖 She received a phony check.
她收到一張假支票。

ⓝ [ˈfonɪ] ★★★★☆

📣 贋品，騙人的東西，騙子 　　　　　　　　　　　回 counterfeit

📖 How could you believe in this phony?
你怎麼能相信那個騙子？

pickpocket ⓝ [ˈpɪkˌpɑkɪt] ★★★☆☆

　　　　　　　　　　　　　　　　　　　　　　　　　　回 cutpurse, dip

📣 扒手

📝 pick意為「摘、挖」，pocket意為「口袋」，合起來是「在別人口袋裡掏東西」，那便是「扒手」了。

📖 The pickpocket failed to run away.
那個扒手沒有逃掉。

pious ⓐ [ˈpaɪəs] ★★★★★

📣 虔誠的，好心的 　　　　　　　　　　　　　　　　回 devout
　　　　　　　　　　　　　　　　　　　　　　　　　　反 impious

記 pious的中文諧音是「拍耳絲」，聯想記憶：他真是好心的人，拍掉我耳朵上的蜘蛛絲。

例 His grandma was a pious Christian.
他的奶奶是位虔誠的基督徒。

---

piracy ⓝ [ˈpaɪrəsɪ]　　★★★★☆

名 剽竊，著作權侵害，盜印　　　　　　　　　　同 plagiarism

記 來自動詞pirate，意為「盜印、盜版」，變成名詞piracy就有「剽竊，著作權侵害，盜印」的意思。

例 This newspaper reported the latest news on the anti-piracy movement.
這份報紙報導了反盜版運動的最近消息。

---

plagiarize ⓥ [ˈpledʒəˌraɪz]　　★★★★☆

動 抄襲，剽竊　　　　　　　　　　　　　　　同 pirate

記 plagiar表「斜的」，ize是動詞字尾，合起來是「做壞事」，因此便有「抄襲、剽竊」之意。

例 Most parts of the book are plagiarized.
該書的大部分都是抄襲的。

---

plant ⓥ [plænt]　　★★★☆☆

動 種植，播種，安插　　　　　　　　　　　同 implant, engraft

記 聯想記憶：可拆為plan（計畫）＋t（可看作tree樹）→計畫種樹→種植。

例 They planted a lot of trees in this area.
他們在該地區種了很多樹。

ⓝ [plænt]　　★★★★★

名 植物，農作物，工廠　　　　　　　　　　同 flora, works, factory

例 He works in a steel plant.
他在一家鋼鐵廠工作。

---

plea bargain ⓝ [pliˈbɑrgɪn]　　★★★★☆

名 認罪辯訴協議商　　　　　　　　　　　　同 plea bargaining

記 plea表「懇求」，bargain表「合同、契約」，合起來是「懇求契約」，引申為「認罪辯訴協商」。

例 It's said that the prisoner made a plea bargain for mercy.
據說那個囚犯為了懇求寬恕而做認罪辯訴協商。

---

pneumonia ⓝ [nuˈmonjə]　　★★★★☆

名 肺炎

記 pneumonic表「肺的、肺炎的」，a作名詞字尾，合起來便是「肺炎」。

例 Last night John's father died of pneumonia.
昨晚約翰的父親死於肺炎。

ponder ⓥ [ˈpɑndɚ] ★★★★★

動 仔細考慮，衡量　　　　　　　　　　　　　同 think over

記 pond 表「池塘」，er 表「人」，聯想記憶：他在考慮是否跳入池塘救人。

例 Judy pondered on what her boyfriend had said.
朱蒂仔細考慮男友所說的話。

portly ⓐ [ˈpɔrtlɪ] ★★★★★

形 肥胖的，莊嚴的　　　　　　　　　　　　同 fat, stout
　　　　　　　　　　　　　　　　　　　　　反 thin

記 port 表「拿」，ly 在此為形容詞字尾，合起來是「拿不動的」，引申為「肥胖的、莊嚴的」之意。

例 Tom became portly as he grew older.
隨著年齡的增長，湯姆發胖了。

positive ⓐ [ˈpɑzətɪv] ★★★☆☆

形 確實的，積極的，正的　　　　　　　　　同 certain, confident
　　　　　　　　　　　　　　　　　　　　　反 negative

記 posit 表「安置」，ive 在此為形容詞字尾，合起來是「安置的」，引申為「確實的、積極的」之意。

例 People should have a positive attitude towards life.
人們應該對生活持有積極的態度。

pre-emptive ⓐ [priˈɛmptɪv] ★★★★☆

形 優先購買的，先發制人的

記 pre 表「預先」，empt 表「買」，合起來是「優先購買的、先發制人的」。

例 The US says it is prepared to launch a pre-emptive strike with nuclear weapons if it is threatened.
美國說如果受到威脅，將發射核武器先發制人。

predominate ⓥ [prɪˈdɑməˌnet] ★★★★★

動 掌握，控制，成為主流　　　　　　　　　同 dominate, rule

記 pre 表「預先」，dominate 表「統治」，合起來便有「掌握、控制」之意。

例 Sunny days predominate over rainy days in desert regions.
在沙漠地帶，大晴天在天數上超越下雨天。

prejudice ⓝ [ˈprɛdʒədɪs]　　　　　　　　　　★★★★★

名 偏見，成見　　　　　　　　　　　　　同 preconception

記 pre表「預先」，judice表「判斷」，合併起來構成「預先判斷」，引申為「偏見」。

例 ①As a judge, he must be free from prejudice.
　　作為一名法官，必須秉除成見。

例 ②He should not have a prejudice against his women employees.
　　他不應對女性職員存有偏見。

preoccupy ⓥ [priˈɑkjəˌpaɪ]　　　　　　　　　　★★★★☆

動 搶先占據，搶先佔有，使入神　　　　　同 absorb, engross

記 pre表「先」，occupy表「占有」，合併起來便有「搶先占據，搶先占有」之意。

例 ① Our seats have been preoccupied.
　　我們的座位已被人家先占了。

例 ② Health worries preoccupied his mind.
　　他的心中老是擔憂健康狀況。

prescribe ⓥ [prɪˈskraɪb]　　　　　　　　　　　★★★☆☆

動 指示，規定，處方，開藥　　　　　　　同 assign, command

記 pre表「先」，scribe表「寫」，合併起來是「先寫好」，引申為「處方、開藥」之意。

例 Do what the regulations prescribe.
　　請按照條文規定行事。

present ⓐ [ˈprɛzn̩t]　　　　　　　　　　　　　★★★★★

形 現在的，出席的　　　　　　　　　　　反 absent, past, future

記 present的動詞三態是：present；presented；presented。

例 There were three hundred people present at the meeting in total.
　　總共有三百人出席會議。

　　ⓝ [ˈprɛzn̩t]　　　　　　　　　　　　　　★★★★☆

名 現在

例 We should learn from the past, experience the present and hope for success in
　　the future.
　　我們應學習過去，體驗現在，並希望在未來成功。

　　ⓥ [prɛˈzn̩t]　　　　　　　　　　　　　　★★★★★

動 頒發，提出，介紹

例 Allow me to present Mr. Smith to you.
　　讓我介紹史密斯先生給你認識。

Part 2

P

preserve ⓥ [prɪˈzɝv] ★★★★☆

動 保存，保護，保持　　　　　　　　　同 perpetuate, protect

記 pre表「先」，serv表「留心、看守」，合併起來便有「保存、保護、保持」之意。

例 He feels it is difficult to preserve his self-respect in that job.
他覺得做那樣的工作很難保持自尊。

press release ⓟₕ [prɛs] [rɪˈlis] ★★★★★

片 新聞稿

記 press「報刊、新聞界、通訊社」，release「發布」，合起來便有「新聞稿」之意。

例 Today our company sent out a press release about the launch of the new car.
我們公司今天發出新車發表會的新聞稿。

pretend ⓥ [prɪˈtɛnd] ★★★★☆

動 假扮，裝作，假裝，裝扮　　　　　　同 act, feign, bluff

記 pre表「先」，tend表「傾向、易於」，引申為「假扮，裝作」之意。

例 He pretended to cooperate with us.
他假裝與我們合作。

preventive ⓐ [prɪˈvɛntɪv] ★★★★★

形 預防的，防止的

記 prevent表「防止」，ive表「⋯的」，合起來便有「預防的，防止的」之意。

例 We should take preventive measures as soon as possible.
我們必須盡快採取預防的措施。

prime rate ⓟₕ [praɪ] [ret] ★★★★★

片 最優惠利率，基本利率

記 prime表「最初的、基本的」，rate表「率、比率」，合起來引申為「最優惠利率或基本利率」。

例 Someone says that the prime rate will soon be lowered.
有人說不久會調降最優惠利率。

principal ⓐ [ˈprɪnsəpl̩] ★★★☆☆

形 主要的，首要的　　　　　　　　　　同 chief, main, dominant

記 prin表「首先、第一」，cip表「拿」，al表「⋯的」，合併起來構成「拿第一的」，引申為「主要的、首要的」之意。

例 Now, their principal problem is lack of time.
現在，他們的主要問題就是缺少時間。

pristine ⓐ [ˈprɪstɪŋ] ★★★★☆

形 原始的，清新的，純樸的　　　　　　　　同 original, virgin

例 The spring of water entirely lost the deliciousness of its pristine quality.
水源完全失去了它原始特性的甘甜。

probe ⓝ [prob] ★★★★★

名 刺探，探索，徹底調查　　　　　　　　同 trial, test

記 pro表「職業的」，be表「成為」，聯想記憶：成為調查弊案的職業警察是他的夢想。

例 The police are working on a probe into suspected drug dealing.
員警正在對可疑的毒品交易進行調查。

procrastinate ⓥ [proˈkræstəˌnet] ★★★★☆

動 拖延，耽擱　　　　　　　　　　　　同 postpone, defer

記 pro表「向前」，crastin表「明天」，ate是動詞字尾，合併起來是「直到明天再做」，引申為「拖延」之意。

例 They procrastinated their return.
他們耽擱了歸期。

produce ⓥ [prəˈdʊs] ★★★★★

動 生產，產生，製作　　　　　　　　　同 make, generate
　　　　　　　　　　　　　　　　　　反 consume

記 pro表「向前」，duc表「引導」，合併起來是「向前引」，引申為「製出、產生出」之意。

例 These factories mainly produce rubber.
這些工廠主要是生產橡膠。

productivity ⓝ [ˌprodʌkˈtɪvətɪ] ★★★★☆

名 生產力，生產率　　　　　　　　　　同 fertility, fruitfulness

記 produce表「生產、產生」，tivity是名詞字尾，引申為「生產力、生產率」之意。

例 All the workers of the factory are trying their best to increase productivity.
這家工廠的所有工人們正竭盡全力提高生產力。

profile ⓝ [ˈprofaɪl] ★★★★★

名 輪廓，外形，形象　　　　　　　　　同 portrait, outline

記 pro表「前面」，file表「線條」，合起來是「前部的線條」，引申為「外形、輪廓」之意。

例 The company is trying to keep a low profile on this issue.
那家公司試圖在這個問題上保持低姿態。

(Week 8 — Day 1)　　　　　　　　　　　　　　MP3-85

profit ⓝ ['prɑfɪt]　　　　★★★★★
图 益處，利潤　　　　　　　　　　同 gain, benefit
　　　　　　　　　　　　　　　　反 loss

例 I think there is very little profit in selling newspapers.
我覺得賣報紙的利潤很少。

ⓥ ['prɑfɪt]　　　　★★★☆☆
動 得益，有益於，對…有好處

例 I have learned to profit by my mistakes.
我學會了從自己的錯誤中獲益。

---

prohibit ⓥ [prə'hɪbɪt]　　　　★★★★★
動 禁止，阻止　　　　　　　　　　同 forbid, ban

記 pro表示「前、在前」，hibit表示「持、拿住」，合併起來是「提前拿住」，引申為「禁止、阻止」。

例 Smoking is prohibited here.
這裡禁止吸菸。

---

prolific ⓐ [prə'lɪfɪk]　　　　★★★★☆
形 多產的，多育的，豐富的　　　　同 fertile, fruitful

記 proli表示「子孫」，fic表示「多…的」，合併起來是「子孫的」，引申為「多產的、豐富的」之意。

例 This year is a prolific period in the writer's life.
今年是這位作家一生中創作多產的一年。

---

promote ⓥ [prə'mot]　　　　★★★★★
動 促進，發揚，提升，升級　　　　同 encourage, help
　　　　　　　　　　　　　　　　反 degrade, demote

記 pro表「向前」，mote表「推動」，合起來是「向前推動」，引申為「促進」之意。

例 She was promoted manager of the big company.
她晉升為這家大公司的經理。

---

propaganda ⓝ [ˌprɑpə'gændə]　　　　★★★★★
图 宣傳，宣傳活動　　　　　　　　同 publicity, promotion

記 propaganda（宣傳，宣傳活動）的動詞形是propagate（宣傳、傳播）。

例 It's only a piece of propaganda trumpery.
這僅是一篇無聊的宣傳而已。

property ^ⁿ ['prɑpɚtɪ] ★★★★☆

名 特性，性能，所有物　　　　　　　　　　　　　同 trait, characteristic

記 proper表示「本身所有的」，ty是名詞字尾，合併起來便有「特性、性能、所有物」之意。

例 Property in the center of the city is becoming more expensive.
市中心的房地產價格越來越貴。

proselyte ^ⁿ ['prɑslͺaɪt] ★★★★★

名 改變宗教信仰者

記 pros表「靠近」，elyte表「來到」，合起來是「靠近宗教」，引申為「改變宗教信仰者」。

例 He won some proselytes after hard work of persuasion.
經過一番努力的勸說，他說服了一些人改變信仰。

protectionism ^ⁿ [prə'tɛkʃənɪzəm] ★★★★☆

名 保護貿易主義，保護貿易制　　　　　　　　反 free trade

記 protection表「保護」，ism表「…主義」，合併起來便有「保護貿易主義」之意。

例 They accused rival countries of protectionism.
他們指責對手國家實行貿易保護主義。

prove ^ⱽ [pruv] ★★★★★

動 實驗，試驗，證實，證明　　　　　　　　　同 certify, check
　　　　　　　　　　　　　　　　　　　　　　反 suppose

記 prove（證實、證明）的名詞形是proof（證明、論證）。

例 He has proved himself a competent manager.
他證明自己是一位能幹的經理。

provincial ^ⁿ [prə'vɪnʃəl] ★★★☆☆

形 省的，州的，地方的

記 province表「省」，ial表「…的」，合起來是「省的、地方性的」。

例 Have you scanned the provincial paper?
你瀏覽過那份地方報紙了嗎？

psychiatrist ^ⁿ [saɪ'kaɪətrɪst] ★★★★☆

名 精神病醫師，精神病學家

記 psychiatr表示「精神病的」，ist表示「…人」，合併起來便有「精神病醫師」之意。

例 He asked a psychiatrist to determine whether she ought to be transferred to hospital on health grounds.

他詢問精神病醫生是否該基於健康原因將她轉院。

publicity ⓝ [pʌbˈlɪsətɪ] ★★★★☆

名 宣傳，推廣，廣告

同 dominate
反 object

記 public表示「公眾的、公共的」，ity是名詞字尾，合併起來便有「宣傳、推廣」之意。

例 There has not been much publicity about this conference.
對這次會議沒有作什麼宣傳。

Q

quality control ⓝ [ˈkwɑlətɪ] [kənˈtrol] ★★★★★

名 品質管理，品質控制，品管

記 qualit表「品質」，control表「控制」，合起來便是「品質控制」之意。

例 Disqualified articles are rejected by our quality control.
我們進行品質檢驗時，不合格的產品均予剔除。

quote ⓥ [kwot] ★★★★★

動 引用，引證

同 cite, echo, illustrate

記 quote的中文諧音是「闊特」，聯想記憶：他引用廣闊特別的知識説服別人。

例 He frequently quotes the Bible.
他經常引用《聖經》裡的話。

R

radioactivity ⓝ [ˈredɪˌoækˈtɪvətɪ] ★★★☆☆

名 放射性，放射線

例 We must learn to control radioactivity.
我們必須要學會控制放射線。

記 radio表示「無線電」，activity表示「活動」，合起來引申為「放射性，放射線」之意。

rage ⓝ [redʒ] ★★★★★

名 狂怒，盛怒

同 anger, craze

記 rage（狂怒）可與rag（破布）同步記憶：他因為一塊破布而生氣。

例 My boss was mad with rage last night.
我的老闆昨天晚上氣瘋了。

raise ⓝ [rez] ★★★★★

名 上升，增加

同 hoist, increase
反 decrease

記 raise可與praise（稱讚）一起記：老闆不只稱讚他，還增加他的薪水。

例 Anna wants to ask the boss for a raise.
安娜想要求老闆加薪。

ⓥ [rez] ★★★★☆

動 舉起，增加，飼養，種植

同 boost, increase
反 decrease

例 It's difficult raising a family on a small income at present.
如今依靠微薄的收入是很難養家的。

---

ratify ⓥ [ˈrætəˌfaɪ] ★★★★★

動 批准，認可

同 confirm, approve

記 rat表示「計算、考慮」，fy表示「做…」，合併起來是「經過考慮而決定做某事」，引申為「批准」之意。

例 The local authorities have ratified the project to develop a substitute for oil.
當地政府已經批准研發石油替代品的專案。

---

raze ⓥ [rez] ★★★★★

動 消除，抹去，破壞

同 dismantle, tear
反 build

記 raze（破壞）可與rape（洗劫）同步記憶：他們raze村落而且rape村民。

例 That small village was razed to the ground by the bombs.
炸彈把那個小村落夷為平地。

---

realize ⓥ [ˈrɪəˌlaɪz] ★★★★★

動 領悟，瞭解，實現

同 find, achieve
反 unrealize

記 real表示「真實的」，ize表示「使…」，合併起來是「使…成為事實」，因此便有「實現、使成為事實」之意。

例 Has Dick realized his mistake yet?
迪克明白自己所犯的錯誤嗎？

---

recede ⓥ [rɪˈsid] ★★★★☆

動 向後退，退卻，減弱

同 fade, reduce
反 advance, proceed

記 <u>re</u>表「回」，<u>cede</u>表「走」，合起來是「<u>走回去</u>」，引申為「<u>向後退、退卻、減弱</u>」之意。

例 When the tide receded, the children happily looked for shells.
潮水退去，孩子們高興地去尋找貝殼了。

---

recession ⓝ [rɪˈsɛʃən]   ★★★★★

名 退回，退後，衰退，不景氣   同 depression, slump

記 <u>recess</u>表「<u>休息、休會</u>」，<u>ion</u>是名詞字尾，合併起來便有「<u>疲軟、衰退</u>」之意。

例 The antiques market here on Sundays is recession.
這裡週日的古玩市場不活躍。

---

reconciliation ⓝ [rɛkənˌsɪlɪˈeʃən]   ★★★★★

名 和解，和好   同 peace, settlement
                                            反 quarre

記 <u>reconciliation</u>的複數形是<u>reconciliations</u>。

例 Betty and William came to reconciliation at last.
貝蒂與威廉最後和好了。

---

recycle ⓥ [riˈsaɪkḷ]   ★★★★☆

動 再利用，使再循環   同 reprocess, reuse

記 <u>re</u>表「<u>再</u>」，<u>cycle</u>表「<u>周期、循環</u>」，合起來引申為「<u>再利用、使再循環</u>」。

例 Plastic bottles can be recycled.
塑膠瓶子可以回收再利用。

---

reference ⓝ [ˈrɛfərəns]   ★★★★★

名 參考，出處，參照   同 reference book

記 <u>refer</u>表「<u>查閱、諮詢、使求助於</u>」，<u>ence</u>是名詞字尾，合起來引申為「<u>參考、出處、參照</u>」。

例 The students should often make a reference to a dictionary.
學生們應該常參閱字典。

---

reflect ⓥ [rɪˈflɛkt]   ★★★★☆

動 反映，歸咎，思考   同 think over, send back

記 <u>re</u>表示「<u>回</u>」，<u>flect</u>表示「<u>彎曲</u>」，合起來引申「<u>反映、歸咎、思考</u>」之意。

例 The author always reflects on the beauty and complexity of life.
那位作家的作品經常反映人生的美麗與複雜。

---

refund ⓥ [rɪˈfʌnd]   ★★★★★

動 歸還，償還   同 pay back, repay

記 re 表「重新」，fund表「資金」，合起來引申「歸還、償還」。

例 I took the TV back to the store, and they refunded my money .
我把電視機拿回商店，他們把錢退還給我。

ⓝ [ˈrɪˌfʌnd]   ★★★★☆
名 償還，償還額   同 repayment
例 The shoes do not wear well, but the shop refuses to give me a refund.
那雙鞋不好穿，但商店拒絕退還我的錢。

register ⓥ [ˈrɛdʒɪstɚ]   ★★★★★
動 登記，註冊，記錄，流露   同 enroll, enter
                                          反 annul, obliterate

記 re表示「回」，gister表示「記錄」，合併起來便有「登記、註冊」之意。

例 My friend, who arrived last night, registered at a hotel near the train station.
我昨晚到達的朋友在靠近火車站的一家旅館登記住宿了。

ⓝ [ˈrɛdʒɪstɚ]   ★★★☆☆
名 登記，註冊，登記簿   同 catalogue, record, list
例 Each class has a register of 25 students.
每班有二十五名學生註冊。

regulator ⓝ [ˈrɛgjəˌletɚ]   ★★★★★
                                          同 governor

名 調整者，調整器，管理者
記 regulate表示「管制、控制、校準」，or表示「…的人」，合起來是「管制的人」，引申
為「管理者、調整者、調整器」之意。

例 British colonies were ruled by regulators.
英國的殖民地由管理者控制。

reign ⓥ [ren]   ★★★★☆
動 統治，支配   同 dominate, rule
                                          反 obey

記 reign（統治）可與sign（簽署）同步記憶：他reign期間sign許多有益於國家的協定。

例 Queen Victoria reigned over the UK for more than sixty years.
維多利亞女王統治英國長達六十多年。

ⓝ [ren]   ★★★★★
名 執政，主權，王朝   同 rule
例 People need the reign of a wise ruler as he benefits his country.
人民需要賢明統治者的統治，因為他對國家有益。

rekindle ⓥ [rɪˈkɪndḷ] ★★★★☆

勔 重新，點燃 　　　　　　　　　　　　同 arouse again

記 re表「重新」，kindle表「點燃、引起」，合起來是「重新點燃」之意。

例 The tour seemed to rekindle their love for each other.
這次旅行似乎重新燃起他們彼此之間的愛意。

reliable source ⓝ [rɪˈlaɪəbḷ] [sors] ★★★★★

名 可靠來源

記 reliable表示「可靠的」，source表示「來源、消息來源」，合起來便是「可靠來源」之意。

例 I've heard from reliable sources that the company is in trouble.
我從可靠的消息來源獲知，公司正陷入困境。

(Week 8 — Day 3)　　　　　　　　　　　　　　　　MP3-87

relish ⓝ [ˈrɛlɪʃ] ★★★★☆

名 滋味，愛好，調味品 　　　　　　　　同 pleasure, flavor
　　　　　　　　　　　　　　　　　　反 disrelish

記 把rel看做real（真正的），ish看做fish（魚），同步聯想；他能吃出魚真正的好味道。

例 Generally speaking, hunger gives relish to simple food.
一般說來，肚子餓時吃什麼都香。

ⓥ [ˈrɛlɪʃ] ★★★★★

勔 品味，喜歡，有…味道 　　　　　　同 enjoy, like, savor
　　　　　　　　　　　　　　　　　　反 disrelish, loathe

例 A dog relishes bones.
狗愛舔骨頭。

rely ⓥ [rɪˈlaɪ] ★★★★★

勔 依賴，信賴，指望 　　　　　　　　同 confide, trust, depend
　　　　　　　　　　　　　　　　　　反 distrust

記 rely（指望）可與reply（答覆）一起記：不要rely他會reply你。

例 We can't rely on others to help us, and should rely on ourselves firstly.
我們不可以指望別人來幫助我們，而應該先依靠自己。

remedy ⓝ [ˈrɛmədɪ] ★★★★☆

名 藥物，治療法，治療 　　　　　　　同 medicine, therapy

記 re表示「再、又」，medy表示「治癒」，合併起來便有「治療、補救」之意。

例 At present Keith's illness is beyond remedy.
目前基思的病無法藥癒。

(v) ['rɛmədɪ]　　　　　　　　　　　★★★★★
動 治療，矯正，補救，修繕　　　　同 cure, correct, fix
例 Aspirin may remedy a headache.
阿斯匹林可治頭痛。

remove (v) [rɪ'muv]　　　　　　★★★★☆
動 移動，調動，把…免職　　　　同 eliminate, take away
　　　　　　　　　　　　　　　反 attach, include

記 re表示「加強」，move表示「移動、推動」，合起來便有「移走、遷移」之意。

例 People happily heard that corrupt officials were removed from office.
人們很高興地聽到那些貪官被免職。

renaissance (n) [ˌrɛnə'sɑns]　　★★★★★
名 新生，文藝復興　　　　　　　同 rebirth, Renascence
記 re表「重新」，naiss表「出生」，ance是名詞字尾，合起來引申為「新生、文藝復興」之意。

例 Florence is the shrine of the Renaissance.
佛羅倫斯是文藝復興的聖地。

renovate (v) ['rɛnə,vet]　　　　★★★★☆
動 更新，革新，刷新　　　　　　同 renew, restore
記 re表「重新」，nov表「新的」，ate表「使…」，合起來引申為「更新、革新、刷新」。

例 They are planning to renovate the school facilities before the new term.
他們計畫在新學期前更新學校的設備。

renowned (a) [rɪ'naʊnd]　　　　★★★★★
形 有名的，有聲譽的　　　　　　同 famous, illustrious
記 re表「反覆」，nown表「名字」，ed是形容詞字尾，合起來引申為「有名的、有聲譽的」之意。

例 My father is renowned for his cooking.
我父親以烹飪專長著稱。

repent (v) [rɪ'pɛnt]　　　　　　★★★★★
動 後悔，懊悔　　　　　　　　　同 regret, be sorry
記 re表示「重新」，pent表示「後悔」，合併起來構成「後悔、懊悔」。

例 Marry in haste, repent at leisure.
草率結婚必後悔。

report ⓝ [rɪˈport] ★★★★☆

名 報告，報導，成績單　　　　　　　　　同 account

記 re表示「反覆」，port表示「拿、運」，合起來是「某件事被反覆拿起」，因此便有「記錄、報導」等之意。

例 Turner got an excellent report last semester.
特納上學期成績出色。

ⓥ [rɪˈport] ★★★★★

動 報告，報導，記錄　　　　　　　　　同 describe, account

例 It is reported that fifty men were killed in the car accident.
據報導，有五十人在這次車禍事件中喪生。

representative ⓝ [rɛprɪˈzɛntətɪv] ★★★★☆

名 典型，代表，眾議員　　　　　　　　同 illustration
　　　　　　　　　　　　　　　　　　反 original

記 represent表「代表、象徵」，ative是名詞字尾，合起來引申為「典型，代表」。

例 The tiger is a common representative of the cat family.
老虎是典型的貓科動物。

ⓐ [rɛprɪˈzɛntətɪv] ★★★★★

形 代表性的，典型的　　　　　　　　　同 delegate
　　　　　　　　　　　　　　　　　　反 misrepresented

例 Beijing is a representative Chinese city.
北京是一個典型的中國城市。

reprieve ⓝ [rɪˈpriv] ★★★★☆

名 暫減，緩刑，緩刑令　　　　　　　　同 respite

記 reprieve的動詞三態為：reprieve; reprieved; reprieved。

例 Our colleagues and I will get a welcome reprieve from hard work.
我和我的同事將得到一個刻苦工作後令人愉快的短暫休息。

ⓥ [rɪˈpriv] ★★★★★

動 暫減，緩期執行　　　　　　　　　　同 respite

例 The prisoner could now be reprieved.
那名囚犯現在可能被緩刑了。

require ⓥ [rɪˈkwaɪr] ★★★★☆

動 需要，要求，命令　　　　　　　　　同 need, necessitate

反 refuse

記 re表「反覆」，quir表「尋求」，e是動詞字尾，合併起來便有「需要，要求」之意。

例 In China, all cars require servicing regularly.
在中國，所有汽車都需要定期檢修。

rescue ⓝ [ˈrɛskju]　★★★★★

名 援救，營救

同 release, salvage
反 capture

記 re表示「重新」，scue可看成secure（獲得），合併起來是「重新獲得失去的東西」，由此引伸為「援救，營救」之意。

例 Last night storms delayed the rescue of the crash victims.
昨晚暴風雨延誤了對空難遇難者的援救。

ⓥ [ˈrɛskju]　★★★☆☆

動 援救，營救

同 release, salvage
反 capture

例 It's reported that police rescued the hostages.
據報導警方已解救了人質。

resign ⓥ [rɪˈzaɪn]　★★★★★

動 放棄，辭去，辭職

同 give up
反 keep, stay

記 re表「再」，sign表「記號」，合起來是「再做記號」，引申為「辭職、放棄」之意。

例 Have you heard of John's intention to resign?
你聽到約翰打算辭職的傳聞了嗎？

resistant ⓐ [rɪˈzɪstənt]　★★★★★

形 抵抗的，反抗的

同 opposed, reluctant

記 resist表「抵抗、反抗」，ant是形容詞字尾，合起來引申為「抵抗的，反抗的」。

例 A balanced diet creates a body resistant to disease.
均衡飲食是有助於增強體內對疾病抵抗力的。

responsible ⓐ [rɪˈspɑnsəbl]　★★★★☆

形 有責任的，負責的

同 accountable
反 irresponsible

記 response表「回答、答覆」，ible是形容詞片語，合起來引申為「有責任的、負責的」。

例 Smoking is responsible for many cases of lung cancer.
吸菸是許多人患肺癌的致病因素。

restrict ⓥ [rɪˈstrɪkt]　　　　　　　　　　★★★★★

動 限制，限定，約束

同 confine, limit
反 liberate, free

記 re表「回」，strict表「拉緊」，合起來引申為「限制、限定」。

例 Fog restricts visibility.
霧限制了能見度。

result ⓝ [rɪˈzʌlt]　　　　　　　　　　　★★★★☆

名 結果，成績，答案

同 consequence, end
反 cause

記 re表示「反覆」，sult表示「跳躍、彈」。合併起來是「彈回來了、有了結果」，引申為「結果、成績、答案」之意。

例 In this company, these problems are the result of years of bad management.
這些問題是這家公司多年管理不善的結果。

ⓥ [rɪˈzʌlt]　　　　　　　　　　　　　　★★★★★

動 發生，產生，導致

反 cause

例 Many people's failures resulted largely from their laziness.
許多人的失敗主要是懶惰所致。

resurrect ⓥ [ˌrɛzəˈrɛkt]　　　　　　　　★★★★☆

動 使復活，挖出

同 revive, come to

記 re表「再」，sur表「加強」，rect表「直」，原意是「重新豎立起來」，引申為「使復活、使復甦」之意。

例 Last night the noise from my younger neighbor was enough to resurrect the dead!
昨晚從我的那位年輕鄰居傳來的噪音足能把死人吵醒！

retail ⓝ [ˈritel]　　　　　　　　　　　★★★★★

名 零售

反 wholesale

記 re表「再」，tail表「切、割」，原意是「一再切分」，引申為「零售」之意。

例 Charles sells his fruit by retail.
查爾斯零售水果。

ⓥ [ˈritel] ★★★★★

🔴 零售，轉述

🔵 The fish retails at $2.
這魚的零售價格為兩美元。

retaliate ⓥ [rɪˈtælɪˌet] ★★★★☆

🔴 報復，報仇，回敬

🔵 avenge, revenge
🔵 forgive

🔴 re表「反」，tali表「邪惡」，ate是動詞字尾，合起來引申為「報復、報仇」。

🔵 The famous author would like to retaliate against those attacks with sarcasm.
那位名作家喜歡以諷刺的言論回敬那些攻擊。

retire ⓥ [rɪˈtaɪr] ★★★★★

🔴 退休，隱居

🔵 abdicate, retreat,
🔵 remain

🔴 re表「再」，tire表「疲勞」，合起來引申為「退休、隱居」。

🔵 My mother retired at the age of fifty-five.
我母親五十五歲時退休了。

retrieve ⓥ [rɪˈtriv] ★★★★☆

🔵 get back, regain

🔴 re表「重新」，trieve表「找到」，合起來引申為「取回、恢復」。

🔵 This new manager is fighting to retrieve his market share.
這位新經理正在為取回其市占率而奮鬥。

review ⓝ [rɪˈvju] ★★★★★

🔴 回顧，審視，複習

🔵 inspection, recall

🔵 The products are subject to periodic review.
這些產品須定期再檢查。

ⓥ [rɪˈvju] ★★★☆☆

🔴 回顧，審視，複習

🔵 inspect, recall

🔴 re表「再」，view表「看」，原意是「重新再看」，引申為「回顧、審視、複習」之意。

🔵 Students must review their lessons every day.
學生必須每天複習他們的功課。

revolution ⓝ [ˌrɛvəˈluʃən] ★★★★★

🔴 革命，旋轉，轉數

🔵 change, overthrow

記 re表「反覆」，volut表「滾、轉」，ion表「行為」，原意是「形勢的迴轉」，引申為「革命、旋轉」之意。

例 The invention of aircraft caused a revolution in our ways of travel.
飛機的發明造成旅行方式的巨大改變。

rip ⓥ [rɪp] ★★★★☆

動 撕裂，扯開　　　　　　　　　　　　　　　　同 rend, cut

記 rip（撕裂）可與ripe（成熟的）一起記：成熟的水果容易裂開。

例 My sister asks me to rip the cover off this box.
我姐姐要我撕開這個盒蓋。

robotics ⓝ [ro'batɪks] ★★★★★

名 機器人學

記 robot表「機器人」，ics表「學術的」，合起來是「機器人學」。

例 At present, robotics have changed completely.
現在的機器人學已經完全改善。

routine ⓝ [ru'tin] ★★★★☆

名 例行公事，慣例　　　　　　　　　　　　　　同 habit

記 例行公事是daily routine。routine的複數形是routines（慣例）。

例 The old businessman's routine never varies.
那位老商人的日常生活從無變化。

ⓐ [ru'tin] ★★★★★

形 日常的，常規的　　　　　　　　　　　　　　同 conventional
例 Some people say that school life is routine.
有人說學校的生活平淡無味。

S

sabotage ⓝ ['sæbə,tɑʒ] ★★★★★

名 陰謀破壞，顛覆活動　　　　　　　　　　　　同 pleasure, flavor
　　　　　　　　　　　　　　　　　　　　　　反 disrelish

記 sabotage的動詞三態為：sabotage，sabotaged，sabotaged。

例 Was the crash an accident or an act of sabotage?
這次空難是意外事故還是人為破壞？

sacrilegious ⓐ [ˌsækrɪˈlɪdʒəs] ★★★★★

形 褻瀆神聖的 　　　　　　　　　　　　　同 blasphemous

記 sacrilege表「褻瀆聖物」，ious是形容詞字尾，合起來便有「褻瀆神聖的」之意。

例 His sacrilegious language annoyed those devout Christians.
他褻瀆神明的言語激怒了那些虔誠的基督徒。

salesman ⓝ [ˈselzmən] ★★★★☆

名 售貨員，推銷員 　　　　　　　　　　　同 salesperson, seller
　　　　　　　　　　　　　　　　　　　　反 customer

記 sales表「銷售」，man表「人」，合起來便有「售貨員、推銷員」之意。

例 Our manager thinks a good salesman must be aggressive if he wants to succeed.
我們的經理認為，要做個好推銷員一定要有幹勁才能成功。

sampling ⓝ [ˈsæmplɪŋ] ★★★★★

名 採取樣品，試驗樣品 　　　　　　　　　同 sample, example

記 sample表「樣品」，ing是名詞字尾，合起來便有「採取樣品、試驗樣品」之意。

例 The doctor asks his nurse to take a sampling of my blood for tests.
醫生要求護士抽我的血樣品去化驗。

(Week 8 — Day 5) MP3-89

sanitary ⓐ [ˈsænəˌtɛrɪ] ★★★★★

形 衛生的，清潔的 　　　　　　　　　　　同 wholesome, clean
　　　　　　　　　　　　　　　　　　　　反 unsanitary, dirty

記 sanitary當名詞時的意思為「公共廁所」，複數形是sanitaries。

例 The food was delicious but the kitchen was not very sanitary.
食物很美味，可是廚房環境不太衛生。

saturate ⓥ [ˈsætʃəˌret] ★★★★☆

動 使飽和，浸透，使充滿 　　　　　　　　同 soak, douse
　　　　　　　　　　　　　　　　　　　　反 dry

記 satur表示「充滿」，ate表示「使成為」，合併起來便有使「飽和、浸透」之意。

例 Please saturate the clothes with water before washing them.
請先把衣服浸透再洗。

scare ⓝ [skɛr] ★★★★★

名 驚恐，恐慌

同 fear, alarm
反 peace

記 scare的動詞三態為：scare；scared；scared。

例 Joanna did give her brother a scare, creeping up on him like that!
喬安娜那樣悄悄地過來，真把她弟弟嚇了一大跳！

ⓥ [skɛr] ★★★★★

動 驚嚇，威嚇，受驚

同 frighten, funk
反 calm

例 Our dog scared the thief away last night.
昨晚我們家的狗把小偷嚇走了。

score ⓝ [skɔr] ★★★☆☆

名 得分，比數，二十

同 goal, mark

例 The score was five-three with one minute left in the game.
比賽離終場還有一分鐘時，雙方比分為五比三。

ⓥ [skɔr] ★★★★☆

動 得分，刻痕於，做記號於

同 cut, get, mark

記 score的動詞三態為：score；scored；scored。

例 Benson scored the tree with a knife.
班森用刀子在樹上做記號。

seclude ⓝ [sɪˈklud] ★★★★★

動 隔離，隔絕

同 isolate, segregate

記 se表「分開」，clud表「關閉」，合併起來引申為「隔離、隔絕」之意。

例 Generally speaking, people can't seclude themselves from the world.
一般而言，人不能與世隔絕。

security system ⓝ [sɪˈkjʊrətɪ] [ˈsɪstəm] ★★★★★

名 安全系統

同 security measure

記 security表「安全」，system表「系統」，合起來便是「安全系統」。

例 The bank's security system needs to be improved.
這家銀行的安全系統需要改進。

seismograph ⓝ [ˈsaɪzməˌgræf] ★★★★☆

名 地震儀

記 seism表「地震」，graph表「圖表、曲線圖」，合起來引申為「地震儀」。

例 A seismograph is a handy thing to buy now.
地震儀現在容易買得到。

seizure ⓝ ['siʒɚ]　★★★★★

沒收，（病的）發作　　　　　　　　　　　　同 capture

記 seizure（發作）的複數形為seizures；心臟病發作是heart seizure。

例 Yesterday a seizure of pure heroin was made by customs officials.
昨天那些走私的純海洛因被海關沒收了。

serve ⓥ [sɝv]　★★★☆☆

動 服務，招待，可作…用　　　　　　　　同 service, work for
　　　　　　　　　　　　　　　　　　反 disobey, master

記 serv表示「服務、服侍」，e是動詞字尾，合起來便有「服務、招待」之意。

例 My bike has served me well.
我那輛自行車對我很有用。

sewage ⓝ ['suɪdʒ]　★★★★★

名 髒水，污水　　　　　　　　　　　　　　同 drainage

記 污物處理場是sewage farm；污水處理場是sewage works。

例 The sewage treatment plant is aging.
污水處理設備已經老化了。

share ⓝ [ʃer]　★★★★☆

名 部分，股份，股票　　　　　　　　　　　同 apportion
　　　　　　　　　　　　　　　　　　反 entirety, whole

例 James has done his share of the work.
詹姆士已經做了他分內的工作。

ⓥ [ʃer]　★★★★★

動 分享，分擔，均分　　　　　　　　　　　同 allot, distribute
　　　　　　　　　　　　　　　　　　反 retain, take

記 share可與care一起記：對某人很care（關愛），自然願意與他share（分享）快樂。

例 Parents should tell their children to share their toys.
父母應該教育孩子們分享他們的玩具。

shatter ⓥ ['ʃætɚ]　★★★★☆

　　　　　　　　　　　　　　　　　　同 break, crash

動 打碎，破掉

記 shatter的動詞三態是shatter；shattered；shattered。

例 Last night the explosion shattered all the windows.
昨晚的爆炸把所有窗戶都震碎了。

shoot ⓝ [ʃut]　　★★★★★

名 幼苗，射擊，發射，拍攝

同 a new branch
反 a old branch

記 shoot的動詞三態是：shoot；shot；shot。

例 In early spring, shoots appear on trees.
早春時節，樹開始冒嫩芽了。

ⓥ [ʃut]　　★★★★☆

動 發射，射擊，掠過

同 hit, film, speed
反 demotivate

例 The young man shot at the wild duck, and got it.
那個年輕人對著一隻野鴨開槍，並且打中牠。

shrink ⓥ [ʃrɪŋk]　　★★★★★

動 起皺，收縮，退縮

同 compress, wither
反 confront, expand

記 shrink的動詞三態是：shrink；shrank；shrunk。

例 The demure young lady shrinks from meeting strangers.
這位害羞的女士對見陌生人有些畏縮。

side effect ⓝ [saɪdɪˈfɛkt]　　★★★★☆

名 副作用

記 side表「旁邊、副的」，effect表「作用」，合起來便是「副作用」。

例 It's said that this medicine has unpleasant side effects.
據說這種藥物具有令人不舒服的副作用。

simulate ⓥ [ˈsɪmjə,let]　　★★★★★

動 假裝，冒充，模仿

同 imitate, copy

記 simulate的動詞三態是：simulate；simulated；simulated。

例 As we know, some moths simulate dead leaves.
據我們瞭解，有些蛾會假裝為為枯葉。

simulator ⓝ [ˈsɪmjəˌletɚ] ★★★★★

名 模擬訓練裝置，模仿者

記 simulate 表「模仿、模擬」，or 表「…機」，合起來便是「模擬訓練裝置」之意。

例 Carpenter is launching an airplane flight simulator on the screen.
卡彭特正在螢幕上發射一架飛行模擬器。

skeptical ⓐ [ˈskɛptɪkl] ★★★☆☆

形 懷疑的

同 doubtful
反 believing

記 skeptical 的比較級是 more skeptical（更懷疑的），最高級是 most skeptical（最懷疑的）。

例 Bert is skeptical about everything.
伯特對於一切事都持懷疑的態度。

skin ⓝ [skɪn] ★★★★★

名 皮膚，外皮

同 hide, pelt, rind

記 乾燥的皮膚是 dry skin；油性皮膚是 oily skin。

例 Leather is made from the skin of animals.
皮革是用動物的皮做的。

slight ⓐ [slaɪt] ★★★★☆

形 輕微的，纖細的

同 slender, tenuous
反 large

記 slight 的比較級是 more slighter（較輕微的），最高級是 most slightest（最微小的）。

例 Our colleagues decided to forgive his slight mistakes.
同事們決定原諒他的小錯。

ⓥ [slaɪt] ★★★★★

動 輕視，忽略

同 cold-shoulder
反 respect

例 Mr. Hudson never slights anyone.
哈德森先生從不輕視任何人。

slump ⓝ [slʌmp] ★★★★☆

名 暴跌，意氣消沈

同 depression, drop

記 slump 的動詞三態是：slump；slumped；slumped。

例 My grandpa told us there was a serious slump in the 1930s.
我爺爺告訴我們20世紀30年代曾發生嚴重的經濟衰退。

Ⓥ [slʌmp] ★★★★★

動 猛然掉落 同 flop, lower, sag

例 Their sales have slumped badly this month.
這個月他們公司的銷售量銳減。

---

snap Ⓥ [ˈsnæp] ★★★★☆

動 猛咬，厲聲責罵 同 snarl, break

記 snap的動詞三態是：snap；snapped；snapped。

例 Liz's boss is always snapping at his subordinates.
莉斯的老闆總是厲聲責罵部屬。

---

socialism Ⓝ [ˈsoʃəlˌɪzəm] ★★★★★

名 社會主義 反 capitalism

記 social表「社會的」，ism表「…的主義」，合起來便是「社會主義」。

例 William Morris was one of the early prophets of socialism.
威廉・莫里斯是社會主義的早期鼓吹者之一。

---

sociologist Ⓝ [ˌsosɪˈɑlədʒɪst] ★★★★☆

名 社會學家

記 sociolog表「社會的」，ist表「…的學家」，合起來便是「社會學家」。

例 Mr. Marvin is a sociologist who specializes in the problems of cities and urban life.
馬文先生是位專門研究城市問題和城市生活的社會學家。

---

soil Ⓝ [sɔɪl] ★★★★★

名 泥土，土地，土壤 同 earth, ground

例 Fertile soil yields good crops.
肥沃的土壤能種出好的農作物。

Ⓥ [sɔɪl] ★★★★☆

動 弄髒，（使）變髒 同 dirty, begrime

記 soil泛指「泥土、土壤」時，是不可數名詞。

例 Charles soiled his hands repairing his car.
查爾斯修理汽車時弄髒了手。

---

sole proprietor Ⓝ [sol] [prəˈpraɪətɚ] ★★★★★

名 獨資經營，獨資企業 同 owner, employer
反 employee

記 sole 表「單獨的、唯一的」，proprietor 表「所有者、經營者」，合起來便是「獨資經營、獨資企業」。

例 The sole proprietor of a small hotel was formerly a farmer.
這家小旅館的唯一老闆原是一位農民。

---

sound system ⓝ [saʊnd] [ˈsɪstəm] ★★★☆☆

名 音響系統　　　　　　　　　　　　　　　　　同 audio system

記 sound 表「聲音」＋system 表「系統」，合起來便是「音響系統」。

例 I'll replace the old sound system as soon as possible.
我會盡快把那舊的音響系統換掉。

---

spacecraft ⓝ [ˈspesˌkræft] ★★★★★

名 太空船

記 space 表「宇宙、太空」，craft 表「船、飛機」，合起來便是「太空船」。

例 Spacecraft are vehicles used for flight in outer space.
太空船是用於太空飛行的交通工具。

---

specialize ⓥ [ˈspɛʃəlˌaɪz] ★★★★★

動 特殊化、專攻、專門從事　　　　　　　　　　反 generalize

記 spec 表「看」，ial 表「具有…特性」，ize 表「使成為…化」，合起來便是「專攻、專門從事」。

例 My friend specializes in promoting bans on smoking.
我的朋友專門從事推動禁菸。

---

spectacle ⓝ [ˈspɛktəkḷ] ★★★★★

名 光景，眼鏡，奇觀　　　　　　　　　　　　同 scene, sight

記 spec 表「看」，cle 表「小、器具」，原意是「看東西的器具」，引申為「光景、眼鏡、奇觀」。

例 I think the display of fireworks on Christmas Eve is a fine spectacle.
我認為耶誕節的煙火真是美妙奇觀。

---

speculate ⓥ [ˈspɛkjəˌlet] ★★★★★

動 深思，推測，投機　　　　　　　　　　　　同 guess, reflect

記 speculate 的動詞三態是：speculate；speculated；speculated。

例 Girls often speculate as to what sort of man she would marry.
女孩們常常在想將來自己會跟什麼樣的人結婚。

spillover ⓝ [ˈspɪlˌovɚ] ★★★☆☆

名 溢出，過多人口

記 spill表「溢出、流出」，over「超過」，引申為「溢出、過多人口」。

例 The TV series created spillover interest in the past twenty years.
在過去二十年，電視連續劇創造了不得了的利潤。

(Week 9 — Day 2)　　MP3-91

spin doctor ⓝ [spɪnˈdɑktɚ] ★★★★☆

名 (作粉飾言論的) 輿論導向專家

記 spin表「紡織、旋轉」，doctor表「醫生」，引申為「輿論導向專家」。

例 It's said that the senator's spin doctors are working overtime to explain away his recent lawsuit.
據說那位參議員的輿論導向專家正在加班解釋他最近的訴訟。

---

spoil ⓥ [spɔɪl] ★★★★☆

動 損壞，糟蹋，溺愛，寵壞　　同 decay, ruin

記 spoil的動詞三態是：spoil；spoiled；spoiled。

例 Generally speaking, a fond mother may spoil her child.
一般來說，溫柔的母親可能會寵壞她的孩子。

---

sport ⓝ [spɔrt] ★★★★★

名 運動，運動會　　同 athletics, play, fun

記 s表「離開」，port表「攜帶、運載」，原意是「攜帶…離開工作去休閒」，引申為「運動、運動會」。

例 Wrestling is in a twilight zone between sport and entertainment.
摔角是介於運動和娛樂兩者之間的活動。

---

square ⓝ [skwɛr] ★★★★☆

名 正方形，街區，平方　　反 roundabout

記 square的比較級是more squarer（較公正的），最高級是most squarest（最公正的）。

例 81 is the square of 9.
九的平方是八十一。

ⓐ [skwɛr] ★★★★★

形 正方形的，正直的，公正的　　同 equitable, fair
　　　　　　　　　　　　　　　　　反 illegal, round

例 The manager asked Carl to get things square.
經理要求卡爾把東西整理好。

---

stack (n) [stæk] ★★★★★
名 堆，一疊，很多 同 lots, pile
記 stack的動詞三態是：stack；stacked；stacked。

例 Today I have stacks of work waiting to be done.
今天我有很多工作要做。

(v) [stæk] ★★★★☆
動 堆積 同 pile, heap
例 Liz is stacking plates in the kitchen.
莉斯在廚房裡把盤子一個個疊起來。

---

stall (n) [stɔl] ★★★★★
名 貨攤，託詞 同 booth, stand
例 Generally speaking, there are traders' stalls on both sides of the street.
一般來說，街道的兩邊都有生意人的貨攤。

(v) [stɔl] ★★★★☆
動 停頓，使…陷於泥中 同 stop
反 expedite

記 stall的動詞三態是：stall；stalled；stalled。

例 My boyfriend's car stalled at the roundabout last evening.
昨天傍晚我男友的汽車在圓環處拋錨了。

---

state-run (a) [stet rʌn] ★★★★★
形 國營的
記 state表「國家的、國營的」，run表「經營」，合起來便是「國營的」。

例 This television station is state-run, but extremely popular.
這家電視台雖是國營的，但很受歡迎。

---

statutory (a) ['stætʃʊˌtorɪ] ★★★★☆
形 法令的，法規的 同 constitutional
記 statute表示「法令，法規」，ory是形容詞字尾，合併起來便有「法令的、法規的」之意。

例 Local authorities have a statutory duty to house homeless families.
當地政府負有應為無家可歸的人提供住宿的法律責任。

stimulate ⓥ [ˈstɪmjəˌlet] ★★★★☆

動 刺激，激勵，鼓舞

同 induce, cause
反 deaden

記 stimulate 的動詞三態是：stimulate；stimulated；stimulated。

例 Exercise stimulates the flow of blood.
運動促進血液流通。

stir ⓥ [stɝ] ★★★☆☆

動 攪拌，煽動，鼓動

同 stimulate, excite
反 calm, still

記 stir 的動詞三態是：stir；stirred；stirred。

例 The photographs really stirred my memories.
這些照片的確喚起了我對往事的回憶。

stomach ⓝ [ˈstʌmək] ★★★★★

名 胃，胃口，食欲

同 tummy

例 Swimming on an empty stomach is not good for your health.
空腹游泳對健康有害。

ⓥ [ˈstʌmək] ★★★★★

動 容忍，能吃

同 bear, endure

記 stomach 的複數形是 stomachs，「吃飽」是 fill the syomach。

例 Some people can't stomach seafood.
有些人不能吃海鮮。

strangle ⓥ [ˈstræŋgl̩] ★★★★★

動 勒死，使窒息

同 smother, hamper

記 strangle 的動詞三態是：strangle；strangled；strangled。

例 The hooligan strangled the old woman with a piece of string.
那流氓用一根繩子把老婦人勒死了。

strategy ⓝ [ˈstrætədʒɪ] ★★★★☆

名 戰略，戰略學，策略

同 maneuver, policy

記 strategy（策略）的複數形是 strategies。

例 Generally speaking, the essence of any good strategy is simplicity.
一般來說，任何優秀戰略的精髓就是簡單。

strengthen Ⓥ [ˈstrɛŋθən] ★★★★★

㊟ 加強，變堅固

㊐ beef up, fortify
㊐ enfeeble, weaken

㊐ strength 表「力量」，en 表「使…」，合起來引申為「加強，變堅固」之意。

㊐ Last night the wind strengthened.
昨晚風力加強。

strip Ⓝ [strɪp] ★★★★☆

㊐ 長條，條狀

㊐ thread, track

㊐ Mr. Lee has a garden strip behind his house.
李先生房子後面有一小塊狹長形的園地。

Ⓥ [strɪp] ★★★★★

㊟ 脫衣，被剝去，剝奪

㊐ deprive, take off
㊐ clothe, invest

㊐ strip 的動詞三態是：strip；stripped；stripped。

㊐ In the hot summer, some boys strip to the waist.
在炎熱的夏天，有些男孩打赤膊。

stun Ⓥ [stʌn] ★★★★☆

㊟ 使昏迷，使驚嚇

㊐ shock, appall

㊐ stun（使昏迷）可與 sun（太陽）一起記；人在 sun 下曬得太久容易暈頭轉向而 stun。

㊐ Thomson was stunned by the news of his mother's death.
湯姆森得知他母親的死訊十分震驚。

submit Ⓥ [səbˈmɪt] ★★★★★

㊟ 服從，提交，提出

㊐ present, obey
㊐ resist

㊐ sub 表「底下」，mit 表「派、送」，原意是「居於人下」，引申為「服從、提交、提出」之意。

㊐ Christians say they must submit themselves to God's will.
基督徒說他們必須服從上帝的旨意。

subside Ⓥ [səbˈsaɪd] ★★★★☆

㊟ 消退，沈降，平息

㊐ decline, decrease

㊐ At present the typhoon has begun to subside.
現在颱風已開始平息下來。

(Week 9 ─ Day 3)　　　　　　　　　　　　　　　　　　　　　**MP3-92**

subsidiary ⓐ [səbˈsɪdɪˌɛrɪ]　　　　　　　　　　　　　★★★★★

彤 輔助的，次要的，補充的　　　　　　　　同 assistant, minor
　　　　　　　　　　　　　　　　　　　　反 major

記 sub表「在下」，sid表「坐」，ary表「起…作用的」，原意是「坐在下方起作用的人或物」，引申為「輔助的、次要的、補充的」之意。

例 The subsidiary company is in Hong Kong but the headquarters is in Australia.
子公司在香港，但公司總部在澳大利亞。

---

substantial ⓐ [səbˈstænʃəl]　　　　　　　　　　　　　★★★★☆

彤 真實的，實質上的　　　　　　　　　　　同 real, actual
　　　　　　　　　　　　　　　　　　　　反 empty

記 sub表「在下」，sta表「站立」，(a)nt表「處於…狀態」，原意是「外表下面的物質的」，引申為「真實的、實質上的」之意。

例 Some think that people and things are substantial; dreams and ghosts are not.
有些人認為，人和事物是真實的，夢和鬼魂是虛幻的。

---

sufficient ⓐ [səˈfɪʃənt]　　　　　　　　　　　　　　★★★★★

彤 足夠的，充分的　　　　　　　　　　　同 enough, ample
　　　　　　　　　　　　　　　　　　　　反 insufficient

記 suf表「進一步」，fic表「做」，ent表「做…動作的」，原意是「進一步做，直到做夠的」，引申為「足夠的、充分的」之意。

例 In order to maintain physical well being, a person should eat wholesome food and get sufficient exercise.
為了維持身體健康，人應該吃有益健康的食品，並有足夠的運動。

---

supermarket ⓝ [ˈsupɚˌmɑrkɪt]　　　　　　　　　　　★★★★☆

名 超級市場

記 super表「超級的」，market表「市場」，合起來便是「超級市場」。

例 I usually buy apples at the nearby supermarket.
我常在附近的超市買蘋果。

---

supplier ⓝ [səˈplaɪɚ]　　　　　　　　　　　　　　　★★★★★

名 供給的人，供應商　　　　　　　　　　同 provider

記 supply表「提供」，er表「與…有關的人」，合起來引申為「供給的人、供應商」。

例 Tomorrow afternoon if the goods we ordered don't arrive, I'll have to chase the supplier down.
如果明天下午我們訂的貨物還不到，我就得找出供貨商。

suppression ⓝ [sə'prɛʃən]　★★★★★

名 壓制，鎮壓，抑制　　　　　　　　　　　　　同 abstinence

記 sup表「下」，press表「壓」，ion表「行為」，原意是「壓下去」，引申為「壓制、鎮壓、抑制」之意。

例 The suppression of the uprising took a mere two months.
鎮壓暴動只用了兩個月的時間。

---

surge ⓝ [sɝdʒ]　★★★☆☆

名 大浪，洶湧，澎湃　　　　　　　　　同 rush, upsurge
　　　　　　　　　　　　　　　　　　反 fall

記 sur表「加強」，(re)g表「統治」，e是動詞或名詞字尾，原意是「推動豎起高浪」，引申為「大浪、洶湧、澎湃」之意。

例 Last year there was a surge in the company's profits to $2.2 million.
去年公司獲利增長額兩百二十萬美元。

ⓥ [sɝdʒ]　★★★★☆

動 洶湧，澎湃　　　　　　　　　　　同 billow, tide
　　　　　　　　　　　　　　　　　反 fall

例 House prices in this area kept surging.
這地區的房價不斷上漲。

---

surgery ⓝ ['sɝdʒərɪ]　★★★★★

名 外科，外科手術

記 surgery（外科、外科手術）的複數形是surgeries。

例 The famous surgeon is preparing for surgery.
那位著名的外科醫生正在做手術前的準備。

---

survey ⓝ ['sɝve]　★★★★☆

名 俯瞰，調查，測量　　　　　　　同 examine, view

例 Boys under ten are excepted from this survey.
這次調查不包括十歲以下的男孩子。

ⓥ [sɝ've]　★★★★★

動 俯視，全面考察，測量　　　　　同 review, go over

記 survey（調查）的複數形是surveys。

例 Wendy surveyed herself in a mirror.
溫蒂在鏡中端詳自己。

---

survive ⓥ [sə'vaɪv]　★★★★★

動 生存，生還　　　　　　　　　　同 exist, live

反 die

記 sur表「超」，viv表「活、生意」，e是動詞字尾，原意是「超越死亡而活下來」，引申為「生存、生還」之意。

例 Camels can survive for many days with no water.
駱駝即使很多天不喝水還是能生存。

suspect ⓝ['sʌspɛkt] ★★★★★

名 嫌疑犯，可疑分子

同 doubt, distrust
反 trust

記 sus表「在下」，(s)pect表「看」，原意是「私下看」，引申為「懷疑、猜想」之意。

例 Daniel's a prime suspect in the murder case.
丹尼爾是這次謀殺案的主要懷疑犯。

ⓥ [sə'spɛkt] ★★★★☆

動 懷疑，推測

同 distrust, surmise
反 believe, trust

例 Generally speaking, the rabbit suspects danger and runs away.
一般來說，兔子意識到危險便逃跑了。

suspicious ⓐ[sə'spɪʃəs] ★★★★☆

形 可疑的，猜疑的

同 mistrustful, wary
反 trustful

記 suspicious的比較級是more suspicious（較可疑的）；最高級是most suspicious（最可疑的）。

例 Cathy is suspicious of her boyfriend's intentions.
凱茜懷疑她男友的用意。

sway ⓝ[swe] ★★★★★

名 搖動，影響力

同 rock, careen
反 servility

記 sway的動詞三態是：sway；swayed；swayed。

例 The sway of the ferry made Dick feel sick.
搖晃的渡輪使迪克感到不舒服。

ⓥ [swe] ★★★★☆

動 使搖動，支配

同 affect, shake
反 compel, obey

例 The poor Richard is swayed by his friend.
可憐的理查德受他朋友控制。

symbiosis ⓝ [ˌsɪmbaɪˈosɪs] ★★★★★

图 共生，合作關係 同 mutualism

記 symbiosis（共生、合作關係）的複數形是symbioses。

例 Raisins and walnuts form a symbiosis that makes an indelible mark on so many recipes.
葡萄乾與胡桃在許多食譜裡是不可分割、共存的兩種成分。

symptom ⓝ [ˈsɪmptəm] ★★★☆☆

图 症狀，徵兆 同 sign, indication

記 symptom（症狀、徵兆）的複數形是symptoms。

例 Common symptoms of diabetes are weight loss and fatigue.
糖尿病的一般症狀是體重減輕及疲勞。

T

tablet ⓝ [ˈtæblɪt] ★★★★★

图 藥片，小片，刻寫板 同 capsule, pad, pill

記 tablet（藥片、小片、刻寫板）的複數形是tablets。

例 Last night I had a headache, and took two tablets after my meal.
昨晚我頭痛，飯後我服了兩片藥。

tangle ⓝ [ˈtæŋgl̩] ★★★★☆

图 混亂狀態 同 knot, snarl

記 tangle的動詞三態是：tangle；tangled；tangled。

例 Frank's financial affairs are in such a tangle.
弗蘭克的錢財狀況是一團亂。

ⓥ [ˈtæŋgl̩] ★★★★★

動 糾結，纏結 同 twist, confuse, mess
反 disentangle, untangle

例 Generally speaking, girls' long hair tangles easily.
一般來說，女孩子的長髮容易纏結。

tarnish ⓝ [ˈtɑrnɪʃ] ★★★★★

图 晦暗，生鏽，污點 同 stain

記 tarnish的動詞三態是：tarnish；tarnished；tarnished。

例 His reputation has been tarnished by the scandal.
醜聞敗壞了他的名譽。

ⓥ [ˈtɑrnɪʃ]　　　　　　　　　　　　　　★★★★☆
動 使生銹，沾汙　　　　　　　　　同 stain, darken, sully,
例 Air and moisture tarnish silver.
空氣和濕氣使銀子失去光澤。

tax ⓝ [tæks]　　　　　　　　　　　　★★★★★
名 稅，負擔　　　　　　　　　　　同 taxation
記 tax（稅、稅金）的複數形是taxes。

例 There is a large tax on cigarettes in China.
中國對香菸課重稅。

ⓥ [tæks]　　　　　　　　　　　　　　★★★★☆
動 對…徵稅，使負重擔　　　　　　同 burden
例 Generally speaking, reading in a poor light taxes the eye.
一般來說，在光線不好的地方看書會使眼睛很累。

technology art ⓝ [tɛkˈnɑlədʒɪ] [ɑrt]　　★★★★★
名 科技工藝
記 technology表「科技」，art表「工藝」，合起來便是「科技工藝」。

例 I think the firm has to overcome its resistance to new technology art.
我認為這家公司必須克服對採用新科技工藝的阻力。

telescope ⓝ [ˈtɛləˌskop]　　　　　　　★★★★☆
名 望遠鏡
記 tele表示「遠」，scope表示「看」，合併起來便有「望遠鏡」之意。

例 The young student is too poor to buy an astronomical telescope.
這位年輕學生太窮了，買不起天文望遠鏡。

ⓥ [ˈtɛləˌskop]　　　　　　　　　　　★★★★★
動 套疊，縮短，精簡　　　　　　　同 shorten, reduce
例 It is difficult for a young teacher to telescope 500 years of history into one lecture.
對一位年輕教師來講，把五百年的歷史濃縮在一堂課中是很困難的。

tend ⓥ [tɛnd]　　　　　　　　　　　　★★★★☆
動 有某種的傾向，易於，移向　　　同 be apt, incline
　　　　　　　　　　　　　　　　反 hinder, refuse

記 tend的動詞三態是：tend；tended；tended。

例 The girl tends towards selfishness.
這個女孩有自私自利的傾向。

---

terminate ⓥ [ˈtɝməˌnet]　　　　　★★★★★

動 停止，結束，終止　　　　　　　　　同 stop, cease

記 termin表示「限定、終點」，ate表「使成為」，合併起來便有「限定、終止、結束」之意。

例 Your contract will terminate next month.
你的合約將在下個月終止。

---

theatrical ⓐ [θɪˈætrɪkl]　　　　　★★★★☆

形 劇場的，誇張的　　　　　　　　同 artificial, dramatic

記 theater表「戲劇」，cal是形容詞字尾，合併起來便有「戲劇的、劇場的、誇張的」之意。

例 Blair has a very theatrical style of speaking.
布萊爾說話非常誇張。

---

therapy ⓝ [ˈθɛrəpɪ]　　　　　★★★★★

名 治療，療法

記 therapy（治療、療法）的複數形是therapies。

例 Generally speaking, self-help is an important element in therapy for the handicapped.
一般來說，自助自立是治療傷殘人士很重要的一個因素。

---

thrift ⓝ [θrɪft]　　　　　★★★☆☆

名 節儉，節約　　　　　　　　同 parsimony
　　　　　　　　　　　　　　反 waste

記 與drift（漂流）一起記：生活中若不thrift點，那麼什麼東西都會輕易地drift而去的。

例 Dennis learned from his mother the virtues of hard work and thrift.
丹尼斯從他母親身上學到苦幹和節儉的美德。

---

throng ⓝ [θrɔŋ]　　　　　★★★★★

名 群眾，眾多　　　　　　　　同 crowd, swarm

記 throng的動詞三態是：throng；thronged；thronged。

例 The famous movie star had to press through the throng to reach the stage.
那位著名的影星必須穿過擁擠的人群才能到舞台。

Ⓥ [θrɔŋ] ★★★★☆

動 擠滿，群集，擠入 同 congregate, pile

例 On Christmas Eve the square was thronged with people.
平安夜時廣場上擠滿了人。

tone Ⓝ [ton] ★★★★★

名 音調，音色，氣氛，語氣 同 timbre, pitch
反 colorlessness

記 tone（音調、語氣）的複數形是tones。

例 Mandarin Chinese has four tones.
中文有四聲。

toss Ⓝ [tɔs] ★★★★☆

名 投，扔，拋，搖動 同 flip, cast, throw

記 toss的動詞三態是：toss；tossed；tossed。

例 Rosa's decision depended on the toss of a coin.
羅莎靠投擲硬幣做決定。

Ⓥ [tɔs] ★★★★★

動 投，扔，拋，使顛簸 同 flip, cast, throw

例 I'll toss you for only one armchair.
我跟你擲硬幣決定誰坐這把扶手椅吧！

tout Ⓥ [taʊt] ★★★☆☆

動 招徠，極力讚揚

記 tout的動詞三態是：tout；touted；touted。

例 Taxi drivers are not allowed to tout for business.
計程車司機不允許招徠生意。

trade Ⓝ [tred] ★★★★★

名 貿易，交易，行業，交換 同 exchange, deal

記 trade的動詞三態是：trade；traded；traded。

例 Generally speaking, trade is always good over the Spring Festival period.
一般而言，春節期間生意一向很好。

Ⓥ [tred] ★★★★☆

動 交換，做買賣 同 exchange, deal

例 Maria trades in cars.
瑪麗亞經營汽車貿易。

trade fair ⓝ [tred] [fɛr]　　　　　★★★★☆
名 商品交易會，商展

記 trade表「貿易、交易」，fair表「展覽會」，合起來便是「商品交易會」。

例 The trade fair of the year 2007 will be held in Taipei.
2007年的商品交易會將在台北舉行。

trade union ⓝ [tred] [ˈjunjən]　　　　★★★★★
名 工會

記 trade表「行業」，fair表「協會」，合起來便是「工會」。

例 Burns has never belonged to a trade union.
本斯從未加入過工會！

transact ⓥ [trænsˈækt]　　　　　　★★★★☆
動 辦理，交易　　　　　　　　　同 deal, manage

記 trans表「交換」，act表「做」，合起來引申為「交易、辦理」。

例 Bruce transacts some business in Beijing.
布魯斯在北京處理一些事務。

transfusion ⓝ [trænsˈfjuʒən]　　　　★★★★☆
名 傾注，滲透，輸血

記 trans表示「越過」，fus表示「流、傾瀉」，ion作名詞字尾，合併起來便有「傾注，輸血」之意。

例 A blood transfusion saved Albert's life.
輸血救了亞伯特的命。

translation ⓝ [trænsˈleʃən]　　　　　★★★★★
名 翻譯，譯文　　　　　　　　同 rendering, version
　　　　　　　　　　　　　　反 misinterpretation

記 trans表「轉移」，lat表「攜帶」，ion表「結果」，原意是「從一種事物帶到另一種事物」，引申為「翻譯」。

例 I think that a literal translation is not always the closest to the original meaning.
我認為逐字翻譯不一定最接近原義。

trash ⓝ [træʃ]　　　　　　　　　　★★★★☆
名 垃圾，拙劣的作品　　　　　　　同 rubbish, scrap

記 trash沒有複數形；其動詞三態是：trash；trashed；trashed。

例 Generally speaking, people should take out the burnable trash.
一般來說，人們應該把可燃垃圾拿到室外去。

traverse ⓥ [ˈtrævɝs] ★★★★★

動 橫過，銘刻　　　　　　　　　　　　　　　　同 track, cover, cross

例 It's said an estimated 250,000 cars traverse the bridge daily.

記 tra表「橫」，verse表「轉」，ion表「結果」，合起來引申為「橫過、銘刻」。

例 It's said an estimated 250,000 cars traverse the bridge daily.
據說每天有二十五萬輛車穿過這座橋。

trek ⓝ [trɛk] ★★★☆☆

名 長途艱苦的旅行　　　　　　　　　　　　　同 expedition, trip

例 It was quite a lonely trek through the forest.
穿越森林是一個相當寂寞艱苦的長途旅行。

ⓥ [trɛk] ★★★★★

動 作長途艱辛的旅行，緩慢前進　　　　　　　同 trip, travel

記 trek動詞三態是：trek；trekked；trekked。

例 This Friday the elevator was broken, so we had to trek up six flights of stairs.
週五時電梯壞了，我們不得不慢慢地爬了六段樓梯。

trend ⓝ [trɛnd] ★★★☆☆

名 走向，趨勢，時尚　　　　　　　　　　　　同 tendency, direction

例 Generally speaking, young people like to follow the latest trends in fashion.
一般來說，年輕人喜好追求最新的流行款式。

ⓥ [trɛnd] ★★★★☆

動 伸向，趨向

記 trend（趨勢、傾向、時尚）的複數形是trends。

例 Recently share prices have been trending upwards.
最近股票價格一直往上揚。

tropical rainforest ⓝ [ˈtrɑpɪkl̩] [ˈrenˌfɑrɪst] ★★★★★

名 熱帶雨林

記 tropical表「熱帶的」，rainforest表「雨林」，合起來便是「熱帶雨林」。

例 At present, farming is reducing the tropical rainforest by 1.5% of its area annually.
目前每年1.5%的熱帶雨林因農耕而不斷減少。

truism ⓝ [ˈtruɪzəm]　★★★★☆
名 自明之理，眾所周知的　同 truth
記 truism 指不言而喻的道理。
例 It is a truism that you get what you pay for.
眾所周知，你得到你所付出的。

tumor ⓝ [ˈtjumɚ]　★★★★★
名 腫塊　同 neoplasm
記 tumor（腫塊、腫瘤）的複數形是 tumors。
例 Yesterday the doctor cut out Mark's tumor.
昨天醫生切除了馬克身上的腫瘤。

turbid ⓐ [ˈtɝbɪd]　★★★★☆
形 混濁的，泥水的，濃的　同 murky, unclear
反 clear
記 turb 表「混亂、雜亂」，id 表「有…性質的」，合起來引申為「渾濁的，污濁的」。
例 Some frogs inhabit these turbid shallow waters.
一些青蛙居住在這混濁的淺水塘裡。

turbulence ⓝ [ˈtɝbjələns]　★★★★★
名 喧囂，狂暴，騷亂　同 disorder, fury
記 turb 表「擾亂」，ulence 表「充滿、多」，原意是「嚴重擾亂」，引申為「騷亂、喧囂、狂暴」。
例 From 1966 to 1976, political turbulence was spreading throughout China.
從1966到1976年，政治動亂席捲整個中國。

turnover ⓝ [ˈtɝn‚ovɚ]　★★★★☆
名 翻倒，營業額，人員更換率　同 employee turnover
記 turn 表「轉」，over 表，合起來引申為「翻倒、轉移」。
例 The company has a fast turnover of staff.
那家公司的員工流動得很快。

U

ubiquitous ⓐ [juˈbɪkwətəs]　★★★★★
形 到處存在的　同 omnipresent
記 ubiquitous 的名詞形是 ubiquitousness「無處不在」。

例 There is no escape from the ubiquitous cigarette smoke in the office.
辦公室到處都是菸味，根本無處可躲。

(Week 10 — Day 1)

ultraviolet ray ⓝ [ˌʌltrəˈvaɪəlɪt] [re] ★★★★★
名 紫外線

記 ultraviolet表「紫外線的」，ray表「光線」，合起來便是「紫外線」。

例 Ultraviolet ray is harmful to our skin.
紫外線對我們的皮膚有害。

uncover ⓥ [ʌnˈkʌvɚ] ★★★☆☆
動 揭露，脫帽　　　　　　　　　同 unveil, reveal
　　　　　　　　　　　　　　　反 conceal, cover

記 un表「相反」，cover表「蓋」，原意是「揭開」，引申為「揭露、脫帽」。

例 The young reporter uncovered the whole plot.
那位年輕記者揭露了整個陰謀。

undermine ⓥ [ˌʌndɚˈmaɪn] ★★★★☆
動 漸漸破壞，挖掘地基　　　　　同 destroy, rust

記 undermine的動詞三態為：undermine；undermined；undermined。

例 Generally speaking, the bad cold can undermine people's health.
一般來說，重感冒會損害人們的健康。

undertake ⓥ [ˌʌndɚˈtek] ★★★★★
動 從事，承擔，保證　　　　　　同 guarantee, take on

記 under表示「在…下」，take表示「取」，合併起來便有「從事、著手做」之意。

例 The work was undertaken by us for the time being.
此項工作由我們暫時承擔。

unearth ⓥ [ʌnˈɝθ] ★★★★★
動 發掘，發現，挖出　　　　　　同 excavate, disclose
　　　　　　　　　　　　　　　反 conceal, cover

記 un表「相反」，earth表「土」，原意是「從土裡挖出」，引申為「發掘、發現」。

例 It's said that the lawyer unearthed some new evidence concerning the case.
據說律師發現了有關此案件的新證據。

unify ⓥ [ˈjunəˌfaɪ] ★★★★☆

動 統一，使成一體

同 unite, merge
反 separate

記 un表「一、統一」，ify表「使成為」，原意是「使成為單一的」，引申為「統一、使成一體」。

例 Germany was unified in 1871.
德國於1871年統一。

unofficial ⓐ [ˌʌnəˈfɪʃəl] ★★★☆☆

形 非官方的，非正式的

同 private, unlawful
反 official, lawful

記 un表示「非、不」，official表示「官方的」，合起來便是「非官方的、非正式的」之意。

例 Last week President Reagan made an unofficial visit to the adjacent country.
上週雷根總統到鄰國進行非官方的訪問。

untenable ⓐ [ʌnˈtɛnəbl̩] ★★★★★

形 不能防守的，不能維持的，支援不住的

同 indefensible

記 un表示「非、不」，tenable表示「維持的」合起來便是「不能維持的、支援不住的、不能防守的」。

例 The scandal put the President in an untenable position.
醜聞已經使那位總統的地位無法維持下去。

update ⓥ [ʌpˈdet] ★★★★☆

動 更新，補充最新資料

記 up表示「向上」，date表示「日子」，原意是「日曆每天向上翻」，引申為「更新」之意。

例 Generally speaking, maps need to update regularly.
一般來說，地圖需要經常更新。

uproot ⓥ [ʌpˈrut] ★★★★★

動 連根拔起

記 up表示「向上」，root表示「根、根部」，原意是「向上拔起樹根」引申為「連根拔起」。

例 The typhoon uprooted trees and whipped the slats off roofs.
颱風把樹木連根拔起，並掀掉了屋頂石板瓦。

urge ⓝ [ɝdʒ] ★★★★★

名 迫切的要求，衝動

同 impulse, itch

例 I was afraid of caterpillars and I had an urge to run away from them.
我害怕那些毛毛蟲，我有想跑開的衝動。

ⓥ [ɝdʒ] ★★★★☆

動 力勸，敦促，驅策

同 urge on, press
反 compel, slow

記 urge的動詞三態為：urge；urged；urged。

例 The students urged that the library be kept open during the vacation.
學生們要求圖書館假期也開放。

V

vaccinate ⓥ [ˈvæksn̩ˌet] ★★★★★

動 預防接種

同 immunize

記 vaccinate的動詞三態為：vaccinate；vaccinated；vaccinated。

例 Chris was vaccinated against smallpox as a child.
克里斯小時候就接種了天花疫苗。

vacillate ⓥ [ˈvæslˌet] ★★★★☆

動 遊移不定，躊躇，猶豫

同 vibrate, hesitate
反 be decisive

記 vacillate的動詞三態為：vacillate；vacillated；vacillated。

例 Jane is decisive and she does not vacillate, and once committed she intended to win.
珍是果斷的人，行動從不猶豫不決，並且她一旦決定做某事就志在必得。

vain ⓐ [ven] ★★★★★

形 徒然的，虛榮的

同 fruitless, boastful
反 effective

記 vain的比較級是vainer（較愛虛榮的），最高級是vainest（最愛虛榮的）

例 Generally speaking, there are some people who are vain and extravagant.
一般來說，有些人既愛虛榮而且又奢侈。

vapid ⓐ [ˈvæpɪd] ★★★★★

形 無生氣的，無趣味的

同 literal, dull
反 interesting

記 vap表「蒸汽」，id是形容詞字尾，合起來引申為「索然無味的」。

例 I think Arthur is a vapid TV announcer.
我認為亞瑟是位無生氣的電視主播。

vector (n) [ˈvɛktɚ] ★★★☆☆

帶菌者，向量，傳染媒介　　　　　　　同 carrier

記 vect表「傳送、運載」，or表「人」，合起來引申為「傳送者、攜帶者」。

例 Mosquitoes are feared as vectors of malaria.
蚊子被視為瘧疾的傳染媒介。

(Week 10 — Day 2)　　　　　　　MP3-96

vein (n) [ven] ★★★★★

靜脈，氣質，心情　　　　　　　同 blood vessel
　　　　　　　　　　　　　　反 artery

記 vein（靜脈）的複數形是veins。

例 At present I am too busy not to be in the vein for jokes.
此刻我正忙，沒有心思開玩笑。

vertical (a) [ˈvɝtɪkl] ★★★★★

垂直的，豎的　　　　　　　同 upright, erect
　　　　　　　　　　　　反 horizontal

記 vert表示「轉」，ical表示「…式的」，原意是「天體旋轉的」，引申為「垂直的」的意思。

例 In some places the cliff is almost vertical, and much too dangerous to climb.
有些地方的懸崖幾乎是垂直的，太危險以致不能攀登。

vicious (a) [ˈvɪʃəs] ★★★★★

邪惡的，墮落的　　　　　　　同 debased, bad
　　　　　　　　　　　　反 virtuous

記 vicious的比較級是more vicious（較邪惡的），最高級是most vicious（最邪惡的）。

例 Daniel leads a vicious life.
丹尼爾過著墮落的生活。

vigor (n) [ˈvɪgɚ] ★★★★☆

活力，精力，氣勢　　　　　　　同 activity; energy

記 vig表示「活、活力、精力」，or是名詞字尾，合併起來便有「活力、精力、元氣」之意。

例 We know that a succinct style lends vigor to writing.
我們知道措辭簡練使文筆有力。

vindicate (v) [ˈvɪndəˌket] ★★★★☆

辯護，證實，辯明　　　　　　　同 justify

記 vindicate的動詞三態為：vindicate；vindicated；vindicated。

例 The report vindicated his suspicions.
這份報告證實了他的懷疑。

---

virtual ⓐ [ˈvɝtʃʊəl] ★★★☆☆

形 有效的，實際上的　　　　　　　　　　　　同 practical, effective

記 virtu表示「優點」，al是形容詞字尾，表示「…的」，合併起來引申為「有效的」之意。

例 The former manager is the virtual head of the business.
前任經理是公司的實際負責人。

---

vital ⓐ [ˈvaɪt!] ★★★★☆

形 生命的，致命的，活力的　　　　　　　同 alive, energetic
　　　　　　　　　　　　　　　　　　　反 dead, lethargic

記 vital的比較級是more vital（較有活力的），最高級是most vital（最有活力的）。

例 The heart is a vital organ.
心臟是維持生命重要的器官。

---

void ⓝ [vɔɪd] ★★★★★

名 空虛　　　　　　　　　　　　　　　同 blank, emptiness

記 void的複數形是voids。

例 The death of his pet left an aching void in Paul's heart.
保羅的寵物死了，這在他心中留下了痛苦的空虛感。

---

volume ⓝ [ˈvɑljəm] ★★★★★

名 音量，容量，書卷　　　　　　　　　同 book, breadth

記 volume的複數形是volumes。

例 Can you tell me if that volume is still in print?
你能告訴我那冊書還能買到嗎？

---

vulnerable ⓝ [ˈvʌlnərəb!] ★★★★☆

名 易受傷害的，有弱點的　　　　　　　同 defenseless
　　　　　　　　　　　　　　　　　　反 safe

記 vulner表示「傷」，able表示「能夠的」，合併起來便有「易受傷的、易傷害的」之意。

例 Generally speaking, young birds are very vulnerable to predators.
一般而言，幼小的鳥易受肉食動物傷害。

wage ⓝ [wedʒ] ★★★★★
名 工資，報酬

同 pay, earnings
反 nonpayment

記 wage 的動詞三態為：wage；waged；waged。

例 Eileen's wages are eight hundred dollars a week.
愛琳的工資為每週八百美元。

ⓥ [wedʒ] ★★★★★
動 進行，開展

同 engage

例 Throughout history, England and Spain waged war for many years.
綜觀歷史，英國和西班牙曾打過多年的戰爭。

wallow ⓥ ['wɑlo] ★★★★☆
動 沈迷，縱樂，沈溺於

同 welter, rejoice

記 wallow 的動詞三態為：wallow；wallowed；wallowed。

例 Albert is wallowing in luxury.
亞伯特正沈溺於奢華享樂中。

wanton ⓐ ['wɑntən] ★★★★★
形 無節制的，放縱的

同 loose, sluttish

記 want 表「想要」，on 表「在…之上」，合起來引申為「放縱的、荒唐的」。

例 Luke and his family are living in wanton luxury.
盧克及其家人生活極其奢侈。

wax ⓝ [wæks] ★★★★☆
名 蠟，蜂蠟

同 glaze

記 wax 的動詞三態為：wax；waxed；waxed。

例 In the evening the old lady lit up a wax candle.
傍晚那位老婦人點燃了一根蠟燭。

ⓥ [wæks] ★★★★☆
動 打蠟，增加，變大

同 polish, shine
反 wane

例 My new floor has just been waxed..
我的新地板剛打過蠟。

weary ⓐ ['wɪrɪ] ★★★★★
形 疲倦的，疲勞的，乏味的

同 bored, exhausted

反 energic

記 weary的比較級是wearier（較乏味的），最高級是weariest（最乏味的）。

例 Rose became weary of staying at home.
羅絲對老待在家中感到厭煩。

---

wedded ⓐ [ˈwɛdɪd]   ★★★★☆

形 結婚的，連結的   同 married
                                   反 excluded

記 wed表「嫁、娶」，ed是形容詞字尾，合起來引申為「結婚的、連結的」。

例 Ann and Dick are wedded by common interests.
共同的利益將安和迪克結合在一起。

(Week 10 — Day 3)   MP3-97

whisk ⓥ [hwɪsk]   ★★★★☆

動 掃，迅速移動，拌動   同 brush, sweep

記 whisk的動詞三態為：whisk；whisked；whisked。

例 I asked the waiter to whisk the crumbs off the table.
我請服務員把碎屑從桌上拂去。

---

widespread ⓐ [ˈwaɪd͵sprɛd]   ★★★★★

形 分佈廣的，普遍的   同 comprehensive

記 wide表「廣闊的」，spread表「伸展」，合起來引申為「分佈廣的，普遍的」。

例 English is more widespread and used more in international intercourse than French.
英語在國際交往中比法語使用得更為廣泛。

---

witness ⓝ [ˈwɪtnɪs]   ★★★★★

名 目擊者，證人，見證人   同 spectator, watcher

例 Terry was called as a defense witness.
泰瑞被傳喚作被告的證人。

ⓥ [ˈwɪtnɪs]   ★★★☆☆

動 目擊，發生   同 observe, see
                               反 blind, ignore

記 witness的動詞三態為：witness；witnessed；witnessed。

例 Did Harry witness the traffic accident yesterday?
昨天海瑞目擊了這場車禍嗎？

workaholic ⓝ [ˌwɝkəˈhɔlɪk]　★★★★★

名 工作第一的人，專心工作的人

記 work表「工作」，aholic表「…發狂」，合起來引申為「工作狂、工作第一的人」。

例 I think Steve's a workaholic due to doing a sixty-hour week at the moment.
我認為史蒂夫是個工作狂，因為他現在一週工作六十個小時。

wreak ⓥ [rik]　★★★★☆

動 發脾氣，發洩　　　　　　　　　　　　同 inflict

記 wreak的動詞三態為：wreak；wreaked；wreaked。

例 William often wreaked his bad temper on his family.
威廉常常對家人發脾氣。

Z

zenith ⓝ [ˈzinɪθ]　★★★★★

名 最高點，頂點，極盛時期　　　　　　同 acme, peak
　　　　　　　　　　　　　　　　　　反 nadir, bottom

記 zenith的複數形為zeniths。

例 At its zenith the Roman Empire covered almost the whole of Europe.
羅馬帝國在全盛時期幾乎占據了整個歐洲。

國家圖書館出版品預行編目資料

突破900分全新TOEIC必考單字 / 張瑪麗編著. -- 新
北市：哈福企業, 2019.05
　　面；　公分. -- (TOEIC系列；05)

ISBN 978-986-97425-4-2(平裝附光碟片)

1.多益測驗　2.詞彙

805.1895　　　　　　　　　　　　　108007216

TOEIC 系列：05

書名 / 突破900分全新TOEIC必考單字
作者 / 張瑪麗
出版者／哈福企業有限公司
地址／新北市板橋區五權街 16 號
電話／(02)2808-6545 傳真／(02) 2808-6545
郵政劃撥／31598840 戶名／哈福企業有限公司

email ／ haanet68@Gmail.com
出版日期／2019 年 5 月
台幣定價／349 元（附 MP3）
港幣定價／116 元（附 MP3）
Copyright © 2019 HAFU Co., Ltd.

全球華文國際市場總代理／采舍國際有限公司
地址／新北市中和區中山路 2 段 366 巷 10 號 3 樓
電話／(02) 8245-8786 傳真／(02) 8245-8718
網址／ www.silkbook.com 新絲路華文網

香港澳門總經銷／和平圖書有限公司
地址／香港柴灣嘉業街 12 號百樂門大廈 17 樓
電話／(852) 2804-6687 傳真／(852) 2804-6409

Original Copyright © 3S Culture Co., Ltd.

哈福